Aura – Der Verrat

Clara Benedict, Jahrgang 1981, ist Deutsch- und Musiklehrerin und Sängerin in einer Rockband. Sie lebt mit einem Mann, zwei Katern, drei Kindern und zwölf Musikinstrumenten an der Weinstraße und hat ständig zu viele Pläne und zu wenig Zeit. Wenn sie nicht als Revuegirl oder Nashorn auf der Bühne steht oder sich für irgendein anderes verrücktes Projekt ködern lässt, spielt sie Videogames, geht geocachen und gibt unfassbare Summen für Bücher und Chucks aus.
www.clara-benedict.de

AURA bei Thienemann:

AURA
Bd. 1: Die Gabe

Mehr über unsere Bücher, Autoren und Illustratoren auf:
www.thienemann.de

CLARA BENEDICT

AURA

DER VERRAT

Thienemann

Für Jano Lukas

1 : gejagt

Benommen stütze ich mich mit der Schulter am Türrahmen ab und versuche vergebens, meine Augen auf einen Punkt zu fokussieren. Die kühle Nachtluft sorgt dafür, dass ich vollends vom Schwindel erfasst werde. Ich fühle mich unglaublich schwach. Wäre es schlimm, wenn ich mich nur kurz ausruhen würde? Einfach auf der Türschwelle zusammensacken und schlafen. Der Flucht widmen kann ich mich, wenn ich etwas Erholung hatte. Meine Knie geben nach, und ich kippe nach vorne. Reflexartig will ich mich festhalten, stürze aber trotzdem die zwei Stufen vor der Haustür hinunter. Spitze Kieselsteine bohren sich in meine Haut, sodass mich ein stechender Schmerz kurz zurück in die Realität bringt. Ich muss das Anwesen so schnell wie möglich verlassen.

In der Küche liegt eine Leiche. Die Leiche von Jan, den ich umgebracht habe. Schon das allein wäre Grund genug, Reißaus zu nehmen. Stattdessen ist zudem der Unbekannte hinter mir her, den Jan am Telefon erwähnt hat.

Natürlich wird sie das nicht überleben.

Diese Worte brennen in meiner Erinnerung. Was auch immer dieser Levander von mir will, er wird sicherlich nichts Gutes im Sinn haben.

Unter Aufbietung aller verfügbarer Willenskraft kämpfe ich mich in den Stand hoch und stolpere auf den Waldrand zu, um im dichten Gestrüpp Schutz zu suchen. Vor meinen Augen tanzen blitzende Funken, sodass es unmöglich ist, mich in der Dunkelheit zu orientieren. Wie eine Blinde setze ich einen Fuß vor den anderen, die Arme weit ausgestreckt, um Verletzungen zu vermeiden. Äste schlagen mir ins Gesicht und hinterlassen blutige Striemen auf Wangen und Stirn. Ich darf nicht anhalten. Wenn das Formerteam zurückkehrt, bedeutet dies mein Ende.

Die Zeit verschwimmt. In meiner Wahrnehmung gibt es ausschließlich Raum für Müdigkeit. Am Rande des Bewusstseins lauert die Dunkelheit, die darauf wartet, dass ich ihr nachgebe und meinem Körper endlich die ersehnte Auszeit gönne. Die Stille des Waldes wird nur durch das Splittern der Äste, die unter meinen unsicheren Schritten zerbrechen, und durch meinen keuchenden Atem gestört. Meine Beine werden stetig schwerer, und immer häufiger muss ich stehen bleiben, weil sich Gestrüpp wie Schlangen um meine Knöchel gewunden hat.

Ein greller Schmerz an der Schläfe lässt mich in die Knie gehen. Warm fließt das Blut meine Wange hinunter und vermischt sich mit meinen Tränen. Zitternd fahre ich mit den Fingernägeln über die raue Oberfläche eines Baumstamms und suche vergeblich nach Halt. Mittlerweile bin ich zu schwach, um mich aufzurichten. Verzweifelt kauere ich auf dem kalten Boden und fühle die Mischung aus feuchtem Moos und verfaultem Laub unter meinen schmerzenden Handflächen. Der modrige Geruch der Erde steigt mir in die Nase.

Gefangen im Zustand grenzenloser Erschöpfung entdecke ich erst nach einiger Zeit eine fast unmerkliche Veränderung in meinen Empfindungen. Eine vage bekannt scheinende Präsenz, deren Anwesenheit erneut das Adrenalin durch meinen Körper schießen lässt.

Jan. Ich kann ihn spüren.

Ausgeschlossen. Jan ist tot. Zwar nicht durch meine Hand gestorben, doch auf jeden Fall durch mich. Ich habe ihn getötet. Daran besteht kein Zweifel.

Mit brennenden Augen starre ich in die Dunkelheit. Außer dem Knarren der Äste und dem Rauschen der Blätter ist nichts zu hören. Drehe ich jetzt völlig durch? Mühsam ringe ich um Beherrschung und versuche, mich zu beruhigen. Vergeblich. In meinem Kopf verschwimmt alles zu einer unentwirrbaren Masse. Mit letzter Kraft schaffe ich es, mich am Baumstamm emporzuziehen. Wenige Schritte später strauchle ich aufs Neue. Fieberhaft zerre ich mit bloßen Händen an der Dornenranke, die sich in meiner Kleidung verfangen hat. Ich bin derart aufgelöst, dass ich den reißenden Schmerz gar nicht bemerke. Weg hier.

Nachdem ich mich befreit habe, halte ich inne und schaue über die Schulter in die mich umgebende Schwärze. Im selben Moment kann ich ihn hören. Unter dem Schritt meines Verfolgers zerbersten kleine Zweige, was in der nächtlichen Stille um ein Vielfaches lauter klingt. Er nähert sich mir unaufhaltsam. Ich beginne zu rennen, doch im dichten Unterholz komme ich nur geringfügig schneller voran als zuvor. Ganz im Gegensatz zu dem Unbekannten hinter mir, der weiter aufschließt. Erbarmungslos treibe ich meinen geschundenen Körper an.

Deutlich spüre ich Jans Gegenwart in meinem Nacken.

Das ist unmöglich! Er ist tot! Ich bin mir vollkommen sicher!

Dieses Tempo halte ich nicht mehr lange durch. Wieder verhakt sich mein Fuß in einer hervorstehenden Wurzel, und diesmal schaffe ich es nicht, das Gleichgewicht zu bewahren. Mit einem gedämpften Schrei gehe ich zu Boden. Mit beiden Händen umklammere ich meinen linken Knöchel, der unglaublich schmerzt.

Ich kann nicht mehr. Weitere Flucht ist zwecklos. Unnötig, mich noch länger durch den Wald zu quälen, denn in meinem Zustand besteht keine Chance auf Entkommen.

In diesem Moment gebe ich auf. Zitternd rolle ich mich auf dem klammen Untergrund zusammen und warte. Jeden Augenblick rechne ich damit, dass mein Verfolger zwischen den Bäumen hervorbricht und mich überwältigt. Obwohl ich die Lider zusammenkneife, ziehen Tränen heiße Spuren über meine Wangen. Ich bedecke mein Gesicht mit den Handflächen und warte.

Nichts geschieht. Meine gehetzten Atemzüge sind das einzige Geräusch, das die Stille des Waldes durchdringt. Dennoch kann ich seine Anwesenheit deutlich spüren. Wo ist er? Wieso kommt er nicht näher?

In der Ferne brechen Zweige. Deutlich weiter weg als zuvor. Zieht er sich zurück? Angestrengt kneife ich die Augen zusammen und lausche. Mittlerweile ist meine Benommenheit so groß, dass das Rauschen in meinen Ohren alle anderen Laute übertönt. Erneut erfasst mich Schwindel wie eine riesige Welle. In der erdrückenden Nacht verliere ich die Orientierung. Meine Welt kippt. Alles dreht sich. Um Halt zu finden, grabe ich die Hände in die nasse Erde und presse meine Wange in die kühlen Blätter.

Ganz in der Nähe bricht ein Ast mit einem lauten

Knall. Ich zucke zusammen. Gleichzeitig höre ich ein trockenes Knirschen aus der anderen Richtung.

Nun ist mir klar, warum mich mein Verfolger nicht angegriffen hat. Er wartet auf Verstärkung, da er nicht weiß, wie schwach ich wirklich bin. Für ihn stelle ich eine potenzielle Gefahr dar. Wie viele dieser Former sind hinter mir her?

Entkräftet hebe ich den Kopf und versuche, meine Aufmerksamkeit zu bündeln. Schritte kommen näher und halten plötzlich an. Anscheinend bewegt sich nur eine weitere Person auf mich zu. Gleichgültig. Im Moment könnte mich auch ein Einzelner leicht niederstrecken.

Stille. Nervtötend. Aufreibend. Verstörend, denn ich bin sicher, Jan in meiner unmittelbaren Umgebung zu fühlen. Kein Laut ist zu hören. Die Ruhe, bevor der Sturm losbricht. Eingefrorene Zeit.

Dann reißt mich eine angespannte Stimme aus der Leere. »Wer ist da?«

Unwillkürlich stoße ich den Atem aus. Definitiv nicht Jan. Der Sprecher klingt sehr jung. In seinem Tonfall kann ich deutliche Anzeichen von Nervosität ausmachen. Leises Geraschel. Metall, das über Stoff schabt.

»Elric! Wieso sind Sie hier? Wo ist Dr. Levan –« Er zieht scharf die Luft ein. »Was machen Sie da? Warum –« Der bereits schrille Tonfall steigert sich in der Lautstärke und mündet in einen hysterischen Schrei, der schlagartig abbricht und durch ein feuchtes Gurgeln ersetzt wird. Anschließend höre ich den dumpfen Aufprall eines Körpers auf dem Waldboden.

Entsetzt presse ich die Lider zusammen, während ich von einer Welle der Angst überflutet werde. Ich bin zweifellos die Nächste. Verbissen versuche ich, meine Energie zu sammeln, um dem Mörder meines Verfolgers einen Fluchtimpuls einzugeben.

Geh w–

Das unterschwellige Rauschen in meinen Ohren wird zu einem aggressiven Summen. Übelkeit erfüllt mein Bewusstsein. Ich kann nicht mehr. Meine Reserven sind aufgebraucht. Dieser erneuten Anstrengung bin ich nicht gewachsen. Mein Körper lässt mich nun endgültig im Stich. Die Erschöpfung legt sich wie schwerer Nebel auf meine Sinne. Ich versinke in einer Finsternis, die schwärzer ist als die mich umgebende Nacht.

2 : entführt

Als ich wieder zu mir komme, umfängt mich absolute Stille. Die Lider weiterhin geschlossen lausche ich angestrengt. Kein Geräusch ist zu hören, dennoch fühle ich deutlich, dass ich nicht alleine bin. Vorsichtig öffne ich die Augen. Statt des erwarteten Grüns der Baumkronen sehe ich eine weiße Zimmerdecke über mir. Drei Halogenstrahler tauchen meine Umgebung in kaltes Licht. Benommen wende ich den Kopf und starre auf eine helle Wand. Ich drehe mich zur anderen Seite und zucke erschrocken zusammen.

Direkt neben mir sitzt ein etwa fünfzigjähriger Mann an einem schlichten Schreibtisch und mustert mich aufmerksam. Er hat kurze, dunkelbraune Haare, die von grauen Strähnen durchzogen sind, eine etwas zu lange Nase und hellgraue Augen.

Bevor ich panisch losschreien oder hektisch einen Befehl formulieren kann, hebt er beschwichtigend die Hände. »Du wunderst dich bestimmt, dass du noch am Leben bist«, stellt er gelassen fest. »Um deine Fragen kümmern wir uns später. Ich kann die Videoaufnahme nicht beliebig lange unterbrechen. Fokussiere einen Wahrheitszwang und hör einfach zu.«

Ich schlucke. »Okay.«

Völlig überrumpelt komme ich seiner Aufforderung nach.

Sag die Wahrheit.

»Dass ein gefährlicher Mann hinter dir her ist, hast du hoffentlich begriffen. Lass mich kurz erklären, worum es geht. Du bist ein Former. Das heißt, du kannst die Realität durch deinen Willen verändern. Du kannst sie beugen. Diese Gabe existiert in zwei verschiedenen Ausprägungen: Künstliche Former bedürfen einer genauen Anleitung, gewissermaßen eines Rucks von außen, um ihre Kraft zu nutzen. Zudem sind die meisten eher schwach und brauchen zur Ausübung sehr viel Konzentration. Anders verhält es sich bei der Gruppe, zu der du gehörst. Du bist ein natürlicher Former. Diese verfügen über deutlich größeres Potenzial und sind in der Lage, den Umgang eigenständig zu lernen. Außerdem funktioniert ihre Gabe auch intuitiv. Sie können in Extremsituationen einen Befehl ausgeben, ohne sich explizit darauf zu konzentrieren. Kannst du mir folgen?«

Mit größter Anstrengung gelingt es mir, nicht nachzuhaken. »Ja«, antworte ich knapp.

»Seit einigen Jahren gibt es eine Akademie, die sich darauf spezialisiert hat, künstliche Former zu finden und in der Nutzung der Gabe anzuleiten«, fährt mein Gesprächspartner fort. »Dr. Levander ist der Kopf dieser Organisation. Er selbst ist ein natürlicher Former, der diese Information jedoch strikt geheim hält. Die komplette Schule steht unter seinem Kommando. Die Ausbildung künstlicher Former ist aber nur ein Mittel zum Zweck. Sein eigentliches Ziel ist es, andere natürliche Former in seine Gewalt zu bringen. Anschließend zwingt er sie zur Ausübung eines Heilimpulses. Dieser hat zur Folge, dass Dr. Levander selbst verjüngt wird, während der natürliche Former dafür so viel Energie benötigt, dass er tot zusammenbricht.«

»Wie bitte?«, unterbreche ich nun doch und stoße ungläubig die Luft aus. »Ein *Doktor*, der mir das Leben aussaugen will?«

»Es handelt sich nicht um eine direkte Übertragung. Stattdessen ist der Ausführende einer solchen Belastung ausgesetzt, dass er seine letzten Reserven mobilisiert und schließlich völlig entkräftet stirbt.«

»Wie soll das funktionieren? Bisher wurde ich bei jeder Überanstrengung ohnmächtig.«

»Es verhält sich anders, wenn du mit einem mentalen Impuls dazu gezwungen wirst. Du kanalisierst weiter, während dein Bewusstsein gewaltsam aufrechterhalten wird. Dein Körper fleht um Erholung, aber du kannst sie nicht gewähren. Dein Verstand ahnt, dass du sterben wirst, wenn du nicht aufhörst. Trotzdem verschenkst du deine letzten Lebensfunken, bis nichts mehr da ist. Bis dein Herz vor Erschöpfung aufhört zu schlagen.«

Ich ziehe scharf die Luft ein. Mir war zwar klar, dass Jans Team nichts Gutes vorhatte, aber die Bestätigung zu erhalten, dass sie mich diesem Levander zum Fraß vorwerfen wollten, ist verstörend.

»Jan hat mich mit einer Spritze außer Gefecht gesetzt. Weshalb hat er mich nicht einfach in der Betäubung belassen und direkt diesem Typ übergeben?«, wende ich ein. »Wieso war diese aufwendige und riskante Manipulation nötig?«

»Ganz so einfach ist es nicht«, erklärt mein Gesprächspartner. »Der Former muss den Befehl bei vollem Bewusstsein formulieren. Der Heilimpuls ist sehr komplex und funktioniert lediglich, wenn die Konzentration ohne Einschränkung gebündelt wird. Keine Drogen, kein Alkohol, sonst ist der Erfolg der Fokussierung gefährdet.«

»Und Sie retten mich ganz uneigennützig vor diesem schrecklichen Schicksal?«, frage ich skeptisch.

»Hannah, wenn ich dir etwas Böses wollte, hätte ich das vollbringen können, als du heute Nacht bewusstlos zu meinen Füßen lagst.« Er lacht leise. »Stattdessen habe ich dich nicht nur in *Sicherheit* gebracht, sondern auch geheilt.«

Stimmt. Schmerzvoll erinnere ich mich an meine Kollision mit dem Baum und die blutigen Kratzer, die ich mir bei der überstürzten Flucht durch die Dunkelheit zugezogen habe, ganz zu schweigen von meinem verdrehten Fuß. Von den zahlreichen Verletzungen ist nicht das Geringste mehr zu spüren.

»Sie waren in der Nähe, als ich ohnmächtig wurde«, stelle ich fest und krame angestrengt in meinem Gedächtnis nach dem Namen, den der unglückliche Former im Wald hervorgestoßen hatte. »Sie sind ... Eric.«

»Elric«, korrigiert er mich.

»Was ist mit meinem Verfolger geschehen? Haben Sie ihn –«

»Denkst du, dass ihn bei Dr. Levanders Eintreffen ein anderes Schicksal erwartet hätte? Ich habe die Dinge lediglich beschleunigt. Das Opfer war notwendig, um deine Entdeckung zu verhindern.«

»Aber –«

»Glaubst du im Ernst, dass Gnade gezeigt wird, nachdem ein Team so versagt hat?«, schneidet er mir das Wort ab. »Mach dir nichts vor. Mittlerweile ist keiner mehr von ihnen am Leben. Sie alle haben für ...«, er zögert, »*Jans* Versagen bezahlt.«

Ich schließe kurz die Augen und bleibe stumm. Es gibt nichts, was ich auf diese Enthüllung erwidern könnte.

»Hannah«, setzt er schließlich an. »Jetzt ist nicht der richtige Moment, um Schuldgefühle zu entwickeln oder Gewissensfragen zu erörtern. Für deine Rettung musste ich ein großes Risiko eingehen. Aber das ist nichts gegen die Gefahren, die auf uns zukommen.«

»Auf uns?«, bohre ich misstrauisch nach.

»Ich habe dich an der Akademie eingeschleust.«

»Bitte?« Obwohl ich mich um einen ruhigen Tonfall bemühe, gleicht meine Äußerung einem hysterischen Aufschrei.

»Das ist deine einzige Chance.« Elric seufzt resigniert. »Natürliche Former sind eine Seltenheit. Dr. Levander wird nicht eher ruhen, bis er dich gefunden hat. Er weiß über deine Familie, deine Freunde Bescheid. Er kann an jede Information kommen, ohne dass sich die Quelle auch nur daran erinnern wird. Du bist schon lange nicht mehr sicher. Und deine Familie wird es auch nicht sein, solltest du zu ihnen zurückkehren.«

»Ich hätte fliehen können, statt mich ausgerechnet hier zu verbergen!«, werfe ich verzweifelt ein.

»Dr. Levanders Teams sind über das ganze Land verteilt. Ein unglücklicher Zufall genügt. Jeder Former, dem du über den Weg läufst, könnte dich sofort enttarnen.«

»Wie erkennen sie mich?«

»Es ist deine Aura! Hast du das nicht begriffen? Jeder Former, unabhängig ob künstlich oder natürlich, strahlt eine Präsenz aus, die von anderen seiner Art wahrgenommen wird. Sobald du auch nur im Abstand von fünfzig Metern an einem von ihnen vorbeiläufst, wirst du bemerkt. Bei erfahrenen Formern ist die Distanz sogar noch größer. Darauf basiert das System der Akademie. Auf diese Weise findet Dr. Levander immer wieder neue Opfer.«

Meine Knie werden weich, als ich endlich verstehe. Bei unserem Gespräch erwähnte Jan ebenfalls etwas von Auren. Die gegenseitige Anziehungskraft war nichts als eine kindische Illusion. Eine Manifestation unserer Gabe. Wie konnte ich so dumm sein, anzunehmen, dass zwischen uns etwas Besonderes bestand? Bereits seit meinem Erwachen spüre ich unbewusst die Auren der mich umgebenden Former und insbesondere Elrics Präsenz direkt neben mir.

Voller hilfloser Wut starre ich ihn an. Werde ich jemals wieder mein altes Leben aufnehmen können? Abgesehen von dem Risiko, erwischt zu werden, würde ich zusätzlich meine Familie und meine Freunde in Gefahr bringen. Meine Kehle schnürt sich zusammen.

»Ich will so viel Entfernung wie möglich zwischen mich und diesen Levander bringen«, stoße ich hervor. »Es ist absoluter Wahnsinn, mich genau vor seiner Nase zu positionieren!«

»Du wirst als künstlicher Former in der Masse untertauchen«, eröffnet Elric ungerührt.

»Sind künstliche und natürliche Former nicht anhand ihrer Aura zu unterscheiden?«, suche ich nach Schwachstellen im Plan.

»Nein. Die Aura verrät nichts über die Stärke. In einer Schule voller Former bist du sicherer als an jedem anderen Ort. Zumindest wenn du unauffällig bleibst. Bist du zu stark, wird Dr. Levander früher oder später auf dich aufmerksam werden. Bist du zu schwach, sodass du die Prüfungen nicht bestehst, wirst du … eliminiert.«

»Prüfungen?»

»Ihr steht unter dauerhaftem Leistungsdruck.« Er schnaubt missmutig. »Scheitern wird bestraft. Hart. Diese

Lektion wird als erste gelehrt, auch wenn den Schülern vordergründig etwas anderes vermittelt wird. Zudem erleichtert die Freisetzung von Adrenalin die Verwendung der Gabe. Adrenalin entsteht durch Stress. Genau diese Verbindung machen sich die Ausbilder zunutze. Lass dich nicht blenden. Versager erhalten selten eine zweite Chance.«

»Was passiert mit ihnen?«

»Das willst du nicht wissen. Kümmere dich lieber darum, dass es dir anders ergeht. Halte dich im Mittelfeld. Und vermeide um jeden Preis eine Formerprobe.«

»Formerprobe?«, wiederhole ich verständnislos. Allmählich ist die Grenze meiner Aufnahmefähigkeit erreicht. Düstere Andeutungen helfen nicht weiter.

»Sie kann jederzeit gefordert werden, wenn der begründete Verdacht besteht, dass sich unter den Schülern ein natürlicher Former befindet. Das kam in den vergangenen Jahren äußerst selten vor, aber lass es mich so sagen: Die Formerprobe hat noch nie ein erfreuliches Ende genommen. Für keinen der Beteiligten.«

»Aber wie können natürliche von künstlichen Formern unterschieden werden? Wie funktioniert diese Probe?«, frage ich. »Sollte ich darüber nicht mehr wissen, wenn sie so gefährlich werden kann?«

Elric stößt einen tiefen Seufzer aus. »Zuerst ist es leicht, denn die Gabe der natürlichen Former zeigt sich von selbst. Später gibt es nur einen Weg, um die beiden Typen sicher voneinander abzugrenzen. Künstliche Former müssen immer und überall Konzentration aufwenden, um ihre Kraft zu nutzen. Bei den natürlichen Formern hingegen funktioniert dies auch intuitiv und ungeplant. Bei der Probe wird der Former durch eine überraschend herbeigerufene Extremsituation gezwungen, innerhalb von wenigen Sekunden seine Gabe einzusetzen, um dadurch sein Leben zu schützen. In diesem Moment *kann* er gar nicht anders. Seine Überlebensreflexe sorgen dafür, dass er seine wahre Kraft offenbart. Ob er will oder nicht. Man hat gar nicht die Möglichkeit, anders zu handeln, weil man die Entscheidung nicht bewusst trifft. Die Formerprobe ist unfehlbar. Das wäre nicht nur dein, sondern auch mein Ende. Lass es auf keinen Fall so weit kommen und achte darauf, keine unnötigen Stresszustände herbeizuführen.«

Beunruhigt beiße ich auf meine Unterlippe. Kopflose Flucht scheint mit einem Mal nicht mehr die schlechteste Alternative zu sein. »Wie soll ich diese Täuschung aufrechterhalten? In einer Schule voller Former? Ich muss die Aufgaben nicht bloß erledigen, sondern zusätzlich darauf achten, dass das Ergebnis nicht zu gut ausfällt. Ich kann kaum mit meiner Gabe umgehen! Ich soll Stresssituationen vermeiden? Allein diese Aufforderung setzt mich unter Stress!«

»Es ist deine einzige Chance. Das sagte ich bereits. Überlege dir gut, welche Kontakte du knüpfst. Vertraue niemandem. Sprich ausschließlich dann, wenn du genau weißt, was du sagen willst. Verhalte dich unauffällig. Keine Affekthandlungen!«

»Was wird in dieser Akademie überhaupt gelehrt? Woher soll ich wissen, was man von mir erwartet? Wie stark sind die anderen?«

»Je mehr du weißt, desto gefährlicher wird es. Du musst deine Rolle überzeugend spielen. Dein Leben hängt davon ab.« Er wirft mir einen eindringlichen Blick zu. »Du bist ab sofort Gwendolin Merz, geboren am 15. Mai.

Mutter Hausfrau, Vater Softwareentwickler. Einzelkind. Mittelmäßige Schülerin. So weit klar?« Ich hebe unschlüssig die Schultern, woraufhin er ungehalten die Mundwinkel verzieht. »Halte dich mit Erzählungen über dein Privatleben zurück, dann reichen diese Informationen aus. Gwendolin Merz war ohnehin keine schillernde Persönlichkeit.«

»War?«, wiederhole ich zögernd. »Diese Gwendolin ist nicht ... erfunden?«

Elric schnaubt spöttisch. »Meinst du, ich hatte die Gelegenheit, hier ein perfektes Täuschungsmanöver für dich zu inszenieren? Mit passenden Kleidern und einer extra entworfenen Biografie?« Er hält kurz inne und mustert mich kopfschüttelnd. »Blödsinn. Du hast Glück, dass es eine Schülerin ähnlicher Statur gab, in die wir dich verwandeln konnten. Im Verlauf der Intensivphase haben die neuen Former lediglich zu ihrem jeweiligen Ausbilder Kontakt. Niemand aus der Akademie kannte Gwendolin Merz gut genug, um den Austausch zu bemerken.«

Ich schlucke hart. Gwendolin Merz musste verschwinden, damit ich ihren Platz einnehmen kann? »Was ist mit ihr ge–«

»Spar dir die überflüssigen Fragen und kümmere dich um dein eigenes Wohlergehen«, schneidet er mir das Wort ab. Er lehnt sich zurück und verschränkt die Arme. »Jeder Schüler wird zu Beginn seiner Ausbildung mit gefälschten Informationen gefüttert. Die Lüge beinhaltet, dass es lebenswichtig sei, die Kontrolle der Gabe zu lernen. Wer es nicht schafft, wird wahnsinnig.« Bevor ich etwas einwerfen kann, spricht er ungeduldig weiter. »Das ist natürlich kompletter Quatsch. Es ist lediglich Dr. Levanders Art, seine Former gefügig zu halten.

Normalerweise haben die neuen Schüler nicht die geringste Kenntnis davon, dass die Gabe in ihnen schlummert, geschweige denn eine Chance, auf sie zuzugreifen. Erst wenn die Kraft erweckt wurde, können sie langsam ihre ersten Schritte als Former tun. Das ist jedoch nur im Jugendalter möglich. Sobald sie erwachsen sind, erlischt der Funke und kann nicht reaktiviert werden. Je nach Begabung des Formers kann sich die Erweckung über mehrere Wochen hinziehen. Da du ab morgen den Unterricht besuchen wirst, muss dir klar sein, dass du das entsprechende Einzeltraining angeblich auch durchgemacht hast. Deine Gabe ist also erst vor Kurzem erwacht.«

Ich nicke niedergeschlagen.

»Bemühe dich einfach, nicht aufzufallen. Und sprich mich um Himmels willen nicht auf diese Unterhaltung an, sonst sind wir beide geliefert. Halte dich an die anderen Schüler.«

»Wie lange muss ich hierbleiben?«, erkundige ich mich mutlos.

»Du trainierst ein Jahr lang die Beherrschung deiner Fähigkeiten. Die Ausbildung an der Akademie schützt dich vor dem vermeintlichen Wahnsinn und rettet scheinbar dein Leben. Dafür stehst du in Dr. Levanders Schuld. Um deine Dankbarkeit zu zeigen, arbeitest du für ihn im Außendienst, um nach neuen Formern zu suchen. Du tust also vordergründig etwas Gutes, indem du für ihn potenzielle Wahnsinns-Opfer aufspürst. Aber genug davon! Vorherrschendes Ziel ist es, dich aus der Gefahrenzone zu bringen und Zeit zu gewinnen, sodass wir in Ruhe einen Plan entwickeln können. Alle anderen sind zwar etwas früher, aber ebenso ahnungslos an die Akademie gekommen. Das gehört zum Konzept. Versuche, dich anzupassen. Ich werde dich wieder kontaktieren. Gib dein Bestes, um bis dahin keine Aufmerksamkeit zu erregen.«

Ich muss meine komplette Selbstbeherrschung aufwenden, um ihm nicht an die Kehle zu gehen. Er schleust mich an der Akademie ein und erwähnt *danach* in einem Nebensatz, dass noch kein Plan existiert? Ich schließe kurz die Augen und atme tief durch. Ausrasten ist keine Option. Stattdessen sollte ich so viel wie möglich in Erfahrung bringen.

»Weshalb hat Dr. Levander ein scheinbares Interesse daran, die Schüler vor dem Wahnsinn zu bewahren? Welchen Grund gibt er vor? Dass er dies aus reiner Nächstenliebe tut, glaubt ihm doch kein Mensch.«

»Zum Lügenkonstrukt gehört ebenfalls die Information, dass natürliche Former *immer* wahnsinnig werden, egal wie umfassend ihre Ausbildung ist. Dr. Levander schickt seine Teams aus, um sie zu finden und in psychologische Betreuung zu überantworten. Er erzählt eine erschütternde Geschichte, in der er angeblich selbst durch den Wahnsinn eine ihm nahestehende Person verloren hat. Er will nun um jeden Preis dafür sorgen, dass es *euch* besser geht, und die Welt dadurch etwas sicherer machen. Das ist auch seine Rechtfertigung für die erbarmungslose Härte an der Akademie. Jede sich bietende Gelegenheit zur Bloßstellung und Bestrafung wird genutzt. Die Schüler werden unter Dauerstress gehalten und kommen nie zur Ruhe. Durch die permanente Anspannung hinterfragt keiner seine Beweggründe.«

Er stellt sich selbst als Diener einer guten Sache dar und nutzt diese Ausrede, um Entsetzen zu verbreiten? Der Kerl wird mir immer unsympathischer. Ich schnaube verärgert. Die Akademie tischt den Schülern also ein irrwitziges Märchen auf, um deren Widerstand möglichst gering zu halten. Ein Geschäft mit der Angst. Der mit der Gabe einhergehende Wahnsinn ist tatsächlich eine geschickte Methode, um die neuen Former an die Akademie zu binden und sie gefügig zu machen. Wenn sie kapieren, worum es wirklich geht, stecken sie schon zu tief in Levanders tückischem System.

Elric beobachtet die wechselnden Gefühle, die sich deutlich auf meinem Gesicht abzeichnen, und nickt leicht. »Ich schlage vor, du denkst in Ruhe über deine neue Situation nach. In Kürze wirst du zu den anderen Schülern stoßen und gemeinsam mit ihnen den Unterricht besuchen. Ebenso wirst du Dr. Levander und die übrigen Ausbilder kennenlernen.«

Unmittelbar wird mir schlecht. Levander unterrichtet selbst? Bisher hatte ich gehofft, ihm vorerst aus dem Weg gehen zu können.

Bevor ich einen der Zweifel, die mir auf der Zunge liegen, formulieren kann, ist Elric aufgestanden. Er lächelt gequält und winkt mir knapp zu. »Mach bloß keinen Mist, sonst sind wir beide dran.«

3 : verwandelt

Nachdem Elric gegangen ist, starre ich noch lange auf die Tür. Es gibt keinen Plan. Er hat mich an der Akademie eingeschleust, ohne ein brauchbares Konzept im Hinterkopf zu haben. Zu allem Übel bin ich nicht sicher, wie erfolgreich der Wahrheitszwang war. Die Geschichte um Levander hat mich derart aus der Bahn geworfen, dass ich die Fokussierung völlig vergessen habe. Ich stöhne verzweifelt. Mir bleibt nichts als die Hoffnung, die Zeit hier irgendwie unbeschadet zu überstehen.

Zögerlich richte ich mich auf und schaue in dem kleinen, fast quadratischen Zimmer umher. Am Kopfende des Bettes steht ein kleiner Nachttisch. Das Glas und die Flasche, die darauf positioniert wurden, rufen mir unangenehm ins Gedächtnis, dass viel Zeit seit meinem letzten Schluck Wasser vergangen sein muss. Ich fühle mich regelrecht ausgetrocknet und habe mit einem Mal unglaublichen Durst. Vorsichtig lehne ich mich zur Seite, fülle das Glas und stürze es in einem Zug hinunter. Nachdem ich zweimal nachgeschenkt habe, ist zumindest das akute Bedürfnis nach Flüssigkeit gestillt.

Mit wackligen Schritten nähere ich mich der Zimmertür und fahre mit den Fingerspitzen über die raue Oberfläche. Langsam drücke ich die Klinke hinunter. Abgeschlossen. Das Teil bewegt sich keinen Millimeter. Resigniert drehe ich der Tür den Rücken zu und mustere den

Rest des Raumes. Neben dem Schreibtisch erkenne ich einen Durchgang, der mit einem fahlgelben Vorhang abgetrennt ist. Vermutlich das Badezimmer. Neben mir befindet sich ein Schrank aus hellem Holz, der den Großteil der linken Wand einnimmt. Unentschlossen öffne ich eine der Türen. Obwohl ich mit dem Inhalt gerechnet habe, weiche ich verstört einen Schritt zurück. Fast alle Fächer sind gefüllt. Wahllos ziehe ich eines der fein säuberlich zusammengelegten Kleidungsstücke heraus und falte es auseinander. Das müssen die Sachen von Gwendolin Merz sein.

Ich schaue an mir herunter. Blaue Röhrenjeans mit einem dunklen Gürtel, der locker um meine Hüfte geschlungen ist, dazu ein enger, hellgrauer Wollpullover mit Kapuze. Unauffällige schwarze Turnschuhe. Die Kleider einer Toten? Hastig unterdrücke ich die aufsteigende Beklommenheit und schaue mich weiter um. Keine Spur meiner persönlichen Besitztümer. Fahrig öffne ich die Schubladen des Schreibtisches. Weißes Papier, einige Bleistifte, der Grundriss eines Gebäudes, anscheinend der Lageplan der Akademie. Sonst nichts.

Automatisch werfe ich einen prüfenden Blick auf mein Handgelenk. Na toll. Man hat mir meine Uhr abgenommen, sodass ich keine Ahnung habe, wie lange ich schon hier eingesperrt bin. Entmutigt lasse ich mich auf den einzigen Stuhl im Zimmer sinken, stütze die Ellbogen auf die Schreibtischplatte und vergrabe den Kopf in den Händen. Im selben Moment, in dem ich meine Haare berühre, erstarre ich. Hysterisch springe ich auf und haste ins Bad, das sich tatsächlich hinter dem Plastikvorhang befindet.

Für einige Minuten stehe ich regungslos vor dem Spiegel, umklammere mit den Händen den Waschbeckenrand und starre fassungslos mein Abbild an. Mein Gehirn weigert sich, den Anblick zu akzeptieren. Meine Haare. Meine schönen, dunkelblonden Haare, die ich seit meiner Kindheit schulterlang trug, sind einem Kurzhaarschnitt gewichen. Und als ob das alleine nicht schlimm genug wäre, hat man sie auch noch hellblond gefärbt. Ich sehe furchtbar aus. Tränen steigen mir in die Augen. Reicht es nicht, mich von meiner Familie zu trennen, mich einzusperren, mir alles zu nehmen? War es wirklich nötig, mich dermaßen zu entstellen? Ich habe weder um die Aufnahme an dieser bescheuerten Akademie noch um den dämlichen Haarschnitt gebeten!

Wütend schlage ich mit der Faust so oft gegen die Wand neben dem Spiegel, bis mir die Knöchel wehtun. Danach fühle ich mich geringfügig besser. Die Schmerzen helfen mir, einen klaren Kopf zu bekommen, sodass ich mich wieder auf das Wesentliche konzentrieren kann. Lange, dunkelblonde Haare weichen einem weißblonden Kurzhaarschnitt. Wen interessiert die Optik? Aus Hannah Sophie Reichenau wird Gwendolin Merz. Als ich erschöpft im Wald lag, war ich sicher, dass mein Weg zu Ende sein würde. Ich sollte mich über die unverhoffte Chance freuen. Ich sollte mich glücklich schätzen, dass ich am Leben bin. Im Gegensatz zur wahren Gwendolin Merz, die vermutlich dankbar wäre, ihren Namen noch tragen zu dürfen. Ich scheine meiner Umgebung nur Unglück zu bringen. Jan. Seinem Team, insbesondere dem Former im Wald. Gwendolin Merz.

Die nächsten Stunden verbringe ich mit düsteren Mutmaßungen, während ich außerdem versuche, mich nicht in Schuldgefühlen zu verlieren. Meine innere Uhr ist komplett ausgehebelt. Wegen der fehlenden Fenster ist die Tageszeit unmöglich erkennbar, was mich völlig aus der Bahn wirft. Noch nie war ich so orientierungslos wie jetzt. Also liege ich bewegungslos auf dem Rücken und stiere mit glasigen Augen an die weiße Decke.

Nach einer Ewigkeit schaffe ich es, mich aufzuraffen. Müde schwanke ich ins Bad und spritze mir kaltes Wasser ins Gesicht. Anschließend unterziehe ich den kleinen Raum einer eingehenden Inspektion. Duschkabine, Toilette, Waschbecken und ein schmaler Schrank, in dessen Innern ich nicht nur Handtücher und Waschlappen, sondern auch Kleinkram wie Shampoo und Duschgel entdecke. Sogar mehrere originalverpackte Zahnbürsten sind vorhanden.

Das Geräusch einer zufallenden Tür weckt meine Aufmerksamkeit. Schnell schiebe ich den Plastikvorhang zur Seite. Der Raum ist leer. Lediglich eine Kunststoffkiste steht nun auf dem Boden, darauf ein Tablett mit Deckeln unterschiedlicher Größe. Ein äußerst appetitlicher Geruch geht davon aus. Mein Magen quittiert den Anblick mit einem lauten Knurren, und mir wird klar, dass ich seit den Chips beim Mensch-ärgere-dich-nicht-Spiel nichts gegessen habe. Keine Ahnung, wie lange das jetzt her ist. Ein oder zwei Tage? Meine Ohnmacht hat mich völlig durcheinandergebracht. Fürs Erste ignoriere ich die Box und setze mich mit meiner Mahlzeit an den Schreibtisch.

Knapp zehn Minuten später untersuche ich frisch gestärkt den Behälter, auf dem das Tablett positioniert war, und mache eine freudige Entdeckung. Im Innern befindet sich nicht nur ein schwarzer Armeerucksack mit Schulbüchern, einem Mäppchen und einem Block, sondern auch eine Armbanduhr. Ein Blick auf das Display gibt mir endlich mein Zeitgefühl zurück: Samstagabend, ungefähr 21 Uhr. Ich muss mehr als einen Tag lang ohnmächtig gewesen sein.

In Jans Zimmer dachte ich noch, mein einziges Problem sei ein durchgeknallter Typ, der mich mit Psychospielchen manipuliert. Jetzt sitze ich mit einer neuen Identität an einer zwielichtigen Akademie fest und habe jemanden umgebracht. Wie konnte das geschehen? Wie konnte ich zum Mörder werden? Hatte ich wirklich keine andere Wahl? Hätte es zur Flucht ausgereicht, das Formerteam in Angst und Schrecken zu versetzen? War es wirklich nötig, bis zum Äußersten zu gehen? War Jans Tod eine von mir veranlasste Bestrafung?

Er hat mit mir gespielt. Er hat mich getäuscht, gedemütigt und nie echte Gefühle investiert. Von Anfang an verfolgte er nur ein Ziel: Er wollte mein Vertrauen erlangen und mich seinem Auftraggeber ausliefern. Unsere gemeinsamen Momente bedeuteten ihm nichts. Ohne zu zögern, hätte er mich geopfert. Letztendlich war er es, der den Preis zahlen musste. Ich habe Rache genommen auf die schlimmstmögliche Art.

Erfolglos versuche ich, mich nicht erneut von Schuldgefühlen überwältigen zu lassen, aber meine lärmenden Gedanken gönnen mir keine Ruhe. Ich habe einen Mord begangen. Hätte ich diese verdammte Gabe nur niemals entdeckt. Hätte ich Jan nur niemals kennengelernt. In kürzester Zeit habe ich alles verloren. Meine Familie, meine Freunde, meine Zukunftsperspektive. Wie geht es meinen Eltern? Sie müssen verrückt vor Sorge um mich sein, und ich habe keine Möglichkeit, mit ihnen in Kontakt zu treten. Ich kann rein gar nichts tun. Hilflos balle ich die Hände zu Fäusten und unterdrücke das Schluchzen, welches in mir hochsteigt. Findet in meiner Heimatstadt gerade ein Großeinsatz der Polizei statt? Durchkämmen sie die Gegend auf der Suche nach mir? Was werden sie in Jans Elternhaus vorfinden? Werden sich meine Eltern die Schuld an meinem Verschwinden geben? Werden sie annehmen, ich sei weggelaufen? Wird die Akademie die Tat verschleiern? Wer war Jans Gesprächspartner am Handy? Hatte er mit Elric telefoniert? Offenbar war meine Entführung, anders kann ich es nicht bezeichnen, von langer Hand geplant. Auch wenn es Jan zu Beginn nicht sonderlich geschickt anstellte, war er letztlich erfolgreich. In der Verkörperung seiner Rolle wurde er immer besser, sodass er sich mein Vertrauen erschleichen konnte. Bei unseren ersten Aufeinandertreffen hatte ich die Gelegenheit, einen Blick auf den echten Jan hinter der Fassade zu werfen. So attraktiv seine äußere Hülle war, so hässlich war er im Innern. Der finstere Ausdruck, das Lächeln voller Geringschätzung, der erzwungene Kuss und der Überfall in seinem Haus. In diesen Situationen zeigte er sein wahres Gesicht; brutal, berechnend und kalt. Nicht rücksichtsvoll, zärtlich und einfühlsam, wie ich gerne glauben wollte. Und ich Idiotin …

Ich beiße die Zähne zusammen und presse die Lippen aufeinander. Neutral beurteilen. Er hat meinen Schmerz über seinen Verrat ausgenutzt, um mich zu betäuben und festzuhalten. Er wollte mich an Levander ausliefern und hat dafür bezahlt. »Sie wird sterben. Sie oder ich«, sagte Jan am Telefon. Ich habe die Entscheidung getroffen und ihn dazu gezwungen, sich die Kehle durchzuschneiden. Irgendwann wird mich diese Schuld einholen.

Ein kaum wahrnehmbares Summen aus der gegenüberliegenden Zimmerecke reißt mich aus meinen trüben Gedanken. Ein Blick genügt, um zu erkennen, worum es sich handelt. An der Decke ist eine kleine, schwarze Kuppel befestigt, aus deren Mitte mich ein schwaches Licht wie ein blutrotes Auge anstarrt. Eine Kamera.

Erst jetzt erinnere ich mich, dass Elric zu Beginn unseres Gesprächs eine Videoaufzeichnung erwähnte. Werde ich dauerhaft beobachtet? Wie krank ist das denn? Privatsphäre spielt an dieser zwielichtigen Akademie wohl keine Rolle. Sogar wenn ich vermeintlich alleine bin, muss ich mir größte Mühe geben, um unscheinbar zu bleiben. Ich kann mir keinen Fehltritt erlauben. Ich darf um keinen Preis auffallen. Leider habe ich nicht die geringste Ahnung, wie ich das anstellen soll. Die Informationen, die ich habe, sind mehr als dürftig.

4 : angespannt

»Aufstehen! Du hast in einer Viertelstunde beim Frühsport zu sein!«, reißt mich eine unfreundliche Stimme am nächsten Morgen aus dem Schlaf. Noch bevor ich prüfen kann, zu wem das barsche Organ gehört, hat sich meine Zimmertür schon wieder mit einem Knall geschlossen. Konfus taste ich nach dem Schalter und kneife die Augen zusammen, als ich vom grellen Licht der Halogenstrahler geblendet werde. Nach einem Blick auf mein Handgelenk sinke ich schlaff in die Kissen zurück. Es ist erst Viertel nach fünf. Frühsport? Heute ist Sonntag! Machen die hier etwa am *Wochenende* Frühsport? Dann wird mir klar, dass zu spätes Erscheinen nicht besonders unauffällig wäre; ganz im Gegenteil.

Hektisch springe ich aus dem Bett und spritze mir am Waschbecken eiskaltes Wasser ins Gesicht, um zumindest halbwegs wach zu werden. Ein kurzer Blick in den Spiegel zeigt mir den positiven Aspekt meiner neuen Frisur: Auch nach einer schlechten Nacht sieht sie ähnlich chaotisch aus wie am Abend zuvor. Anschließend durchwühle ich zähneputzend den Kleiderschrank nach angemessenen Sportklamotten, die ich im kameralosen Bad überstreife. Wäre auch zu viel verlangt gewesen, wenn man mich am gestrigen Abend über den Beginn des kommenden Tages informiert hätte.

Kurze Zeit später stehe ich fertig angezogen an der Zimmertür und drücke die Klinke hinunter. Wie erwartet ist nicht mehr abgeschlossen, und ich trete auf den leeren Gang hinaus. Direkt gegenüber der Tür befindet sich eine lange Fensterfront, welche die Sicht auf einen großen Innenhof freigibt, wo sich ein Haufen Jugendlicher in Sportkleidung eingefunden hat.

Ich prüfe die Uhrzeit. Wenige Minuten bis halb sechs und ich habe keine Ahnung, wie ich diesen Treffpunkt am schnellsten erreiche. Ratlos schaue ich den Flur auf und ab, doch niemand ist zu sehen. Gerade will ich mich auf gut Glück in eine spontan gewählte Richtung aufmachen, da höre ich Schritte, die sich eilig nähern. Wenige Sekunden darauf biegt ein Mädchen in meinem Alter um die Ecke und stoppt abrupt. Sie hat ihr langes, blondes Haar zu einem Pferdeschwanz zusammengefasst und trägt trotz der frühen Stunde auffälligen Lipgloss. Ihr knallrotes Top liegt eng am Körper an, und die knappen Hotpants offenbaren lange, wohlgeformte Beine. Abgesehen von ihrem übertriebenen Styling sieht sie ganz nett aus.

»Oh Gott, an diese Frisur müsste ich mich doch erinnern. Bist du neu hier?«, fragt sie mit einem angewiderten Naserümpfen. Okay, ich überdenke meine Meinung. Was für eine blöde Schnepfe!

Mit einer eleganten Geste streicht sie sich eine lose Strähne ihres feinen Haars aus dem Gesicht. »Hat es dir die Sprache verschlagen? Oder kannst du nicht reden? Wie heißt du überhaupt?«

»Ha–« Ich stocke erschrocken. »Gwen.«

»Hagwenn?« Schnepfie kichert belustigt. »Was ist denn das für ein Name?«

Noch bevor ich die Gelegenheit zur Richtigstellung ergreifen kann, schaut sie auf die Uhr, stößt einen spitzen Schrei aus und rennt wie von der Tarantel gestochen los. Kurz entschlossen nehme ich die Verfolgung auf. Wenigstens erfahre ich dadurch, wie ich zum Treffpunkt gelange.

Im Höchsttempo jage ich Schnepfie hinterher und finde mich schließlich völlig außer Atem im Atrium wieder, das ich bereits durch das Fenster gesehen hatte. Für meinen Geschmack war das eindeutig genug Frühsport. Nachdem ich hektisch schnaufend einige Züge der frischen Morgenluft genommen habe, fühle ich mich in der Lage, die Umgebung zu sondieren und meine neuen Mitschüler, die gerade ein Dehnprogramm absolvieren, genauer in Augenschein zu nehmen. Während ich schwankend auf dem linken Bein stehe, hinter meinem Rücken den rechten Knöchel ergreife und zu mir ziehe, schaue ich mich unauffällig um. Der riesige, quadratische Innenhof ist ringsum von meterhohen Wänden umgeben, die über die komplette Länge von Fenstern durchbrochen werden. Beiläufig lege ich den Kopf in den Nacken und blicke die wuchtigen Mauern empor. Neben dem Erdgeschoss, in dem sich mein Zimmer befindet, verfügt die Akademie über weitere drei Stockwerke. Das vereinzelte Moos in den Fugen und die teilweise verwitterten grauen Steine lassen darauf schließen, dass das Gebäude bereits seit Jahrzehnten Wind und Wetter trotzen muss. Langsam senke ich den Kopf und verschränke die Hände im Nacken, um meine Wirbelsäule zu strecken. Bei der Musterung des Bodens verziehe ich kurz die Lippen. Ich bin sicher, dass der feine Sand problemlos einen Weg in meine Turnschuhe finden wird.

Obwohl sich auf dem Platz an die dreißig Personen

versammelt haben, herrscht absolute Ruhe, sodass man das leise Zwitschern der Vögel hören kann, die den Sonnenaufgang begrüßen. Trotz der zahlreichen neugierigen Blicke, die mich streifen, spricht mich niemand an.

Stattdessen durchschneidet ein gebellter Befehl die Stille. »Wird's bald? Zum Geländelauf aufstellen. Braucht ihr eine Extraeinladung?«

Innerhalb von Sekunden habe ich die Stimme erkannt, die mich vorhin unsanft aus dem Schlaf gerissen hat. Sie gehört zu einer kleinen, schlanken Frau mit kurzen, schwarzen Haaren, die ein tarngrünes Tanktop und dunkelgraue Sporthosen trägt. Nach einem finsteren Blick in die Runde trabt sie in lockerem Tempo los, was die ganze Herde dazu veranlasst, sich an ihre Fersen zu heften. Joggend verlassen wir den Innenhof durch ein steinernes Tor, das die südliche Mauer durchbricht. Kurz darauf passieren wir die Grenze zum Waldrand.

»Hey, du bist neu, oder? Frisch aus der Einzelhaft?«, fragt mich ein blonder, ziemlich großer Typ, dessen Bewegungen eine Leichtigkeit haben, die mich vor Neid erblassen lässt.

»Ja«, antworte ich knapp, um meine Lufteinteilung nicht zu gefährden.

»Ich weiß, wie du dich fühlst. Es wird besser«, versichert er freundlich. Obwohl ich beide Aussagen bezweifle, bemühe ich mich um einen neutralen Gesichtsausdruck.

»Ich habe überhaupt keine Ahnung, was hier läuft«, gestehe ich hilflos und frage mich im selben Moment, wieso ich ihm das direkt auf die Nase binde. Schnell riskiere ich einen Seitenblick und schaue direkt in warmherzige, blaue Augen.

Er lächelt mir aufmunternd zu. »Du wirst dich schnell einfinden.«

»Weniger reden, schneller laufen!«, unterbricht uns die schroffe Stimme der Ausbilderin. Gehorsam steigere ich mein Tempo und schaffe es sogar, während der ersten zehn Minuten meinen Platz im mittleren Drittel beizubehalten. Immerhin bin ich halbwegs trainiert durch die Joggingeinheiten mit Viv. Dachte ich. Dann allerdings zieht die Gruppe die Geschwindigkeit an.

Wenige Zeit später schnappe ich nach Luft. Meine Seiten beginnen zu schmerzen, doch die anderen behalten das wahnwitzige Tempo bei. Ich werde langsamer, falle immer weiter zurück, und nach und nach überholen mich die meisten Schüler. Ein Blick auf die Uhr lässt mich entsetzt aufkeuchen. Seit dem Loslaufen ist erst eine halbe Stunde vergangen. Für einen kurzen Moment bleibe ich stehen und versuche krampfhaft, zu Atem zu kommen. Als ich mich wieder in Bewegung setze, befinde ich mich im hinteren Drittel der Gruppe, das im Vergleich zum Spitzenfeld weit abgeschlagen ist. Dafür kann ich bei ihrem Lauftempo mithalten. Von der Umgebung sehe ich leider überhaupt nichts. Zu sehr bin ich damit beschäftigt, einen Fuß vor den anderen zu setzen und dabei nicht vor Erschöpfung umzukippen.

Es ist schließlich fünf vor acht, als ich völlig entkräftet und durchgeschwitzt als eine der Letzten auf den Innenhof schwanke. Die Frau in Tarngrün steht mit verschränkten Armen an der Steinmauer und fixiert mich mit strengem Blick.

»Du hast dir Zeit gelassen. Wenn du der Meinung bist, lieber ein wenig mit deinen Mitschülern zu plaudern, statt das Training ernst zu nehmen – nun gut. Du wirst sehen, was du davon hast.«

Ich will etwas erwidern, doch sie schneidet mir mit einer ungehaltenen Handbewegung das Wort ab und bedeutet mir, ihr zu folgen. Hektisch eile ich hinter der Ausbilderin her und lasse ihre Kritik über mich ergehen. »Im Moment siehst du erbärmlich aus«, stellt sie ungerührt fest. »Um Viertel nach acht wirst du zum Unterricht erwartet. Ich rate dir davon ab, zu spät zu erscheinen. Du hast knappe zwanzig Minuten, um dich fertig zu machen. Das Frühstück musst du unter diesen Umständen wohl ausfallen lassen. Wird dir sicher nicht schaden.« Sie dreht sich um und lässt mich völlig betroffen vor meiner Zimmertür stehen.

Natürlich lag sie richtig. Als ich frisch geduscht und halbwegs zurechtgemacht auf die Uhr schaue, ist es bereits zehn nach acht. Keine Chance auf Frühstück, wenn ich pünktlich im Unterricht sein will. Mir bleibt nichts anderes übrig, als im Innenhof darauf zu hoffen, dass wieder jemand vorbeikommt. Vielleicht der nette Typ vom Frühsport? Hektisch werfe ich mir den Rucksack über die Schulter, renne nach draußen und schaue mich hilflos um. Wenn ich nicht schnell in Erfahrung bringe, wo man mich erwartet, ist der nächste Ärger vorprogrammiert.

»Was treibst du denn noch hier? Solltest du nicht im Unterricht sein?«

Ergeben schließe ich kurz die Augen, atme tief durch und wende mich der Sprecherin zu.

»Ich bin neu hier. Frisch aus der … Einzelhaft«, wiederhole ich die Worte, die der Typ beim Geländelauf zu mir gesagt hat.

Die Frau zieht irritiert die Augenbrauen hoch. »Intensivphase«, korrigiert sie mich dann belustigt.

Ich nicke resigniert. »Genau. Mir ist klar, dass der Unterricht um Viertel nach acht beginnt, aber mir hat niemand verraten, wohin ich muss.« Mittlerweile bin ich derartig angespannt, dass es mir schwerfällt, den gereizten Unterton komplett zu unterdrücken. Ist es wirklich zu viel verlangt, mich zumindest mit den nötigsten Informationen zu versorgen? Offenbar sind alle anderen Schüler schon länger hier und wissen, was von ihnen erwartet wird. Das Fettnäpfchen mit der Einzelhaft hätte ich auch auslassen können.

Die Frau schüttelt ihre dunkelbraunen Locken und lächelt mich an. »Stimmt. Dich habe ich hier noch nie gesehen. Du bist sicherlich Gwendolin. Damit ist der Jahrgang komplett. Willkommen an der Akademie. Anthea.« Sie deutet zuerst auf sich selbst, dann streckt sie mir die Hand zur Begrüßung hin. Vor Nervosität drücke ich so fest zu, dass ihre Finger knacken, doch Anthea lässt sich nichts anmerken und hat nach wie vor einen freundlichen Gesichtsausdruck aufgesetzt.

»Erstes Semester. Sonntagmorgen.« Ein Schatten zieht über ihr Gesicht, und kurz blitzt Besorgnis in ihren Augen auf. »Du solltest jetzt eigentlich in angewandter Psychologie bei Dr. Levander sitzen. Montag bis Samstag unterrichte ich nach dem Frühstück die Bildungsfächer und Schauspiel, doch der Sonntag gehört ihm.«

Nach dieser Erklärung habe ich noch mehr Angst vor Levander. Bisher war ausnahmslos alles, was ich von ihm gehört habe, höchst Furcht einflößend. Was sagt es über ihn aus, dass sogar eine Ausbilderin bei der Nennung seines Namens schaudert?

Anthea lässt sich jedoch von meiner skeptischen Miene nicht beirren und fordert mich auf, ihr zu folgen. Fröhlich plaudernd läuft sie vor mir her, während ich mit den Gedanken bei dem Mann bin, den ich gleich kennenlernen muss.

Vor einer Tür, die in meinen Augen wie jede andere aussieht, bleibt sie stehen.

»Setz dich am besten leise auf einen freien Platz. Er wird dich zwar bemerken, aber vielleicht wartet er mit der Bestrafung bis nach der Stunde. Viel Glück.« Mit diesen Worten öffnet sie die Tür und schiebt mich durch den entstandenen Spalt. Oh Gott.

5 : vorgeführt

»Schaut mal, das ist die Neue. Sie heißt *Hagwenn*! Bescheuert, oder?«

Hervorragend. Schnepfie hat mich entdeckt und sorgt umgehend dafür, dass ich die volle Aufmerksamkeit genieße. Ungefähr dreißig Augenpaare starren mich an. Ein hämisches Grinsen zuckt über die Lippen meiner neuen Lieblingsfeindin.

Gerade will ich den Mund öffnen, um das Missverständnis ein für alle Mal richtigzustellen und Schnepfie in ihre Schranken zu weisen, da peitscht eine harte Stimme durch den Saal.

»Elena, empfinden Sie die Störung meines Unterrichts als erheiternd?«

Schnepfie wird bleich und senkt furchtsam den Blick auf ihre Hände. Im ganzen Raum ist es so still, dass man die berühmte Stecknadel fallen hören könnte. Antheas beunruhigende Ankündigung noch im Hinterkopf widerstehe ich mühevoll dem Wunsch, schreiend zur Tür hinauszurennen. Stattdessen schaue ich mich angestrengt nach einem freien Platz um. Ich stehe in der hintersten Ecke eines großen, fensterlosen Saales mit hellgrauen Wänden, dessen hölzerne Klappsitze halbkreisförmig in absteigenden Reihen angeordnet sind. Neben dem Pult im Zentrum steht ein großer, schlanker Mann um die dreißig mit dunkelblondem Haar, der mich eindringlich mustert. Das muss Levander sein. Der kompromisslose Ausdruck in seinem Gesicht sorgt dafür, dass mir unangenehme Schauer den Rücken hinunterlaufen.

»Sehr schön«, sagt er mit kalter Stimme, »da haben wir ja eine Freiwillige. Warum kommen Sie nicht direkt zu mir?«

Zögerlich gehe ich die Stufen hinunter. Das erleichterte Aufatmen, das rings um mich herum zu hören ist, trägt nicht gerade zu meiner Entspannung bei. Das Herz klopft mir bis zum Hals, und ich versuche krampfhaft, mich zu beruhigen. Welches Fach wird gerade unterrichtet? Angewandte Psychologie? Kein Grund zur Panik. Was soll da schon groß passieren?

Als ich am Pult angekommen bin, bedeutet mir Levander, mich zu meinen neuen Mitschülern umzudrehen. Beim Anblick der vielen Gesichter, die von den Sitzreihen teils erwartungsvoll, teils besorgt herabschauen, schnürt sich meine Kehle zu. Die geballte Aufmerksamkeit von dreißig Menschen zu spüren, ist keine schöne Erfahrung.

Levander stellt sich schräg zwischen mich und die Klasse. Er mustert mich mit einem dünnen Lächeln.

»Ich werde Ihnen jetzt drei Fragen zum aktuellen Unterrichtsinhalt stellen. Selbstverständlich gehe ich davon aus, dass Sie sich im Verlauf Ihrer *ausgiebigen* Intensivphase mit den verfügbaren Skripten beschäftigt haben, die in Ihrem Schreibtisch bereitlagen. Sie sollten sich konzentrieren und Ihre Antworten gut überdenken, denn jeder Fehlschlag wird für Sie äußerst schmerzhaft werden.«

Das meint er hoffentlich nur im übertragenen Sinn. Eingeschüchtert weiche ich ein Stück zurück, bis ich mit dem Rücken an das Pult stoße, was der Akademieleiter mit einem höhnischen Schnauben kommentiert.

»Erklären Sie an einem Beispiel aus dem Alltag, inwiefern es nützlich sein kann, ein Individuum durch die Vorwegnahme von Argumenten kognitiv zu immunisieren.«

Entsetzt beiße ich mir auf die Unterlippe und ziehe die Schultern hoch. Die einzelnen Wörter der Aufgabe sind mir zwar bekannt, aber in dieser Kombination ergeben sie für mich keinen Sinn. In meiner Schreibtischschublade befanden sich keine Skripte. Die fehlende Vorbereitung ist nicht meine Schuld!

Während mein Schweigen immer länger andauert, erhebt sich leichte Unruhe in den Reihen der Schüler. Einige greifen sich mit der Hand an die Stirn, andere stöhnen und verdrehen die Augen. Anscheinend ist die Frage nicht schwer – wenn man den bisherigen Unterricht besucht hat.

»So«, sagt Levander gedehnt, »Sie wissen es nicht?«

Völlig verängstigt schüttle ich den Kopf und wappne mich innerlich gegen die Schmerzen, die er mir gleich zufügen wird. Mittlerweile bezweifle ich, dass angewandte Psychologie tatsächlich ungefährlich ist. Ich kenne Levander keine fünf Minuten, und schon jagt er mir eine Höllenangst ein. Doch statt auf mich loszugehen, beobachtet er mich mit unergründlichem Gesichtsausdruck. Nichts passiert. Das Warten zermürbt mich. Ich möchte ihm fast zurufen, endlich anzufangen, damit diese Ungewissheit ein Ende hat. Als ich kurz davor bin, den Mund zu öffnen, spricht er weiter.

»Da Sie erst heute aus der Intensivphase zu uns gestoßen sind, will ich Ihnen entgegenkommen, Gwendolin. Ich biete Ihnen einen Ausweg. Bestimmen Sie einen anderen Schüler, der an Ihrer statt die Strafe erhält.«

Ein nervöses Raunen geht durch den Saal. Plötzlich

verändert sich die Atmosphäre. Die Angst ist fast mit Händen zu greifen. Ist er völlig verrückt geworden? Unter Garantie werde ich keinen anderen auswählen, der für meine Unwissenheit büßen muss!

Im selben Moment, in dem ich Levander sagen will, was ich von seiner absurden Idee halte, verspüre ich den leichten Wunsch, sein verlockendes Angebot anzunehmen. Die Strafen könnten verteilt werden, sodass ich nicht alles auf mich nehmen müsste. Womöglich komme ich sogar ganz davon ...

Schlagartig realisiere ich, was gerade passiert. Er manipuliert mich mithilfe der Gabe. Der Impuls ist jedoch schwach genug, dass ich mich ohne Weiteres dagegen zur Wehr setzen könnte. Energisch will ich den Befehl in die hinterste Ecke meines Gehirns zurückdrängen, da trifft mich die Erkenntnis: Wenn ich dem mentalen Druck widerstehe, ziehe ich unweigerlich seine Aufmerksamkeit auf mich. Bei einer falschen Entscheidung wird er sofort wissen, dass ich stark bin. Möglicherweise zu stark für einen künstlichen Former, der am Beginn seiner Ausbildung steht. Noch habe ich keine Ahnung, was die anderen können. Auffallen käme meinem Todesurteil gleich. Panisch suche ich nach einer Alternative, aber ich bin gefangen.

Amüsiert betrachtet Levander meinen inneren Kampf, doch seine Augenbrauen sind argwöhnisch zusammengezogen. Mir wird bewusst, dass ich schon viel zu lange brauche, um eine Entscheidung zu fällen. Ein schwacher Former hätte bereits nachgegeben. Mit jeder Sekunde, die verstreicht, werde ich verdächtiger. Mir bleibt nichts anderes übrig, als mich der Beeinflussung zu beugen. Somit zögere ich nicht länger und nicke, während ich mich gleichzeitig dafür hasse. Ein kollektives Wispern geht durch die Reihen.

Levander lächelt. »Dann treffen Sie Ihre Wahl.«

Ratlos lasse ich meine Blicke über die Mitschüler gleiten. Plötzlich kann mir keiner mehr in die Augen sehen. Mit gesenkten Köpfen starren sie nach unten. Einige umklammern die Tischplatten. Wie soll ich eine solche Entscheidung treffen, zumal ich nicht einmal weiß, was meinen Stellvertreter erwartet?

Levander verschränkt die Arme und tippt gereizt mit den Fingerspitzen auf seinen Ellbogen. Ich akzeptiere die unausgesprochene Botschaft, senke die Lider und drehe mich frontal zur Klasse. Dann hebe ich ruckartig den Kopf und bestimme irgendeine Person, indem ich zufällig mit dem Finger in die Menge deute.

Der Akademieleiter nimmt meine Wahl ohne jegliches Interesse zur Kenntnis. »Emily.«

Ein zierliches Mädchen mit braunen, gewellten Haaren, einer Stupsnase und Sommersprossen erhebt sich. Sie trägt blaue Jeans, Ballerinas und eine lockere, helle Bluse. Um ihren rechten Oberarm ist ein etwa fingerbreites, rotes Band geschlungen. Fassungslos schaut sie mich an. Ihre Lippen beben vor Angst.

Was habe ich getan? Ich hätte bewusst bestimmen müssen. Wie grausam kann der Zufall sein? Ihrem Aussehen nach zu urteilen ist sie keine vierzehn Jahre alt. Wie kann ich dieses zerbrechliche Wesen für mich büßen lassen?

Zu spät. Levander kennt kein Mitleid. Mit schroffer Geste bedeutet er ihr, zum Pult zu kommen. Emily schwankt die Treppen hinab und stellt sich zitternd neben ihn.

Die folgende Minute gehört zu den längsten meines

Lebens. Ohne sich von der Stelle zu bewegen, fixiert Levander das Mädchen. Plötzlich erschüttert ein Ruck ihre schmale Gestalt, und Emily keucht schmerzerfüllt auf. Ihr Atem geht in unregelmäßigen Zügen. Sie kneift die Augen fest zusammen, umschlingt sich mit den Armen und beginnt, erstickt zu schluchzen. Levander steht völlig emotionslos daneben und setzt die Folter fort, die eigentlich für mich bestimmt gewesen wäre.

Mittlerweile ist eine halbe Minute vergangen, und ich muss hilflos zusehen, wie Emily versucht, eine Tortur zu ertragen, die zu viel für ihren zarten Körper ist. Unablässig laufen Tränen aus ihren Augen. Gerade als ich denke, es könne nicht mehr schlimmer werden, beginnen ihre Muskeln unkontrolliert zu zucken. Wie von Sinnen wälzt sie sich in einem Krampfanfall am Boden und beginnt zu schreien. Der Ton ist hoch und voller Qual, wie der Todesruf eines sterbenden Tieres. Sie muss grauenvolle Schmerzen haben.

Nach einer gefühlten Ewigkeit lässt Levander endlich von ihr ab. Emily bäumt sich ein letztes Mal auf und sinkt geräuschlos in sich zusammen. Ihre erstarrten Muskeln werden schlaff. Ich will ihr zu Hilfe eilen, aber bevor ich sie erreiche, deutet Levander auf zwei Schüler, die mir zuvorkommen und kurz darauf mit dem leblosen Körper den Raum verlassen. Trotz der Tragödie, die sich gerade ereignet hat, stellt der Akademieleiter mit einer spärlichen Handbewegung die absolute Ruhe im Saal wieder her.

Ich stehe nach wie vor im Zentrum der Aufmerksamkeit. Jedoch sind die Blicke, die mich jetzt treffen, durchweg feindselig.

Als er zur zweiten Frage ansetzt, wird mir klar, dass er keine Gnade zeigen, sondern diese Misshandlung erbarmungslos fortsetzen wird. Genau wie alle anderen habe ich keine Chance zu entkommen. Ich muss weiter mitspielen.

Natürlich kann ich auch dieses Mal nicht zu seiner Zufriedenheit antworten. Wieder muss ich mich nach einer scheinbaren Entscheidung auf ein Opfer festlegen. Wie kann ich jemanden benennen, obwohl ich jetzt weiß, was ihn erwartet? Wie kann ich überhaupt in Erwägung ziehen, diesem Scheusal einen weiteren Schüler zum Fraß vorzuwerfen? Ich sollte Levanders Impuls widerstehen. Immerhin ist die verschwindend geringe Chance vorhanden, dass ich Glück habe und er mich nur für einen starken künstlichen Former hält. Doch was, wenn nicht? Durch die Aufdeckung meiner wahren Fähigkeiten wäre mein Todesurteil unterschrieben. Wie auf einem Silbertablett würde ich mich ihm präsentieren. Er müsste nur zugreifen. Gleichgültig, ob aus Angst oder aus Schwäche – ich beuge mich erneut Levanders Manipulation, obwohl ich mich selbst dafür verabscheue. Im Gegensatz zur ersten Wahl lasse ich jedoch nicht den Zufall bestimmen, sondern suche bewusst einen kräftigen Jungen aus, der den Eindruck macht, er könne mit Levanders Quälerei besser umgehen.

Die Entscheidung bringt nur einen geringfügigen Unterschied. Er wird zwar nicht ohnmächtig, liegt aber nach einer unendlichen Minute voller Schreie und Leid völlig erledigt am Boden und muss von zwei Schülern zu seinem Platz begleitet werden.

Als ich es wage, den Kopf zu heben, schlägt mir blanker Hass entgegen. Die Verachtung der anderen ist völlig berechtigt. Ich bin wirklich das Letzte. Hätte ich direkt die erste Strafe auf mich genommen, wäre dieser Horror viel früher zu Ende gewesen. Ich war zu feige.

Völlig gefangen in Selbstvorwürfen registriere ich bloß am Rande, dass ich auch die Antwort auf Levanders dritte Frage nicht weiß. Nicht weiter überraschend, immerhin ahnte ich bis heute Morgen nicht einmal etwas von der Existenz dieses Faches an der Akademie! Ihm muss doch bewusst sein, dass ich keinen der Inhalte kenne. Weshalb behauptet er, dass sich die Aufzeichnungen in meinem Schreibtisch befänden? Ich bin sicher, dass dies nicht der Fall ist. Worum geht es hier wirklich? Empfindet er solche Freude am Foltern? Ich kann das nicht noch mal. Egal wie auffällig es ist, ich werde mich weigern, ein drittes Opfer bis zur Bewusstlosigkeit quälen zu lassen. Was für ein Monster ist dieser Mann? Ist an dieser Schule Sadismus zentraler Bestandteil des Unterrichts?

Beschämt mustere ich meine Mitschüler, die beklommen darauf warten, dass ich wieder einen von ihnen ausliefere. Bevor mich Levander zu einer erneuten Benennung zwingen kann, nehme ich all meinen Mut zusammen.

»Ich trete die Strafe selbst an!«, sage ich fest und schaue ihm dabei trotzig in die Augen. Schlagartig ändert sich die Stimmung im Saal von angsterfüllt zu gespannt.

»Sind Sie sicher?«, fragt Levander mit einem spöttischen Lächeln. Zu meiner Überraschung bleibt der erwartete Impuls, einen anderen Schüler zu wählen, aus. Wahrscheinlich genießt er die Vorstellung, sein Opfer nicht nur psychisch, sondern auch physisch am Boden zu sehen. Ich nicke entschlossen.

»Wie Sie meinen. Doch zuvor ein Auftrag an das Plenum.« Levander schaut auffordernd in die Runde. Unterdessen stehe ich wie ein Häuflein Elend mit gesenktem Kopf neben ihm und versuche, mir meine sekündlich zunehmende Panik nicht anmerken zu lassen. »Beschreiben Sie Ihre Gefühle gegenüber Gwendolin«, dabei deutet er auf mich, »nach der drastischen Zurschaustellung ihrer Schwäche.«

Zahlreiche Arme gehen nach oben.

»Ich empfinde Verachtung und Hass für diesen Abschaum. Wie kann man dermaßen feige sein?«

»Sie ist das absolut Letzte. Sie hätte den Unterrichtsinhalt nachholen müssen, ebenso wie wir es getan haben.«

»Sie lässt andere für sich leiden!«

»Vermutlich glaubt sie, sich bei uns beliebt zu machen, indem sie jetzt einen Bruchteil der Verantwortung übernimmt. Dafür ist es ein wenig zu spät.«

Gleichgültig sammelt Levander die Antworten, ohne dabei einen eigenen Kommentar abzugeben. Nach diesen zutreffenden und schonungslos ehrlichen Äußerungen möchte ich am liebsten weinend in der Ecke zusammenbrechen. Ich kann die unversöhnlichen und aggressiven Reaktionen nachvollziehen. Keiner rechnet damit, dass ich meine Entscheidungen nicht selbst getroffen habe. Ein geschickter Schachzug des Akademieleiters, die hochgekochten Emotionen noch vor meiner Bestrafung zu bündeln.

Nachdem die anderen ihrem Ärger Luft gemacht haben und kein gutes Haar an mir gelassen wurde, durchbricht Levander die gereizte Stille. »Sündenböcke entstehen nicht von selbst, sie werden erschaffen«, erklärt er ruhig, während der ganze Saal atemlos an seinen Lippen hängt. »Das ist es, was Sie aus der heutigen Stunde mitnehmen sollten. Als Gwendolin vorhin den Raum betrat, war sie Ihnen völlig unbekannt. Sie war Ihnen egal. Aber die Situation hat sich verändert. Durch ihre mangelnde Bildung, ihre Unfähigkeit, die eigene Schuld einzugestehen, und ihre Feigheit, die sie davon abhält, die Konsequenzen für das eigene Versagen zu übernehmen, hat Gwendolin anderen Schülern großes Leid zugefügt. Meine Aufgabe war es, diese Eigenschaften vor der Gruppe offenzulegen. Stellen Sie sich nun selbst die kritische Frage: Wie hätten Sie reagiert? Wären Sie in der Lage gewesen, den Schmerz zu ertragen? Oder hätten Sie ebenso kaltblütig ein Opfer erwählt, wie es Gwendolin tat? Wären Sie ebenfalls den leichten Weg gegangen?« Er hält kurz inne und lässt seine Worte wirken. »Es ist egal, wie Sie antworten würden. Relevant ist, dass Sie im Augenblick von scheinbar rechtmäßigem Zorn erfüllt sind. Der meistgehasste Mensch in diesem Raum ist definitiv sie.« Er zeigt auf mich. »Genau das ist es, was einen Sündenbock ausmacht. Er symbolisiert die Schwäche einer Gruppe. Dabei spielt es keine Rolle, ob die übrigen Mitglieder anders gehandelt hätten. Es geht nur darum, einen Schuldigen zu finden, der die Verantwortung trägt. Jeder von Ihnen könnte zum Sündenbock gemacht werden. Nutzen Sie den Rest der Stunde, um diese Taktik auf Ihre eigene Lebenswelt zu beziehen, und berücksichtigen Sie dabei besonders die Bedeutsamkeit für Ihre Formerausbildung.«

Mit diesen Worten geht Levander ein paar Schritte zur Seite und lehnt sich an das Pult. Die Schüler verfallen in hektische Betriebsamkeit. Überall kann ich das Kratzen von Stiften auf Papier hören. Wie betäubt taumle ich die

Treppen hoch und versuche, die bösen Blicke, die mich von allen Seiten durchbohren, zu ignorieren.

»Gwendolin. Einen Moment«, höre ich Levanders schneidende Stimme hinter mir und erstarre auf der obersten Stufe. »Die Folge Ihrer Entscheidung steht noch aus.«

Mein persönlicher Albtraum beginnt. Bevor ich mich zu dem Akademieleiter umdrehen kann, breitet sich ein Ziehen in meinen Gelenken aus, das einem starken Muskelkater ähnelt und schnell intensiver wird. Wenige Sekunden später fühlt sich mein Körper an wie ein einziger großer Krampf. Meine Muskeln beginnen ununterbrochen zu kontrahieren. Es tut so weh. Tränen laufen mir übers Gesicht, während ich verzweifelt versuche, der Folter durch Drehung und Bewegung meines Körpers zu entkommen. Vergeblich. Wie ein entfesselter Tornado tobt der Schmerz durch mein Inneres. Mein Gehirn ist wie leer gefegt. In meiner Welt existiert ausschließlich glühende, erbarmungslose Qual. Mit zuckenden Gliedern falle ich zu Boden. Genug. Es ist genug. Doch statt nachzulassen, nimmt der Horror noch zu. Ich schreie.

Nie. Nie. In. Meinem. Leben. Habe. Ich. Stärkere. Schmerzen. Gespürt. Ich kann nicht. Monster. Ich. Kann. Nicht. Kann nicht. Atmen. Bitte. Aufhören.

6 : unerwünscht

Völlig ausgemergelt und einer Ohnmacht nahe stelle ich irgendwann fest, dass das in mir tobende Inferno nachlässt. Ich liege kraftlos auf der Treppe, während mich meine Mitschüler teils schadenfroh, teils mitleidig mustern. Erregtes Getuschel, doch keiner hilft mir auf.

»Sie haben einen Arbeitsauftrag«, erinnert Levander emotionslos, woraufhin sich erneut Stille über den Raum senkt. Wie gerädert stemme ich mich hoch und schleppe mich zu einem leeren Sitzplatz. Dort breche ich förmlich zusammen und ducke mich vergeblich vor Levanders stechenden Blicken. Niemals wäre ich auf den Gedanken gekommen, die Gabe zu nutzen, um andere zu foltern. Die Minute der Bestrafung war entsetzlich, doch mein Körper zeigt keinerlei sichtbare Anzeichen der Hölle, durch die ich gegangen bin. Werden alle Inhalte an der Akademie auf diese Art vermittelt? Eingeschüchtert bemühe ich mich, den Arbeitsauftrag Levanders zu dessen Zufriedenheit auszuführen. Allerdings verkrampfe ich mich immer wieder bei der Erinnerung an den zurückliegenden Horror. Dieses Szenario wird mir noch lange Albträume bereiten.

Am Ende der Stunde lasse ich mir viel Zeit mit dem Zusammenraffen meiner Notizen, sodass ich eine der letzten bin, die den Saal verlassen. Jede Sekunde fürchte ich, dass meine zitternden Knie einknicken und meine Beine den Dienst versagen. Einerseits schäme ich mich, dass ich zweimal bei dieser furchtbaren Manipulation mitgemacht habe, um meine eigene Haut zu retten. Auf der anderen Seite bin ich unglaublich wütend auf dieses Scheusal Levander. Er hat mich absichtlich in diese ausweglose Lage gebracht, wohl wissend, dass ich nach dieser Aktion gerade als Neue keinen Anschluss mehr finden würde. Und die Schmerzen, die meine Mitschüler und mich zusammenbrechen ließen ... War das etwa eine typische Stunde in angewandter Psychologie? Es schüttelt mich bei diesem Gedanken. Wie skrupellos und gefühlskalt muss ein Mensch überhaupt sein, um jemandem etwas Derartiges anzutun und auch noch Spaß dabei zu empfinden?

Mit gesenktem Kopf schleiche ich den anderen hinterher und hoffe, keine Aufmerksamkeit auf mich zu ziehen. Zum Glück scheint mich die Gruppe, der ich unauffällig zum nächsten Saal folge, nicht zu bemerken. Trotz der angespannten Situation sind sie in ein angeregtes Gespräch vertieft. Wortführer ist der blonde Junge, der mich beim Frühsport so mitfühlend angesprochen hat. Kurz ziehe ich in Erwägung, zu ihnen aufzuschließen. Aber wer hätte zum momentanen Zeitpunkt einen Grund, freundlich zu mir zu sein?

»Kannst du vergessen, dich da einzuschleimen. Zu denen passt du nicht«, informiert mich eine spöttische Stimme. Irritiert schaue ich nach rechts und sehe ein dunkel gekleidetes Mädchen mit harten Gesichtszügen, das mich abschätzend taxiert.

»Das sind die *Netten*«, sagt sie. Durch den verächtlichen Seufzer, den sie dabei ausstößt, klingt es eher nach einer Beleidigung als nach einem Kompliment.

»Okay?«, erwidere ich verwirrt. »Und wer bist du?«

»Kira. Ich würde mich eher als Realist bezeichnen«, erklärt sie und streicht sich dabei die leicht strähnigen, dunklen Haare aus dem Gesicht. Ihre Augen sind von einem wässrigen Blau, aber ihr Blick ist scharf und intelligent. Im Gegensatz zu Emily trägt sie ein grünes Band um den Oberarm. Ob das etwas über Stellung oder Ansehen innerhalb der Akademie aussagt? Allerdings sind mir noch keine weiteren Schüler mit farbigen Kennzeichnungen aufgefallen.

Unschlüssig spiele ich am Gurt meines Rucksacks.

»Keiner von denen hätte den Schneid gehabt, auf Dr. Levanders Vorschlag einzugehen«, fährt sie fort, nachdem sie bemerkt, dass von mir mit keiner Antwort zu rechnen ist. »Die hätten die Strafe bestimmt gleich selbst angetreten, die Dummköpfe. Obwohl du neu bist, hast du es schnell begriffen. Man sollte hier in erster Linie an sich selbst denken.« Sie legt mir eine Hand auf die Schulter. Unsere Formerauren verbinden sich mit einem schwachen Knistern. Anders als bei Jan ist es bei Kira in keinster Weise angenehm. »Es ist völlig egal, was die anderen von einem halten«, versichert sie ungerührt.

»Na ja«, setze ich an, verstumme jedoch wieder, als Kira die Finger in meinen Oberarm gräbt.

»Deine Entscheidung war absolut richtig. Es wäre blöd gewesen, Dr. Levanders Angebot auszuschlagen. Gar nicht ungeschickt von dir, die letzte Runde selbst zu übernehmen. Dadurch kannst du wenigstens mit einem kleinen Opferbonus beim Rest des Jahrgangs rechnen. Ich wollte dir nur sagen: Ich fand's cool.«

»Es war ein Fehler«, gestehe ich leise.

»Bitte?«, fragt sie ungläubig, als hätte sie sich verhört.

»Es war ein Fehler!«, wiederhole ich so laut, dass sogar die Gruppe vor uns kurzzeitig aufmerksam wird. »Ich hätte die Strafe sofort antreten sollen. Das war keine Berechnung. Ich hatte nur zu viel Angst. Ich wollte nicht, dass ein anderer für mich büßt.«

»Ach, so ist das«, antwortet sie kühl und wendet sich ab. Wortlos laufen wir nebeneinanderher. Möglicherweise hätte ich sie nicht derart vor den Kopf stoßen dürfen. Aber dieser Kira scheint jegliches Mitgefühl abhandengekommen zu sein. Das Befolgen von Levanders Impuls empfand ich als furchtbar. Die Auswahl eines Opfers war mir zuwider. Sie lobt mich dafür und findet es *cool*? Ich bezweifle, dass Kira und ich viele Gemeinsamkeiten haben.

Als ich hinter ihr den nächsten Unterrichtsraum betrete, sehe ich Elric neben dem Pult stehen. Er ist also einer der Ausbilder. Das hätte ich mir denken können. Ob er wusste, welch harter Start mich hier erwarten würde? Garantiert. Und trotzdem hat er mich nicht gewarnt.

Mit beherrschtem Gesichtsausdruck nicke ich ihm knapp zu, nehme in der letzten Reihe Platz und studiere die Umgebung. Im Gegensatz zum düsteren, treppenförmig angeordneten Psychologie-Hörsaal unterrichtet Elric in einem weitläufigen Zimmer, dessen Wände in einem hellen Blauton gestrichen sind. Die großen Fenster geben den Blick auf den angrenzenden Wald frei. Das Wetter draußen ist wunderbar sonnig – anders als meine Stimmung.

Elric lässt seinen Blick über die Tischreihen schweifen. Nachdem er zweimal die anwesenden Schüler abgesucht hat, runzelt er die Stirn. »Emily? Kann mir jemand etwas über ihren Verbleib sagen?«

Mit einem Mal heben sich zahlreiche Hände. Ein rothaariger Junge in der ersten Reihe dreht sich in meine Richtung und verkündet gepresst: »Die hat die Neue auf dem Gewissen.« Einen leichten Hang zur Dramatik kann man ihm nicht absprechen.

Elrics Blick flackert alarmiert zu mir, doch nur einen Sekundenbruchteil später hat er sich wieder in der Gewalt.

»Führe das näher aus, Noah«, fordert er den Rotschopf auf, der nur zu gern die Geschehnisse wiedergibt und dabei kein gutes Haar an mir lässt. Die anderen nicken zustimmend und feuern giftige Blicke in meine Richtung ab, während ich mich in der hintersten Reihe immer kleiner mache.

»Gwendolin, komm bitte am Ende der Stunde nach vorne.« Elrics Miene ist ausdruckslos, doch ich kann mir denken, dass er über meinen Einstand alles andere als begeistert ist. Nur mühsam kann ich ein Stöhnen unterdrücken. Wird sich diese Pechsträhne den ganzen Tag über fortsetzen?

Im Gegensatz zu angewandter Psychologie verläuft die erste Hälfte des Realitätsformungsunterrichts erfreulich ereignislos. Wir meditieren eine scheinbare Ewigkeit, wodurch ich zumindest ein wenig ruhiger werde. Zu meinem großen Glück herrscht währenddessen striktes Redeverbot, sodass ich von weiteren verbalen Angriffen verschont bleibe.

Im zweiten Teil der Stunde trainieren wir die Erkennung von Formerauren. Dafür flutet Elric den Raum mit lauter Rockmusik, die er immer wieder überraschend abschaltet. Unsere Aufgabe ist es, mit geschlossenen Augen seinen Aufenthaltsort anhand der sich bewegenden Aura zu bestimmen. Konzentriert analysiere ich die verschiedenen Präsenzen und bin bereits nach kurzer Zeit sicher, alle Aurensignaturen im Raum unterscheiden und zuordnen zu können.

Nach Unterrichtsende warte ich auf meinem Platz, bis alle den Raum verlassen haben, dann stehe ich auf und gehe zum Pult. Elric ignoriert mich und blättert konzentriert in seinen Notizen. Nervös trete ich von einem Fuß auf den anderen und fahre zusammen, als er mit einem Knall das kleine Buch schließt.

»Gwendolin«, sagt er seufzend. »Du darfst seit heute Morgen den Unterricht besuchen und hast es schon geschafft, ausgerechnet Dr. Levander gegen dich aufzubringen?«

»Ich wusste nicht –«, will ich mich verteidigen, doch Elric lässt mich nicht zu Wort kommen.

»Wenn das so weitergeht, ist deine Ausbildung akut gefährdet. Du solltest dringend an deiner Einstellung arbeiten.«

Nur zu gerne würde ich Elric widersprechen und ihm einen Berg kritischer Fragen stellen wie zum Beispiel, warum er mich derart ins offene Messer laufen ließ. Mit wenigen Zusatzinformationen hätte sich mein Start ganz anders gestaltet. Warum hänge ich überhaupt an dieser verfluchten Akademie fest? Wäre es keine Option gewesen, ins Ausland zu flüchten? Hätten mich andere Former wirklich dermaßen leicht entdecken können? Elric hat mich nicht nach meiner Meinung gefragt, sondern einfach für mich entschieden. Wann wird er einen Plan entwickeln? Nach wie vor habe ich keine Ahnung von seinen Beweggründen. Da mir jedoch schmerzlich bewusst ist, in welch hilfloser Situation ich mich befinde, behalte ich die gesamten Anschuldigungen für mich.

Ich senke ergeben den Blick und nicke fügsam. In den privaten Zimmern sind Kameras installiert, also ist damit zu rechnen, dass auch der Rest der Schule von den Geräten überwacht wird. Der Spiegel, der direkt neben uns hängt, sieht verdächtig aus. Besser kein Risiko eingehen. Irgendwann wird sich hoffentlich die Gelegenheit zu einer Aussprache mit Elric bieten.

Der Ausbilder reicht mir wortlos einen Schnellhefter und entlässt mich mit einer flüchtigen Geste. Unterdessen beginnt er, sein Material zu ordnen. Ich ergreife die Mappe und verlasse den Raum.

Draußen auf dem Flur sinke ich mit dem Rücken gegen die Wand. Scheint nicht so, als gäbe es an dieser Akademie viele nette Menschen, die Lehrerin für die Bildungsfächer und den Frühsport-Typ mal ausgenommen. Wobei, wer weiß, was sie mit ihrer freundlichen Art bezwecken, welche Hintergedanken sie verfolgen. Offenbar ist hier keinem zu trauen.

Niedergeschlagen öffne ich den Schnellhefter und zische missmutig. Im Innern befindet sich nicht nur mein Stundenplan, sondern auch der Grundriss der Akademie. Wieso rückte Elric diese Blätter nicht gestern schon heraus? Sie hätten mir einigen Ärger ersparen können. Dann fällt mir ein, dass ich ein Exemplar des Lageplans in meiner Schublade entdeckt, es aber wieder vergessen hatte. Selbst schuld.

Dem Grundriss entnehme ich die genaue Position der Unterrichtssäle. Außerdem gibt es Wohnräume für Schüler aus zwei Semestern, Ausbilder und sogenannte *Leader*.

Anschließend studiere ich genervt den Stundenplan und stelle mit Grauen fest, dass wie befürchtet jeder Morgen mit einem zweistündigen Fitnessprogramm beginnt. Danach folgen mir verständliche Inhalte wie Allgemeinbildung, Schauspiel oder Kampftraining, aber auch unbekannte Abkürzungen. PSY deute ich als Psychologie. Das große F steht sicherlich für Realitätsformung. Nur hinter den Sinn von VISS komme ich nicht, obwohl ich mir den Kopf darüber zerbreche. Gibt es nicht ein Putzmittel mit diesem Namen?

Zu allem Übel hebt sich das Wochenende in keinster Weise von den anderen Tagen ab. Toll. Anscheinend erwartet man von uns, dass wir pausenlos durcharbeiten. Die einzige Ausnahme bildet der Sonntagnachmittag, der trotz des straffen Zeitplans frei ist. Vielleicht bietet sich nachher die Möglichkeit, einige Kontakte zu knüpfen. Ich brauche dringend eine wohlgesinnte Person, die mir die Funktion des Systems zumindest in Grundzügen erklärt. Ansonsten dürfte die Eingliederung an der Akademie äußerst schwierig, wenn nicht sogar undurchführbar werden. Vielleicht hätte ich Kira gegenüber nicht so offensiv meine Position vertreten sollen. Dann hätte ich zumindest eine Chance gehabt.

Schnell überprüfe ich, was nach der aktuellen Stunde auf dem Programm steht, und seufze resigniert. Mittagessen. Ich kann also direkt mit der Umsetzung meines Eingliederungsplans beginnen. Konzentriert präge ich mir den Weg zur Mensa ein, die sich auf der Südseite befindet, und eile los. Zeit für die nächste Herausforderung.

7 : aufgenommen

Die Mensa ist durch eine große Tür vom Flur abgetrennt. Als ich den rechten Flügel öffne, schwappt mir eine Welle von Geräuschen entgegen. Ich umfasse den Gurt meines Rucksacks fest mit beiden Händen und wappne mich für die Reaktionen, die mein Erscheinen auslösen wird. Auf der linken Seite des Raumes erstreckt sich eine lange Theke, hinter der das Küchenpersonal Essen ausgibt. Die rechte Seite wird von einer großen Fensterfront eingenommen, durch die ich den Innenhof erkennen kann. Die Schüler sitzen in kleinen Gruppen an leuchtend blauen Tischen und unterhalten sich angeregt. Zu meinem Schrecken befinden sich viel mehr Personen im Raum, als an den beiden vergangenen Unterrichtsstunden teilgenommen haben. Offensichtlich erhalte ich gerade die Gelegenheit, das zweite Semester kennenzulernen.

Unsicher steuere ich die Essensausgabe an, nehme mir ein Tablett und belade es mit einem Teller. Als ich die Theke verlasse, bemerke ich auf Anhieb meinen Fehler. Ich hätte mich zuvor um einen Platz kümmern müssen, denn egal wie sehr ich mich bei der Suche bemühe: Alle Tische sind belegt. Mir bleibt nur die Möglichkeit, mich zu einer Gruppe dazuzusetzen. Verzweifelt schaue ich im Saal umher. Bei fast jeder Runde gibt es freie Stühle, doch niemand sieht aus, als sei er bereit, mir einen davon anzubieten. Die ersten Personen, denen ich mich nähere, stecken die Köpfe zusammen, beginnen wild zu tuscheln und blicken dabei ständig in meine Richtung. Eilig ändere ich den Kurs, bleibe aber wieder stehen, als mir die Schüler am nächsten Tisch kollektiv den Rücken zudrehen. Mittlerweile bin ich vor Scham rot angelaufen, doch keiner erbarmt sich. Der komplette Raum ist gegen mich, und die feindselige Stimmung ist geradezu greifbar. Hat der Vorfall im Psychologie-Unterricht derart schnell die Runde gemacht, dass mich sogar die Zweitsemester hassen? Nachdem ich von einer weiteren Gruppe mit »Sorry, schon besetzt!« abgeschmettert wurde, bin ich kurz davor, aus der Mensa zu rennen und mich in meinem Zimmer zu verbarrikadieren. Ein letztes Mal schaue ich mich Hilfe suchend um und entdecke einen blonden Jungen, der mich zu sich winkt. Er sitzt mit einer kleinen Gruppe an einem Tisch in der Ecke des Raumes und hat mir halb den Rücken zugedreht. Irritiert blinzle ich. Meint der wirklich mich? Will er sich über mich lustig machen? Vielleicht handelt es sich auch um eine neue Stufe der Demütigung. Zuerst herrufen, dann wieder wegschicken. Schaut mal, was man mit der dämlichen Neuen machen kann. Trotzdem besteht die minimale Chance, dass man mir *wirklich* einen Platz anbieten möchte. Bevor ich also vollends das Gesicht verliere und flüchte, werde ich diese letzte Gelegenheit prüfen. Fest umfasse ich die Seiten meines Tabletts und gehe hoch erhobenen Hauptes durch den Saal.

Beim Näherkommen halte ich kurz inne. Der Junge, der mir gewinkt hat, ist kein Unbekannter. Es handelt sich dabei um den Typ vom Frühsport. In mir kämpfen Erleichterung und Unbehagen. Ich bin froh, dass er mir die

Chance bietet, meiner unangenehmen Situation zu entkommen, doch seine Freundlichkeit ist verdächtig.

Verlegen überwinde ich die letzten Meter und blicke ihm in die Augen. Er lächelt und deutet mit einer Kopfbewegung auf den freien Stuhl neben sich.

Das rothaarige Mädchen zu seiner Rechten hebt den Kopf und erstarrt. »Dorian!«, zischt sie ungehalten. »Ist das dein Ernst?«

Auch die drei Jungen, die mit am Tisch sitzen, lehnen sich verärgert zurück. Einer verschränkt sogar abwehrend die Arme. Das Mädchen, das zwischen ihnen sitzt, zeigt keine Reaktion. Sie hat den Kopf gesenkt, wodurch ich nur eine Unmenge brauner Locken erkennen kann.

»Das ist die Tussi, die Emily Dr. Levander zum Fraß vorgeworfen hat. Bist du total irre, sie an unseren Tisch zu holen?«

Dorian nickt mir ermutigend zu, sodass ich nicht länger zögere. Mir bleibt keine Wahl, schließlich bin ich im Moment nirgends erwünscht. Ich stelle mein Tablett auf den Tisch und setze mich. Als ich den Kopf hebe, schaue ich direkt in die großen, braunen Augen von Emily, die mich argwöhnisch mustert. Natürlich bin ich froh, sie unversehrt zu sehen, nachdem sie heute Morgen bewusstlos aus dem Raum getragen wurde. Allerdings ist es wirklich ungünstig, dass ich ausgerechnet am Tisch ihrer Clique gelandet bin.

»Hey«, sage ich lahm zu niemand Bestimmtem. Keiner reagiert.

Stumm beginne ich zu essen, die Augen dabei fest auf den Teller gerichtet. Das Gespräch ist vollends zum Erliegen gekommen, und zum gefühlt tausendsten Mal wünsche ich mich nach Hause zurück. Meine Eltern, mein Bruder Simon, Viv, Laro – ich vermisse sie alle unglaublich.

Nach einer scheinbaren Ewigkeit hat sich das rothaarige Mädchen von seinem Schock erholt und redet leise auf Dorian ein. »Warum hast du sie hergebeten? Hat dir Dr. Levanders Unterricht aufs Hirn geschlagen?«

»Kein Grund, so zu übertreiben, Lea«, erwidert Dorian ruhig. »Erinnere dich mal an die Inhalte von Dr. Levanders Vortrag. Er hat doch selbst gesagt, dass Sündenböcke konstruiert werden und völlig beliebig sind. Wir sollten Gwendolins Version anhören, bevor wir vorschnell urteilen.«

»Na, dann mach mal«, entgegnet Lea ruppig.

Ich hebe neugierig den Kopf und ignoriere den finsteren Blick, mit dem mich der andere Typ durchbohrt. Zumindest scheint der schwarzhaarige Junge neben ihm sein Essen spannender zu finden als mich, wofür ich ihm sehr dankbar bin. Emily hingegen stochert nur auf ihrem Teller herum. Soweit ich das beobachten konnte, hat sie noch keinen Bissen zu sich genommen.

Dorian beugt sich ein wenig vor. »Gwendolin? So heißt du doch, oder?«

Ich nicke bestätigend.

»Warum hast du die Strafe nicht direkt angetreten?«, will er wissen.

Ich beschließe, möglichst nahe bei der Wahrheit zu bleiben. »Das wollte ich. Ehrlich. Aber plötzlich war ich mir sicher, dass es viel sinnvoller wäre, einen anderen Schüler zu bestimmen. Eine gute Portion Angst kam noch dazu. Ich weiß nicht, was in mich gefahren ist, und es tut mir wirklich leid«, füge ich an Emily gewandt hinzu.

»Ist okay«, erwidert sie leise.

Dorian beißt sich nachdenklich auf die Unterlippe. »Ich glaube, Gwendolin wurde von Dr. Levander mit der Gabe manipuliert«, stellt er fest. »Sie hat –«

»Na super. Das ist die perfekte Erklärung für alles!», fällt ihm Lea ungehalten ins Wort. »Woher willst du das wissen? Vielleicht bist *du* gerade derjenige, der sich von einem Augenaufschlag manipulieren lässt?«

»Natürlich *weiß* ich das nicht«, lenkt Dorian ein, während ich dem Gesprächsverlauf interessiert folge. »Aber das ist auch nicht der wesentliche Punkt. Ihr habt ebenfalls gehört, wie sie zu Kira sagte, dass sie selbst einen Fehler gemacht hat. Egal ob eine Manipulation vorlag oder nicht – es tut ihr leid.«

»Das stimmt«, werfe ich schnell ein und ignoriere das skeptische Augenbraue-Hochziehen von Lea.

»Es gibt noch mehr, was für eine Beeinflussung spricht«, fährt Dorian fort. »Erinnert euch an die Offenlegungen! Glaubt ihr, die Antworten der armen Rotbänder geschehen aus freiem Willen? Wenn sie ihr heikelstes Geheimnis verraten? Oder ihre größte Angst? Den schlimmsten Fehler?« Alle schütteln befangen den Kopf. »Keiner von uns will etwas preisgeben. Nicht vor den anderen Schülern und keinesfalls vor Dr. Levander selbst. Er ist kaltblütig und gnadenlos. Wenn er auftaucht, geraten alle in Panik.«

»Zu Recht!«, wirft der blonde Junge gegenüber ein und zieht schaudernd die Schultern hoch.

Dorian seufzt zustimmend. »Dennoch brauchen er und Ravin keine Minute, um dafür zu sorgen, dass ihr Opfer der Aufforderung nachkommt. Egal wie unangenehm es demjenigen ist. Ich denke –«

»Ja«, unterbricht ihn der blonde Typ erneut und stößt dem dunkelhaarigen Jungen neben ihm grinsend seinen Ellbogen in die Seite. »Wisst ihr noch, als Henry bei der ersten Offenlegung vor dem kompletten Jahrgang gestanden hat, dass es ihm extrem peinlich ist, mit achtzehn noch Jungfrau zu sein?«

»Definitiv gegen seinen Willen ... beides!«, fügt Lea kichernd hinzu.

Unwillkürlich denke ich an die beschämende Situation auf Miris Party. Damals musste ich in Jans Anwesenheit gestehen, noch völlig unerfahren zu sein. Ich ächze leise bei der Erinnerung. Für Henry muss es noch schlimmer gewesen sein. Immerhin war der ganze Jahrgang anwesend. Der Arme.

»Echt peinlich«, bestätige ich mitfühlend.

Er erwidert meinen Blick aus schmalen Augen. »Findest du«, bemerkt er kalt und steht auf. Bevor ich das Missverständnis aufklären kann, ergreift er mit einer ruckartigen Bewegung sein Tablett und geht.

»Ups«, sagt Lea. »Das war ungeschickt.«

Von seiner aggressiven Reaktion überrumpelt schaue ich Henry hinterher. »So hatte ich das nicht gemeint«, stammle ich hilflos.

»Schon klar«, beruhigt mich Dorian. »Das Thema wollte ich vermeiden. Dieser Seitenhieb war völlig überflüssig und zusätzlich ziemlich grausam, Finn.«

Der blonde Junge starrt verlegen auf die Tischplatte. »Du hast recht«, murmelt er kleinlaut, runzelt dann aber die Stirn. »Allerdings lässt Henry selbst keine Gelegenheit aus, auf unsere Fehler hinzuweisen.«

»Er wird sich wieder einkriegen«, behauptet Lea gleichgültig und wendet sich Dorian zu. »Gibt es weitere

Schlussfolgerungen? Oder wolltest du nur von ihr«, sie deutet mit dem Kinn auf mich, »ablenken?«

Dorian schnaubt ärgerlich. »Die Offenlegungen zeigen doch deutlich, dass Dr. Levander die Gabe zur Manipulation einsetzt – ohne die geringsten Skrupel und ohne einen Hehl daraus zu machen.«

Der Schwarzhaarige gegenüber verzieht das Gesicht. »Ja. Und Ravin unterstützt ihn dabei nach Kräften. Jede Offenlegung endet damit, dass Dr. Levander zufrieden lächelt und darauf hinweist, dass Wissen Macht ist. Der Schüler muss mit den Konsequenzen leben. Immerhin weiß ab diesem Zeitpunkt jeder über dessen besondere Schwachstelle Bescheid«, setzt er Dorians Erzählung fort.

Dieser nickt ihm zu. »Ganz genau.«

»Du musst uns nicht beweisen, dass Dr. Levander und Ravin rücksichtslos sind«, murrt Lea. »Sie lassen nicht zu, dass wir das vergessen.«

Dorian hebt abwehrend die Hände. »Ich bin noch nicht fertig. Dr. Levander und Ravin sind die stärksten Former an der Akademie. Ist euch nicht aufgefallen, dass in ihren Stunden nie etwas Unvorhergesehenes passiert? Immer läuft alles genau so, wie sie es geplant haben. Wenn sie bei den Offenlegungen nicht vor mentalem Zwang zurückschrecken, wieso sollten sie es in ihrem Unterricht tun?«

Die kleine Gruppe schweigt erschüttert, während ich innerlich einen Freudentanz vollführe. Ich habe zwar lediglich die Hälfte der Argumentation verstanden, aber egal. Von jemandem, der kritisch die Vorgänge an der Akademie hinterfragt und nicht alles glaubt, was im ersten Moment richtig erscheint, hätte ich nicht zu träumen gewagt.

»Du meinst, Dr. Levander ...« Lea verstummt, doch Dorian vervollständigt ihren Satz. »... setzt regelmäßig Schüler unter Wahrheitszwang und könnte auch heute Morgen Gwendolin die Entscheidung aufgezwungen haben, um seinen Unterrichtsinhalt zu vermitteln. Ja.«

»Ich weiß nicht recht. Ziemlich krass.« Lea schüttelt ungläubig den Kopf.

»Aber einleuchtend«, setzt der schwarzhaarige Junge hinzu. »Gwendolin, was denkst du?«

»Ganz ehrlich? Keine Ahnung«, sage ich zögerlich. »Der Wunsch, einen anderen Schüler auszuwählen, kam sehr plötzlich. Zudem wusste ich gar nicht, was mich erwartet. Als Dr. Levander ankündigte, es würde schmerzhaft, dachte ich eher an eine fiese Blamage oder etwas in der Art. Ich konnte ja nicht ahnen, dass er das wörtlich meint. Es war ein Albtraum. Die ganze Akademie ist ein Albtraum«, schließe ich mit zitternder Stimme.

Lea kaut unentschlossen auf ihrer Unterlippe. »Heute ist dein erster Tag. Ich erinnere mich, wie schlimm die Anfangszeit für mich war, obwohl ich den Vorteil hatte, dass es anderen ähnlich ging. Aber trotzdem ... Finn, Norwin, Emily, wie seht ihr das?«

Der blonde Junge mit der großen Klappe trommelt mit seinen Fingern auf die Tischplatte. »Eigentlich hat Dr. Levander alles richtig gemacht.«

Ich stoße zischend die Luft aus.

»Finn!«, mahnt Lea empört.

»Nein, so meine ich das nicht. Hört erst mal zu! Zunächst hat er allen gezeigt, was mit Schülern passiert, die zu spät kommen und dadurch seinen Unterricht stören. Gleichzeitig konnte er damit Gwendolin eine Lektion erteilen und ihr auf der Stelle demonstrieren, was geschieht, wenn man sich ihm widersetzt. Das führte wiederum dazu, dass der Rest des Jahrgangs noch mehr Angst vor ihm hat, als es zuvor schon der Fall war.«

»Genau«, stimmt Dorian zu. »Wir sollten nicht vergessen, dass es Dr. Levander war, der dafür gesorgt hat, dass wir uns gegen einen Mitschüler verschwören! Er hat uns knallhart gegeneinander ausgespielt, obwohl *er* der Schuldige ist. Und nicht zum ersten Mal!«

Sowohl Lea als auch Finn nicken unsicher, während Emily Dorians Blick ausweicht und stattdessen die Tischplatte fixiert. Ich frage mich, ob sie unter Schock steht oder ob sie immer so ruhig und zurückhaltend ist. Auf jeden Fall sollte ich dringend das Gespräch mit ihr suchen und mich noch einmal entschuldigen. Alleine.

»Gwendolin.« Leas Stimme klingt etwas versöhnlicher als zuvor. »Hattest du überhaupt Gelegenheit, dich halbwegs zu orientieren? Seit wann bist du hier? Für mich war die Einzelhaft die schlimmste Erfahrung bisher. Allerdings hatte ich noch keinen Zusammenstoß mit Dr. Levander.«

»Einzelhaft«, wiederhole ich grummelnd und erinnere mich an meinen Ausrutscher vom Vormittag.

»Eigentlich heißt sie Intensivphase«, informiert Norwin, während Lea bitter auflacht. »Die erste Zeit, die man alleine im Zimmer verbringt und nur sporadischen Besuch vom jeweiligen Ausbilder erhält. Bei einigen sind es lediglich ein paar Tage, bei den weniger Glücklichen sogar mehrere Wochen. Je nachdem, wie schnell sich die Gabe zeigt. Wie lange musstest du durchhalten?«

Erschüttert starre ich ihn an. Mehrere Wochen? Ich war keinen Tag im Zimmer eingesperrt und trotzdem schon kurz vorm Durchdrehen. Gerade will ich von der geringen Anzahl an Stunden berichten, als mir Elrics Warnung, nicht zu viel preiszugeben, wieder einfällt.

»Ich habe keine Ahnung. Mein Zeitgefühl ist währenddessen komplett abhandengekommen. Es können zwei Tage, zwei Wochen oder auch zwei Monate gewesen sein«, offenbare ich vage.

Lea streicht sich die Haare aus der Stirn. »So ging es mir auch. Ich war völlig neben der Spur, als Constantin auftauchte und mir immer wieder Vorträge über Superkräfte und beginnenden Wahnsinn hielt. Vor lauter Einsamkeit, Angst und Heimweh wusste ich nicht mehr, wo mir der Kopf steht. Ich war froh, als der normale Unterricht begonnen hatte. Wer ist dein Betreuer?«

»Elric.«

»Damit kannst du zufrieden sein. Er ist der netteste Ausbilder an der Akademie. Constantin ist deutlich schroffer, Cassandra und Vincent, die beiden Sporttrainer, können nur Befehle brüllen und Ravin … nun, er ist Dr. Levanders rechte Hand. Mehr muss man dazu nicht sagen. Anthea ist ganz in Ordnung, betreut aber keine Schüler. Sie wird von den anderen Lehrern nicht ernst genommen, weil sie die Gabe nicht besitzt. Außerdem ist sie lediglich für die herkömmlichen Inhalte zuständig. Ich bin sicher, dass die übrigen Ausbilder auf sie herabsehen.«

Das erklärt immerhin, weshalb kein Stromimpuls übersprang, als sie mir heute Morgen die Hand reichte.

»Wieso haben die alle diese merkwürdigen Namen?«, erkundige ich mich belustigt. »Ravin? Elric? Anthea? So heißt doch kein Mensch.«

Norwin lächelt. »Jeder der Ausbilder wird ausschließlich mit seinem selbst gewählten Alias angesprochen. Das dient dazu, ihre Identität außerhalb der Schule zu schützen.«

Ich verkneife mir einen ironischen Kommentar und täusche verständnisvolle Zustimmung vor.

Lea hat Norwins Antwort mit einem Schulterzucken zur Kenntnis genommen. »Auf jeden Fall ist das Akademieleben ziemlich streng und schonungslos«, fährt sie fort. »Muss ja sein, damit jegliche Anzeichen beginnenden Wahnsinns sofort erkannt werden.«

Ich seufze resigniert. Beginnender Wahnsinn. Na sicher.

»Keine Sorge. Du wirst dich an alles gewöhnen«, verspricht Dorian aufmunternd. »Die erste Woche ist schlimm, aber dann hast du verinnerlicht, wie es hier läuft.«

»Wie lange seid ihr schon hier?«

»Seit einem knappen Monat findet der Unterricht statt, davor hat jeder von uns die Intensivphase absolviert.«

Das Semester läuft bereits seit vier Wochen? Kein Wunder, dass mich jeder gleich als Frischling erkennt.

»Tauchen denn häufiger neue Personen im laufenden Schuljahr auf?«

»Vor zwei Wochen hatten wir den letzten Neuzugang«, antwortet Dorian. »Schüler können bis zu vier Wochen nach Beginn des Semesters dazustoßen. Ab dann ist es fast unmöglich, den verpassten Stoff nachzuholen. Wer zu spät entdeckt wird, muss bis zum nächsten Turnus warten und hoffen, dass ihn bis dahin nicht der Wahnsinn ereilt hat. Du hast Glück gehabt, dass du rechtzeitig gefunden wurdest.«

Ja, klar. Ich Glückspilz. Der einzige Wahnsinn hier ist

die Akademie selbst. Diese Geschichte wird doch nur erzählt, um die Schüler lenkbar zu machen. Ein vorgeschobener Grund, während in Wirklichkeit Entführungsteams ausgebildet werden. Wenn sie schließlich realisieren, worum es hier tatsächlich geht, ist es zu spät. Dann bleibt ihnen keine andere Wahl mehr, als Levanders niederträchtige Beschaffung von Lebenskraft zu unterstützen. Diese Überlegung behalte ich jedoch wohlweislich für mich. Keine gute Idee, gleich an meinem ersten Tag eine Revolution anzuzetteln.

8 : bewertet

Lautes Geschirrklappern reißt mich aus meinen Gedanken. Finn schiebt den Stuhl zurück und ergreift sein Tablett, auch Lea, Dorian, Emily und Norwin folgen seinem Beispiel.

»Ist der Nachmittag nicht frei?«, erkundige ich mich, verwundert über den plötzlichen Aufbruch.

Lea verzieht die Mundwinkel. »Nein. Sonntagnachmittags findet bloß kein Unterricht statt. Wir nutzen die Zeit, um zu üben und den Stoff der vergangenen Woche aufzuarbeiten. Solltest du auch tun, insbesondere im Bezug auf angewandte Psychologie.«

Da hat sie wohl recht.

»Kann mir jemand seine Notizen leihen?«, frage ich ergeben, da ich sicher bin, das entsprechende Skript nicht in meinem Schreibtisch zu finden.

Dorian nickt. »Nimm meine. Die Inhalte der letzten Stunden habe ich schon wiederholt. Mein Rucksack steht im Zimmer. Warte kurz.«

Bevor ich widersprechen kann, ist er aufgestanden und weggeeilt.

»Ich hätte mitgehen können, dann müsste er den Weg nicht doppelt laufen«, murmle ich.

Finn schüttelt entschieden den Kopf. »Dann wäre der nächste Ärger vorprogrammiert. Es ist strengstens verboten, andere Schüler auf ihren Zimmern zu besuchen oder sie auch nur dorthin zu begleiten. Die einzige Möglichkeit, miteinander zu reden, ist in der Mensa oder zwischen den Unterrichtsstunden. So wenig Ablenkung wie möglich. Das Lernen steht an erster Stelle. Immerhin hängt einiges davon ab, dass wir möglichst schnell unsere Kräfte in den Griff kriegen.« Er schultert seinen Rucksack. »Ich muss los. Bis dann.«

Auch die anderen verabschieden sich knapp und verlassen den Speisesaal.

Geduldig warte ich, bis Dorian wieder auftaucht und mir lächelnd seine Materialien überreicht. Zum ersten Mal mustere ich ihn genauer. Er ist definitiv älter als ich, vielleicht achtzehn oder neunzehn. Die blonden Haare fallen ihm in leichten Locken in die Stirn, und seine blauen Augen leuchten geradezu. Seine Kleiderwahl ist tadellos. Der braune Strickpullover und die ausgewaschene Jeans passen perfekt zusammen. Als er sich wieder aufrichtet, überragt er mich um ein gutes Stück. Ich schätze ihn auf eine ähnliche Größe wie Jan. Bei dieser Erinnerung wird mir schlagartig kalt, und ich verbanne jegliche Gedanken an das Aussehen irgendwelcher Typen aus meinem Gehirn.

»Ach«, sagt eine mir vage bekannt vorkommende Stimme in mein rechtes Ohr, »hast du es doch zu den Gutmenschen geschafft?«

Ich drehe mich halb um. Kira steht mit verschränkten Armen hinter mir und grinst verächtlich.

»Hast du ihnen auch vorgejammert, wie *leid* dir alles tut?«, fährt sie spöttisch fort. »Dorian ist ja für die Mitleidsschiene besonders empfänglich. Umgibt sich offenbar gern mit Schwächlingen und Verlierern.«

Neben ihr wartet Henry, der dunkelhaarige Typ, der vorhin so aufgebracht den Tisch verlassen hat. Gerade will ich das Missverständnis aus der Welt schaffen und den Grund meiner Äußerung erklären, als er höhnisch schnaubt.

»Ich kapier's einfach nicht«, stellt er an Dorian gewandt fest. »Du und Norwin, ihr habt echt was drauf. Wieso schart ihr diese ganzen Loser um euch? Die ziehen euch nur runter.«

»Henry …«, beginnt Dorian versöhnlich.

»Lea, die von Anfang an die einfachsten Formertricks nicht hingekriegt hat«, unterbricht ihn Henry. »Emily, die bei den geringsten körperlichen Schmerzen in Ohnmacht fällt. Finn, der sogar für Antheas Unterricht zu doof ist. Und jetzt die Neue, die erst andere für ihre Fehler büßen lässt und dann doch den Schwanz einzieht? Hat wahrscheinlich ihre Gabe überhaupt nicht im Griff, ansonsten hätte sie nicht so viel Zeit in der Einzelhaft verbracht. Da habt ihr euch eine tolle Gruppe zusammengestellt.« Er lacht gehässig und wendet sich ab. »Ich bin jedenfalls fertig mit euch. Hab keine Lust darauf, mit euch unterzugehen.«

»Du machst nicht den Eindruck, als bräuchtest du dabei fremde Hilfe«, bemerke ich trocken. Was für ein Ekel. An den sind alle weiteren Worte verschwendet. Neben mir höre ich unterdrücktes Lachen.

Henry funkelt mich feindselig an. Vielleicht wäre es sinnvoll gewesen, einfach mal die Klappe zu halten.

»Würde mich nicht wundern, wenn du noch Probleme bekommst«, äußert er schließlich kühl.

Kira lächelt lediglich und wirft mir einen unergründlichen Blick zu.

Als die beiden verschwunden sind, atmen wir auf.

»Tut mir leid, dass du wegen mir Ärger hast«, murmle ich verlegen.

»Das war längst überfällig«, entgegnet Dorian. »Wirklich nur eine Frage der Zeit. Henry hat auch vorher jede Gelegenheit genutzt, um schlechte Stimmung zu verbreiten. Bei Kira und ihrem Gefolge ist er besser aufgehoben. Allerdings war es nicht die beste Idee, ihn zusätzlich zu provozieren.«

Ich nicke schuldbewusst.

»Wir sollten uns an die Arbeit machen«, sagt er mit einem Gähnen. »Um 19 Uhr gibt es Abendessen, aber sei spätestens um 18:30 Uhr zur Offenlegung da.«

Schon wieder dieses Wort. Als es im Verlauf des Mittagessens fiel, hatte ich mich nicht getraut, nachzuhaken. Dieses Mal liegen die Dinge anders.

»Offenlegung?«, wiederhole ich auffordernd.

»Hat dir das Elric nicht erklärt?« Dorians Züge verdüstern sich.

»Elric hat mir überhaupt nichts erklärt. Ebenso wenig hat er mir den Stundenplan rechtzeitig zukommen lassen. Sonst wäre ich bei Dr. Levander sicher nicht so negativ aufgefallen.«

Dorian ignoriert den vorwurfsvollen Ton in meiner Stimme. »Die Offenlegung gehört zu den unangenehmsten Ritualen der Akademie«, beginnt er unbehaglich.

Noch unangenehmer als der Unterricht bei Dr. Levander? Ich verkneife mir sämtliche bissigen Sprüche und lausche Dorians Erzählung.

»Jeden Sonntagabend trifft sich der komplette Jahrgang vor dem Essen in der Mensa. Die Zweitsemester sind ebenfalls als Zuschauer dabei. Die Ausbilder befinden darüber, wer sich in der vergangenen Woche als besonders vielversprechend herausgestellt und wer sich als Niete erwiesen hat. Diese Schüler werden nominiert. Die fünf Besten erhalten als äußeres Zeichen ihres Fortschritts ein grünes Band, welches sie in der Folgewoche um den rechten Oberarm tragen. Es ist eine große Ehre, Erwählter zu sein und damit in der Gunst eines Ausbilders zu stehen.«

Uh. Hatte Kira nicht ein solches Band? Na toll.

»Und die anderen fünf?«, frage ich zögerlich, obwohl ich die Antwort gar nicht hören will.

»Auch sie erhalten jeweils ein Band, das sie offen tragen müssen, allerdings in Rot. Dadurch wird signalisiert, dass sie den Anforderungen nicht genügt haben. Aber damit ist der Spaß nicht zu Ende; der fiese Teil kommt noch. Jeder Ausbilder hält ein kurzes Plädoyer, in dem er seine Wahl begründet. Schon allein das ist ziemlich beschämend, weil in Anwesenheit aller schonungslos über die Belasteten hergezogen wird. Dr. Levander hört sich die Ansprachen an und wählt anschließend einen der fünf vorgeschlagenen Schüler aus … dann wird offengelegt.«

»Und das heißt?«, erkundige ich mich beklommen, als Dorian nicht weiterspricht.

»Dr. Levander gibt den Offenlegungsbefehl und führt ihn gemeinsam mit Ravin aus –«

»Was beinhaltet dieser Befehl?«, unterbreche ich ungeduldig.

»*Enthüllen Sie eine Information über sich selbst, die niemand hier wissen soll*«, zitiert Dorian.

Ich ziehe scharf die Luft ein. Belastete bei der Offenlegung zu sein, könnte das schlagartige Ende meiner Akademie-Karriere bedeuten.

Dorian beobachtet mich besorgt. Schnell versuche ich, mir mein Entsetzen nicht anmerken zu lassen.

»Wer ist dieser Ravin?«, lenke ich ab. »Ihn erwähnt ihr häufiger als die anderen Ausbilder.«

»Stimmt.« Dorian stöhnt. »Das liegt daran, dass er viel schlimmer ist. Er kann es in Rücksichtslosigkeit sogar mit Dr. Levander aufnehmen. Ein echtes Dreamteam.«

Das heißt, an der Akademie gibt es tatsächlich zwei von der Sorte? Es kostet mich sämtliche Selbstbeherrschung, einen hysterischen Anfall zu unterdrücken.

»Und diese *Seelenverwandtschaft* mit Dr. Levander verleiht ihm eine Sonderrolle?«, frage ich stattdessen spöttisch.

»Ravin ist Dr. Levanders engster Vertrauter an der Akademie, sein Stellvertreter quasi«, erwidert Dorian nüchtern. »Sie teilen sich auch den Psychologie-Unterricht. Ravin hält die Vorlesungen unter der Woche und am Samstag, während Dr. Levander die Akademie ausschließlich sonntags für angewandte Psychologie und die Offenlegung am Abend besucht. Ravin ist deutlich präsenter im Alltag, sofern man diesen Stress hier so nennen kann.«

»Was konkret ist seine Aufgabe bei der Offenlegung?«

»Genau wie die anderen Ausbilder auch nominiert er ein Rot- und ein Grünband«, berichtet Dorian. »Dr. Levander bevorzugt seinen Vorschlag nicht. Allerdings kommt Ravin die zweifelhafte Ehre zu, an der Offenlegung direkt beteiligt zu sein. Nach Dr. Levander selbst ist er der mächtigste Former an der Akademie. Die beiden sorgen gemeinsam dafür, dass im Verstand des belasteten Schülers kein Geheimnis verborgen bleibt. Sie setzen den Wahrheitszwang als Doppelfokussierung an, wodurch auch der stärkste Schüler keine Chance hat.«

»Der *stärkste* Schüler?«, wundere ich mich. »Handelt es sich bei den Belasteten nicht um die schwächsten des Jahrgangs?«

Dorian schüttelt resigniert den Kopf. »Die Begründung für ein rotes Band wirkt völlig beliebig. Du kannst für übersteigerten Ehrgeiz ebenso nominiert werden wie für unerwünschte Rücksichtnahme oder eine vorlaute Bemerkung zur falschen Zeit. Alles kann gegen dich ausgelegt werden. Völlig unberechenbar.«

Meine Kehle wird eng. Verdammt gefährlich, diese Offenlegung. Allmählich ergibt das skurrile Gespräch vom Mittagessen Sinn. Levander nötigt ein armes Opfer mittels Wahrheitszwang zu einem Geständnis. Verkrampft ziehe ich die Schultern hoch. Ich wäre so was von erledigt.

»Der drohende Wahnsinn scheint ohnehin Begründung für jegliche Grausamkeiten zu sein«, murmelt Dorian fast unhörbar. Angesichts seines bitteren Tonfalls mutmaße ich, dass er selbst die richtigen Schlüsse gezogen haben könnte. Seine nächsten Worte zerschlagen meine Hoffnung jedoch. »Wer sich nicht im Griff hat, ist ein potenzielles Risiko für sein Umfeld. Die Akademie sorgt für unseren Schutz und für eine fundierte Ausbildung. Es wäre katastrophal, wenn ein Schüler hier durchdrehen würde. Aber noch unverantwortlicher wäre es, unbegabte Former einfach nach Hause zu schicken. Immerhin sind wir nicht ausreichend geschult, um dem Wahnsinn zu widerstehen. Ich will mir gar nicht vorstellen, was alles passieren könnte. Deshalb werden die Inhalte hier derartig ernst genommen. Ich glaube nicht, dass die Ausbilder davor zurückschrecken würden, einen unbegabten und dadurch gefährdeten Former zu beseitigen. Aber das ist trotzdem kein Grund für Dr. Levanders übertriebene Härte.«

Ich nicke missmutig. Permanente Beobachtung, zwielichtige Unterrichtsmethoden und gnadenloser Konkurrenzkampf. Die Akademie ist ein meisterhaft funktionierendes System, basierend auf Angst und psychischem Druck. Ganz in Gedanken werfe ich einen Blick auf den Lageplan und verabschiede mich von Dorian. Anschließend verstaue ich seine Notizen im Rucksack und mache mich auf den Weg zu meinem Zimmer.

Nach einem unendlich scheinenden Nachmittag, den ich in Gesellschaft von Dorians Psychologie-Aufzeichnungen verbracht habe, betrete ich um kurz vor halb sieben erneut die Mensa.

Auf Anhieb erkenne ich am Ecktisch Dorians dichte Locken und daneben Finns blonden Haarschopf. Auch Emily, Lea und Norwin haben sich schon niedergelassen und winken mir freundlich zu. Erleichtert schiebe ich mich durch den überfüllten Saal und lasse mich auf einen freien Stuhl fallen. Ein paar Tische weiter sehe ich Henry, der mich aus seinen dunklen Augen durchdringend anstarrt. Gruseliger Typ. Dorian folgt meinem Blick und schüttelt beschwichtigend den Kopf.

Gerade will ich mich nach dem Ablauf der Offenlegung erkundigen, als sich die Doppeltür zum Flur öffnet. Das Erscheinen der fünf Ausbilder samt Dr. Levander sorgt unmittelbar für Stille. Gleichzeitig stehen die zehn nominierten Schüler der vergangenen Woche auf. Sie lösen die Bänder um ihren Oberarm und geben sie den jeweiligen Ausbildern zurück. Beunruhigt bemerke ich, dass sowohl Emily als auch Kira ihre Kennzeichnungen einem großen, schwarzhaarigen Mann aushändigen. Kira mit einem triumphierenden Lächeln auf den Lippen, Emily zu Boden starrend, ohne den eiskalten Blick des Ausbilders zu erwidern.

Dorian stößt mich leicht mit dem Ellbogen in die Seite. »Der da ist Ravin«, flüstert er und deutet mit einer fast unmerklichen Kopfbewegung auf den Dunkelhaarigen. Ja, das hatte ich mir bereits zusammengereimt. Alle anderen – mit Ausnahme Levanders – sehen deutlich sympathischer aus. »Das Muskelpaket neben ihm ist Vincent, der mit der randlosen Brille Constantin. Die anderen beiden Ausbilder kennst du ja schon.«

Während die Nominierten der Vorwoche auf ihre Plätze zurückkehren, mustere ich Levander unauffällig aus den Augenwinkeln. Heute Morgen hatte ich dazu keine Gelegenheit, weil ich mit panischer Angst und furchtbaren Schmerzen beschäftigt war. Er sieht gut aus, der Psycho. Gepflegt, energiegeladen und vor allem wesentlich jünger als erwartet. Sein Wunsch nach Jugend ließ vor meinem inneren Auge irrtümlich das Bild eines älteren Mannes entstehen. Schmerzlich wird mir bewusst, dass sich Levander in der Blüte seines Lebens befindet. Wer weiß, wie viele natürliche Former er dafür ausgesaugt hat. Gerade so kann ich ein Zähneknirschen unterdrücken. Ich hätte mir denken können, dass man ihm sein wahres Alter nicht ansieht. Wieso kann sich Levanders Verkommenheit nicht auch in seinem Äußeren widerspiegeln? Ausgezehrt, hässlich, verbittert. Ärgerlich wende ich mich ab und betrachte stattdessen meine Fingernägel.

»Wir beginnen«, verfügt Levander knapp und verschränkt gelassen die Arme. Im Raum herrscht angstvolle Stille. Die Anspannung ist fast mit Händen zu greifen. Beklommen studiere ich die Gesichter in meiner Umgebung. Auf vielen Mienen zeichnet sich die gleiche Nervosität ab, die ich ebenfalls empfinde. Andere wiederum wirken eher entspannt und interessiert. Vermutlich die Schüler des zweiten Semesters, die der Offenlegung bloß als Zuschauer beiwohnen. Das wäre ich auch gerne.

»Elric?«, fordert Levander den braunhaarigen Ausbilder auf.

»Diese Woche hat sich ein Schüler im Bereich der Aurenkunde besonders hervorgetan«, beginnt er ohne Umschweife. »Er zeigt nicht nur bemerkenswertes Talent bei der Fokussierung, sondern auch den Ehrgeiz und die Disziplin, um sich weiter zu verbessern. Ich nominiere Tobias.«

Die anderen Ausbilder nicken beifällig. Ein großer, blonder Typ steht unter allgemeinem Applaus auf und nimmt von Elric das grüne Band entgegen.

Auch die vier anderen Schüler, die von den Ausbildern gelobt werden, erhalten wohlwollenden Beifall. Je näher die Nominierung der Belasteten rückt, desto unruhiger werde ich. Eine schnelle Überprüfung meines Umfelds zeigt, dass es dem Großteil des Jahrgangs ähnlich geht. Mein Blick fällt auf Emily, die sich auf ihrem Platz ganz klein macht. Erneut wallt Mitgefühl für das zerbrechliche Mädchen in mir auf. Ich muss mich nachher unbedingt mit ihr aussprechen.

»Die Ehrung der fünf Erwählten wurde vorgenommen«, informiert Levander leidenschaftslos. »Kommen wir nun zu ihrem Gegenpart.« Er nickt Elric auffordernd zu. Dieser benennt ohne Umschweife Pascal, einen dunkelhaarigen Jungen zwei Tische weiter, der angeblich Probleme damit hat, Kritik anzunehmen.

Als Nächstes wendet sich Levander Vincent zu. Dieser geht einen halben Schritt nach vorne und mustert uns streng.

»Ich benenne eine Schülerin, die sich völlig gegen das Kampftraining sperrt. In sämtlichen Sporteinheiten dieser Woche hat sich gezeigt, dass sie nicht in der Lage ist, angemessene körperliche Leistungen zu bringen. Ihr fehlt es nicht nur an Biss, sondern auch an Einsatzbereitschaft und dem Ehrgeiz, gesetzte Ziele zu erreichen.« Cassandra, die wieder tarngrün trägt, schnaubt zustimmend. »Die Akademie braucht Former, die sich sowohl geistiger als auch körperlicher Fähigkeiten bedienen. Ich nominiere Emily.«

Ich schließe kurz die Augen. Arme Emily. Sie konnte das rote Band bloß für wenige Minuten ablegen. Wie ein getretener Hund duckt sie sich neben Vincent und nimmt die erneute Kennzeichnung entgegen. Dabei fixiert sie pausenlos den Fußboden.

»Schon wieder«, konstatiert Levander lediglich und dreht sich zu Cassandra, die bereits darauf wartet, ihre Nominierung vorzubringen.

»Ich wähle einen Schüler, der soziale Interaktionen über seinen Erfolg stellt«, äußert sie hart. »Beim Frühsport läuft er ausnahmslos in der Spitzengruppe und gibt meistens das Tempo vor. Heute hat er diesen Platz anderen überlassen, um mit der neuen Schülerin einige Worte zu wechseln. Das ist ein deutliches Warnsignal dafür, dass er falsche Prioritäten setzt. Für die Akademie ist Konzentration auf die eigene Stärke ein zentraler Aspekt. Ich nominiere Dorian.«

Bereits während der Erklärung wird meine Brust eng. Dorian wurde belastet, weil er nett zu mir war. Indirekt bin ich an seiner Benennung schuld. Trotzdem lächelt er mir beruhigend zu.

»Schon okay«, raunt er, bevor er nach vorne neben Cassandra tritt und mit beherrschter Miene das rote Band an seinem Oberarm befestigt.

Nur mit halbem Ohr nehme ich wahr, dass Constantin einen Jungen namens Tim belastet, weil dieser nicht die richtige Arbeitseinstellung an den Tag legen würde und nachlässig bei der Erledigung seiner Hausaufgaben geworden sei.

Es tut mir so leid, dass ich für Dorians Nominierung zuständig bin. Wie wahrscheinlich ist es, dass er von Levander zur Offenlegung ausgewählt wird?

Schlagartig werde ich aus meinen Gedanken gerissen, als die Reihe an Ravin ist, seine Wahl zu treffen.

»Ich belaste eine Schülerin, die auf ganzer Linie versagt hat«, eröffnet er gleichgültig. Nur die wenigsten schaffen es, seinem unerbittlichen Blick standzuhalten. Was für ein Scheusal. »Bereits zum wiederholten Male ist sie weit hinter den Anforderungen zurückgeblieben. Es fehlt an Intelligenz, und ihr Charakter ist schwach. Zu schwach für die Akademie. Ich nominiere ebenfalls Emily.«

Besorgt prüfe ich, wie sie die erneute Belastung aufnimmt. Ihr schmales Gesicht ist kalkweiß, während sie sich das zweite rote Band um den Oberarm knüpft. Als sie die Hände senkt, erkenne ich, dass ihre Finger stark zittern. Sie ist völlig verängstigt. Auch Dorian ist ihr Entsetzen nicht entgangen. Unter den missbilligenden Blicken der Ausbilder verlässt er seinen Platz an Cassandras

Seite, stellt sich neben Emily und legt ihr beschützend den Arm um die Schultern. Ich schwanke zwischen Fassungslosigkeit und Bewunderung. Sein Mitgefühl kennt keine Grenzen. Vor wenigen Minuten wurde er wegen dieser vermeintlichen Schwäche nominiert. Ziemlich gewagt, direkt eine neue Kostprobe davon zu geben.

Angespannt beobachte ich Levander, der Dorians Verhalten mit einem Stirnrunzeln zur Kenntnis genommen hat.

»Pascal, Dorian und Tim«, zählt er auf. »Und eine Doppelnominierung für Emily, die bereits in der letzten Woche belastet wurde.« Nacheinander fixiert er die benannten Schüler, die befangen den Kopf senken. Erleichtert registriere ich, dass selbst Dorian keine Ausnahme bildet. Eine gute Idee, nicht noch mehr Aufmerksamkeit auf sich zu ziehen, auch wenn ich sicher bin, dass er den Mut gehabt hätte, Levanders Starren standzuhalten. Leider ist es zu spät.

Levander mustert Dorian mit eisiger Kälte. »Den eigenen Fortschritt zu vernachlässigen und die eigene Position zu gefährden sind tatsächlich Verfehlungen, welche wir weder akzeptieren können noch wollen«, verurteilt er den einzigen Menschen, der an der Akademie von Anfang an nett zu mir war. »Dazu kommt die dreiste Provokation gerade eben. Dorian, Sie werden die heutige Offenlegung absolvieren.«

9 : aufgeklärt

Dorian nimmt Levanders Entscheidung mit unbewegter Miene an, doch ich erkenne die Angst, die er hinter der vorgetäuschten Gelassenheit versteckt. Die anderen Rotbänder hingegen machen keinen Hehl aus ihrer Erleichterung. Aufatmend kehren sie zu ihren Plätzen zurück und geben sich größte Mühe, trotz der farbigen Kennzeichnung in der Masse zu verschwinden.

Norwin, der mir schräg gegenüber sitzt, stöhnt leise. »Hab ich's doch geahnt, dass ihm seine selbstlose Art noch zum Verhängnis wird.« Umgehend registriert er mein schuldbewusstes Gesicht. »Mach dir keine Vorwürfe, Gwendolin. Er ist einfach ein herzensguter Mensch. Auch ohne dein Auftauchen wäre das früher oder später passiert.«

»Lassen Sie uns anfangen«, beschließt Levander und stellt mit einer beiläufigen Handbewegung die Ruhe im Saal wieder her. »Ravin?«, vergewissert er sich in Richtung des schwarzhaarigen Ausbilders, der unmittelbar seine Bereitschaft signalisiert.

»Enthüllen Sie eine Information über sich selbst, die niemand hier wissen soll«, wiederholt er genau den Wortlaut, von dem mir Dorian nach dem Mittagessen berichtet hat.

Mein neuer Freund beißt sich auf die Unterlippe. Er ist blass und durch seinen dünnen Pullover kann ich erkennen, wie er die Bauchmuskeln anspannt. Sein gesamter Körper scheint unter Strom zu stehen. Im ganzen Saal herrscht atemlose Stille. Keiner will verpassen, wie Dorian sein Innerstes bloßlegt.

»Ich …«, beginnt er heiser und schließt kurz die Augen. Levander tauscht einen vielsagenden Blick mit Ravin.

»Seit meiner Kindheit habe ich panische Angst vor tiefem Wasser«, presst Dorian zwischen zusammengebissenen Zähnen hervor.

Levander nickt ihm auffordernd zu. »Fahren Sie fort.«

»Es liegt nicht daran, dass ich Angst davor hätte, zu ertrinken«, erzählt Dorian widerstrebend. »Allein die Vorstellung, dass ich nichts mehr sehe, ist grauenvoll. Die Wassermassen schlagen über mir zusammen und reißen mich von der Oberfläche weg.« Er zieht schaudernd die Schultern hoch. »Mein größter Albtraum ist, in der unendlichen, nassen Dunkelheit zu versinken und nie wieder aufzutauchen.«

»Das war aufschlussreich«, stellt Ravin fest und lächelt.

»Immerhin eine konkrete Angst, die tatsächlich berechtigt sein könnte«, bemerkt Levander ungerührt. »Bleibt für Sie nur zu hoffen, dass Ihre Mitschüler diese Information nicht gegen Sie nutzen werden, Dorian. Das Wissen über die größte Angst eines Menschen verleiht Macht. Seien Sie außerdem dankbar, dass Sie an die Geheimhaltung dieser Schwäche nun keinen Gedanken mehr verschwenden müssen.«

Dorian hat mit gesenktem Kopf Levanders mitleidlosen Worten gelauscht. Ohne aufzusehen, kehrt er zu seinem ursprünglichen Platz zurück. Norwin legt ihm ermutigend die Hand auf den Oberarm, was Dorian dankbar geschehen lässt.

Levander schaut sich mit blitzenden Augen im Saal um. »Ich rate Ihnen, sich in der kommenden Woche mehr anzustrengen. Insbesondere Verhalten und Leistungen der Belasteten liegen weit unter meinen Erwartungen. Sie wissen, dass es sich hierbei nicht um ein Spiel handelt. Es geht um Ihre psychische Gesundheit und damit um Ihr Leben! Sie sollten endlich damit anfangen, die Unterrichtsinhalte ernst zu nehmen. Investieren Sie mehr Energie in das Wesentliche, und hören Sie auf, sich um soziale Interaktionen zu bemühen. In knapp drei Wochen werden Sie ohnehin einen Großteil des Jahrgangs kaum noch sehen. Wozu also die emotionale Fesselung an andere Personen, die Sie nur daran hindern, erfolgreich zu sein?«

Die gesamte Schülerschaft schaut betreten zu Boden, während sich Levander ohne ein weiteres Wort umdreht und den Raum verlässt. Die Ausbilder folgen ihm unverzüglich.

Sanft berühre ich Dorian am Ellbogen. »Alles okay?«

Er lächelt mich an. »Sicher. Mach dir keine Sorgen. Ich hätte Gefährlicheres offenbaren können als meine Angst vor Wasser.«

Bevor ich nachhaken kann, erregen fünf schwarz gekleidete Gestalten meine Aufmerksamkeit, die sich neben der Tür positioniert haben. Zwei Frauen und drei Männer. Sie wirken deutlich älter als die übrigen Jugendlichen im Raum.

»Wer sind die denn?«, wispere ich Dorian so leise wie möglich zu.

»Die Leader des zweiten Semesters«, flüstert er zurück. »Sie sammeln ihre Teams.«

Leader? Das ist schon das zweite Mal, dass ich auf diese Bezeichnung stoße. Allmählich wird es Zeit, dass ich erfahre, was es damit auf sich hat.

Wie auf ein Zeichen erhebt sich ungefähr die Hälfte der Schüler und eilt nach vorne. Kurz darauf hat das zweite Semester samt seiner *Leader* den Raum verlassen, ohne dabei ein Wort zu sprechen.

»Hier wird echt jede Gelegenheit genutzt, um künstliche Dramatik zu erzeugen und Angst zu verbreiten. Ihr glaubt weiterhin, dass die Akademie nur das Beste für uns im Sinn hat?«, murmle ich leise.

»Daran habe ich schon seit einiger Zeit meine Zweifel«, antwortet Dorian gedämpft. »Aber lass uns das nicht inmitten der Menge besprechen. Hier gibt es eindeutig zu viele neugierige Lauscher. Wollen wir uns Abendessen holen?«, fragt er laut in die Runde. Ich beschränke mich auf ein leichtes Nicken und schiebe meinen Stuhl zurück.

An der Essensausgabe belade ich mein Tablett mit Brötchen, frischem Gemüse und einem Glas Orangensaft. Als ich die Theke verlassen will, spüre ich plötzlich einen unerwarteten Widerstand an meinem rechten Fuß. Mit Mühe kann ich mich durch einen Schritt nach hinten wieder fangen. Dabei taumle ich jedoch so unkontrolliert, dass sich der Großteil des Saftes über mich ergießt.

»Oh. Entschuldigung«, höre ich Henrys schadenfrohe Stimme neben meinem Ohr. »Ich stand wohl *aus Versehen* auf deinem Schnürsenkel.« Er grinst höhnisch und deutet auf mein Oberteil. »Hoffentlich geht das wieder raus. Sieht ja eklig aus.«

Kurz ziehe ich in Erwägung, Henry den verbliebenen Glasinhalt ins Gesicht zu kippen, reiße mich dann aber zusammen. Ruhig bleiben. Ich habe genug Probleme, auch ohne in der Mensa eine Schlägerei anzuzetteln.

Wenig später sitze ich mit meinem Tablett wieder am Tisch.

»Der Fleck war vorhin nicht da«, stellt Lea mit einem kritischen Blick auf meinen Pullover fest. Ich verzichte auf ein Lob ihrer bemerkenswerten Auffassungsgabe und beschließe, lieber weitere Informationen zu sammeln.

»Was genau hat es mit den Leadern auf sich?«, erkundige ich mich übergangslos.

Finn beißt krachend in einen Apfel. »Schon genen wegn wie auschgewähg.«

Verständnislos schüttle ich den Kopf. Lea schnaubt und verpasst ihm einen Rippenstoß. »Mensch, Finn, du Gierschlund. Wo sind deine Tischmanieren?«

»Habsch no nie bescheschn!«, antwortet er kauend. Amüsiert grinse ich in mich hinein. Fast wie zu Hause.

»Gut, dass wir das geklärt haben.« Lea verdreht die Augen und lehnt sich zurück. »Gwen, jetzt zu deiner Frage.«

Interessiert beuge ich mich ein Stückchen vor, damit sie weiterspricht.

»Die Leader sind neben den Ausbildern für unsere Unterweisung zuständig. Zwar auf einer anderen Ebene, aber genauso bedeutend. Für uns womöglich noch wichtiger.«

Ich nicke stumm. Weitere Personen, von denen mein Überleben abhängt. Großartig.

»Sicher sind dir die Kameras und die Einwegspiegel aufgefallen.« Sie deutet mit der Gabel auf die Wand neben der Eingangstür, die, wie ich schon bemerkt hatte, von einem großen Spiegel eingenommen wird. »Wir werden rund um die Uhr beobachtet. Von den Ausbildern und von den Leadern. Keine Ahnung, wer da außerdem durchspäht. Bestimmt ist Dr. Levander zeitweise ebenfalls dabei.«

Das sind ja glänzende Neuigkeiten. Schweigend ersteche ich eine Karotte.

»Nach der Einzelhaft beginnt ein anderthalbmonatiges Basistraining nach festgelegtem Stundenplan, das alle Schüler gemeinsam durchlaufen. Für dich sind es zwei Wochen, denn mehr als die Hälfte ist bereits vorbei.«

»Und was dann?«, hake ich skeptisch nach.

»Dann sind wir fällig«, wirft Finn düster ein.

Lea schlägt ihm unsanft gegen die Schulter. »Hör nicht auf den Blödmann. Er übertreibt total. Während dieser Wochen werden wir von den Leadern überwacht und beurteilt. Wenige Tage nach der sechsten Offenlegung erfolgt die Wahl, bei der wir den verschiedenen Leadern zugeordnet werden. Bis dahin hat sich bei den meisten gezeigt, ob sie ihre Kraft ausreichend unter Kontrolle haben.«

»Wahl?«, wiederhole ich irritiert.

»Die Leader treten offiziell bei einem Wettstreit gegeneinander an. Dabei geht es um das Privileg der Eröffnung. Der Sieger darf als Erster bestimmen, wer sich ihm anschließt. Dann ist der Zweitplatzierte dran. Das setzt sich so fort, bis alle fünf an der Reihe waren. Der letzte Leader bekommt alle übrig gebliebenen Schüler, die sonst keiner wollte. Pech für ihn. Daher nehmen die Leader den Wettkampf sehr ernst. Ab diesem Zeitpunkt sind sie für ihre jeweiligen Teams zuständig. Ihr Ansehen steigt und fällt mit dem Erfolg der Mitglieder. Die Entscheidung, wen sie schließlich benennen, ist für ihre Karriere von enormer Wichtigkeit. Natürlich orientieren sie sich an allem, was sie bisher von uns gesehen haben.«

»Und an der Offenlegung«, ergänzt Finn. »Durch die Nominierungen zeigen die Ausbilder, in welchen Schülern sie besonderes Potenzial sehen. Träger von grünen Bändern stehen deutlich höher im Kurs als die anderen. Leider funktioniert das Ganze auch in die umgekehrte Richtung. Als Rotband ist die Chance, von einem Leader freiwillig erwählt zu werden, quasi nicht vorhanden. Man landet als unerwünschter Überschuss im Team des Letztplatzierten. Ein denkbar schlechter Start.«

Norwin, der die Erklärung still verfolgt hat, stellt mit einem Knall sein Glas auf dem Tisch ab. »Es hat keinen Zweck, sich deshalb verrückt zu machen. Wer weiß, was noch auf uns zukommt. Wir haben eine weitere Woche überstanden. Das ist alles, was zählt. Ich glaube, dass es mit zunehmender Zeit immer unwahrscheinlicher wird, dass uns der Wahnsinn erwischt.«

Dorian nickt ihm stumm zu.

»Außerdem hast du deine Nominierung nur erhalten, weil du zu nett warst. Es hing nicht mit deiner Leistung zusammen«, setzt Finn an Dorian gewandt optimistisch hinzu.

Emily schiebt ihren Stuhl zurück, legt das Besteck klirrend auf den Teller und verlässt ohne ein Wort den Raum. Sekunden später springt Norwin auf und folgt ihr.

»Klasse, du Holzkopf. Das war sehr taktvoll. Dir ist klar, dass sie bereits zum zweiten Mal nominiert wurde und zudem doppelt?«, fährt ihn Lea an, die Emilys Abgang mit besorgter Miene beobachtet hat.

»Scheiße«, flucht Finn mit sichtbar schlechtem Gewissen.

Lea hebt nur stumm die Schultern.

Kurz erwäge ich, Emily ebenfalls hinterherzulaufen, entscheide mich dann aber dafür, weitere Erkundigungen einzuziehen. Wer weiß, wann sich eine solch günstige Gelegenheit wieder bietet.

»Die Leader treffen also ihre Wahl. Was passiert anschließend?«, frage ich gespannt.

»Nach einer Phase, welche die Gruppen isoliert verbringen, wird der ursprüngliche Stundenplan bis zur Zwischenprüfung weiterverfolgt«, erklärt Dorian. »Dann wechseln wir ins zweite Semester. Ab diesem Zeitpunkt werden wir fast ausschließlich von den Leadern unterrichtet.«

Schaudernd denke ich an die schwarz gekleideten Gestalten. Den Teams scheint es nicht besser zu gehen als uns.

»Ist damit zu rechnen, dass es etwas entspannter verläuft als unsere momentane Ausbildung?«, formuliere ich meine Gedanken absichtlich vage.

Dorian schneidet eine Grimasse. »Ich fürchte nicht. Die Leader entwickeln einen geradezu krankhaften Ehrgeiz, sich gegenseitig zu beweisen, dass sie die effektivste und erfolgreichste Gruppe anführen. Immerhin haben sie ihre Former großteils selbst gewählt.«

»Aber das hat nicht nur Nachteile!«, mischt sich Lea ein. »Schau dir den Gruppenzusammenhalt der Zweitsemester an. Irgendwie hat ein Formerteam etwas von einer Eliteeinheit«, sagt sie verträumt, während Dorian entnervt zur Decke blickt.

»Nicht schon wieder diese Diskussion«, seufzt er missmutig. »Lea ist der Meinung, alles wird großartig, sobald sie es in ein gutes Team geschafft hat«, erklärt er in meine Richtung.

Ich nicke nachdenklich. Ansatzweise kann ich verstehen, dass viele Schüler ihre Hoffnungen auf Teamphase und Außendienst setzen. Vermutlich hat man größere Freiräume, und die Erinnerungen an Familie und Freunde sind verblasst. Ganz abgesehen vom Einfluss und den Kontrollmöglichkeiten, die sich durch das Erlernen der Gabe ergeben. Alles geschieht auch noch im Dienst einer scheinbar sinnvollen Sache. Trotzdem kann ich Leas Begeisterung nicht teilen. Es war eine solche Gruppe, die mich unter mentale Kontrolle setzte und mich zwang, Mensch-ärgere-dich-nicht zu spielen. War Jan ein ausgebildeter Leader? Er hatte sechs weitere Former dabei, die unter seinem Kommando standen. Angestrengt zerbreche ich mir den Kopf, wie ich die entsprechende Frage formulieren könnte, ohne mich verdächtig zu machen, doch mir fällt beim besten Willen nichts ein.

»Wie wird man zum Leader?«, erkundige ich mich schließlich.

»Es handelt sich dabei um ehemalige Schüler, die sich sowohl während des Unterrichts als auch bei Abschlussprüfung und Außendienst besonders hervorgetan haben.«

Wenn es dumm läuft, lässt einen die Akademie auch später nicht vom Haken? Mit welcher Begründung? Etwa, weil man im Dienst für das Gute steht und arme, hilflose Former vor dem Wahnsinn bewahrt? Diese ganzen Märchen sind dermaßen unglaubwürdig! Sind die anderen wirklich so naiv, dass sie weiterhin an diesen Geschichten festhalten? Irgendwann muss ihnen doch auffallen, dass sie ausgenutzt werden!

»Sagt mal, fragt ihr euch nicht, wieso wir hier Dinge wie Kampftraining und Manipulationstaktiken lernen?

Ihr könnt nicht ernsthaft glauben, dass es darum geht, uns vor dem Wahnsinn zu schützen?«

Erschrocken zucke ich zusammen, als mir Dorian fest ins Bein zwickt. »Mensch, Gwen! Halt bloß die Klappe!«, zischt er. »So was kannst du nicht laut sagen.«

Der Rest schaut betont uninteressiert im Raum umher. Kurzzeitig herrscht betretene Stille an unserem Tisch, während ich mir mürrisch den Oberschenkel reibe. Das gibt mit Sicherheit einen blauen Fleck.

»Ich bin froh, dass wir nicht die Leader der Zweitsemester haben.« Lea durchbricht mit einem verkrampften Lachen unser Schweigen. »Wenn ich mir nur vorstelle, dass ich den ganzen Tag mit einem von denen verbringen muss, wird mir ganz anders.«

»Woher weißt du, dass unsere besser sind?«, schnaubt Finn. »Die Leader werden von den Ausbildern ernannt«, erklärt er in meine Richtung. »Jeder von ihnen sucht sich einen Favoriten aus, der mit besonderer Sorgfalt über mehrere Jahre hinweg trainiert wird.« Er dreht sich wieder zu Lea. »Natürlich wählen sie Schüler, die ihre Einstellungen teilen und die in ihrem Sinne handeln. Elric, Cassandra, Vincent und Constantin sind hart, aber im Grunde fair. Anders verhält es sich bei Ravin. Er ist unberechenbar, aggressiv und erbarmungslos. Auch für unseren Jahrgang wird es einen Leader geben, der von ihm unterstützt wird.«

Lea zuckt zusammen, doch wenige Sekunden später breitet sich ein schelmisches Grinsen auf ihren Zügen aus. »Zwei der Erstsemester-Leader sind richtig heiß. Ich hoffe, dass sich einer von ihnen für mich entscheidet.«

Oh Gott. Ich habe die Schnauze voll von heißen Typen. Das reicht für den Rest meines Lebens. Trotzdem versuche ich, mir meinen Groll nicht anmerken zu lassen, und lächle unverbindlich.

»Ja?«, frage ich höflich, während Dorian sein Gesicht in den Handflächen vergräbt und ein ersticktes Stöhnen von sich gibt.

»Carolin, Daniel, Leonard, Valentin und Raphael«, zählt Lea mit leuchtenden Augen auf. »Die ersten drei kannst du vergessen, besonders die Frau ist ein echtes Biest. Aber die letzten beiden sind unglaublich. Gerade Raphael soll ein extremes Formertalent sein. Angeblich hat er in den letzten Jahren als Co-Ausbilder an der Akademie gearbeitet und übernimmt jetzt sein erstes Team. Ausgerechnet in unserem Jahrgang! Ich habe gehört, er würde fantastisch unterrichten. Außerdem ist er echt –«

»Wir haben es begriffen!«, schneidet Finn ihr das Wort ab. »Erspare uns die Lobeshymnen. Das ist anstrengend.«

Er hat recht. Lea klingt wie ein aufgedrehter Groupie beim Gedanken an ihren Lieblingsstar.

Verärgert über mich selbst schüttle ich ungehalten den Kopf. Mehr Toleranz würde mir nicht schaden. Ich bin ganz schön selbstgefällig. Jeder hat eine andere Art, mit dem immensen Druck umzugehen, der auf uns lastet. Vielleicht ist ihre nicht die schlechteste.

Norwins Stimme reißt mich aus meinen Überlegungen. »Emily ist ziemlich fertig«, informiert er und zieht sich einen Stuhl heran. »Ich habe vor der Mensa mit ihr gesprochen, aber sie wirkt total niedergeschlagen. Ich wollte euch nur kurz Bescheid geben. Wir sollten sie jetzt nicht alleine lassen.«

Emily. Ihr bin ich noch etwas schuldig.

»Darum kümmere ich mich. Wir sehen uns«, verabschiede ich mich spontan von den anderen und durchquere schnell den Raum.

Zügig eile ich den Gang entlang und atme auf, als ich Emily am Ende des Flures an einer Tür stehen sehe. Offenbar befindet sich ihr Zimmer ebenfalls im Erdgeschoss.

»Emily!«

Erschreckt dreht sie sich um und mustert mich mit aufgerissenen Augen. Über ihre Wangen ziehen sich Tränenspuren. »Was willst du? Lass mich in Ruhe!«

»Ich möchte mich noch mal für heute Morgen entschuldigen. Es tut mir so leid, dass ich dich ausgewählt habe.«

»Glaubst du, es wäre besser gewesen, wenn du einen anderen Schüler ausgesucht hättest?«, entgegnet sie wütend. Ich hatte keine Wahl, doch das kann ich ihr nicht begreiflich machen.

Traurig senke ich den Kopf. »Nein. Natürlich nicht. Es war ein Fehler, überhaupt jemanden zu benennen. Ich hätte direkt selbst für meine Unwissenheit bezahlen müssen.«

Schweigend stehen wir uns gegenüber.

»Es ist okay«, sagt sie schließlich leise. »Jetzt ist es ja vorbei.«

»Warum weinst du dann?«, frage ich sanft. Ihr Anblick zerreißt mir fast das Herz. Aus der Nähe betrachtet sieht sie sogar noch kindlicher aus. Ich bin sicher, dass sie mindestens drei Jahre jünger ist als ich. Wenn für mich die Akademie schon ein wahr gewordener Albtraum ist, wie furchtbar muss sie erst für Emily sein?

Verzweifelt drückt sie sich mit dem Rücken an die

Wand und schlägt die Hände vors Gesicht. »Ich habe solche Angst«, wimmert sie.

Behutsam streiche ich ihr übers Haar, wobei unsere Auren schwach knistern. »Wovor?«, flüstere ich, obwohl mir auf Anhieb tausend mögliche Antworten einfallen.

»Meine Woche war katastrophal. Constantin hat mich gerügt, weil ich eine seiner Fragen nicht sofort verstanden hatte. Für Vincent bin ich nicht aggressiv genug im Kampftraining. Dann der heutige Vorfall mit Dr. Levander, bei dem ich viel zu viel Schwäche gezeigt habe. Ich bin ohnmächtig geworden! Das hätte auf keinen Fall passieren dürfen.«

»Ein paar schlechte Tage heißen doch nicht, dass jetzt alles vorbei ist«, tröste ich sie zaghaft.

»Du hast ja keine Ahnung. Ich bin jetzt schon zum zweiten Mal in Folge nominiert. Sogar doppelt! Es gibt niemanden, bei dem der Wahnsinn wahrscheinlicher wäre.«

Emily zittert so stark, dass ihre Zähne aufeinanderschlagen. Ich schieße alle Vorsicht in den Wind und nehme sie in die Arme. Ihr zierlicher Körper wird von trockenen Schluchzern geschüttelt, und ihre Hände sind eiskalt.

»Ich kann nicht mehr«, bringt sie heiser hervor und schluckt hart. »Soweit ich weiß, war noch keiner dermaßen blöd, zweimal hintereinander den Unwillen der Ausbilder auf sich zu ziehen. Ich werde keine weitere Woche hier überstehen, das fühle ich. Vielleicht werde ich verrückt. Ich halte diese ständige Anspannung nicht mehr aus. Wieso hat man mir mein Leben weggenommen? Wieso habe ich diese furchtbare Gabe? Ich habe doch niemandem geschadet.«

»Beruhige dich«, rede ich sacht auf sie ein. »Du erhältst diese Woche eine neue Chance, um zu zeigen, was du kannst. Vielleicht wirst du bei der nächsten Offenlegung sogar als Grünband nominiert.«

Schon während ich die Worte ausspreche, merke ich selbst, wie schal und unglaubwürdig sie klingen. Auch Emily muss es aufgefallen sein, denn sie wird ganz steif in meinen Armen. Ich kann förmlich mitverfolgen, wie sie sich vor mir verschließt.

»Ja. Vermutlich hast du recht«, stimmt sie gleichgültig zu und wischt sich mit dem Ärmel ihres Pullovers die Tränen ab. Dann sucht sie in ihrer Jeans nach einem Taschentuch und putzt sich die Nase. Die plötzliche Teilnahmslosigkeit bereitet mir mehr Sorge als der Gefühlsausbruch zuvor. Ich packe sie an den Schultern und zwinge sie dazu, mir ins Gesicht zu sehen.

»Gwendolin. Lass mich. Du kannst mir sowieso nicht helfen«, sagt sie ausdruckslos. In ihrer Stimme erkenne ich den hoffnungslosen Unterton. »Ich verzeihe dir, dass du mich heute Morgen gewählt hast. Das ist es doch, was du wolltest. Also, vergeben und vergessen. Jetzt lass mich bitte allein.« Mit diesen Worten betritt sie ihren Raum und lässt die Tür hinter sich ins Schloss fallen.

Deprimiert begebe ich mich ebenfalls auf mein Zimmer, während meine Gedanken um Emily kreisen, die völlig unverschuldet in diese bedrohliche Lage geraten ist.

10 : getäuscht

Am nächsten Morgen werde ich unsanft vom Piepen der Armbanduhr, die ich in weiser Voraussicht auf Viertel nach fünf gestellt habe, aus meinen wirren Träumen gerissen. Müde reibe ich mir die Augen. Trotzdem ist diese Art des Weckens deutlich angenehmer als die schroffe Stimme der Ausbilderin, die mich gestern aufgeschreckt hat. Schlaftrunken putze ich mir die Zähne und mache mich auf den Weg zum Frühsport. Drecksschule.

Knapp zweieinhalb Stunden später wanke ich aus der Dusche und verabschiede mich voller Bedauern vom Gedanken an ein Frühstück. Hätte mich gewundert, wenn ich nach einem Tag schon schneller geworden wäre. Zumindest hat mich Cassandra nicht zurechtgewiesen, sondern nur mit einem herablassenden Blick bedacht.

Vorsichtshalber habe ich meine Materialien für den Schulvormittag bereits in den Rucksack gepackt, sodass ich sogar etwas zu früh vor dem Raum stehe, wo Anthea gleich die Bildungsfächer unterrichten wird. Wenn ich meine morgendliche Joggingzeit um fünf Minuten verbessere, ist zukünftig eventuell ein Frühstück drin. Wenn das keine Motivation ist!

Die folgenden zwei Stunden erinnern mich stark an meine alte Schule. Anthea bewegt sich in halbstündigem Takt durch die Fächer Mathematik, Deutsch, Politik und Biologie und arbeitet voller Begeisterung die Kapitel durch. Für den nächsten Tag kündigt sie Englisch, Geschichte, Physik und Erdkunde an.

Gähnend strecke ich mich, während ich gemeinsam mit Finn, Dorian, Lea und einer sehr schweigsamen Emily zu Constantins Saal laufe, der direkt neben Antheas Raum liegt.

»Das war mit Abstand das Normalste, was ich bisher an der Akademie erlebt habe«, verkünde ich grinsend.

»Absolut«, stimmt mir Lea zu. »Antheas Stunden sind eine Wohltat.«

»Klar, sie kann schließlich nicht die Gabe nutzen«, wirft Finn ein.

»Und wenn schon. Wir sollten für diese Erholungsphasen wirklich dankbar sein«, stellt Dorian fest, während wir durch die Tür treten. Sofort richtet sich meine Aufmerksamkeit auf eine große, durchsichtige Plastikkiste, die auf einem Tisch rechts neben der Tür steht. Sie ist bis zum Rand gefüllt mit leeren Dosen. Jeder Schüler, der vorbeigeht, bedient sich am Behälter.

»Für die Praxisübungen«, erklärt Dorian, nachdem ich ihm einen fragenden Blick zugeworfen habe. »Nimm dir eine.«

Folgsam angle ich nach einer Cola-Dose und suche mir anschließend einen Platz in der Nähe meines neuen Freundes, um bei weiteren Unklarheiten wieder auf ihn zurückgreifen zu können.

Nachdem alle Schüler sitzen, beginnt Constantin mit dem Unterricht. Offenbar teilt er sich das Fach Realitätsformung mit Elric, sodass der Lerninhalt zwischen den beiden Ausbildern aufgespalten wird. Gespannt verfolge ich seine Ausführungen über Beugung und Verankerung der Realität. Wie mir bereits Jan in unserem unerfreulichen Gespräch erklärt hatte, kann der Erfolg eines Befehls tatsächlich von den Zuschauern abhängen; insbesondere wenn es sich dabei um einen komplexen Sachverhalt handelt. Je mehr Leute das Ergebnis für unmöglich halten, desto schwieriger wird die Manipulation für den Former. Missmutig erinnere ich mich an meinen Sturz in den Gartenteich und die unangenehmen Entwicklungen, die danach ihren Lauf nahmen. Ich wurde brutal aus meinem alten Leben gerissen. Meine Freunde, meine Familie. Ich würde alles darum geben, sie jetzt bei mir zu haben. Ob sie nach mir suchen? Sicherlich stellen sie das halbe Land auf den Kopf, um mich zu finden. Wenn ich ihnen nur eine Nachricht zukommen lassen könnte, damit sie zumindest wissen, dass ich noch am Leben bin. Werden sie mich mit dem Mord an Jan in Verbindung bringen? Immerhin wussten meine Eltern, wo ich übernachten wollte. Allerdings ist es fraglich, ob überhaupt eine Leiche gefunden wurde. Vermutlich nicht. Die Akademie scheint großartig im Verschleiern und Täuschen zu sein.

Niedergeschlagen konzentriere ich mich wieder auf den Unterricht. Gerade liest Emily ihre Hausaufgabe vor, für die sie verschiedene Fallbeispiele zur Realitätsverankerung zusammengestellt hat. Sie sieht etwas besser aus als gestern. Ihre Wangen haben Farbe bekommen, und im Ganzen wirkt sie nicht mehr völlig hoffnungslos. Trotzdem klingt ihre Stimme nervös. Nach ihrem Vortrag nickt Constantin beifällig, und ich beobachte erleichtert, wie Emily sich entspannt.

»Kommen wir zur Praxisphase«, verkündet der Ausbilder schließlich, was mit erfreutem Flüstern quittiert wird. Umgehend packen meine Mitschüler ihre Materialien ein. Danach schieben sie die leeren Dosen, die am Anfang der Stunde aus der Plastikkiste genommen wurden, jeweils in die Mitte ihres Tisches. Auch ich positioniere meine Cola-Dose vor mir und warte gespannt auf Constantins Anweisungen.

»Hebt mithilfe eurer Gabe die Dose, haltet sie zwanzig Sekunden lang, und stellt sie dann wieder so leise wie möglich ab«, befiehlt er.

Stille senkt sich über den Raum, während alle Schüler konzentriert vor sich starren. Um nicht aufzufallen, bemühe ich mich, meine Dose nur wenige Millimeter über der Tischplatte schweben zu lassen und sie geräuschlos wieder abzusetzen. Diese Übung ist für mich sehr einfach. Unauffällig schaue ich mich um. Die meisten meiner Mitschüler haben deutlich mehr Probleme damit. Einigen stehen feine Schweißperlen auf der Stirn, obwohl auf ihrem Tisch keine Bewegung zu sehen ist, darunter auch Lea und Finn. Norwin, der schräg vor mir sitzt, scheint gut mit seiner Kraft umgehen zu können. Er hebt seine Dose ohne sichtbare Anstrengung und befördert sie ebenso elegant zurück auf den Untergrund.

Ein lautes Scheppern lässt mich zusammenzucken. Sagte Constantin nicht »so leise wie möglich«? Da hat jemand den Arbeitsauftrag nicht kapiert.

Dorian berührt mich leicht am Ellbogen. »Du solltest das Teil wieder einsammeln«, raunt er mir zu.

Einsammeln? Ich brauche einige Sekunden, bis ich registriere, dass meine Dose nicht mehr vor mir auf dem Tisch steht, sondern träge den Gang entlangrollt. Alle schauen mich an. Constantin runzelt unwillig die Stirn.

»Entschuldigung«, murmle ich verlegen und stehe schnell auf, um den Ausreißer einzufangen.

Erneut senkt sich Schweigen über den Saal. Während ich meine Dose misstrauisch beäuge, gehe ich verschiedene Möglichkeiten durch. Habe ich unabsichtlich einen Impuls gegeben? Unwahrscheinlich. Ich war dabei, Norwins Fokussierung zu beobachten. Bewegt habe ich mich nicht. Es ist also ebenfalls ausgeschlossen, dass ich sie versehentlich mit dem Ellbogen vom Tisch gewischt habe. Folglich kommt nur infrage, dass jemand anderes dahintersteckt. Noch während ich überlege, wer einen Grund haben könnte, mich zu blamieren, wird meine Dose wie von einer unsichtbaren Faust vom Tisch geschleudert. Bevor ich einen Gegenimpuls formulieren kann, schlägt sie mit einem blechernen Knall am Boden auf. Jäh rucken alle Köpfe nach oben. Sofort spüre ich, wie ich vor Scham rot anlaufe.

Constantin hat die Arme vor der Brust verschränkt und funkelt mich streng an. »Okay. Einmal kann das passieren. Von mir aus auch ein zweites Mal. Aber jetzt dürftest du verstanden haben, welchen Impuls du deiner Dose *nicht* vermitteln sollst. Diese Kanalisierung der Gabe erfordert höchste Konzentration. Es ist deinen Mitschülern gegenüber ziemlich unfair, einen solchen Lärm zu veranstalten.«

Ich nicke fügsam und stelle das Mistding, das mir Dorian netterweise aufgehoben hat, erneut vor mich. Mittlerweile bin ich mir sicher, dass einer der anderen Schüler mich dumm dastehen lassen will. Mit Erfolg. Verärgert fixiere ich meine Dose und zwinge sie mittels mentalem Befehl zu absoluter Bewegungslosigkeit.

Wenige Sekunden später fällt mir jedoch ein, dass ich

mich damit dem Scherzkeks gegenüber verdächtig machen würde. Sollte nochmals jemand einen Impuls schicken, wäre es extrem auffällig, wenn sich nichts rühren würde. Mit ungutem Gefühl löse ich die Kontrolle.

Im selben Moment schießt meine Dose den Flur entlang. Dieses Mal derart schwungvoll, dass sie ein gutes Stück weiterrollt und vor Constantins Füßen liegen bleibt. Anscheinend hat der andere mit aller Kraft gegen meine Fokussierung gedrückt.

Zaghaft hebe ich den Kopf und zucke zusammen, als ich Constantins grimmigen Gesichtsausdruck sehe.

»Gwendolin«, knurrt er wütend, während er meine Dose aufhebt. »Es gibt genau zwei Möglichkeiten. Entweder du sabotierst absichtlich meinen Unterricht.« Ich schüttle hastig den Kopf. Er ignoriert meine Reaktion und spricht ungerührt weiter. »Oder du bist so unfähig, dass du den einfachsten Befehl nicht umsetzen kannst.« Er deutet auf die anderen Schüler, die das Schauspiel neugierig beobachten. »Mit Ausnahme von dir ist jeder hochkonzentriert und mit sich selbst beschäftigt.«

Keine Ahnung, was ich darauf entgegnen soll. Ich kann schlecht den Verdacht äußern, dass einer von ihnen für die Provokation verantwortlich ist. Damit würde ich den Rest des Jahrgangs in seiner »Die Neue wälzt alle Schuld auf andere ab und übernimmt keine Verantwortung für ihr Handeln«-Einstellung bestärken. Ich verlege mich also darauf, den Ausbilder hilflos anzustarren.

Constantin stöhnt gereizt. Mit einem Knall stellt er die Dose vor mich auf den Tisch. »Letzte Chance!«

Ich nicke ergeben.

In den folgenden fünf Minuten sterbe ich tausend

Tode. Jede Sekunde rechne ich damit, dass sich das Objekt meiner Albträume wieder selbstständig macht. Da ich sonst zu viel über meine Stärke verraten könnte, traue ich mich nicht, es zu fixieren. Argwöhnisch spähe ich die Mitschüler in meiner Nähe aus. Alle sind auf ihre Fokussierung konzentriert. Nur Henry, der drei Plätze weiter sitzt, schaut in meine Richtung und grinst mich kaum merklich an. Dann wandern seine Augen zu meiner Dose. Das hätte ich mir denken können. Was für ein Arsch. Der wird doch nicht –

Mit einem unüberhörbaren, scheppernden Geräusch landet das Teil auf dem Boden. Zum vierten Mal innerhalb der letzten halben Stunde. Meine Mitschüler ächzen kollektiv, während sich Constantin vor meinem Tisch aufbaut.

»Raus«, sagt er schlicht.

Hastig ergreife ich meinen Rucksack und verlasse unter dem Tuscheln der anderen den Saal. Hervorragend. Dank Henry, diesem Idioten, denkt Constantin jetzt entweder, ich wolle ihn provozieren, oder ich sei zu blöd, um auch nur einen richtigen Impuls formen zu können. Beide Varianten sind denkbar ungünstig für mich. Deprimiert lehne ich mich an die Wand und warte auf das Ende der Stunde.

Nach etwa dreißig Minuten öffnet sich die Tür und meine Mitschüler strömen auf den Gang. Ich ignoriere sämtliche fragenden, belustigten und verständnislosen Blicke und bin froh, als endlich Lea, Finn, Norwin und Dorian erscheinen.

»Was war *das* denn, Gwen?«, erkundigt sich Finn irritiert. »Glaubst du wirklich, es ist klug, gerade als neuer

Schüler hier eine solche Show abzuziehen? Wolltest du dich mit dieser Aktion beliebt machen?«

»Wenn du nicht verstehst, wie die Fokussierung funktioniert, hättest du einfach gar nichts tun können«, informiert mich Lea.

»Normalerweise ist Constantin ganz okay«, bemerkt Norwin. »Habe noch nie erlebt, dass der jemanden rausgeschmissen hat.«

Ich ziehe eine Grimasse. »Für wie lebensmüde haltet ihr mich?«, grolle ich. »Das war ich nicht.«

Finn und Lea tauschen einen erstaunten Blick.

»Nein?«, vergewissert sich Finn schließlich zweifelnd.

»Natürlich nicht«, antworte ich missmutig. »Wieso sollte mir der gleiche Fehler viermal unterlaufen? Was würde es mir bringen, absichtlich negativ aufzufallen?«

»Wenn du es nicht warst«, überlegt Finn, »wer war es dann?«

»Vermutlich hatte Henry die Finger im Spiel. Er hat gestern deutlich gemacht, dass ich seiner Meinung nach Probleme bekommen würde. Hätte nur nicht damit gerechnet, dass er persönlich dafür sorgt«, stelle ich verärgert fest.

»Gut möglich«, bekräftigt Lea. »Er sah eben derartig selbstzufrieden aus, als hätte er eine Auszeichnung von Dr. Levander persönlich bekommen.«

»Stimmt. Der Gedanke an Henry ist naheliegend. Besonders nachdem du ihn gestern herausgefordert hast«, wirft Dorian ein, der die ganze Zeit still zugehört hat.

»Wie? Gwen hat Henry herausgefordert?«, wiederholt Lea verwundert. »Wann war das denn?«

»Gestern nach dem Mittagessen«, erklärt Dorian. »Als ich Gwen meine Materialien gegeben habe.«

Ich nicke düster. »Beim Abendessen stand er dann *zufällig* auf meinem Schnürsenkel, sodass ich mich fast der Länge nach hingelegt hätte.«

»Ach so, daher der Orangensaft auf dem Pullover«, amüsiert sich Lea.

Dorian behält jedoch seine nachdenkliche Miene bei. »Du solltest vorsichtig sein, Gwen«, rät er ernst. »Henry ist unberechenbar, und er hat seine Gabe ziemlich gut im Griff. Wer weiß, auf welche Ideen er kommt. Leider ist er nicht allein. Anscheinend hat er schnell Anschluss gefunden. Und nicht gerade bei der sympathischsten Gruppe des Jahrgangs.«

»Wie meinst du das?«, unterbreche ich alarmiert.

»Ich bin sicher, dass diese Clique die Gabe einsetzt, um andere bloßzustellen.«

»Wer gehört dazu?«, frage ich resigniert und massiere meine Schläfen mit den Fingerspitzen.

»Einige der stärksten Former des Jahrgangs. Dominik, Alina, Kira«, ich stöhne bei diesem Namen, »und jetzt wohl auch Henry. Angeblich trainieren sie schon die Gruppenfokussierung. Sie sind sehr ehrgeizig und wurden schon mehrfach erwählt.«

»Gruppenfokussierung?«, wiederhole ich mit ungutem Gefühl. Das war doch bestimmt die Taktik, die Jans Team bei mir angewandt hatte.

Dorian nickt. »Die Erweiterung des Doppelbefehls, den Ravin und Dr. Levander bei den Offenlegungen anwenden. Mehrere Former konzentrieren sich auf einen Impuls. Je konkreter und einfacher die Anweisung, desto besser ist sie von der Gruppe auszuführen. Umso schwieriger wird es für das Opfer zu widerstehen.«

»Eigentlich wird die Gruppenfokussierung erst im

Teamverband gelehrt. Keine Ahnung, wie diese Information zu ihnen durchgesickert ist«, ergänzt Norwin.

»Dann hoffen wir mal, dass sich Henry im Kreis seiner neuen Clique richtig wohlfühlt«, schließt Finn ironisch.

Ich zwinge mich zu einem gequälten Grinsen. Plötzlich sehe ich das gestrige Gespräch mit Kira vor einem anderen Hintergrund. Wahrscheinlich wollte sie prüfen, ob ich in ihre Gruppe passe. Das wäre definitiv der einfachere Weg gewesen. Allerdings fühle ich mich in Gesellschaft von Dorian und dessen Freunden deutlich wohler. Ich kann nur hoffen, dass Henry seine Abneigung gegen mich weiterhin alleine auslebt.

Kurze Zeit später sitze ich mit meinen neuen Freunden am üblichen Ecktisch und schaufle einen Berg Kartoffelbrei in mich hinein. Dabei lausche ich mit einem Ohr den Gesprächen der anderen über die neue Tritttechnik, die im letzten Kampftraining gelehrt wurde. Hervorragend. Ein weiteres Fach mit Konfliktpotenzial. Und zusätzlich direkt nach dem Essen. Ein Zeitpunkt, zu dem jeder normale Mensch von der Mittagsträgheit heimgesucht wird.

Ein schwarzhaariges Mädchen erregt meine Aufmerksamkeit, als es Norwin auf die Schulter tippt. In unserem Unterricht habe ich sie nicht gesehen, also gehört sie höchstwahrscheinlich ins zweite Semester.

»Olivia«, begrüßt er sie, während Dorian einen finsteren Blick auf sie abfeuert und dann eingehend seine Serviette mustert. Wow. Zum ersten Mal sehe ich ihn offensichtlich genervt von einer anderen Person.

»Habt ihr es schon gehört?«, flüstert Olivia, ohne die Begrüßung zu erwidern, und zieht sich einen Stuhl heran.

Norwin schüttelt verwirrt den Kopf. »Wovon sprichst du?«

Das Mädchen beugt sich derart weit über den Tisch, dass es fast Norwins Stirn berührt, und senkt die Stimme noch weiter. »Es hat einen Vorfall gegeben. Ein natürlicher Former ist durchgedreht.«

Ich ziehe scharf die Luft ein. Lea legt mir beruhigend eine Hand auf den Arm. Mittlerweile habe ich mich an das Knistern der Aurenverbindung so sehr gewöhnt, dass ich kaum zusammenzucke.

»Keine Angst«, sagt sie. »Wir sind hier, damit *uns* das nicht passiert. Wir lernen ja, mit der Gabe umzugehen.«

Ich quittiere ihre Erklärung mit einem schwachen Nicken, während die Schwarzhaarige unbeeindruckt weitererzählt.

»Anscheinend ist es bereits ein paar Tage her, aber unser Leader hat uns erst gestern darüber informiert. Er meinte, wir sollen wissen, was auf uns zukommt, wenn wir unsere Gabe nicht ausreichend beherrschen.« Sie lacht freudlos auf.

»Was ist geschehen?«, fragt Norwin nach.

»Der genaue Ablauf lässt sich kaum rekonstruieren, da alle Beteiligten tot sind. Der natürliche Former hat wohl durch einen mentalen Befehl den Leader dazu gezwungen, sich mit einem Messer die Kehle durchzuschneiden.«

Ich schlucke. Oh oh.

Glücklicherweise deutet Lea meine Reaktion als erneuten Panikanfall und streichelt mir tröstend die Schulter. Vermutlich ist mein Gesicht gerade weiß wie die angrenzende Wand.

Olivia wirft mir einen geringschätzigen Blick zu und

nimmt ihren Bericht wieder auf. »Nachdem der Leader ausgeschaltet war, hat sich der natürliche Former das Team vorgenommen und einen nach dem anderen hingerichtet. Alle sechs Personen wurden mit tödlichen Schnitt- und Stichverletzungen in einer riesigen Blutlache gefunden. Es scheint ein gnadenloses Gemetzel gewesen zu sein«, schließt sie genüsslich, während die anderen entsetzt ihrer Schilderung lauschen. Bitte was? So war das aber nicht! Mit Sicherheit ist das Levanders Werk! Ich beiße die Zähne aufeinander und presse die Lippen zusammen. Meine Hände sind zu Fäusten geballt.

»Gwen, alles okay?« Lea rückt etwas näher an mich heran, um mir ins Gesicht zu blicken. »Stimmt etwas nicht?«

Ich hole tief Luft. »Alles in Ordnung«, entgegne ich knapp. »Die Erzählung war etwas zu detailliert für direkt nach dem Essen.«

»Dieser natürliche Former muss entweder ein Monster oder völlig wahnsinnig gewesen sein«, stellt Lea erschüttert fest. »Wie kann man das Menschen antun, die nur helfen wollen?«

Gewaltsam muss ich ein hysterisches Kichern unterdrücken. Nur helfen? Klar wollten sie das. In erster Linie Jan und natürlich auch Levander. Wie nobel von ihnen. Obwohl die Erinnerung an den schrecklichen Abend leicht verschwommen ist, bin ich sicher, ausschließlich Jan auf dem Gewissen zu haben. Das kritiklose Glauben dieses Gerüchts beweist aufs Neue, dass die anderen Schüler nicht das Geringste von Levanders Plänen ahnen. *Lernt den Umgang mit eurer Fähigkeit, sonst werdet ihr wahnsinnig!* Dieses Horrorszenario wird vom aktuellen Märchen aufgegriffen. Es schürt genau die Angst, durch welche die Schüler weiterhin wie willenlose Marionetten handeln, und sorgt dafür, dass sie keine Fragen stellen. Die Ermordung des Teams präsentiert die Konsequenzen, die es nach sich zieht, wenn man die Beherrschung der Gabe nicht erlernt. Man dreht durch und wird zum verrückten Amokläufer.

Leas Stimme reißt mich aus den Überlegungen. »Wessen Team war es? Wer war der Leader?«

Olivia seufzt. »Elias Arenberg.«

Lea kneift die Augen zusammen. »Oh nein. Ausgerechnet er. Deshalb ist Ravin so gereizt.«

Elias? Für einen Moment bin ich verwirrt, als ich den fremden Namen höre. Dann wird mir jedoch klar, dass sich Jan – nein, Elias – für meine Verfolgung ein Pseudonym zugelegt haben muss.

»Was hat dieser Elias mit Ravin zu tun?«, erkundige ich mich vorsichtig.

»Er war einer seiner Favoriten«, erklärt Olivia kurz angebunden.

Ich stöhne verhalten. Kein Wunder, dass Jan ein solcher Arsch war, immerhin hat er bei einem Meister seines Faches gelernt.

»Ravin hat Elias von Anfang an besonders gefördert. Er hatte direkt sein Potenzial erkannt«, fährt sie fort. »Seit Januar befand er sich auf einer Mission, die ja augenscheinlich gescheitert ist. Eine Schande. Es war erst sein zweites Jahr im Außendienst.« Sie schaut auf die Uhr und erhebt sich. »Wie auch immer. Ich muss los. In fünf Minuten beginnt das PSY-Training bei Julian, und ich will sicher nicht die Letzte sein, die erscheint. Wir sehen uns beim Abendessen, Norwin!« Sie lächelt ihm keck zu und eilt davon.

Dorian verfolgt ihren Abgang mit düsterer Miene und sieht alles andere als erfreut aus. Ich muss ihm recht geben: Olivia ist total unsympathisch. Als ich mich umschaue, sehe ich, dass die anderen Grüppchen in wilde Diskussionen verstrickt sind. Offenbar macht das Gerücht gerade die Runde.

»Echt hart. Es kann wirklich jeden treffen. Ziemlich heikel, unsere Gabe«, grübelt Finn, während er unsere Teller stapelt.

Dorian und ich tauschen einen zweifelnden Blick, erwidern jedoch nichts.

11 : erschüttert

Nachdem ich meine Aggressionen im Kampftraining abbauen konnte, wappne ich mich für die vermutlich unangenehmste Stunde des Tages: Psychologie. Da ich im Höchsttempo zum Saal gejoggt bin, habe ich ausreichend Zeit, um mir einen unauffälligen Platz zu suchen, der weder ganz hinten noch ganz vorne ist.

Die munteren Gespräche meiner Mitschüler erlöschen jäh, als Ravin die Tür hinter sich schließt. Während er die Stufen zum Pult hinuntergeht, durchbohrt er uns mit eisigen Blicken. Im ganzen Raum herrscht nervöse Stille. Angespannt starre ich auf die Tischplatte und hoffe, von fiesen Aktionen verschont zu bleiben.

Mit einer schnellen Bewegung stellt er seine dunkelgraue Aktentasche auf das Pult. »Ihr habt gestern in Dr. Levanders Unterricht hoffentlich begriffen, wie das schwächste Mitglied einer sozialen Gruppe durch sein Versagen zum Sündenbock werden kann«, stellt er nüchtern fest. Wieso spricht er nicht weiter?

Ich schaue auf und sehe direkt in seine dunklen Augen, die mich kühl mustern. »Gwendolin, möchtest du etwas dazu sagen?«

Vielen Dank auch. Hätte ja sein können, dass es langsam in Vergessenheit gerät, immerhin ist Levander heute nicht an der Akademie. Garantiert haben sie das abgesprochen, diese beiden irren Psychopathen.

Stumm schüttle ich den Kopf und senke die Lider, bevor Ravin auf meine Gedanken schließen kann.

»Nun gut«, fährt er gleichgültig fort. »Ihr hattet die Aufgabe, die gelernte Taktik auf eure eigene Lebenswelt zu beziehen, insbesondere unter Berücksichtigung der Bedeutsamkeit für die Formerausbildung.«

Schweigend betrachtet er die Schüler, die furchtsam und mit hochgezogenen Schultern vor ihm sitzen. Aus Angst, Opfer seiner bösartigen Kritik zu werden, meldet sich keiner freiwillig. Die Pause dehnt sich ins Unermessliche.

»Emily!«, verfügt er schließlich mit harter Stimme. »Wärst du so freundlich, uns deine Lösungsansätze darzulegen?«

Ist das sein Ernst? Mit Sicherheit weiß er, dass Emily den gestrigen Vormittag auf der Krankenstation verbracht hat und völlig durch den Wind war. Dank Levander hat sie den größten Teil der Stunde verpasst, sodass sie wahrscheinlich gerade zum ersten Mal etwas von seinem Arbeitsauftrag hört, den Ravin nun einfordert. Beunruhigt drehe ich mich über die linke Schulter und muss nur einen Blick auf das braunhaarige Mädchen in der letzten Reihe werfen, um zu erkennen, dass es seiner Aufforderung nicht nachkommen kann.

Ravin registriert dies ebenfalls. Mit verschränkten Armen lehnt er sich gegen das Pult und zieht fragend die Augenbrauen hoch.

Emily steht zögerlich auf. »Ich hatte ...«, setzt sie mit zitternder Stimme an. »Ich ... Ich war ... Ich konnte nicht ...«

»Du hast das Arbeitspensum nicht erledigt?«, fragt Ravin gefährlich leise.

Emily nickt eingeschüchtert und setzt zu einer Entschuldigung an.

»Spar dir die Ausreden zur Rechtfertigung deiner Bequemlichkeit. Wenn du es nicht für nötig hältst, die gestellten Aufgaben adäquat auszuführen, ist das allein deine Entscheidung.« Er hält inne, als sei ihm ein neuer Gedanke gekommen, doch ich durchschaue seine Inszenierung. Diese Vorführung hat er geplant. Schließlich spricht er weiter und schafft es sogar, seiner sonst ausdruckslosen Stimme einen leicht irritierten Unterton zu verleihen. »Allerdings verwundert es mich, wie deine Arbeitshaltung ausgerechnet zum jetzigen Zeitpunkt so nachlässig sein kann. Ich meine mich zu erinnern, dich bereits zum zweiten Mal nominiert zu haben. Zudem war ich gestern nicht der Einzige.« Er setzt ein kaltes Lächeln auf. »Erlaube mir einen Rat, Emily. Du solltest in den nächsten Tagen gut auf dich achtgeben. Versager sind an der Akademie nicht erwünscht.«

Emily schluckt hart und umfasst die Tischkante derart fest, dass ihre Knöchel weiß hervortreten. Anschließend lässt sie sich so kraftlos auf ihren Stuhl sinken, dass es aussieht, als würde sie zusammenbrechen. Ihre Haare fallen wie ein Vorhang vor das Gesicht.

Der Rest der Psychologiestunde verläuft unspektakulär. Ravin hört sich die Aufgaben verschiedener Schüler an und analysiert die Fehler, wobei seine Kritik durchweg destruktiv und demütigend ist.

Mit zitternden Knien verlasse ich nach Unterrichtsende den Raum. Ravins Methoden zehren an meinen Nerven. Die anderen haben recht. Er ist tatsächlich so schlimm wie Levander. Seufzend prüfe ich meine Uhr. Abendessen, anschließend eine Doppelstunde Realitätsformung bei Elric. Dann kann ich endlich ins Bett. Das straffe Programm hält uns dermaßen auf Trab, dass wir gar nicht in Versuchung geraten, über Sinn oder Unsinn der Akademie nachzudenken.

Wenig später sitze ich im Kreis meiner neuen Clique beim Abendessen und will mich gerade einem Käsebrot mit Tomate widmen, als mich Lea leicht mit dem Ellbogen anstößt. Ich schaue auf und entdecke Ravin, Elric und Cassandra, die gerade den Raum betreten.

»Schüler«, beginnt Ravin. »Noch nie gab es so viel unnötiges Geschwätz wie heute. Das Schicksal von Elias Arenberg macht die Runde und sorgt für die Verbreitung von Klatsch und Halbwahrheiten. Ich werde euch über die Hintergründe informieren, damit ihr eure Energie wieder in sinnvolle Angelegenheiten stecken könnt.« Im Saal wird es so ruhig, als würden alle Schüler gleichzeitig den Atem anhalten. »Elias befand sich auf einem Außeneinsatz, dessen Ziel es war, einen natürlichen Former zum Schutz seiner Mitmenschen in psychologische Behandlung zu überantworten. Anfänglich lief die Betreuung des natürlichen Formers nach Plan. Elias war professionell und über jeden Zweifel erhaben. Doch bevor der Former den Händen der Akademie übergeben werden konnte, muss er Opfer des Wahnsinns geworden sein. Da keiner der Augenzeugen überlebt hat, können wir über den genauen Verlauf nur Mutmaßungen anstellen. Höchstwahrscheinlich hat der natürliche Former Elias einen mentalen Befehl zum Selbstmord gegeben«, berichtet Ravin, während seine Augen hasserfüllt glitzern.

»Nachdem das Team seines Leaders beraubt war, hatte es dem natürlichen Former nichts mehr entgegenzusetzen«, übernimmt Cassandra. »Es wurde systematisch hingerichtet. Darauf deuten die brutalen Verletzungen der Mitglieder hin.« Sie senkt die Stimme zu einem dramatischen Flüstern. »Die komplette Gruppe hat sich das Leben genommen. Vermutlich wurden sie der Reihe nach dazu gezwungen, sich selbst die Kehle durchzuschneiden. Wir können uns kaum ausmalen, wie grauenvoll diese Exekution für unsere Former war. In dem Wissen, dass sie das gleiche Schicksal erwartet, mussten sie den Tod ihrer Freunde mit ansehen. Völlig wehrlos. Untätig mussten sie auf die eigene Hinrichtung warten.«

Ihr eindringlicher Tonfall verfehlt die Wirkung nicht. Auf den Gesichtern meiner Mitschüler zeichnet sich tiefgreifendes Entsetzen ab. Ich bemühe mich mit aller Kraft um eine fassungslose Miene, die nichts von der Wut verrät, die in mir brodelt. Am liebsten würde ich aufspringen und laut schreien. Allen mitteilen, welch krasses Lügenkonstrukt uns aufgetischt wird, nur damit wir an die fadenscheinigen Beweggründe dieses verdammten Levanders glauben! Stattdessen fixiere ich mit meinen Augen einen Punkt auf dem Fußboden und kämpfe um eine ruhige Atmung.

»Uns bleibt nur die Hoffnung, aus dieser Tragödie lernen zu können«, schließt Elric. »Arbeitet an euch. Steckt jeden Funken Energie in die absolute Kontrolle eurer Gabe. Gebt euch nicht mit Kleinigkeiten zufrieden, sondern wachst über euch hinaus. Die Chancen stehen gut, dass es einer von euch sein wird, der den natürlichen Former findet, der Elias und dessen Team so unmenschlich exekutiert hat.«

Er fixiert mit seinen grauen Augen scheinbar jede einzelne Person im Raum, doch meinem Blick weicht er aus.

Obwohl betroffenes Schweigen herrscht, fühle ich, wie es in den Köpfen meiner Mitschüler arbeitet. In ihren Gesichtern kann ich eine Mischung aus Wut, Angst, aber auch Zuversicht erkennen. Genau der richtige Mix, um die Loyalität zur Akademie zu stärken. Erneut wurde ich Zeuge einer meisterhaft ausgeführten Manipulation. Dieses System ist wirklich gefährlich, und ich kann nur darum beten, Levanders Aufmerksamkeit zu entgehen.

Erst eine gute Stunde später hat sich mein Zorn so weit gelegt, dass die Müdigkeit zurückkehrt. Im Verlauf von Elrics Unterricht muss ich mich mehrfach mit aller Kraft dagegen wehren, einzuschlafen. Wieder verbringen wir den ersten Teil der Stunde mit Meditation, was dazu führt, dass ich des Öfteren einnicke und hochschrecke, sobald mein Kopf nach hinten wegzukippen droht.

So kann das nicht weitergehen. Elric scheint zwar freundlicher zu sein als die anderen Ausbilder, doch ich habe kein Bedürfnis, herauszufinden, wann seine Geduld zu Ende ist. Entschlossen kneife ich mir selbst in den Oberarm und zucke vor Schmerz zusammen. Ein leises Lachen neben mir lässt mich aufschauen.

»Müde?«, erkundigt sich Lea amüsiert.

»Und wie«, gebe ich leise zurück. »Ich bin total fertig. An diese vollgestopften Tage muss man sich erst einmal gewöhnen.«

Bevor sie etwas entgegnen kann, schaut Elric streng in unsere Richtung. Schnell nehme ich die Meditation wieder auf.

Der zweite Abschnitt der Stunde besteht aus erneutem Praxistraining. Während die anderen Schüler eifrig versuchen, Elrics Position zu verfolgen, beschäftige ich mich damit, ihre unterschiedlichen Präsenzen zu erkennen und zu analysieren. Erfreut stelle ich fest, dass ich mittlerweile sämtliche Aurensignaturen den entsprechenden Personen zuordnen kann.

Gegen Ende der Stunde wage ich nicht mehr, die Augen geschlossen zu halten. Die Gefahr, einzuschlafen, ist zu groß. Stattdessen schiele ich unter gesenkten Lidern unauffällig im Saal umher. Meine Aufmerksamkeit wird von einem Schüler angezogen, der ebenfalls heimlich die Augen offen hat. Dorian. Mit verträumter Miene betrachtet er eine Person, die schräg vor ihm sitzt. Er lächelt leicht und sieht ziemlich verliebt aus. Neugierig lehne ich mich ein wenig vor, um zu erkennen, wer die Glückliche ist.

Oh. Sie heißt Norwin. Es handelt sich also um *einen Glücklichen.*

Kein Zweifel. Er blickt zu unserem Freund, der völlig in die Lokalisierung Elrics versunken ist. Mit leisem Bedauern gestehe ich mir ein, dass Dorian offenkundig für die Frauenwelt verloren ist. Jetzt ist mir klar, weshalb er nach Olivias schlecht getarntem Flirtversuch beim Mittagessen so üble Laune hatte. Dorian und Norwin ... Die beiden würden perfekt zueinander passen. Trotzdem sollte ich Dorian nicht beobachten. Die Emotionen, die sich auf seinem Gesicht widerspiegeln, sind nicht für andere bestimmt.

Plötzlich bin ich wieder hellwach. Wie jeder Unterrichtsraum verfügt auch Elrics Saal über einen großen Spiegel. Was ist, wenn Dorians Empfindungen einem der Zuschauer klar werden? Würde ihn das nicht in große Schwierigkeiten bringen? War das vielleicht der Hintergrund der Andeutung, die er nach der Offenlegung machte? Eine Information, noch gefährlicher als seine größte Angst? Hat er sich womöglich freiwillig dafür entschieden, diese preiszugeben? Seine Gefühle für Norwin könnten nicht nur gegen ihn selbst, sondern auch gegen unseren Freund verwendet werden.

Hektisch formuliere ich den passenden Impuls.

Schließe die Augen. Konzentriere dich auf Elric.

Umgehend befolgt Dorian meinen Befehl, sodass ich aufatmend auf meinem Stuhl zusammensinke. Erleichtert starre ich auf die Tischplatte und schaue für den Rest der Stunde nur sporadisch zu Elric, um nicht aufzufallen.

Als ich endlich in meinem Bett liege, bin ich derart erschöpft, dass ich einschlafe, sobald mein Kopf das Kissen berührt.

Ein schrilles Warnsignal reißt mich brutal aus meinen Träumen. Desorientiert taste ich nach dem Lichtschalter und schiele auf meine Armbanduhr. Kurz vor halb zwei. Was soll dieser Lärm mitten in der Nacht?

Der Alarm bricht so schnell ab, wie er begonnen hat. Dafür ertönt ein lautes Knistern aus der Wand oberhalb der Tür, in die offensichtlich ein Lautsprecher eingebaut wurde. Eine blecherne Stimme hallt durchs Zimmer: »Achtung! Dies ist keine Übung! Alle Schüler haben sich unverzüglich vor dem Haupteingang einzufinden!«

Das kann doch nur ein Witz sein. Ich brauche meinen Schlaf! Ich hatte keine Gelegenheit, mich in den Rhythmus einzufinden.

Wieder dröhnt der Aufruf durch den Raum, sodass ich mich widerwillig aus dem Bett rolle und schnell die nächstbesten Kleider überstreife. Nach einem kurzen Abstecher ins Bad eile ich auf den Flur hinaus und renne gemeinsam mit einigen meiner Zimmernachbarn den Gang entlang.

Am Haupttor hat sich bereits eine große Gruppe formiert, die eng beisammen steht. In der grellen Helligkeit der Flutlichtscheinwerfer, welche die unmittelbare Umgebung des Akademiegeländes beleuchten, erkenne ich Finn, Norwin und Lea. Blinzelnd taste ich mich zu ihnen. »Was ist los?«

Finn hebt ratlos die Schultern. »Ich habe keine Ahnung. Es fanden zwar schon mehrere nächtliche Trainingseinheiten statt, aber dabei war immer klar, dass es sich um einen Probealarm handelte.«

Dorian stößt schnaufend zu unserer kleinen Gruppe. Seine Locken sind völlig zerzaust, und sein T-Shirt steckt halb in der Hose. Lea registriert sein unordentliches Äußeres mit einem Grinsen. »Deinen Schlaf möchte ich haben. Ich erinnere mich an keine nächtliche Aktion, bei der du nicht als einer der Letzten erschienen wärst.«

»Wie häufig kommt das denn vor?«, frage ich erschrocken.

»Das ist erst das dritte Mal«, antwortet Finn beruhigend. »Bisher waren es nur Übungen, doch heute scheint es ernst zu sein.« Er zeigt auf Vincent und Ravin, die sich vor uns aufgestellt haben. Augenblicklich verebben die Gespräche, und gespannte Stille breitet sich aus.

Ich schirme meine Augen mit der Handfläche vor den Scheinwerfern ab. Hinter den beiden Ausbildern erkenne ich die schwarz gekleideten Leader des zweiten Semesters mit ihren Teams.

»Erstsemester.« Ravins Stimme klingt dumpf in der nebligen Nacht. »Ein Schüler eures Jahrgangs hat einen Fluchtversuch unternommen.«

Hektisch drehe ich mich nach mir bekannten Gesichtern um. Dorian, Finn, Norwin und Lea stehen direkt neben mir. Auch Schnepfies blonde Mähne kann ich in der Schülermenge ausmachen. Sekundenbruchteile, bevor Ravin den Namen nennt, ist mir mit einem Mal völlig klar, um wen es sich handelt. Es gibt nur eine Person, die heute so bedroht wurde, dass sie das Risiko einer Flucht eingehen würde.

»Emily«, spricht Ravin meinen Gedanken laut aus. Ein kollektives Raunen geht durch die Schülermenge. »Die anwesenden Formerteams werden nun mit der Suche beginnen. Wählt eine Gruppe aus, der ihr folgt. Nicht mehr als sechs Personen. Behindert ihre Arbeit nicht. Schaut zu und lernt.«

Damit gibt er den Leadern das Signal zum Aufbruch. Bevor ich eine eigene Wahl treffen kann, zerrt mich Lea am Ärmel hinter sich her.

»Komm schon! Wenn wir zu lange brauchen, fallen wir auf!«, zischt sie, was dazu führt, dass ich mich rasch in Bewegung setze.

Wenig später stapfen wir hinter einer Gruppe, die von einem hellhaarigen Typ mit Pferdeschwanz angeführt wird, in die Nacht hinaus. Sobald wir den Radius des Flutlichts verlassen haben, werden wir von der Schwärze umschlossen. Obwohl sich meine Augen nach wenigen Minuten an die Dunkelheit gewöhnt haben, kann ich kaum meinen Vordermann sehen. Dichter Nebel hängt über den Bäumen. Wirklich tolles Wetter für eine Sommernacht.

Wir umrunden die Akademie in einem großen Halbkreis, dann formieren sich die Teammitglieder neu und positionieren sich im Abstand von ungefähr fünfzig Metern zu ihrem jeweiligen Nachbarn. Auf ein Signal des Leaders bewegen sie sich in einer langen Kette in den Wald hinein.

Schon als sie nur wenige Meter von uns entfernt sind, werden ihre Schritte vom Nebel verschluckt. Halb blind stolpere ich einem beliebigen Zweitsemester hinterher, bin aber viel langsamer. Dem scharfen Tempo nach zu urteilen, trägt er ein Nachtsichtgerät.

Unwillkürlich kehren meine Überlegungen zu Emily zurück. Sie wird mit Sicherheit gefasst werden, denn ohne etwas zu sehen, kann sie unmöglich schnell genug sein. Als ich meine Konzentration wieder auf den Former vor mir richten will, bemerke ich beunruhigt, dass er verschwunden ist. Hervorragend. Ich sollte ihm einfach nur folgen. Stattdessen verliere ich nach kürzester Zeit den Anschluss.

Orientierungslos irre ich im dichten Gestrüpp umher. Als zum wiederholten Mal ein Zweig schmerzhaft meine Wange streift und ich mich unangenehm an meine letzte Nacht im Wald erinnert fühle, bleibe ich gereizt stehen. Was jetzt? Zurück zur Akademie? Nicht die schlechteste Idee, wenn ich wüsste, welche Richtung ich einschlagen müsste. Mürrisch trete ich an einen Baumstamm. Kann denn nicht einmal etwas gut gehen? Halbherzig sensibilisiere ich mich für die Umgebung. Kein Former befindet sich in unmittelbarer Nähe. Wo stecken die denn alle? Langsam dehne ich meine Reichweite aus in der Hoffnung, entweder einen Mitschüler oder zumindest einen Anhaltspunkt für die Lage der Akademie zu finden. Auf diese Idee hätte ich auch vorher kommen können, ich Genie. Statt einfach der Aura meines Vordermannes zu folgen, bin ich wie ein blindes Huhn durch die Gegend gewackelt. Leider kann ich nicht behaupten, die Lerninhalte bereits verinnerlicht zu haben. Wie weit sind die Teams schon in den Wald vorgedrungen? Das gibt's doch nicht. Ich erweitere meinen Radius abermals und seufze erleichtert, als ich das Echo einer Präsenz ganz am Rande meiner Wahrnehmung spüre. Konzentriert taste ich noch ein kleines Stück weiter und halte erschüttert inne.

Emily. Sie ist es, die ich lokalisiert habe. Ausgerechnet *Emily*. Was jetzt? Wenn sie einer der anderen Former findet, bedeutet das nichts Gutes. Wie konnte sie durch die engmaschige Kontrolle der Teams rutschen, die ja ebenfalls in der Lage sind, Auren zu orten? Ist mein Radius so viel größer? Hat der Schüler, der in ihrer Nähe vorbeikam, einen Fehler gemacht? Wie wahrscheinlich ist es, dass sie auf dem Rückweg wieder unentdeckt bleibt? Ich muss ihr helfen.

Nachdem ich meinen Entschluss gefasst habe, kämpfe ich mich rücksichtslos durchs Unterholz. Mit einem konkreten Ziel vor Augen lasse ich mich dieses Mal nicht von diversen Kratzern aufhalten.

Ich bin derart stark auf Emily fokussiert, dass mir die Anwesenheit einer zweiten Aura erst zu spät auffällt. Viel zu spät.

Ein dunkler Schatten reißt mich grob zu Boden. Noch während sich unsere Auren mit einem Knistern verbinden, lande ich mit der Hüfte auf einer Wurzel. Ich stöhne schmerzerfüllt auf. Der Angreifer nutzt den Moment der Verwirrung. Bevor ich mich wehren kann, hat er mich schon mit einem Knie am Boden fixiert und dreht meine Arme schmerzhaft auf den Rücken. Obwohl ich mich aufbäume, hält er mich mit Leichtigkeit fest. Er umschließt meine Gelenke mit einer Hand und schaltet mit der anderen seine Taschenlampe ein, die er direkt auf mein Gesicht richtet. Geblendet schließe ich die Augen.

»Was zur Hölle tust du hier?», stößt er aufgebracht hervor.

Mich überläuft ein eiskalter Schauer.

Ich kenne diese Stimme.

Jan.

Scheiße.

Jan ist tot. Es ist unmöglich, ihm zufällig nachts im Wald zu begegnen! Bin ich völlig verrückt geworden? Ist vielleicht doch etwas Wahres an dem Gerücht, dass Former wahnsinnig werden können?

»Bist du total durchgedreht?«, formuliert er genau die Frage, die ich mir kurz zuvor gestellt habe. Allerdings aus einem anderen Grund.

Ich schweige störrisch.

»Warum rennst du alleine durch die Dunkelheit? Wieso bist du nicht bei einer Gruppe?«, fährt er angriffslustig fort.

Wieder bleibe ich stumm. Jedes Wort würde mich in größere Schwierigkeiten befördern als die, in denen ich ohnehin schon stecke. Wenn diese überhaupt zu toppen sind.

»Ich werde dich zur Akademie zurückbringen.« Er löst seinen Griff, steht auf und zieht mich am Handgelenk ruckartig empor, sodass ich erneut gequält aufkeuche. Dabei streift der Lichtkegel der Taschenlampe sein Gesicht.

Ich schnappe nach Luft. Leicht zerzauste schwarze Haare, gerade Nase, markante Wangenknochen und helle, grau-blaue Augen. Verflucht! Das ist definitiv Jan.

Er fixiert mich für einen Moment durchdringend und schüttelt mit zusammengepressten Lippen den Kopf. Dann läuft er mit ausgreifenden Schritten durch den Wald, während er mich grimmig hinter sich herzerrt.

Kurz bevor wir die Akademie erreichen, bleibt er unvermittelt stehen, fasst mich an den Schultern und dreht mich zu sich um. Sein Gesicht ist so nah, dass ich die Wärme seiner Haut spüren kann. »Gwendolin. Du kannst ihr nicht helfen. Jeder von euch trägt seit seiner Ankunft einen Peilsender. Sowohl die Ausbilder als auch die Leader wissen ganz genau, wo sie sich befindet. Die Jagd ist nur eine Täuschung, um Angst zu verbreiten und das Verhalten der Schüler zu prüfen. Sie wird auf jeden Fall gefangen werden.« Mit diesen Worten wendet er sich um und wird wenig später von der Dunkelheit verschluckt.

Ich bin so neben der Spur, dass ich völlig leichtsinnig auf den Vorplatz der Akademie taumle. Glücklicherweise komme ich zeitgleich mit einer Formergruppe an, sodass ich vorgeben kann, bei ihnen gewesen zu sein.

Wenig später erscheint das nächste Team mit einer aufgelösten, sehr bleichen Emily, die mich aus ihren großen Augen mutlos anschaut. Ravin bedeutet ihr schroff, ihm zu folgen, und beide verschwinden in der Akademie.

Mittlerweile sind auch Lea und Dorian wieder eingetroffen.

Lea pflückt ein Blatt aus meinen Haaren. »Gwen? Alles in Ordnung? Du bist so blass, als hättest du einen Geist gesehen.«

Treffer! Ich breche in hysterisches Gekicher aus, woraufhin mich meine neuen Freunde besorgt mustern.

»Du solltest dringend ins Bett gehen«, schlägt Dorian vor und schiebt mich zur Eingangstür.

Gute Idee. Vielleicht entpuppt sich morgen alles nur als schräger Albtraum.

12 : gerichtet

Leider erfüllt sich meine Hoffnung auf einen Traum nicht. Bereits beim Frühsport drehen sich alle Gespräche um den nächtlichen Zwischenfall. Da ich sowieso nach kurzer Zeit schnaufend hinter den anderen zurückbleibe, fällt keinem auf, dass ich besonders schweigsam bin. Immerhin störe ich mich heute kein bisschen am fehlenden Frühstück, denn der Schreck sitzt mir noch zu tief in den Knochen. Meine Kehle fühlt sich an wie zugeschnürt.

So ist es kein Wunder, dass ich völlig in Gedanken versunken bin, anstatt Anthea bei ihren Ausführungen über die Zeitformen im Englischen zu lauschen. Die Begegnung im Wald macht mich völlig fertig, und ich wälze verschiedene Theorien in meinem Kopf hin und her. Als ich das Haus verließ, war Jan tot. Daran besteht kein Zweifel. Ist es vorstellbar, mithilfe der Gabe wiederzubeleben? Mit dem entsprechenden Wissen über die Todesursache wäre das denkbar. Allerdings müssten die Verletzungen genau zu erkennen sein, um durch die Gabe behoben zu werden. Zu lange dürfte der Tod auch nicht her sein, ansonsten wäre das Gehirn bereits irreparabel beschädigt. Wie lange dauerte es, bis Levander in Jans Haus auftauchte? Könnte er tatsächlich eine Reanimation vorgenommen haben? Schaudernd stelle ich mir vor, welche Möglichkeiten das eröffnen würde. Befindet sich eine Zombieausgabe von Jan an der Akademie? Wieso bin ich dann bisher unbehelligt geblieben? Immerhin ist mir noch nichts Lebensgefährliches zugestoßen. Würde er mich nicht so schnell wie möglich an Levander übergeben? Vielleicht hat er mich nicht erkannt? In dem Fall schwebe ich in größter Gefahr. Wenn Jan sich in meiner unmittelbaren Nähe aufhält, ist es nur eine Frage der Zeit, bis ich mir vor lauter Nervosität einen gravierenden Fehler erlaube. Aber kann er nicht meine Aura identifizieren? Wie passt dann die Geschichte des ausgelöschten Teams ins Bild? Immerhin wurde in der ganzen Akademie bekanntgegeben, dass ein Leader von einem natürlichen Former zum Selbstmord gezwungen wurde. Würde ihr Gerücht nicht das Gegenteil erreichen, wenn genau dieser Leader wieder wohlbehalten auftauchte? Nein. Es ist denkbar unwahrscheinlich, dass es Jan war, der mich überwältigt hat. Einen rachsüchtigen Geist kann ich ebenso ausschließen, denn immerhin hat er dafür gesorgt, dass ich nicht in die Falle gehe. Ohne sein Eingreifen wäre nicht nur Emily, sondern auch ich in große Schwierigkeiten geraten. Man hätte uns beide mithilfe der Peilsender problemlos aufgespürt. Er hat mir geholfen! Wie kommt es überhaupt, dass ich diesen Sender nicht bemerkt habe? Ob er in unserer Kleidung steckt? In den Schuhen? Oder wurde er implantiert? Vermutlich wurde er mir während meiner Bewusstlosigkeit eingesetzt. Die verräterische Narbe könnte durch die Gabe mit Leichtigkeit entfernt werden.

Ich schüttle den Kopf. Diese Überlegungen haben keinen Sinn. Besser, ich widme mich wieder meinem aktuellen Problem. Kann es sich um pure Einbildung gehandelt haben? Immerhin war es dunkel. War es nur ein Mann, der Jan entfernt glich? Der dieselbe Haarfarbe aufwies?

Definitiv nicht. In den vergangenen Monaten habe ich ihn derart häufig angeschmachtet, dass ich sein Gesicht sogar im Schlaf in allen Einzelheiten vor mir sehe. Zögerlich wende ich mich der unangenehmsten Erklärung zu. Bin ich doch auf dem Weg in den Wahnsinn? Haben mir meine überreizten Sinne einen Streich gespielt? Ist es eine Strafe meines schlechten Gewissens? Dafür war die Erscheinung aber ziemlich brutal und realistisch. Noch jetzt schmerzt meine Hüfte von dem Sturz, den der unvermittelte Angriff nach sich gezogen hat. Vielleicht handelte es sich um eine Person, die Jan zum Verwechseln ähnlich sieht? Hat er einen Doppelgänger an der Akademie? Möglicherweise einen Zwillingsbruder?

»Gwen?«, flüstert eine Stimme so dicht an meinem Ohr, dass ich zusammenzucke und ruckartig den Kopf hebe.

»Du sollst diese Passage zum Dreißigjährigen Krieg vorlesen. Im Geschichtsbuch!«, wispert Dorian leise. Kopfschüttelnd mustert er meine Englischmaterialien, welche aufgeschlagen vor mir liegen. Dann blickt er mich irritiert an und zeigt mit dem Finger auf einen Ausschnitt in seinem Buch, das er mir hinschiebt. Hastig beginne ich zu lesen und nehme mir vor, in den kommenden Unterrichtsstunden aufmerksamer zu sein. Beim Mittagessen werde ich hoffentlich einige Antworten erhalten.

Nachdem ich auch Realitätsformung bei Constantin überstanden habe, nehmen wir endlich an unserem Stammtisch in der Ecke Platz. Während ich ein Stück Fisch zerteile, lasse ich den Blick über meine neue Clique streifen. Irgendetwas stimmt nicht. Die Atmosphäre wirkt gedrückt, und die Gespräche sind gedämpfter und weniger lebhaft als am Vortag. Vermutlich ist es die Sorge um Emily, die für diese Unsicherheit verantwortlich ist. Immerhin haben wir sie seit heute Nacht nicht mehr gesehen. In meinem Magen macht sich ein ungutes Gefühl breit. Als ich entdecke, dass sogar Finn appetitlos in seinem Essen herumstochert, halte ich es nicht mehr aus.

»Was ist denn los mit euch?«, frage ich einfühlsam. »Ist es wegen Emily? Vielleicht bekommt sie eine weitere Chance, immerhin war die Verfolgungsjagd eine gute Übung für die Former beider Semester. Wir sollten optimistisch bleiben. Außerdem haben wir bis zum nächsten Sonntag Ruhe vor Dr. Levander. Und heute steht kein PSY auf dem Plan! Kein PSY – kein Ravin! Ist das nicht eher ein Grund zur Freude?«

Lea dreht entnervt die Augen zur Decke. »Echt jetzt, Gwen. Du hast überhaupt keinen Schimmer, oder?«, ächzt sie giftig.

Dorian legt ihr eine Hand auf die Schulter. »Lea. Gwen kann nichts dafür.«

»Könnte mir bitte jemand mitteilen, was hier abgeht?«, erkundige ich mich vorsichtig. Nicht, dass Lea mir an die Kehle springt, weil sie sich provoziert fühlt.

Norwin seufzt. »Hast du auf dem Stundenplan gesehen, welche Fächer anstehen? Kampftraining, danach VISS.«

Stimmt ja. Das Putzmittelfach, bei dem ich völlig vergessen habe, mich nach dem Sinn der Abkürzung zu erkundigen. »VISS?«

»Verhalten in Stresssituationen«, erklärt Lea tonlos. »Mit Abstand der schlimmste Unterricht der Woche.«

»Aha. Und warum?«

»Wenn wir Glück haben, müssen wir uns nur gegenseitig angreifen. Weniger harmlos läuft es ab, wenn Ravin eine seiner kranken Ideen umsetzt, um eine Stresssituation herbeizuführen. Dabei gibt es regelmäßig unschöne Verletzungen. Und jetzt überlege dir, was er mit Emily anstellen könnte …«

»Ravin?«, japse ich ungläubig. Auf Dorians Nicken hin vergrabe ich das Gesicht in den Handflächen. »Sag mir bitte, dass ich mich verhört habe. Ich dachte, er unterrichtet nur PSY!«

»Verstehst du jetzt die allgemeine Nervosität? Es gab noch keine VISS-Stunde, in der nicht mindestens ein Schüler zur Krankenstation gebracht werden musste. Beim Entwerfen von Stresssituationen ist Ravin voll in seinem Element. Dagegen ist Psychologie nichts«, berichtet Lea. »Fragt ihr euch auch, wie es Dr. Levander zulassen kann, dass einer seiner Ausbilder sich derart gemeingefährlich aufführt?«

»Er selbst ist doch genauso schlimm«, murmelt Dorian fast unhörbar, woraufhin die anderen betreten die Tischplatte fixieren.

»Sagt mal«, wechsle ich übergangslos das Thema. »Bei der Suchaktion gestern habe ich einen Typ gesehen, den ich nicht kannte. Weder aus unserem noch aus dem Jahrgang davor. Auch kein Leader der Zweitsemester. Deutlich älter als wir.«

»Wie sah er aus?«, erkundigt sich Lea interessiert.

»Dunkle Haare, helle Augen, ganz ansehnlich«, beschreibe ich absichtlich vage, um nicht die Frage aufzuwerfen, wie viel ich mitten in der Nacht erkennen konnte.

Leas Augen beginnen zu funkeln. Ihre Laune scheint sich gerade um hundert Prozent verbessert zu haben.

»Groß? Tiefschwarze Haare? Stahlblaue Augen? Eine anbetungswürdige Figur?«

»Kann sein«, stimme ich geduldig zu, auch wenn ich von seiner Statur im Dunkeln nicht viel sehen konnte. Dafür erinnere ich mich bestens an sein Knie in meinem Rücken.

»Das ist Raphael. Der Leader, von dem ich dir erzählt habe«, seufzt sie schwärmerisch, während ich sie fassungslos anstarre. Das darf doch nicht wahr sein.

»Wo hast du ihn getroffen? Hat er mit dir gesprochen?«, stößt sie aufgeregt hervor.

Schnell schüttle ich den Kopf. »Nicht wirklich. Er hat mich nur im Wald eingesammelt, weil ich mich verlaufen hatte.«

»Du Glückspilz«, haucht Lea neidisch. »Wenn er mir allein im Dunkeln begegnet wäre, hätte ich … egal. Immerhin kann der Arme momentan jeglichen Trost brauchen. Ich würde ihn gerne aufheitern«, setzt sie mit einem eindeutigen Grinsen hinzu.

»Wieso denn das?«

»Na, weil er einfach unglaublich sex–«

»Lea«, unterbreche ich unwirsch. »Ich wollte wissen, warum er getröstet werden muss.«

»Ach so«, entgegnet sie unschuldig. »Elias Arenberg ist«, sie stockt, »war sein Zwillingsbruder. Der Leader, der von dem natürlichen Former umgebracht wurde. Weißt du noch?«

Nur zu gut. Ich nicke nachdenklich. Unterdessen liefern sich Erleichterung und Beklommenheit einen heftigen Kampf. Es war nicht Jan, auf den ich im nächtlichen Wald getroffen bin. Ebenso wenig bin ich verrückt geworden. Das ist immerhin positiv zu bewerten. Auf der anderen Seite befinde ich mich in unmittelbarer Nähe seines engsten Verwandten. Gibt es eine intensivere familiäre Bindung als die von Zwillingen? Wenn dieser Raphael erfährt, dass der Mörder seines Bruders direkt vor seiner Nase sitzt, kann das nur in einer Katastrophe enden. Wobei das ohnehin der Fall wäre, wenn meine natürliche Formerbegabung aufgedeckt würde. Was zur Hölle hat sich Elric dabei gedacht? Ist er von allen guten Geistern verlassen, mich an der Akademie zu verstecken? Sein *Zwillingsbruder*! Verflucht noch mal! Ich sollte wohl zukünftig besonders darauf achten, Abstand zu wahren. Keine Ahnung, zu welchen Kurzschlussreaktionen ich neige, wenn er erneut mit Jans Gesicht vor mir auftaucht.

Mit gemischten Gefühlen betrete ich knapp drei Stunden später die Turnhalle. Das Kampftraining fand heute im Freien statt, sodass wir uns beeilen mussten, um pünktlich zu sein.

Dicht gedrängt wie eine Schafherde, die vor dem Wolf Schutz sucht, stellen wir uns am Rand der Bodenmarkierung auf. Trotz des unangenehmen Unterrichts, der vor uns liegt, kann ich ein belustigtes Grinsen nicht unterdrücken. Galgenhumor, nehme ich an.

Beim Blick auf Emily, die sich ängstlich an die Wand drückt, als würde sie ihre Hinrichtung erwarten, vergeht mir das Lächeln jedoch abrupt. Bereits zum Kampftraining war sie wieder aufgetaucht. Leichenblass, verschlossen, aber unverletzt. Auf meine Versuche, ihr Mut zuzusprechen oder zumindest eine Reaktion zu entlocken, hatte sie lediglich die Arme verschränkt und stumm den Kopf geschüttelt.

Abermals wage ich einen Vorstoß, um ihre Apathie zu durchbrechen. Mit wenigen Schritten bin ich bei ihr und lege meine Hand auf ihren Oberarm. »Emily …«

Sie zuckt zurück, als hätte sie sich verbrannt. »Gwendolin«, wispert sie. »Halte dich von mir fern. Du kannst mir nicht mehr helfen. Es ist nicht deine Schuld.«

Bevor ich nachfragen kann, betritt Ravin die Halle und sorgt mit einer knappen Geste für sofortige Ruhe. »Folgt mir!«, fordert er uns auf und verlässt den Raum in solch zügigem Tempo, dass ich fast rennen muss, um nicht zurückzufallen. Er führt uns wieder zum Haupteingang der Akademie. Anschließend durchqueren wir den Innenhof und steigen eine Treppe empor. Kurze Zeit später betreten wir Ravins gefürchteten Unterrichtsraum.

»Setzt euch«, ordnet er harsch an.

Schnell und mit ungutem Gefühl gehorchen wir seinem Befehl. Nachdem sich alle Schüler einen Platz gesucht haben, kehrt furchtsame Stille ein.

Ravin lehnt locker an seinem Tisch. Aufgereiht mit einem Abstand von ungefähr dreißig Zentimetern stehen neben ihm acht hohe, schmale Gläser, in denen sich das kalte Licht der Deckenstrahler bricht. Jedes Glas ist bis zur Hälfte mit einer dunklen Flüssigkeit gefüllt und mit einem kleinen, rechteckigen Schild versehen. Angestrengt recke ich den Hals, um die Beschriftung zu lesen. Was ich erkennen kann, trägt nicht gerade zu meiner Beruhigung bei. Auf dem Etikett ganz links befindet sich die Aufschrift *Männer*, daneben *Gift*, *Frauen* und *elf Opfer*. Die Sicht auf die übrigen Gläser wird von den Mitschülern in den Reihen vor mir verdeckt. Welche Gemeinheit hat er sich ausgedacht? Was sollen diese verstörenden Informationen? Welcher Sinn verbirgt sich dahinter? Vermutlich wird er gleich jemanden mithilfe der Gabe dazu zwingen, das Zeug auszutrinken.

Bevor ich mir weitere Szenarien ausmalen kann, holt mich Ravins leidenschaftslose Stimme aus meinen Gedanken. »Ihr werdet heute eine Übung zum logischen Denken in lebensbedrohlichen Situationen absolvieren.«

Ein fassungsloses Zischen geht durch die Schülermenge, doch keiner wagt es, laut zu widersprechen.

Mit einer spärlichen Geste deutet Ravin auf den Tisch. »Vier dieser acht Gläser sind mit normaler Cola gefüllt. In den anderen vier befindet sich zusätzlich eine hohe Dosis geschmacksneutralen Toxikums.«

Erneut breitet sich erschüttertes Geflüster aus, das Ravin abermals ignoriert. Gelassen fährt er fort: »Ich werde euch eine Aufgabe stellen, die ihr innerhalb von drei Minuten lösen müsst. Die Logik verrät euch, welche Getränke ihr zu euch nehmen könnt, ohne in akuter Lebensgefahr zu schweben. Solltet ihr euch allerdings irren, wird das euer letzter Fehler gewesen sein.«

Voller Abscheu registriere ich das vergnügte Funkeln in Ravins Augen und beiße mir auf die Unterlippe. Von den anderen Schülern sind erstickte Laute zu hören, die ihre Angst verraten. Okay, er kann es definitiv mit Levander aufnehmen.

Mit einem tonlosen Räuspern sorgt Ravin innerhalb von Sekunden für vollständige Ruhe. »Diese Übung muss nicht hässlich enden. Ganz im Gegenteil ist es sogar möglich, dass eure Risikobereitschaft belohnt wird. Wer es schafft, die vier ungefährlichen Flüssigkeiten auszumachen, dem werde ich bei der kommenden Offenlegung mein grünes Band verleihen. Ihr seht, es handelt sich um ein faires Angebot«, fasst er sanft zusammen. »Solltet ihr die Herausforderung annehmen und Erfolg haben, wird euer Ansehen an der Akademie deutlich steigen. Solltet ihr versagen, wird es allerdings tödlich für euch ausgehen.« Das empörte Wispern der Schüler, das beim Wort *fair* wieder eingesetzt hat, steigert sich zu aufgebrachtem Murmeln. »Wählt einen Freiwilligen aus, der die Gruppe vertritt«, befiehlt Ravin unbeeindruckt. Mit einem Schlag wird es totenstill. Die Schüler tauschen furchtsame Blicke und scheinen in sich zusammenzusinken. Natürlich ist keiner so verrückt, sich als Opferlamm anzubieten und dieses Risiko einzugehen.

»Nun?«, fragt Ravin gelangweilt. Sein Desinteresse bildet einen krassen Gegensatz zum Entsetzen der Schüler. »Alternativ können sich auch acht Freiwillige melden, die gemeinsam die Übung ausführen. In diesem Fall würde jeder ein Glas trinken und hätte somit eine fünfzigprozentige Chance«, erklärt er aufmunternd. »Allerdings gäbe es dann selbstverständlich kein grünes Band für die Überlebenden.«

Jetzt ist es nackte Panik, die in den Gesichtern aufflackert. Einige trommeln nervös mit den Fingerspitzen auf den Tisch, manche knabbern an ihren Nägeln oder kauen auf ihrer Unterlippe herum. Alle wissen, dass es genauso wahrscheinlich ist, bei Ravins *fairer* Übung zu sterben wie dabei erfolgreich zu sein. Jeder fürchtet, die Wahl könne letztendlich doch auf ihn fallen.

»Ich mache es.«

Ruckartig drehe ich den Kopf in die Richtung, aus der die Stimme kommt. Bevor ich das Geschehen richtig registrieren kann, steht Emily bereits entschlossen auf.

Ravin nickt. Er wirkt nicht sonderlich überrascht. »Emily. Schön, dass dir der Ernst deiner Lage bewusst ist«, bemerkt er mit einem dünnen Lächeln. »Komm nach vorne.«

Leicht schwankend geht Emily die Treppen hinunter. Sie macht den Eindruck, als sei sie bereits sicher, gerade ihren letzten Gang angetreten zu haben.

»Stell dich neben mich«, fordert Ravin.

Emily befolgt umgehend die Anweisungen. Die dunklen Locken bilden einen starken Kontrast zu ihrem fahlen Gesicht. Sie hat die Lippen zu einem dünnen Strich zusammengepresst und schluckt immer wieder.

»Emily, du solltest nun sehr genau zuhören. Die nächsten Minuten werden entscheidend sein. Ich hoffe, dass das freigesetzte Adrenalin die Funktion deines Verstandes verbessert.« Völlig ruhig wendet er sich uns zu. »Verfolgt die Geschehnisse und notiert eure Beobachtungen. Erstellt anschließend eine Zusammenfassung, die ihr in der nächsten Stunde präsentieren werdet.«

Ich knirsche mit den Zähnen. *Das macht dir Spaß, du Scheusal, oder?*

Anscheinend zeichnen sich die Empfindungen deutlich auf meinen Zügen ab, denn Ravin fixiert mich mit einem durchdringenden Blick und hebt spöttisch die Mundwinkel. »Lasst uns anfangen«, sagt er und drückt auf eine Stoppuhr, die er aus seiner Tasche zieht. »Sobald das Signal ertönt, musst du deine Wahl treffen.«

Emily nickt verstört.

»In einer Gaststätte begegnen sich zwei Serienkiller A und B«, beginnt Ravin. »Sie bevorzugen verschiedene Mordtechniken. Einer schneidet den Opfern die Kehle mit einem Messer durch, der andere vergiftet sie.« Für das grausame Lächeln, das bei diesen Worten über sein Gesicht zuckt, würde ich ihn am liebsten erwürgen. Ravin spricht ungerührt weiter. »Ebenso unterscheidet sich ihre Opferzahl, elf beziehungsweise sieben Tote, und der Zeitpunkt, zu dem zugeschlagen wird, Nachmittag oder Dämmerung. Ein Killer bevorzugt weibliche, der andere männliche Beute.«

Ich verstehe nicht, worauf er mit dieser bescheuerten Geschichte hinauswill. Total gestört.

»Erstens: Frauen werden nicht von Killer B bevorzugt. Zweitens: Der Mörder mit den elf Opfern vergiftet diese nicht. Drittens: Der Nachmittagskiller bevorzugt weibliche Beute. Viertens: Der Killer, der in der Dämmerung zuschlägt, schneidet seinen Opfern die Kehle durch.« Er schweigt für einen Moment, der sich in meiner Wahrnehmung ewig hinzieht. Endlich formuliert er die eigentliche Aufgabe. »Trinke alle Eigenschaften von Serienkiller A.«

Verdammter Mist! Schon ich habe lediglich Bruchteile erfasst, weil ich mir solche Sorgen um Emily mache. Wie muss es ihr selbst gehen? Wird ihr die verbleibende Dauer ausreichen, um das richtige Ergebnis zu finden? Die Frist ist eindeutig zu knapp bemessen, denn natürlich lief die Uhr schon, als er geruhsam die Aufgabe präsentierte. Wie viel Zeit ist seitdem vergangen? Eine Minute? Bleiben nur noch zwei. Irgendwie muss ich ihr helfen. Eilig verwerfe ich einen Gedanken nach dem anderen. Schließlich kommt mir die rettende Idee. Wenn ich die Aufgabe löse, kann ich ihr das Ergebnis per Formerimpuls eingeben. Ich könnte sie retten! Fieberhaft versuche ich, Ravins Informationen zu rekonstruieren, während ich mir hektisch Notizen mache. Welche Beute bevorzugt der Dämmerungskiller? Und ist er Killer A oder B? Entnervt stöhne ich auf.

Unauffällig wende ich mich Dorian zu, der neben mir

sitzt, und zerre an seinem T-Shirt. »Hast du das blöde Rätsel im Kopf?«, zische ich.

»Nicht vollständig«, entgegnet er flüsternd. »Ich erinnere mich, dass Killer A Frauen bevorzugt und am Nachmittag zuschlägt.«

Überstürzt schreibe ich die neuen Erkenntnisse auf. Noch immer fehlen Mordtechnik und Opferzahl. Verzweifelt raufe ich mir die Haare. Emilys Hände sind mittlerweile so verkrampft, dass die Knöchel weiß hervortreten. Sie gräbt die Fingernägel in die Handflächen und zwinkert häufig. Bisher hat sie kein Wort gesprochen.

»Dorian! Denk genauer nach! Na los! Du musst dich konzentrieren!«, treibe ich ihn an.

Verständnislos mustert er mich. »Was willst du tun? Du kannst ihr die Lösung doch nicht zurufen«, wispert er irritiert. Nach einem Blick auf mein Gesicht runzelt er die Stirn und überlegt. »Ich meine, der Killer, der am Nachmittag tötet, schneidet den Opfern die Kehle durch. Nein, warte! Es war umgekehrt. Der Dämmerungskiller macht das.«

»Entscheide dich mal!«, fahre ich ihn an, aber er zuckt nur hilflos mit den Achseln. So funktioniert das nicht. Wir brauchen zu lange. Ich muss eine andere Lösung finden. Emily ist noch blasser geworden als zuvor. Ihre Brust hebt sich in schnellem Tempo, und ihre Augen glänzen feucht. Sie sieht aus, als befände sie sich kurz vor einer Panikattacke.

Schnell fixiere ich das zierliche Mädchen und gebe kurzerhand einen Gedanken aus.

Bleib ruhig und konzentriere dich.

Für einen Moment schließt sie entkräftet die Augen, dann strafft sich ihr Körper merklich. Vielleicht kann ich ihrem Unterbewusstsein einen Stoß in die richtige Richtung versetzen? Eigentlich müsste es möglich sein, in ihr die Erinnerung an Ravins Hinweise wachzurufen. Warum bin ich nicht früher auf diese Idee gekommen? Ich bereite einen erneuten Impuls vor, um Emilys Gedächtnis auf die Sprünge zu helfen.

Erinnere dich an –

Bevor ich den Befehl vollständig formulieren kann, gibt die Stoppuhr ein leises Piepen von sich, das nur zu hören ist, weil im ganzen Raum angespannte Stille herrscht.

»Deine Zeit ist abgelaufen«, stellt Ravin überflüssigerweise fest. Bestimmt ist diese zweideutige Formulierung Absicht. Scheißkerl.

Emily erstarrt zur Bewegungslosigkeit, doch ihre großen, braunen Augen flehen uns stumm um Hilfe an. Ravin fixiert sie und tippt dabei ungeduldig mit den Fingerspitzen auf seinen Oberarm. Schließlich zieht Emily leicht die Schultern hoch und wendet sich zaghaft dem Tisch zu. Ratlos mustert sie die Schilder. Es ist offensichtlich, dass sie das *Rätsel* nicht lösen konnte. Einige Schüler stöhnen auf, als sie unschlüssig die Hand ausstreckt. Sie geht einen Schritt zur Seite und ergreift das Glas ganz links mit der Aufschrift *Dämmerung*. Voller Entsetzen beobachte ich, wie sie die Flüssigkeit in wenigen Schlucken trinkt. Danach entscheidet sie sich ebenso zögerlich für die Gläser *elf Opfer*, *Männer* und schließlich *Messer*.

Die Spannung im Saal ist förmlich mit Händen zu greifen. Ängstlich beobachten wir Emily, die sich mit zittriger Hand über den Mund wischt. Jeden Moment rechne ich damit, dass sie schreiend zusammenbricht, weil das Gift seine Wirkung entfaltet.

Die Sekunden dehnen sich ins Unendliche. Nichts passiert. Beklommen schaut Emily zu Ravin, der mit verschränkten Armen seelenruhig an seinem Tisch lehnt und sie betrachtet.

»Wie fühlst du dich?«, fragt er gleichgültig.

»Ganz okay«, flüstert Emily so leise, dass sie kaum zu verstehen ist. Mittlerweile haben ihre Wangen wieder etwas Farbe bekommen.

»Ich fühle mich ... ganz okay«, wiederholt sie etwas kräftiger.

»Ihr könnt gehen«, verfügt Ravin. »Alle. Der Unterricht endet heute früher. Vertieft eure Kenntnisse, und nutzt die gewonnene Zeit für die schriftliche Ausarbeitung zur heutigen Stunde.«

Nur mit Mühe kann ich einen befreiten Seufzer unterdrücken. Auch um mich herum höre ich erleichtertes Aufatmen.

Emily ist währenddessen zu ihrem Platz zurückgekehrt und packt dort fahrig ihre Sachen zusammen. Während wir am Ende ihrer Sitzreihe auf sie warten, flüchten unsere Mitschüler in rekordverdächtiger Geschwindigkeit aus dem Unterricht.

Lea legt Emily eine Hand auf die Schulter. »Dass du das so souverän gemeistert hast! Wirklich bewundernswert! Bis ich kapiert hatte, was Ravin von dir will, war schon das halbe Rätsel vorbei.«

Emily unterdrückt ein Husten. »Ich habe versucht, mich nicht von der Situation unter Druck setzen zu lassen, um das Rätsel so logisch wie möglich anzugehen«, erklärt sie mit einem schüchternen Lächeln und massiert ihre Schläfen mit den Fingerspitzen. »Trotzdem war ich bis zum Schluss total unsicher.«

Finn nickt beifällig. »Damit bist du bei der nächsten

Offenlegung aus dem Schneider. Du musst dir keine Sorgen mehr machen. Ravin mag ein Arsch sein, aber nachdem der ganze Jahrgang Zeuge war, muss er zu seinem Wort stehen.«

Mit Emily in ihrer Mitte verlassen Lea und Finn gut gelaunt den Saal. Norwin hingegen bleibt überraschend auf der obersten Treppenstufe stehen. Er hat die Stirn gerunzelt und scheint tief in Gedanken zu sein, während er immer wieder einzelne Worte vor sich hin murmelt. Beunruhigt hält er Dorian am Oberarm fest und redet wild gestikulierend auf ihn ein, woraufhin beide im Laufschritt in den Flur eilen.

Alarmiert will ich ihnen folgen, entschließe mich aber spontan, zuvor einen knappen Blick auf Ravin zu werfen. Eine Einschätzung seiner Stimmungslage kann nicht schaden. Mit Sicherheit hat er darauf gehofft, dass Emily die falsche Entscheidung trifft. Da ich ohnehin die letzte Schülerin im Raum bin, halte ich an der Tür inne und wende mich unauffällig zu ihm hin.

Ravin lehnt noch immer lässig an seinem Tisch und wirkt absolut entspannt. Als würde er meine Anwesenheit spüren, hebt er den Kopf. Ohne den Blickkontakt zu unterbrechen, greift er langsam nach dem gefüllten Glas direkt neben sich, das die Aufschrift *Gift* trägt. Er prostet mir zu, setzt es an die Lippen und trinkt die Flüssigkeit mit wenigen Schlucken aus. Anschließend stellt er das Glas zurück, hebt spöttisch die Augenbrauen und lächelt mich kalt an.

Ich drehe mich um und renne los.

13 : enthüllt

Erfüllt von blankem Horror überwinde ich die wenigen Meter bis zum Treppenhaus. Entweder war die ganze Giftgeschichte ein grausamer Bluff oder Emily hat sich für das falsche Glas entschieden. Ich bete, dass es sich um die erste Variante handelt.

Gehetzt drücke ich die Klinke hinunter und stoße die schwere Metalltür auf. Direkt vor mir hockt Emily zusammengesunken auf der obersten Stufe und hat die Finger in ihre Haare gekrallt. Um sie herum stehen Lea, Finn, Dorian und Norwin. Nur ein Blick ist nötig, um mir klarzumachen, dass meine Hoffnung vergeblich war. Emilys Atem geht in tiefen, verzweifelten Zügen, als würde sie nicht genügend Sauerstoff bekommen.

»Sie stirbt«, weint Lea leise.

Emily lehnt sich gefährlich weit nach vorne. Dorian hält sie an der Schulter fest und dreht sie leicht zu uns. Ihr Kopf kippt zur Seite. Ihre Augen sind so verdreht, dass die Pupillen kaum zu sehen sind.

»Emily! Schau mich an!«, bittet er.

Sie zeigt keine Reaktion. Dorian packt ihren schmalen Körper unter den Armen und legt sie flach auf den Boden. Sekundenbruchteile später schnappt sie erneut nach Luft. Gleichzeitig versteifen sich ihre Glieder. Ein Krampfanfall.

Lea und Finn wirken wie versteinert. Anscheinend stehen sie unter Schock. Fieberhaft überlege ich, wie ich Erste Hilfe leisten kann.

»Emily!«, wiederholt Dorian eindringlich, um sie aus ihrer Besinnungslosigkeit zu holen.

Sie reagiert nicht. Mittlerweile ist kein Geräusch mehr von ihr zu hören. Ihr Atem hat ausgesetzt.

»Emily!«, ruft er nun lauter.

Weiterhin keine Reaktion.

»Emily! Du musst aufwachen!«, schreit er und schüttelt sie verzweifelt.

Nichts.

Hilfe suchend sieht er zu Norwin, der bestürzt auf den leblosen Körper blickt.

»Wir müssen etwas tun! Wir können sie nicht einfach sterben lassen!«, drängt er. »Sie atmet nicht mehr!«

Norwin legt zwei Finger an Emilys Hals. »Kein Puls«, stellt er knapp fest. »Herz-Lungen-Wiederbelebung.«

Während die beiden Jungs mit den Reanimationsmaßnahmen beginnen, suche ich hektisch nach einem sinnvollen Impuls. Die Angst um Emily lähmt meine Gedanken, sodass ich ewig für die Entscheidung brauche. Wenn ich wenigstens wüsste, um welche Art Gift es sich handelt!

Lebe!

Schnell schaue ich zu Dorian und Norwin, die noch immer ihr Möglichstes tun, um Emily zurückzuholen.

Nichts. Kein Wunder. Vermutlich hat das Gift in ihrem Körper so viel zerstört, dass eine Wiederbelebung schlichtweg nicht mehr möglich ist. Dafür müsste ich konkrete Befehle äußern.

Heile!

Zu vage! Mir entweicht ein gequältes Wimmern. Ich

kann nichts tun. Ich bin machtlos. Ich verstehe die Wirkung des Giftes nicht. Ich habe keine Ahnung, was es in ihr angerichtet hat. Ich weiß nicht, welche Ursachen letztendlich für ihren Tod verantwortlich sind, deshalb kann ich auch nicht den passenden Heilimpuls formulieren.

Völlig hilflos muss ich zusehen, wie die beiden schließlich ihre Bemühungen einstellen. Emilys Aura ist erloschen. Lea hat sich an Finn geklammert und ihr Gesicht in dessen Pullover vergraben. Sie schluchzt haltlos. Dorian lässt sich zurücksinken und legt die Stirn auf seine Knie. Seine Schultern zittern.

Norwin legt ihm eine Hand auf den Arm. »Wir haben getan, was wir konnten«, sagt er leise. Dorian antwortet nicht. Schweigend umringen wir den toten Körper und senken die Köpfe.

Den Rest des Tages nehme ich wie durch dichten Nebel wahr. Ich erinnere mich weder daran, wie Emilys Leiche abgeholt wurde, noch an den weiteren Unterricht, geschweige denn ans Abendessen. Immer wieder taucht Ravins grausames Lächeln vor meinem inneren Auge auf.

Erst als ich zitternd im Bett liege, kommen mir endlich die Tränen. Wieso musste Emily sterben? Hätte ich ihren Tod verhindern können? Wenn ich nur bei Ravins Logikrätsel direkt kapiert hätte, worum es geht. Ich hätte die Hinweise aufschreiben müssen! Dann wäre es leicht gewesen, Emily zum Trinken der richtigen Gläser zu bringen oder ihr zumindest die Lösung einzugeben. Ich war so mit mir selbst beschäftigt, dass ich bloß am Rande bemerkt hatte, wie angespannt Emilys Nerven schon vor der schrecklichen VISS-Stunde waren. Was hat ihr Ravin nach dem Fluchtversuch erzählt? Womit hat er ihr gedroht? Hat er sie beeinflusst? Bereits als sie zum Kampftraining wieder auftauchte, war sie ein anderer Mensch. Zerstört, hoffnungslos und emotional völlig am Ende. Er hat sie gebrochen. Hat er sie im Vorfeld über ihre geplante Hinrichtung informiert? Wusste sie etwa, was sie erwartet? Emily stand auf der Kippe. Nach ihrer nächtlichen Flucht musste die Akademie reagieren. Keine Ahnung, ob sie sich tatsächlich freiwillig oder durch einen Impuls Ravins gemeldet hatte. Bestand für sie jemals eine Chance, heil aus der Sache herauszukommen?

Ich vergrabe mein Gesicht im harten Kopfkissen. Was hatte Dorian beim Abendessen am Sonntag gesagt? In Ravins Stunden passiert nie etwas Unvorhergesehenes. Immer läuft alles nach Plan. Ich dämliche Kuh hätte wissen müssen, dass Ravin auf keinen Fall seine eigene Niederlage akzeptieren würde. Hätte Emily das Rätsel in der vorgegebenen Zeit gelöst und die richtigen Gläser gewählt, wäre das einem Sieg über Ravin gleichgekommen. Natürlich hätte er das niemals zugelassen! Ich habe kostbare Zeit verschwendet. Ich hätte Emily dazu zwingen können, sich zu übergeben. Vielleicht hätte ich sie dadurch gerettet. Ich hasse mich für meine fehlende Geistesgegenwart. Verhalten in Stress-Situationen. Da habe ich gründlich versagt. Definitiv war Ravins *faires* Angebot keine Chance. Stattdessen handelte es sich um eine inszenierte Hinrichtung.

In den folgenden Tagen herrscht an der Akademie Ausnahmezustand. Die Nachricht von Emilys Tod hat sich wie ein Lauffeuer verbreitet. Die komplette Schülerschaft ist wie gelähmt vor Entsetzen. Sogar einige Ausbilder wirken betroffen. Die niederschmetternde Verzweiflung ist fast mit Händen zu greifen. Die Mahlzeiten sind geprägt von gedämpften Gesprächen und beklommenem Flüstern. Mehrfach wird leise der Vorschlag geäußert, Hilfe zu holen oder die Polizei zu rufen. Allen ist jedoch klar, dass diese Pläne nicht umsetzbar sind. Wir haben weder Handys noch eine andere Möglichkeit, mit der Außenwelt in Kontakt zu treten. Das Wissen, der Akademie schutzlos ausgeliefert zu sein, erstickt den Gedanken an einen Aufstand im Keim. So enden alle Überlegungen mit angstvollem Schweigen und einem gehetzten Blick über die Schulter, als könne jederzeit einer der Ausbilder oder Levander selbst überraschend auftauchen, um etwaige Verstöße direkt zu ahnden. Jeder fürchtet, dass es ihn als Nächsten treffen könnte.

In meinen dunklen Überlegungen gefangen brüte ich dumpf vor mich hin und investiere nur das Nötigste, um im Unterricht nicht aufzufallen. Immer wieder werde ich von Schuldgefühlen heimgesucht, weil ich Emily nicht beschützen konnte. Zudem mache ich mir große Vorwürfe, dass ich nicht rechtzeitig erkannt habe, wie es um sie steht. Auch wenn ich im tiefsten Grund meines Herzens weiß, dass Ravin der Verantwortliche ist, kann ich mir nicht verzeihen. Durch meine natürliche Formergabe hätte ich als einzige Schülerin die Chance gehabt, Emily zu retten. Wäre alles anders gekommen, wenn ich sie damals in der ersten Psychologiestunde bei Levander nicht ausgewählt hätte? Wäre sie Ravins Fokus entgangen?

Neben der grenzenlosen Traurigkeit empfinde ich jedoch eine weitere Emotion: ungezähmte Wut auf Ravin. Ich verabscheue ihn. Ich hasse ihn. Wie kann man der

Akademie auch nur einen Funken Vertrauen schenken, wenn ein solches Monster zu den Ausbildern gehört?

Erst gegen Ende der Woche findet das Akademieleben mühevoll in die Routine zurück. Lediglich mir gelingt es nicht, mich aus der Spirale von Hass und Schuldgefühlen zu befreien. Mit größter Anstrengung schaffe ich es, einfach zu funktionieren, doch mein Innerstes ist erschüttert.

Am Samstag, genau eine Woche nach meiner Ankunft an der Akademie, quäle ich mich weiterhin erfolglos durch das morgendliche Fitnessprogramm. Wie immer bilde ich, gemeinsam mit einigen anderen Schülern, das Schlusslicht der Gruppe.

Umso verwirrter bin ich, als sich Dorian unauffällig zurückfallen lässt, um locker neben mir herzulaufen. Kurz mustere ich sein weißes T-Shirt, die dunkelblaue Stoffhose und seine Locken, die in alle Richtungen abstehen. Das liegt sicher daran, dass er sich bei jeder Gelegenheit durch die Haare fährt. Ich schmunzle.

»Wow, Gwen. War das ein Lächeln?«, neckt er mich ungläubig. »Ich wusste gar nicht, dass du dazu in der Lage bist.«

Sofort verdüstert sich meine Miene.

»Komm schon«, lenkt er ein. »Ich mache mir Sorgen um dich. Und die anderen ebenfalls. Bei unserem Kennenlernen warst du extrem interessiert und hast alles kritisch hinterfragt. Jetzt sprichst du nur, wenn es dringend erforderlich ist. Uns allen ist Emilys Tod nahegegangen. Das weißt du. Die vergangene Woche war ein einziger Albtraum. Aber gib jetzt nicht auf. Das nutzt keinem etwas. Wir haben eine Chance, hier heil rauszukommen.«

Ich nicke bitter, habe aber nicht genügend Luft, um eine Antwort hervorzustoßen.

Dorian lässt sich davon nicht beirren. »Du wirst mir nicht ewig ausweichen können. Morgen, 17:30 Uhr, in der Mensa. Versetze mich ja nicht.« Mit diesen Worten zieht er sein Tempo scharf an und ist wenige Augenblicke später um die nächste Kurve gebogen.

Er hat recht. Es nutzt überhaupt nichts, in Selbstmitleid und Schuldgefühlen zu versinken. Stattdessen muss ich endlich eine Idee entwickeln, um die Vorgänge an der Akademie zu stoppen. Zusätzlich sollte ich das Gespräch mit Elric suchen. Auch wenn ich seine Beweggründe nicht kenne, weiß ich doch, dass er Interesse daran hat, etwas zu verändern. Ansonsten wäre er wohl kaum das Risiko eingegangen, mich einzuschleusen. Je genauer ich die Abläufe der Akademie kennenlerne, desto klarer wird mir, dass es sich bei der Geheimhaltung meiner wahren Kraft um eine unlösbare Aufgabe handelt. Früher oder später wird mir ein Fehler unterlaufen.

Zusammenreißen, so lange wie möglich unauffällig bleiben, einen Plan schmieden und Elric signalisieren, dass ich bereit bin, mit ihm zu kooperieren. Auf jeden Fall muss ich wieder Kontakt zu meinen Mitschülern aufnehmen und mein Einzelgängerdasein beenden.

Am Sonntagnachmittag um kurz vor halb sechs sitze ich mit einer Tasse Kaffee an unserem Stammtisch und blicke Dorian lächelnd entgegen. Seltsamerweise ist er allein und hat keinen der anderen im Schlepptau. Die Mensa ist weitgehend leer, da die meisten Schüler in ihren Zimmern mit der Aufarbeitung des Wocheninhalts beschäftigt sind. Nur an zwei weiteren Tischen sitzen einige Erstsemester, die gemeinsam ihre Unterrichtsnotizen durchgehen. An ein derartiges Alibi hätten wir auch denken sollen. Noch während ich die Idee zu Ende führe, lässt sich Dorian auf einen Stuhl fallen und zieht einen Stapel Blätter aus seinem Rucksack. Er verteilt seine Aufzeichnungen auf der Tischplatte und schiebt mir eine Skizze, die sich mit der Wahrnehmung von Auren beschäftigt, vor die Nase.

»Wir wollten gemeinsam meine Unterlagen zur Realitätsformung durchgehen«, sagt er mit einem verschmitzten Grinsen und klopft mit dem Bleistift auf das Papier. Anerkennend ziehe ich die Brauen hoch. Was Tarnung angeht, hat er mir einiges voraus.

»Lass uns gleich zum Wesentlichen kommen.« Dorian schaut mich durchdringend an und beugt sich ein wenig dichter zu mir. »Du bist ein natürlicher Former«, flüstert er mir fast unhörbar zu. Vor Schreck nehme ich einen tiefen Schluck aus meiner Tasse und bemerke zu spät, dass der Inhalt glühend heiß ist. Fluchend und prustend knalle ich den Becher auf den Tisch.

»Wie kommst du darauf?«, röchle ich atemlos, während sich der Kaffee durch meine Speiseröhre fräst.

Trotz meiner unfreiwilligen Showeinlage bleibt Dorians Miene ausdruckslos. »Erstens. Du tauchst weit nach Beginn des Semesters hier auf und hast trotzdem keine Probleme, den Unterrichtsinhalten zu folgen. Gerade bei den Fächern, die auf die Nutzung der Gabe zielen, ist das bemerkenswert«, zählt er auf. »Zweitens. Die Arenberg-Zwillinge. Deine Reaktion auf den Tod von Elias war ziemlich heftig dafür, dass du ihn angeblich gar nicht kennst. In der Nacht von Emilys Fluchtversuch kommst du aus dem Wald und siehst aus, als hättest du einen

Geist gesehen. Direkt am Tag danach erkundigst du dich nach Raphael und wirst wieder bleich wie eine Wand, als du hörst, dass es sich dabei um Elias' Bruder handelt. Was hast du mit den beiden zu schaffen? Hast du möglicherweise sogar etwas mit dem Tod des Teams zu tun? Drittens.« Mittlerweile wedelt er mit drei Fingern vor meinem Gesicht herum. »Deine Aufregung, als Emily Ravins Rätsel bewältigen sollte! Du hast so hektisch nach der richtigen Antwort gesucht, als hinge *dein* Leben davon ab. Weshalb? Wolltest du ihr die Lösung mithilfe der Gabe vermitteln? Viertens. Während Norwin und ich vergeblich versucht haben, Emily wiederzubeleben, bist du weder kopflos in Tränen ausgebrochen wie Lea noch hast du hilflos daneben gestanden wie Finn. Stattdessen hast du sie voller Konzentration angestarrt. Hast du versucht, Emily mittels eines Formerimpulses zu retten? Fünftens.« Jetzt hat er alle Finger ausgestreckt. »Deine extrem kritischen Fragen. Du wirkst bei Weitem nicht so eingeschüchtert von der Akademie wie unsere Mitschüler. Woran liegt das? Was verbirgst du vor uns?«

»Das ist doch kompletter Blödsinn!«, schmettere ich kategorisch ab. »Bist du bescheuert, mir etwas Derartiges zu unterstellen?«

Dorian lässt sich durch meinen aggressiven Tonfall nicht beirren. Er zuckt nur gleichgültig mit den Achseln. »Es ist die einzige Erklärung«, stellt er nüchtern fest.

Während ich mich mit aller Kraft um einen neutralen Gesichtsausdruck bemühe, läuft mein Gehirn auf Hochtouren. Ich darf das auf keinen Fall zugeben. Er muss bloß gegenüber einem Mitglied der Akademie seinen Verdacht formulieren, und ich bin verloren. Selbst dann, wenn er mich nicht absichtlich ans Messer liefert.

»Dorian. Im Ernst. Du spinnst doch.«

»Ach, Gwen. Verkauf mich nicht für blöd. Deine Empfindungen sind offensichtlich. Du fühlst dich ertappt und in die Enge getrieben«, antwortet er ruhig. Sensibler Blödmann! Wieso musste ich mich damals ausgerechnet an seinen Tisch setzen?

Entschieden schüttle ich den Kopf. »Dorian, du irrst dich. Ich bin genau wie alle anderen!«, beteure ich verzweifelt.

Er schaut mich an und zieht die Augenbrauen ungehalten zusammen. »Okay. Wie du meinst.«

Erleichtert atme ich auf, doch er spricht aufgebracht weiter. »Ich wollte dir wirklich die Möglichkeit geben, dein merkwürdiges Verhalten zu erklären. Da du aber so stur bist, muss ich Hilfe holen. Dein Wahnsinn könnte jederzeit ausbrechen. Du bist eine Gefahr für uns alle. Außerdem habe ich den begründeten Verdacht, dass du irgendetwas mit dem Mord an Elias Arenberg und dessen Team zu tun hast. Ich werde Ravin ins Vertrauen ziehen. Immerhin war es einer seiner Leader, der ums Leben gekommen ist.«

Mein Magen verkrampft sich, und mir wird unvermittelt schlecht. Ausgerechnet Ravin. »Das würdest du nicht tun«, zische ich bestürzt.

Schweigend steht er auf und rafft seine Unterlagen zusammen. In mir kocht die Panik hoch. Ich brauche einen Notfallplan. Sofort. Ich muss ihn davon abhalten, mich auszuliefern. Wie kann ich ihn zwingen, mein Geheimnis für sich zu behalten? Glücklicherweise kommt mir eine Idee, bevor ich den passenden Impuls formuliere und in seinen Kopf schiebe. Diese Variante stellt ein deutlich kleineres Risiko dar als die Beeinflussung mittels der Gabe.

Fest lege ich meine Hand auf seinen Arm und drücke zu. Unsere Auren verbinden sich knisternd. »Weiß Norwin, dass du auf ihn stehst?«, frage ich mit harter Stimme.

Jetzt ist es Dorian, der zusammenzuckt, als hätte ich ihn geschlagen. Mit einer wütenden Bewegung zerknüllt er das Blatt in seiner Hand zu einer deformierten Kugel und fällt auf seinen Stuhl zurück. Nach dieser Reaktion kann er seine Gefühle unmöglich leugnen. Das muss ihm bewusst sein.

Ungerührt spreche ich weiter. »Ob bei Ravin Zuneigung für einen Mitschüler auch als Schwäche gilt, so wie deine Angst vor dem Wasser? Vielleicht sollte ich den Ausbilder ebenfalls mit einer Information erfreuen, wenn du schon vorlegst? War das vielleicht das Geheimnis, das du um jeden Preis bewahren wolltest?«

»Es reicht!«, presst er mit zusammengebissenen Zähnen hervor. Er ist kalkweiß, sein Atem geht schnell und flach.

»Anscheinend ahnt Norwin nichts von seinem Glück«, setze ich nach. »Das kann ich ändern.«

»Warum bist du so bösartig?«

»Weil du es ebenfalls bist? Du bist doch derjenige, der mich unter Druck setzt.«

Verbissen starren wir einander an und fechten ein stummes Blickduell aus. Schließlich stößt Dorian die Luft aus und setzt ein hilfloses Grinsen auf. »Okay. Du hast gewonnen. Ich werde dein Geheimnis für mich behalten, wenn du es bei meinem auch tust. Ehrlich gesagt hatte ich nie vor, dich zu verraten. Das sollte nur eine Drohung sein. Ging leider schief.«

Aha?

»Du hattest nie vor, jemand anderen einzuweihen?«, erkundige ich mich misstrauisch.

Sag die Wahrheit.

»Natürlich nicht. Sonst wäre ich nicht alleine hier erschienen.« Verlegen fährt er sich mit der Hand durch die Haare.

»Versprichst du, alles, was ich dir erzähle, für dich zu behalten?«, versichere ich mich, ohne den Wahrheitsimpuls abzubrechen.

»Selbstverständlich.«

Allmählich entspanne ich mich und sinke ein wenig auf meinem Stuhl zusammen. Diese Aussprache bewirkte definitiv eine kurzzeitige Erhöhung meines Adrenalinpegels. Gesund kann das nicht sein.

»Dorian, hör zu. Ich hatte nie vor, dein Geheimnis auszuplaudern. Besonders nicht gegenüber Norwin. Deine Kampfansage mit Ravin hat mir nur solche Angst gemacht. Entschuldige. Das war echt unter der Gürtellinie.« Offen schaue ich ihn an.

»Mir war nicht bewusst, dass ich so leicht zu durchschauen bin«, murmelt er verkrampft.

»Geht mir ähnlich«, antworte ich trocken, woraufhin wir beide in erleichtertes Gelächter ausbrechen.

Im Prinzip hat sich Dorian alles korrekt zusammengereimt. Nun gut, mit Ausnahme des Formerteams, dessen Ableben nicht mein Werk war. Ich trinke einen Schluck meines mittlerweile abgekühlten Getränks und erzähle mit gesenkter Stimme von den Vorkommnissen der letzten Monate. Dabei schone ich mich selbst nicht und benenne gnadenlos jeden meiner Fehler.

Nachdem ich meinen Bericht abgeschlossen habe, bleibt Dorian für lange Zeit still. Ich warte nervös auf seine Reaktion und mustere ihn unruhig, während ich auf meinem Stuhl hin und her wippe.

»Ich wusste, dass irgendetwas mit dieser Geschichte um den Wahnsinn nicht stimmt. Aber dass unser angeblicher Wohltäter alles nur inszeniert hat, um möglichst effektiv an seine Verjüngung zu kommen …« Dorian verstummt und schüttelt den Kopf. »Dann war diese ganze Geschichte um die Hinrichtung von Elias' Team eine Lüge.«

»Na ja. Eine *Hinrichtung* fand schon statt. Bloß dass es höchstwahrscheinlich Levander selbst war, der sie ausgeführt hat«, erinnere ich zögerlich, bereue meine Worte jedoch umgehend, als ich Dorians niedergeschlagenen Gesichtsausdruck sehe.

»Du hast echt einiges hinter dir, Gwen«, flüstert er schließlich. »Ich verstehe, dass du keine Wahl hattest. Du bist weder an Emilys noch an Elias' Tod schuld.«

Ich hebe resigniert die Schultern. »Genau das ist es, was mich immer wieder beschäftigt. Ich weiß nicht, ob die Gewissensbisse jemals weniger werden. Insbesondere, da Elias' Doppelgänger an der Akademie herumschleicht und offenbar für unser Semester eine wichtige Rolle spielt.«

Dorian legt mir aufmunternd den Arm um die Schultern. »Ich frage mich, welchen Grund Elr–« Plötzlich versteift er sich und zeigt mit einem Finger auf das Unterrichtsmaterial vor sich. »Daraus geht eindeutig hervor, dass die Fokussierung durch Störung der Konzentration gebrochen werden kann!«, sagt er laut.

Für einen Moment bin ich verwirrt, dann sehe ich, dass sich Lea unserem Tisch nähert. Meine Armbanduhr verrät mir, dass es wenige Minuten nach 18 Uhr ist. Die ersten Mitschüler tauchen auf, um sich einen guten Platz für die Offenlegung zu sichern.

Schnell steige ich in das Gespräch zur Realitätsformung ein und nicke Dorian in einem ruhigen Moment dankbar zu. Er schenkt mir ein warmes Lächeln. Scheint, als hätte ich einen echten Freund an der Akademie gefunden.

14 : belastet

Punkt 18:30 Uhr betreten die Ausbilder den Raum. Natürlich befinden sie sich in der Begleitung von Levander, mit dem wir bereits heute Morgen in angewandter Psychologie das Vergnügen hatten. Wie auch bei der letzten Offenlegung stehen die nominierten Schüler der vergangenen Woche auf, um ihre Bänder bei den jeweiligen Ausbildern abzugeben. Schaudernd bemerke ich, dass sowohl Ravin als auch Vincent ihre roten Bänder schon in den Händen halten. Sind es neue Exemplare oder wurden sie vielleicht von Emilys Leiche …

Ich beiße mir auf die Lippen und schüttle die beklemmenden Gedanken ab.

Levander lässt mit einer knappen Handbewegung sämtliche Gespräche schlagartig verstummen. »Schüler«, beginnt er. »Sie alle haben von dem Vorfall am Dienstagnachmittag gehört, bei dem eines unserer Erstsemester, Emily Wienhold, ums Leben kam.« Obwohl der Speisesaal voll besetzt ist, herrscht atemlose Stille. Keiner will etwas von Levanders Erklärung verpassen. »Emilys beginnendem Wahnsinn musste umgehend Einhalt geboten werden. Unser Eingreifen war von größter Wichtigkeit. Innerhalb weniger Stunden wäre sie zu einer tödlichen Gefahr für uns alle geworden. Dass sie nicht in der Lage war, ihre Gabe zu kontrollieren, und sich selbst nicht im Griff hatte, zeigten sowohl ihre Nominierung bei mehreren Offenlegungen als auch ihr häufiges negatives Hervorstechen im Unterricht. Für Emily musste eine Lösung gefunden werden. Doch nicht auf solch grausame und menschenverachtende Weise. Ich sage es ganz deutlich: Ravin ist zu weit gegangen! Er wurde bereits mit den Konsequenzen konfrontiert. Dennoch ist er seit vielen Jahren ein wertvolles und absolut zuverlässiges Mitglied meines Kollegiums. Seine Art, die Schüler zu fordern und zu aktivieren, ist unkonventionell und verlangt ihnen das Letzte ab. Der Erfolg spricht für ihn.«

Unauffällig schaue ich mich um. Der Großteil der Schüler nimmt diesen Lobgesang mit gemischten Gefühlen auf. Nur einige wenige Ravin-Fans nicken beifällig, als Levander seine Hymne auf den Albtraum der Akademie fortführt.

»Nicht umsonst ist er der Ausbilder, der von den Schülern am meisten gefürchtet wird. Sein Unterricht spornt zu Höchstleistungen an. Er verzichtet auf oberflächliche Beliebtheit, um Sie auf den Ernstfall vorzubereiten. Sie sind nicht hier, um in entspannter Atmosphäre ein paar Zaubertricks zu lernen. Es geht um die Rettung zahlreicher Menschenleben. Ravin hat das begriffen. Seine Methoden sind zielstrebig, folgerichtig und effektiv. In Kombination mit den Kompetenzen der anderen Ausbilder erhalten Sie die optimale Förderung Ihrer Gabe und gleichzeitig den bestmöglichen Schutz vor dem Wahnsinn. Verlieren Sie sich nicht in der Vergangenheit, sondern sehen Sie nach vorne.«

Während meine Mitschüler mehr oder weniger überzeugt klatschen, bemerke ich, wie Levander und Ravin einen Blick tauschen. Dieser heimliche Kontakt bestätigt meine Annahme, dass die Kritik an Ravins Verhalten lediglich eine Täuschung war. Eine scheinbare Rüge, um zu verschleiern, dass Levander Bescheid wusste. Vielleicht hatte Ravin sogar in seinem Auftrag gehandelt.

»Beginnen wir mit der Offenlegung«, reißt mich Levander aus meiner Grübelei.

Wenig später wurde viel Lob in Kombination mit grünen Bändern an Fabian, Dominik, Isabelle, Luisa und – zu meinem Leidwesen – Henry verteilt. Unwillkürlich steigt in mir leichter Neid auf. Diese fünf müssen sich heute Abend keine Sorgen um eine Nominierung machen – ganz im Gegensatz zu mir und meinen Freunden. Mein Magen verkrampft sich. Wenn ich zur Offenlegung ausgewählt würde … nicht daran denken. Meine Woche war zwar nicht grandios, aber auch keinesfalls katastrophal. Es gab deutlich schlechtere Schüler. Somit ist es unwahrscheinlich, dass mich einer der Ausbilder benennen wird.

»Die Ehrungen wurden vorgenommen«, informiert Levander. »Kommen wir nun zu ihrem Gegenpart. Cassandra?«

Ohne zu zögern, tritt die drahtige Ausbilderin vor und nominiert Jonas für dessen fehlenden Teamgeist. Gerade so kann ich ein verständnisloses Schnauben unterdrücken. Genau für das Gegenteil hatte sie in der letzten Woche Dorian belastet.

Levander lächelt kalt und nickt Constantin auffordernd zu.

»Ich benenne eine Schülerin, die mehrfach meinen Unterricht bewusst gestört hat«, erläutert der dunkelhaarige Ausbilder. Seine Augen hinter den randlosen Brillengläsern funkeln missbilligend. Ich ziehe die Schultern hoch. Mir schwant Übles. »Sie hat nicht nur ihre eigene

Leistung, sondern auch den Lernerfolg ihrer Mitschüler durch ihr rebellisches Verhalten gefährdet. Diese vorsätzliche Sabotage kann vielleicht an einer normalen Schule geduldet werden, nicht aber an der Akademie. Ich belaste Gwendolin.«

Verdammt. Diese Nominierung hat mir Henry eingebracht. Und der Mistkerl selbst trägt ein grünes Band. Das gibt's doch nicht!

Ich stemme mich verärgert hoch und beziehe neben Constantin Position. Widerwillig knüpfe ich mir das rote Band um den rechten Oberarm. Hoffentlich sind die Vergehen der anderen Schüler deutlich schlimmer. Ich will gar nicht darüber nachdenken, was passieren würde, wenn mich Levander für die eigentliche Offenlegung auswählt.

Irritiert lausche ich dem Plädoyer von Ravin, der in gewohnt bösartiger Weise Stefan anklagt, sein Zeitmanagement nicht im Griff zu haben und heimlich während der Nachtruhe am Schreibtisch zu lernen.

Anschließend benennt Elric Noah mit der Begründung, er würde Informationen nicht sachlich wiedergeben, sondern unnötig dramatisieren. Ich komme nicht umhin, ihm gedanklich zuzustimmen. Noahs aufgebauschte Erzählungen sind tatsächlich anstrengend.

Dann ist endlich der letzte Ausbilder an der Reihe. Ich hoffe, er hat einen Schüler mit einem gravierenden Verstoß. Bisher kann ich lediglich spekulieren, auf wen Levanders Wahl fallen wird.

Vincent geht einen Schritt nach vorne. »Ich wähle eine Schülerin, die Schwierigkeiten mit der Einhaltung von Regeln hat«, leitet er ein. »In der Nacht von Emilys Flucht hat sie sich keinem Zweitsemester-Team angeschlossen, sondern ist auf eigene Faust im Wald umhergestreift. Zufällig habe ich sie gesehen, als sie alleine von ihrem Ausflug zurückkehrte.« Seine Erklärung zieht mir jäh den Boden unter den Füßen weg. »Wie bereits Constantin darlegte, akzeptiert die Akademie kein rebellisches Verhalten. Ich nominiere ebenfalls Gwendolin.«

Das Rauschen des Bluts in meinen Ohren übertönt jedes andere Geräusch, während ich zu Vincent wanke und mein zweites rotes Band in Empfang nehme. Eine doppelte Nominierung für rebellisches Verhalten. Verdammte Scheiße. Es müsste an ein Wunder grenzen, wenn sich Levander für einen anderen Schüler entscheiden würde.

Zaghaft erwidere ich den Blick des Akademieleiters, der mich interessiert mustert. Sicherlich erkennt er die nackte Panik in meinen Augen.

»Jeweils eine Nominierung für Noah, Jonas und Stefan«, zählt er auf. »Und eine doppelte Belastung für Gwendolin.«

Er fixiert uns nachdenklich.

Bitte nicht ich. Bitte nicht. Die verzweifelte Beschwörung läuft in meinem Kopf in einer Endlosschleife. Die Sekunden scheinen sich ewig zu dehnen, während Levander die Entscheidung trifft, die meine Zukunftsperspektive mit einem Mal zerschlagen könnte.

»Tatsächlich ist es eine besorgniserregende Eigenschaft, Anweisungen zu ignorieren und den Unterricht vorsätzlich zu behindern«, bestätigt er gleichgültig, während mein Herz in die Kniekehlen rutscht. »Ich kann nicht zulassen, dass Prinzipien und Regeln der Akademie derartig missachtet werden. Gwendolin, Sie werden die heutige Offenlegung absolvieren.«

Ebenso wie in der vergangenen Woche ändert sich die

Stimmung im Saal abrupt, sobald der Name – in diesem Fall *mein* Name – gefallen ist. Ich kann das erleichterte Aufatmen um mich herum förmlich hören, obwohl keiner dermaßen unvorsichtig wäre, tatsächlich ein Geräusch zu erzeugen.

Noah, Stefan und Jonas laufen so schnell zu ihren jeweiligen Plätzen zurück, dass man es fast als rennen bezeichnen könnte. Ich allein bleibe zwischen den Ausbildern und Levander selbst zurück und bemühe mich mit aller Kraft um eine ruhige Atmung. Obwohl ich im vergangenen Monat mehr als einmal in Lebensgefahr schwebte, hatte ich nie solche Angst wie im Moment. Levander wird den Offenlegungsbefehl formulieren, und ich werde antworten. Ich habe Jan getötet. Ich bin ein natürlicher Former. Ich wurde von Elric in die Akademie eingeschleust. Welches der drei riskanten Geheimnisse werde ich unter Wahrheitszwang enthüllen? Oder kann ich widerstehen? Auch dieser Fall wäre mein Ende, denn Levander würde sofort aufmerksam werden. Ich beiße mir so fest auf die Unterlippe, dass ich den metallischen Geschmack von Blut wahrnehme. Kann ich etwas erfinden? Eine Information, die heikel genug ist, um mir Glauben zu schenken? Was sollte das sein? Die Zeit läuft mir davon. Ich habe keine Idee.

Sowohl Levander als auch die anderen Ausbilder haben meine zunehmende Panik mit heiterem Interesse beobachtet. Nur in Elrics Gesicht sehe ich einen Teil des Entsetzens aufblitzen, das auch mich erfüllt. Nur noch wenige Sekunden trennen mich von der Offenlegung. Ich werde uns beide verraten. Ich brauche einen guten Einfall. Sofort.

»Wir beginnen«, ordnet Levander an, woraufhin

schlagartig Stille einkehrt. Zu spät. Ich hebe den Kopf und schaue direkt in Dorians warme, blaue Augen, in denen sich ebenfalls Sorge und Angst widerspiegeln.

Levander tauscht einen Blick mit Ravin, dann formuliert er den Befehl, der mich in den Abgrund reißen wird. »Enthüllen Sie eine Information über sich selbst, die niemand hier wissen soll.«

Ganz leicht spüre ich den Wunsch, die Wahrheit zu offenbaren. Ich habe Jan getötet. Ich bin ein natürlicher Former. Noch gehen die beiden sehr behutsam vor. Ich presse die Lippen zu dünnen Strichen zusammen. Der Impuls ist nicht heftig genug, um mich zur Preisgabe zu zwingen. Lieber sollen sie ihre eigenen Schlüsse ziehen, als dass ich freiwillig meine Geheimnisse darbiete.

Levander und Ravin fixieren mich konzentriert. Ich wappne mich, dem zunehmenden mentalen Druck standzuhalten, doch auf den folgenden Ansturm bin ich nicht gefasst. Die beiden scheinen gebündelt vorzugehen, sodass ich keine Chance habe, dem mir aufgezwungenen Wahrheitsimpuls zu widerstehen. Sie sind unglaublich stark.

»Ich habe J…«, gestehe ich und beiße mir hart auf die Zunge. Ich habe mir noch nie in meinem Leben etwas so sehr gewünscht, wie diesen Satz wahrheitsgetreu zu beenden. Er will mit einer Dringlichkeit über meine Lippen, die mir schier das Bewusstsein raubt. »Jemanden getötet«, bringe ich mein Geständnis zu Ende und schaffe es mit aller verfügbarer Willenskraft, das wesentliche Wort der Aussage zu verändern. Gleichzeitig spüre ich, wie der Wahrheitszwang ein wenig schwächer wird.

»Interessant«, stellt Levander fest. »Erzählen Sie uns mehr davon.«

Entschlossen blende ich den Wunsch, jedes Detail von Jans Tod darzulegen, aus und suche krampfhaft nach einer zufriedenstellenden Geschichte. So nah bei der Wahrheit bleiben wie möglich.

»Wir haben Flaschendrehen gespielt«, beginne ich zögerlich und erinnere mich an den Abend von Miris Party. »Alle waren betrunken. Irgendwer hatte die Idee, als Aufgabe einen Balanceakt auf der Fensterbank zu fordern.« Jetzt bin ich in Gedanken bei dem Morgen in Jans Zimmer, kurz bevor mein Leben in unzählige Scherben zerbrochen ist. »Im dritten Stock. Bei offenem Fenster.«

Ein kollektives Stöhnen geht durch die Schülermenge. Nur Levander und die Ausbilder wirken ungerührt.

Heiser spreche ich weiter. »Es war mein Freund, auf den der Flaschenhals zeigte. Ohne zu zögern, stieg er auf die Fensterbank. Er verlor das Gleichgewicht. Ich wollte ihn halten, doch wegen des Alkohols habe ich den Abstand falsch eingeschätzt. Statt seine Hand zu ergreifen, gab ich ihm einen Stoß.« Ich hole tief Luft. »Er war sofort tot.«

Im Raum herrscht betroffene Stille.

»Furchtbar, welche Schuld Sie schon in jungen Jahren auf sich geladen haben«, äußert Levander erfreut. »Sicherlich geht es Ihnen jetzt besser, da Sie nun die Bürde der Geheimhaltung nicht mehr tragen müssen. Bleibt zu hoffen, dass der Jahrgang sich das Wissen um Ihre Schwäche nicht zunutze machen wird. Böse Taten holen den Schuldigen ein. Immer.«

Da sagst du was, du Arschloch.

Mit gesenkten Lidern kehre ich zu meinem Platz zurück und versuche, mir die Erleichterung, die mich durchströmt, nicht anmerken zu lassen. Es grenzt an ein Wunder, dass ich mich aus dieser ausweglosen Situation befreien konnte. Solches Glück werde ich nicht noch einmal haben.

Am nächsten Tag ergibt sich die Möglichkeit eines erneuten Gesprächs mit Dorian. Aufgrund einer umfassenden Hausaufgabe hat Anthea ihren Unterricht eine Viertelstunde früher beendet, sodass uns etwas Zeit bleibt, bevor wir bei Constantin sein müssen.

»Gwen? Dorian? Was trödelt ihr so? Wenn wir uns beeilen, können wir in der Mensa einen Kaffee trinken!« Lea schultert ihren Rucksack und pustet sich eine Haarsträhne aus dem Gesicht.

»Geht ruhig schon vor«, wehrt Dorian ab. »Gwen, du hattest Schwierigkeiten mit meinen Psychologie-Aufzeichnungen?«

Ich bestätige mit einem genervten Stöhnen.

»Alles klar«, erwidert Lea fröhlich. »Zerbrecht euch nur die Köpfe über Ravins Erkenntnissen. Ich werde mir jetzt den Vormittag versüßen. Kommt ihr mit?«, fragt sie Norwin und Finn, die unschlüssig neben uns stehen. Beide werfen uns einen entschuldigenden Blick zu und ergreifen die Flucht.

Dorian kramt seine Blätter hervor und lehnt sich an die Wand. »Diese Geschichte gestern«, beginnt er leise, »war das die Wahrheit?«

Schnell schüttle ich den Kopf, woraufhin Dorian erleichtert lächelt.

»Das dachte ich mir schon«, gibt er zu.

»Es war unfassbar knapp«, gestehe ich beklommen. »Der Wahrheitszwang wurde förmlich in mein Gehirn hineingezwängt.«

»Ich weiß, wie sich das anfühlt«, erinnert mich Dorian schaudernd. »Ich hatte letzte Woche das Vergnügen. Beeindruckend, dass du widerstehen konntest.«

»Um ein Haar hätte ich zugegeben, dass es Jan war, den ich getötet habe«, schwäche ich sein Lob ab. »Schon alleine die Veränderung dieses einen Wortes hat mir alles abverlangt.«

»Aber du hast es geschafft«, beruhigt mich Dorian anerkennend. »Ich kann dir gar nicht sagen, wie viel Angst ich um dich hatte.«

Ich antworte nicht, aber ich entsinne mich an die Sorge in seinen Augen. Es gibt zumindest einen Menschen hier, dem ich nicht egal bin.

15 : beschämt

Als wir nach Constantins Stunde und anschließendem Mittagessen die Turnhalle zum Kampftraining betreten, erwartet uns eine Überraschung. Statt Cassandra, die eigentlich den Unterricht halten sollte, steht ein etwas kleinerer, ganz in Schwarz gekleideter Typ mit mittelbraunen Haaren an der Wand gegenüber der Eingangstür. Er beäugt uns kritisch. Mit seiner spitzen Nase erinnert er mich an ein Wiesel.

»Dieser Kampfzwerg ist Daniel, anscheinend Favorit von Cassandra«, wispert mir Lea halblaut zu. Ich nicke dankbar und wende meine Aufmerksamkeit wieder dem Leader zu, der uns verärgert mustert und wartet, bis Ruhe eingekehrt ist. Hoffentlich hat er Leas Stichelei nicht gehört.

»Erstsemester. Ihr wisst, dass in etwa einer Woche die Wahl der Teams ansteht«, verkündet er mit klarer Stimme. »Bis zu diesem Zeitpunkt solltet ihr einen der fünf Leader von euch überzeugt haben. Um euch besser einschätzen zu können, wird sich in den kommenden Tagen jeder von uns am Unterricht beteiligen.«

Jeder von ihnen? Argwöhnisch schaue ich mich um und zucke zusammen, als ich nicht nur Cassandra, sondern auch drei schwarz gekleidete Männer und eine Frau sehe, die uns reglos aus der Ecke des Raumes heraus beobachten.

Unauffällig drehe ich den Kopf ein wenig zur Seite. Ganz außen lehnt ein großer Mann mit kurz geschnittenen, schwarzbraunen Haaren an der Wand. Er trägt eine Brille mit dunklem Rahmen und sieht recht nett aus. Neben ihm steht die Frau, hochgewachsen, mit langen, kastanienbraunen Haaren, die sie zu einem Zopf geflochten hat. Auf ihrer Brust glänzt ein kleiner Anhänger, der offenbar aus dem Halsausschnitt ihres T-Shirts gerutscht ist. Schaudernd stelle ich fest, dass es sich dabei um ein Möbiusband handelt. Das gleiche in sich gedrehte Metallstück, das auch Jan trug. Vermutlich stellt es ein Erkennungszeichen der Leader dar. Der nächste Typ ist definitiv einen zweiten Blick wert. Sehr groß und perfekt trainiert. Glänzende, lichtblonde Haare, die eine ganz ähnliche Farbe aufweisen wie meine eigenen. Helle Haut und ein schönes, ebenmäßiges Gesicht. Als er jedoch aufschaut und mein Starren, ohne eine Miene zu verziehen, erwidert, wird meine Kehle eng. Der Ausdruck in seinen Augen ist kalt, brutal und lässt eindeutige Rückschlüsse auf seinen Charakter zu. Schade. Da kann die äußere Hülle noch so ansprechend sein. Und der letzte ... Ja. Der letzte ist wie schon befürchtet Raphael Arenberg, auf dessen genauere Musterung ich wohlweislich verzichte.

Während ich noch in meine Begutachtungen versunken war, hat Daniel damit angefangen, bunte Trikots an die Schüler zu verteilen. Nachdem ich mein blaues Exemplar übergestreift habe, spähe ich nach denen der anderen. Außer meiner Farbe gibt es noch gelbe, rote, grüne und schwarze Shirts, die ungefähr gleich verteilt sind. Leider sind sie ärmellos, sodass die beiden roten Bänder um meinen Oberarm noch immer deutlich zu sehen sind.

»Ich werde heute an Cassandras Stelle unterrichten

und mit euch eine Übung zu Selbstdisziplin und mentaler Stärke durchführen«, erklärt der Leader. »Euer Part ist denkbar einfach: Lauft Runden in der Turnhalle. Das Tempo spielt dabei keine Rolle. Haltet durch so lange wie möglich.«

Was ist denn das für eine doofe Aufgabe? Ich gerate schon bei den morgendlichen Trainingseinheiten an meine Grenzen. Wieso muss diese Gängelei jetzt zusätzlich am Nachmittag stattfinden? Das grenzt an Körperverletzung.

Grummelnd trabe ich los. Immerhin sagte Daniel, dass die Zeit nicht wichtig sei. Ich laufe also so gemächlich, dass es gerade noch als Joggen durchgeht. Neidisch schaue ich Dorian und Norwin zu, die sich mit Leichtigkeit in einer Geschwindigkeit bewegen, von der ich nur träumen kann. Während wir unsere Kreise ziehen, stellen sich die Leader in der Mitte der Halle auf. Wollen die uns jetzt ernsthaft anderthalb Stunden beim Sport zusehen? Unwillkürlich werde ich etwas schneller. Muss ja nicht unbedingt sein, dass ich durch mein Rumgeschnecke auf mich aufmerksam mache.

Plötzlich rennt Lea an die Seite. Sie bleibt stehen, stößt einen schrillen Schrei aus und wedelt mit den Händen vor ihrem Gesicht herum, als wolle sie etwas verscheuchen.

Sekundenbruchteile später schaut sie sich verwirrt um. Daniel deutet zum Hallenrand, woraufhin sich meine Freundin enttäuscht an die Wand stellt.

»Das«, erläutert Daniel, »passiert, wenn euer Geist schwach ist. Ihr müsst euch kontrollieren. Nicht so wie diese Niete hier«, ergänzt er mit einem abfälligen Seitenblick auf Lea, die unglücklich den Kopf senkt.

Schlagartig wird mir klar, was hier läuft. Fünf Leader –

fünf Farben. Jedem von ihnen scheinen durch die Shirts Schüler zugeordnet zu sein, die sie durch Illusionen vom Laufen ablenken sollen. Erleichtert darüber, endlich zu wissen, was von uns verlangt wird, setze ich meine Runden fort. Um weder besonders positiv noch negativ aufzufallen, verlasse ich beim zweiten, fast unmerklichen Impuls die Bahn und verbringe den Rest des Unterrichts bei den ausgeschiedenen Schülern am Rand.

Etwa eine Stunde später beendet Daniel die Übung und lobt die fünf Schüler, die sich bis zuletzt noch in Bewegung befanden. Neugierig prüfe ich die Farben der Sieger. Weder ein schwarzes noch ein blaues Trikot. Dafür ein rotes, ein gelbes und von den grünen sind sogar noch drei verblieben. Gleichmäßig verteilt sind sie jedenfalls nicht. Offensichtlich sind nicht nur die Schüler unterschiedlich stark.

Beim Abendessen sind die Strapazen des vergangenen Tages und die Leaderstunden Gesprächsthema Nummer eins.

Finn beißt hingebungsvoll in sein Wurstbrötchen. »Was glaubt ihr, wer morgen dran ist?«, nuschelt er mit vollem Mund.

»Ich fürchte, da hilft nur Geduld. Wir wissen genauso wenig wie du«, entgegnet Norwin mit einem Schulterzucken. »Daniel ist auf jeden Fall der Favorit von Cassandra, das ist klar. Aber ansonsten habe ich keine Ahnung.«

»Bestimmt gehört Carolin zu Vincent«, spekuliert Lea. »Habt ihr gesehen, wie durchtrainiert und gelenkig sie ist? So was gefällt den Kampftrainern! Denkt mal an ihre Leader des zweiten Semesters, die sind ebenso gebaut.

Auf jeden Fall werde ich um Daniel einen großen Bogen machen. Ich hätte nicht erwartet, dass er so bösartig ist. Was die übrigen Favoriten angeht, bin ich mir nicht sicher. Ich hoffe, Leonard wurde von Ravin ausgesucht. Wäre einfach zu schade, wenn diese Bestie Raphael oder Valentin erwählt hätte.« Sie schubst mich mit dem Ellbogen an. »Und? Was sagst du als meine weibliche Verbündete in dieser Runde?«

Verständnislos kneife ich die Augen zusammen und überlege, zu welchem Sachverhalt sie meine Meinung einholt. Vermutlich sollte ich etwas Sinnvolles zum Gespräch beisteuern. »Tragen die eigentlich ausschließlich schwarz?«, platze ich mit dem erstbesten Gedanken heraus, der mir in den Sinn kommt.

»Ja«, bestätigt Lea und grinst versonnen. »Damit wirken sie gleich gefährlicher, findest du nicht? Den Kettenanhänger in Form des Möbiusbandes erhält jeder Former zu Beginn des Außendienstes, aber die schwarze Kleidung ist das Erkennungszeichen der Leader. Sie ist alleine ihnen vorbehalten. Es würde mich schon interessieren, wie sie in andersfarbigen Klamotten aussehen würden.« Sie kichert. »Oder komplett ohne.«

Ich lege meine Handflächen an die Schläfen und schaue verzweifelt zur Decke. Obwohl ich Lea gerne mag, macht mich diese Unterhaltung echt fertig. Wenn es nach mir geht, beschäftige ich mich frühestens in zehn Jahren mit dem nächsten Kerl. Wenn ich 26 bin, habe ich hoffentlich genug Lebenserfahrung, um nicht erneut auf eine miese Tour reinzufallen.

»Gwen?«, fragt Lea irritiert. »Wieso schaust du so böse? Ist bei den Leadern keiner dabei, der dir gefällt?«

Ich bemühe mich um einen freundlichen Tonfall. Sie

kann nichts dafür, dass ich auf dieses Thema allergisch reagiere. Vor einem halben Jahr hätte ich mich begeistert mit ihr ausgetauscht. Allerdings war das, bevor ein schwarzhaariger Lügner mein Leben ruiniert hat. Und ich seines.

»Entschuldige. Ich war kurz abgelenkt. Der mit der Brille wirkt nett«, versichere ich, woraufhin Lea ein empörtes Schnauben ausstößt. »Leonard? Nicht dein Ernst! Der ist total langweilig! Was sagst du zu Raphael? *Der* hätte dir auffallen müssen! Immerhin hast du schon einmal mit ihm gesprochen. Wobei … Zu dem Zeitpunkt war es ja dunkel.«

»Er ist okay«, antworte ich lahm. Als ich jedoch sehe, dass Lea zur nächsten Maßregelung ausholt, spreche ich schnell weiter. »Valentin sieht wirklich gut aus.«

»Wie süß!», flötet eine Stimme so nah neben mir, dass ich zusammenfahre. Henry. Höhnisch grinsend und definitiv auf der Suche nach neuer Munition. »Die kleine Gwendolin ist verliebt.«

Schweigend verdrehe ich die Augen, hebe leicht die Schultern und schüttle den Kopf. Nicht mit mir. Du kannst dir deine Provokationen sonst wohin stecken.

»Wie du meinst«, äußert er spitz, während er sich abwendet. »Vielleicht ergibt sich ja die Chance, dir bei deiner Herzensangelegenheit unter die Arme zu greifen. Alleine kriegst du das ohnehin nicht geregelt.«

Um Himmels willen. Auch das noch.

Am nächsten Tag sind es die beiden letzten Stunden nach dem Abendessen, die von Constantins Favoriten übernommen werden. Da wir bisher noch keinen Leader zu Gesicht bekommen hatten, ist niemand überrascht, als statt des Ausbilders Leonard auf uns wartet. Im Gegensatz zu gestern findet die Leaderstunde in einem normalen Saal und nicht in der Turnhalle statt.

Im Raum wurden alle Tische zur Seite geräumt. Leonard befindet sich in der Mitte der großen, freien Fläche. Hinter ihm stehen Daniel, Valentin, Raphael und Carolin.

»Ihr werdet heute eine Übung zur mentalen Fokussierung absolvieren und dabei paarweise in mehreren Runden gegeneinander antreten«, erklärt uns Leonard mit leiser, akzentuierter Stimme. »In Kürze werde ich die sechzehn Schüler auswählen, die teilnehmen dürfen. Jeweils zwei von euch stellen sich in die Mitte des Raumes. Die Leader befinden sich im Abstand von ungefähr zwei Metern zueinander an der hinteren Wand.« Er hält acht Plastikschildchen hoch. »Darauf stehen die Namen der vier Leader. Jeder ist zweimal vorhanden. Zu Beginn der Runde zeige ich euch eine zufällige Karte. Sorgt per mentalem Befehl dafür, dass euer Konkurrent zu dem auf der Karte benannten Leader läuft. Der Schüler, der zuerst ankommt, scheidet aus.« Beiläufig steckt er die Karten wieder ein. »Gibt es Freiwillige?«

Okay. Diese Übung klingt nicht, als berge sie viel Konfliktpotenzial. Ich könnte zwei oder drei Runden gewinnen und meinen Gegner mit einem sanften Impuls zum gewünschten Leader schicken. Nachdem ich unter Beweis gestellt hätte, dass ich nicht ganz unfähig bin, wäre es ein Leichtes, im vorletzten Durchgang auszuscheiden. Damit hätte ich eine Chance, meine Doppelnominierung auszugleichen. Guter Plan.

Die folgende Stunde besteht größtenteils aus konzentriertem Starren und widerwillig zurückgelegten Schritten.

Ich selbst besiege ohne Schwierigkeiten zuerst Schnepfie, dann Fabian. Dabei achte ich darauf, angestrengt und nicht zu entspannt zu wirken.

Vor dem Halbfinale setzt Leonard eine kurze Pause an. Die folgende Runde wird meine letzte sein, und ich werde besten Gewissens verlieren.

»Mensch, Gwen, du bist richtig gut«, bemerkt Lea neidisch.

»Bisher hatte ich Glück«, winke ich ab.

»Selbst wenn du jetzt rausfliegen solltest, warst du von sechzehn Schülern unter den letzten vier. Das ist eine tolle Leistung«, ermutigt mich Dorian. Ich lächle ihm dankbar zu und folge Leonards Ruf, der zur Fortsetzung des Wettkampfes auffordert.

Auf dem Weg in die Mitte streift mein Blick Henry und Kira. Wie immer sitzen sie bei Dominik und Alina. Sie haben die Köpfe zusammengesteckt und tuscheln wild. Dabei blicken sie so oft in meine Richtung, dass es kein Zufall mehr sein kann. In meinem Magen macht sich ein ungutes Gefühl breit. Vielleicht hätte ich das Schicksal nicht herausfordern sollen.

Entschlossen straffe ich die Schultern und nehme meinen Platz ein. Jetzt ist es zu spät für Zweifel. Ich werde nach einer scheinbar erbitterten Schlacht verlieren und hocherhobenen Hauptes ausscheiden, um das Finale zwei anderen Schülern zu überlassen.

Ich stelle mich neben Leonard auf, mir gegenüber Marc, ein Junge, mit dem ich bisher noch kein Wort gewechselt habe.

Ich registriere kurz den Namen auf meiner Karte, auch wenn ich nicht vorhabe, einen lenkenden Impuls zu senden.

Leonard eröffnet den mentalen Kampf, und ich schaue Marc entspannt in die Augen. Ganz schwach nehme ich die Aufforderung wahr, zu Carolin zu laufen. Immerhin spüre ich seinen Impuls, ohne mich extrem darauf zu konzentrieren. Marc ist deutlich stärker als Schnepfie und Fabian. Ich bin gespannt, wie er sich im Finale behaupten wird. Jetzt noch eine knappe Minute warten, um nicht zu schnell zu verlieren, dann werde ich seinem Befehl nachgeben und zu Carolin gehen. Endlich weiß ich, was ich mir die ganze Zeit gewünscht habe. Mein größter Traum steht mir klar vor Augen. Umgehend wende ich mich von Marc ab und suche Valentins Blick. Mit wenigen Schritten habe ich die Distanz zwischen uns überbrückt und komme direkt vor ihm zum Stehen. Manchmal muss man einfach mutig sein und aufs Ganze gehen. Schnell stelle ich mich auf die Zehenspitzen, greife mit der rechten Hand in seinen Nacken und ziehe seinen Kopf zu mir herunter. Mit einem Summen verbinden sich unsere Auren. Bevor er reagieren kann, schließe ich die Augen und küsse ihn hingebungsvoll. Dabei schlinge ich meine Arme um seinen Hals und drücke mich so nah wie möglich an ihn.

Valentin gibt einen unterdrückten Schreckenslaut von sich, ergreift mich an beiden Schultern und schiebt mich irritiert weg. Im selben Moment komme ich wieder zu Verstand. Entsetzt taumle ich einen Schritt zurück. Der komplette Raum starrt mich an. Schüler, Leader, Ausbilder – alle mustern mich mit weit aufgerissenen Augen. Kein Laut ist zu hören.

Oh Gott. Ich wurde manipuliert. Und ich konnte nicht das Geringste dagegen tun. Kein Vergleich zu der sanften, fast unmerklichen Einwirkung von Jans Team in dessen Küche. Nicht wie die subtile und kunstvolle Beeinflussung in Levanders Unterricht oder bei der Offenlegung. Irgendjemand hat mir einen Impuls wie mit einem Stahlhammer ins Gehirn geprügelt. Ich hatte keine Chance zu widerstehen.

Noch immer herrscht fassungsloses Schweigen. Unsicher spähe ich in Valentins Richtung. Er hat sich von dem unverhofften Anschlag erholt und fixiert abwechselnd Marc und mich. Alle warten auf seine Reaktion.

»Dafür gibt es aber keine Extra-Punkte«, sagt er trocken zu Marc, der unter seinem sarkastischen Tonfall zusammenzuckt.

»Von mir kam das nicht!«, beteuert er mit erhobenen Händen.

»Das stimmt«, schaltet sich Leonard ein, der das ganze Spektakel entgeistert beobachtet hat. »Er hatte die Anweisung, Gwendolin zu Carolin zu schicken.«

Umgehend wendet sich die Aufmerksamkeit wieder mir zu. Ich könnte wetten, dass ich mittlerweile glühend rot angelaufen bin.

Leonard beäugt mich misstrauisch. »Gwendolin, hast du Valentin aus freien Stücken geküsst?«

»Natürlich nicht!«, antworte ich gereizt und vermeide peinlich berührt den Augenkontakt zu Valentin, der interessiert die Unterhaltung verfolgt.

»Wer war es dann?«

Schlagartig verstummt das belustigte Tuscheln, das sich im Raum breitgemacht hat. Keiner erwidert die forschenden Blicke der Leader. Alle betrachten betont unauffällig ihre Hände, den Fußboden oder andere spannende Dinge.

Alles in mir schreit danach, meinen Verdacht zu äußern und Henry anzuschwärzen, doch was bringt das? Mit Sicherheit würde er alles abstreiten, hätte aber im Gegenzug noch mehr angebliche Gründe, mich zu tyrannisieren. Zudem habe ich keine Beweise.

»Wir setzen den Wettkampf fort«, verfügt Leonard schließlich. »Es ist nicht nachvollziehbar, ob Gwendolin manipuliert wurde oder aus freiem Willen gehandelt hat.« Ich schnaube entrüstet durch die Nase, aber der Leader spricht ungerührt weiter. »Daher wird sie disqualifiziert. Ich erkläre Marc zum Sieger des Halbfinales.«

Mit gesenktem Kopf laufe ich an meinen applaudierenden Mitschülern vorbei und bemühe mich, dabei weder nach links noch nach rechts zu schauen. Als ich an Henry und dessen Clique vorbeikomme, kann ich ihre Schadenfreude förmlich spüren.

»Gern geschehen«, flüstert Henry, während Kira leise in sich hineinlacht. »Ich hoffe, du hast es genossen. Dazu wird es Valentin mit Sicherheit nicht wieder kommen lassen.«

Ohne eine Regung zu zeigen, setze ich mich zu meinen Freunden. Innerlich koche ich jedoch vor Wut. Gruppenfokussierung. Keiner meiner Mitschüler wäre alleine ausreichend begabt, um meinen Willen zu bezwingen. Mehrere gemeinsam hingegen schon. Vermutlich haben sie sich auf einen einfachen, aber umso wirkungsvolleren Befehl konzentriert. »Küss Valentin!« oder vielleicht auch »Wirf dich Valentin an den Hals!«. Nun ist mir klar, was das Geflüster in der kurzen Pause vor dem Halbfinale zu bedeuten hatte. So fühlt sich also eine stümperhafte Manipulation an. Brutalität statt Talent. Rohe Gewalt statt Perfektion. Das will ich definitiv nie wieder erleben.

Während ich vergeblich versuche, mich zu beruhigen,

wird Tobias nach zwei kurzen Kämpfen gegen Philipp und Marc zum Sieger des Turniers gekürt. Obwohl ihm die Schülermenge beeindruckt zujubelt, werde ich das Gefühl nicht los, dass es trotzdem ich bin, die im eigentlichen Zentrum der Aufmerksamkeit steht. Dabei hatte die Stunde wirklich gut angefangen.

16 : getroffen

Da ich am kommenden Morgen wie immer das Frühstück verpasse, erhalte ich eine Gnadenfrist, bevor ich mich den Fragen meiner Clique stellen muss.

Beim Mittagessen ist es allerdings so weit.

»Also, Gwen. Jetzt erzähl mal«, leitet Finn feixend die Inquisition ein. »Ist Valentin ein guter Küsser?«

Ich runzle finster die Stirn und schiebe mir schnell ein Stück Blumenkohl zwischen die Zähne. Mit vollem Mund spricht man nicht. Dorian schüttelt nur belustigt den Kopf.

»Was soll das?«, knurre ich genervt, nachdem ich mir so viel Zeit gelassen habe, dass weiteres Ignorieren meiner Freunde wirklich unhöflich wäre. »Ich dachte, ihr könntet euch das Wesentliche zusammenreimen. Irgendwer, ich verdächtige Henry, Kira und den Rest, hat eine Gruppenfokussierung an mir ausprobiert. Mit verstörendem Erfolg.«

»Verstört war vor allem Valentin«, meint Finn kichernd, woraufhin ihm Lea einen Ellbogen in die Rippen rammt.

»Gwen …«, beginnt sie und senkt die Stimme zu einem Flüstern. »Du kannst es uns ruhig anvertrauen.«

Irritiert hebe ich eine Augenbraue. »Was soll ich euch anvertrauen?«

»Dass du diesen Gruppenzwang erfunden hast oder zumindest nicht traurig darüber warst. Komm schon.

Warum sollten sie das tun?« Bevor ich protestieren kann, legt sie mir eine Hand auf den Arm und spricht leise weiter. »Ich weiß ganz genau, dass du mir vor zwei Tagen gebeichtet hast, dass du total auf Valentin stehst.«

Habe ich das? Verwirrt krame ich in meinem Gedächtnis herum, kann aber keine passende Erinnerung entdecken.

»Gwen! Jetzt gib es doch wenigstens zu!«, fordert sie und wird dabei immer lauter. »Weshalb sollte dich jemand mittels Fokussierung dazu zwingen, Valentin zu küssen? Ausgerechnet den Leader, den du so heiß findest?«

Vom Nachbartisch höre ich amüsiertes Schnauben. Anscheinend haben meine lauschenden Mitschüler Schwierigkeiten, ihre Erheiterung zu verbergen.

»Lea«, stoße ich mit zusammengebissenen Zähnen hervor. »Ich. Habe. Valentin. Nicht. Freiwillig. Geküsst.«

»Wenn du es sagst«, erwidert sie merklich kühler und dreht dabei ungläubig die Handflächen nach oben, während Finn vor Lachen fast auf der Tischplatte liegt. Dorian hebt nur hilflos die Schultern.

Nach dem Essen machen wir uns auf den Weg zum Kampftraining und betreten gemeinsam die Turnhalle. Ein Blick genügt, um zu sehen, dass es heute Vincents Stunde ist, die von seiner Favoritin übernommen wird. Natürlich sind auch die anderen Leader anwesend. Krampfhaft bemühe ich mich, ihre Anwesenheit so gut wie möglich zu ignorieren. Jetzt ist es nicht nur Raphael, dem ich aus dem Weg gehen möchte, sondern auch noch Valentin. Und beide haben ihre Stunde bisher nicht gehalten. Glänzende Aussichten.

Unmittelbar nach unserer Ankunft baut sich Carolin, der weibliche Leader, vor uns auf. Ohne nähere Erklärung benennt sie drei Personen, die sie offenbar willkürlich ausgesucht hat, als Verteidiger. Was genau verteidigt werden soll, verrät sie uns nicht. Beunruhigt registriere ich, dass sich Lea unter ihnen befindet.

Anschließend zählt sie von rechts beginnend zwölf Schüler ab und befiehlt ihnen, einen lockeren Kreis um die drei zuvor Erwählten zu bilden. Glücklicherweise stehe ich ganz am Rand, sodass ich vorerst verschont bleibe. Stattdessen ist Dorian dabei. Keine Ahnung, auf welche Ideen diese Frau kommt. Sagte Lea nicht, der weibliche Leader sei ein Biest? Erst jetzt weiß ich zu schätzen, dass uns zumindest Leonard im Vorfeld darüber informierte, was auf uns zukommen würde.

Besorgt verfolge ich das weitere Geschehen. Carolin öffnet eine schwarze Metallkiste und zieht sechs schwarze Stäbe hervor, die ungefähr die Länge eines Unterarms haben. Noch bevor ich erkenne, worum es sich dabei handelt, spüre ich, wie die Gruppe unruhig wird. Ich recke den Hals, um Genaueres zu erspähen.

»Elektroschocker«, zischt Norwin mit zusammengebissenen Zähnen.

Oh Gott. Dabei kann ja nichts Gutes herauskommen.

»Die Verteidiger positionieren sich Rücken an Rücken in einem Dreieck und erhalten jeweils zwei Elektrowaffen. Davon ist eine mit Klettverschluss am Gürtel befestigt, die andere halten sie in der Hand.«

Nachdem die Schüler im Zentrum des Kreises ihren Instruktionen nachgekommen sind, reicht ihnen Carolin zusätzlich drei dunkelgraue Augenbinden, die sie sich gegenseitig anlegen.

Danach wendet sie sich dem äußeren Kreis zu, der ihr Tun mit gemischten Gefühlen betrachtet. »Ihr seid die Angreifer«, informiert sie knapp. »Eure Mission ist es, den Verteidigern ihren Gürtelschocker zu entwenden und sie anschließend damit außer Gefecht zu setzen. Insgesamt gibt es vier Angriffswellen, die jeweils aus drei Personen bestehen. Die Runde endet, nachdem die Verteidiger alle Attacken abwehren konnten oder wenn jeder von ihnen einmal getroffen wurde. Ich rate speziell den Verteidigern, von ihrer Gabe reichlich Gebrauch zu machen. Insbesondere die Aurenfokussierung könnte euch sehr nützlich sein.«

Innerhalb der nächsten Minuten verfolge ich schaudernd, wie sich meine Mitschüler gegenseitig mit Elektroschockern außer Gefecht setzen. Lea wirkt verängstigt, unbeholfen und planlos, schafft es aber dennoch durch einen Glückstreffer, ausgerechnet Dorian mit ihrer Waffe zu erwischen. Trotzdem haben die Verteidiger keine Chance und werden bereits vom ersten Ansturm gnadenlos ausgeschaltet.

Die Leader stehen unbeeindruckt an der Seite und machen sich Notizen. Einer nach dem anderen nickt Carolin zu und signalisiert damit seine Bereitschaft.

»Die erste Auswahl hat bereits bei der ersten Welle versagt«, stellt sie kühl fest. Ich kann nur hoffen, dass das grausame Spiel jetzt ein Ende findet. »Die übrigen Angreifer erhalten dadurch keine Gelegenheit, sich zu beweisen.«

Gerade will ich erleichtert aufatmen, als sie auf mich zeigt.

»Du. Rotband mit den kurzen Haaren! Gwendolin. Verteidiger der zweiten Runde!« Ich bin so entsetzt, dass ich weder registriere, wer mit mir im Kreis steht, noch welche weiteren zwölf Schüler ausgewählt wurden.

Wenige Minuten später befinde ich mich ausgerüstet mit zwei Schockern sowie einer Augenbinde im Zentrum einer feindlich gesinnten Gruppe. Bleibt nur zu hoffen, dass sie mein Debüt in Psychologie, die Dosen-Aktion bei Constantin und die Kuss-Attacke auf Valentin vergessen haben, ansonsten würde sich jetzt die perfekte Gelegenheit zur Abrechnung bieten. Wer weiß, auf welche Körperstellen man zielen kann …

Schon alleine die doppelte rote Markierung um meinen Oberarm zeichnet mich als leichtes Opfer aus.

Hinter mir fühle ich die Präsenzen meiner beiden Leidensgenossen. Okay. Gelassen bleiben. Ich muss lediglich einen Stromstoß ertragen, dann ist die Sache ausgestanden. Unwillkürlich verkrampfe ich mich und ziehe die Schultern hoch. Ich hasse elektrische Schläge! Allein beim Gedanken daran wird mir schlecht. Nervös beiße ich mir auf die Lippen. Ich will das nicht! Am liebsten würde ich flüchten. Die Berührung des Schockstabes ist sicherlich extrem schmerzhaft. Dazu kommt der Schreckmoment, in dem man überraschend getroffen wird. Allein bei der Vorstellung wird mir ganz anders. Meine Hände sind eiskalt, und mein Mund ist mittlerweile so trocken, dass ich Schwierigkeiten mit dem Schlucken habe. Meine Kehle fühlt sich an, als sei sie mit Sandpapier bearbeitet worden. Obwohl ich weiß, dass es lächerlich ist, habe ich eine Heidenangst. Vor dem Stromschlag und besonders vor dem abrupten und plötzlichen Schock. Gewaltsam unterdrücke ich das Zittern, das langsam von meinem Körper Besitz ergreift.

Nein. Ich kann es nicht einfach hinnehmen, ohne mich zu wehren. Ich muss zumindest versuchen, mich zu verteidigen. Das würden alle anderen ebenfalls tun. Ich bemühe mich um eine ruhige Atmung und beginne mit der Fokussierung. Hinter mir stehen Tim und Leon. Ebenso spüre ich die zwölf Angreifer, von denen sich gerade der erste schräg vor mir in Bewegung setzt. War ja klar, dass ich als Rotband direkt die erste Attacke verdiene.

Schnell überprüfe ich die sich nähernde Aura.

Henry! Natürlich. Die Gelegenheit, mich zu schikanieren, darf er sich nicht entgehen lassen. Der Kerl ist echt Opfer seiner Hassgefühle. Wieso kann er mich nicht in Ruhe lassen? Ich will keinen verdammten Stromschlag abbekommen! Vor allem nicht von diesem Arsch! Er denkt wohl, ich sei ein leichtes Ziel. Er wird sehen, was er davon hat. Jetzt wird abgerechnet. Dann überlegt er sich zukünftig zweimal, ob er wieder auf mich losgehen will.

Geduldig warte ich, bis er sich kurz vor mir befindet, während ich meine rechte Hand mit der Waffe entspannt hängen lasse.

Greif sofort nach dem Schockstab an meinem Gürtel.

Im selben Moment nehme ich Henrys Aura in meiner direkten Reichweite wahr. Ohne zu zögern, hebe ich meinen Arm und stoße meinen Schocker mit einem Schwung aus dem Handgelenk nach vorne.

Unmittelbar darauf ertönen ein ersticktes Japsen und ein dumpfer Aufprall. Genugtuung erfüllt mich. Das war schon längst fällig.

Währenddessen haben sich die beiden anderen Angreifer der ersten Welle in Bewegung gesetzt. Sie haben allerdings nicht mich als Ziel auserkoren. Stattdessen höre ich wenig später zwei unmittelbar aufeinanderfolgende Schreie. Anhand der fehlenden Auren im Mittelkreis stelle ich fest, dass ich mit einem Mal der einzig verbliebene Verteidiger bin. Dummerweise sind die beiden Angreifer nun mit Tims und Leons Elektroschockern bewaffnet. Ich muss auf die neue Bedrohung reagieren, bevor sie auf mich losgehen. Schnell kontrolliere ich Aufenthaltsort und Aura der beiden Schüler. Ich seufze genervt. Es handelt sich um Kira und Dominik. Gut, immerhin erleichtert mir das die Entscheidung, ob ich mich wehren soll. Ich wette, dass sich diese Angriffsgruppe in weniger als fünf Sekunden freiwillig gemeldet und aus dem Kreis gelöst hat. Wieder eine willkommene Möglichkeit, um das Lieblingsopfer zu drangsalieren. Dieses Mal nicht!

Kira scheint nur anderthalb Meter von mir entfernt zu sein. Unvermittelt springe ich zur Seite und beschreibe mit ausgestrecktem Arm einen großzügigen Kreis, in dessen Zentrum ich mich befinde. Nach der Hälfte trifft mein Schockstab auf einen Körper, der mit einem gedämpften Laut zu Boden geht. Schnell konzentriere ich mich auf den übrig gebliebenen Angreifer. Bevor sich dieser einen neuen Schlachtplan zurechtlegen kann, gebe ich den mentalen Befehl aus.

Nähere dich mir von hinten. Ziele auf meinen Rücken.

Wenige Sekunden später nehme ich Dominiks Aura direkt hinter mir wahr, sodass es ein Leichtes ist, herumzufahren und auch ihn mit dem Schocker auszuschalten.

Heftig atmend stehe ich in der Mitte des Kreises, während sich meine Mitschüler leise tuschelnd über meine Darbietung austauschen.

»Zweite Welle«, ordnet Carolin ungerührt an. Wieder umfasse ich fest meinen Elektroschocker, als mir plötzlich klar wird, dass mein Verhalten unfassbar leichtsinnig ist.

Ich erstarre in der Bewegung. Wie blöd kann man eigentlich sein? Ich schwachsinniger Trottel! Gerade hat mir der ganze Jahrgang inklusive der fünf Leader dabei zuschauen dürfen, wie ich drei Mitschüler vermöbelt habe. Mit verbundenen Augen. Nur mühsam kann ich ein Stöhnen unterdrücken. Ich habe mich völlig von meinen Rachegefühlen in Kombination mit der Panik vor Stromstößen überwältigen lassen und kein bisschen nachgedacht. Wie komme ich da jetzt wieder raus? Mir bleibt nur eine Möglichkeit. Ich muss mich vom nächsten Angreifer besiegen lassen. Je länger ich hier aushalte, desto verdächtiger werde ich.

Völlig verstört und vor Anspannung zitternd versuche ich, mich für die bevorstehende Attacke zu wappnen. Die Auren der Schüler bewegen sich gleichzeitig aus drei verschiedenen Richtungen auf mich zu. Selbst wenn ich die Augen nicht verbunden hätte, wäre es fast unmöglich, diesen Überfall ohne gekonnten Einsatz der Gabe abzuwehren. Vor Angst schaffe ich es nicht einmal, zu erkennen, zu welchen Personen die einzelnen Auren gehören. Reglos stehe ich da und gebe mir größte Mühe, mich zu entspannen. Selten ist mir etwas so schwergefallen wie dieses bange Warten.

Mit einem lauten Knirschen wird der Schocker von meinem Gürtel gerissen. Kurz darauf spüre ich einen grässlichen Schmerz am Oberschenkel, der mich in die Knie gehen lässt. Mein Bein fühlt sich an, als hätten sich alle Muskeln gleichzeitig verkrampft. Lautlos stoße ich die Luft aus und rapple mich hoch, während helle Lichtblitze vor meinen Augen zucken.

»Die zweite Auswahl hat immerhin die erste Welle durchgehalten. Jedoch besteht nach wie vor dringender

Verbesserungsbedarf«, bemerkt Carolin, wofür ich sie am liebsten erwürgen würde. Sadistenpack, alle miteinander!

Eine Hand ergreift meinen Arm und zieht mich hinter sich her. Blind stolpere ich durch die Halle. Endlich befreit mich Finn von der Augenbinde und nickt mir aufmunternd zu.

»Du hast dich gut geschlagen«, flüstert er anerkennend, während in der Mitte des Raumes eine weitere Runde eingeleitet wird. Erschöpft winke ich ab.

Einige Stunden und etliche Stromstöße später sitzen wir alle wohlbehalten beim Abendessen.

»Wow, Gwenni, ich wusste gar nicht, dass du eine solche Kampfmaschine bist!« Dorian zwinkert mir verschwörerisch zu.

»Quatsch«, wehre ich ab und werfe einen kurzen Blick auf Henry, der sich streitlustig vor unserem Tisch aufgebaut hat. »Das war Glück. Ich habe in eine beliebige Richtung geschlagen und nur zufällig getroffen.«

»Das glaubst du doch selbst nicht!«, schnaubt Henry ungläubig und schüttelt den Kopf.

»Gerade *du* solltest still sein!«, schießt Lea zurück. »Du bist zuerst auf sie losgegangen! Geschieht dir recht, dass sie dich ausgeknockt hat!«

»Ach? Und dass du Dorian plattgemacht hast, spielt keine Rolle?«, kontert Henry bösartig.

Lea senkt den Blick, aber Dorian schlägt mit der Faust auf den Tisch. »Das geht dich überhaupt nichts an. Gerade dir steht es ganz bestimmt nicht zu, über andere zu urteilen!«

»Wie du meinst«, erwidert Henry kühl und wendet

sich ab. »Bleibt nur zu hoffen, dass euch *die* da«, er deutet mit dem Kopf auf mich, »nicht noch in große Schwierigkeiten bringt. Wollt ihr es nicht wahrhaben, dass mit ihr etwas nicht stimmt? Zuerst tut sie so schwach, doch heute hat sie ihr wahres Gesicht gezeigt. Drei Former alleine besiegen? Mit verbundenen Augen? Obwohl sie erst seit anderthalb Wochen den Unterricht besucht? Wenn ihr mich fragt, ist das ein Fall für die Formerprobe. Aber egal. Ich bin fertig mit euch.«

»Formerprobe?«, wiederhole ich zaghaft, während Henry hocherhobenen Hauptes unseren Tisch verlässt. Was war das gleich? Diesen Begriff hatte Elric ebenfalls verwendet. Ich erinnere mich nur daran, dass ich sie unbedingt vermeiden muss.

»Keiner hat eine Ahnung, worum es sich dabei handelt«, erklärt Dorian. »Ich weiß nur, dass sie ausschließlich von Leadern und Ausbildern gefordert werden darf.«

»Angeblich soll sie zu 100 Prozent treffsicher sein«, wirft Finn ein. »Für einen natürlichen Former ist es unmöglich, diese Probe zu bestehen.«

»Auf jeden Fall ist es von Henry echt daneben, dir damit zu drohen«, stellt Dorian fest. »Völlig übertrieben, eine solche Szene zu machen.«

»Wirklich unschön«, murmelt Norwin nachdenklich. »Wobei ich verstehen kann, wie er darauf kommt.«

Lea zeichnet mit dem Finger Kreise auf die Tischplatte und wirkt völlig geistesabwesend.

Plötzlich schaut sie auf. »Henry hat recht«, sagt sie leise. »Es tut mir wirklich leid. Wenn ich geahnt hätte, dass du es bist …«

Dorian streicht über ihren Unterarm. »Kein Problem«, antwortet er warm. »Den kurzen Schmerz nehme ich gerne auf mich, dafür, dass du den Leadern gezeigt hast, was du kannst.«

In dieser Sekunde begreife ich seinen Plan. Er hat sich heute Nachmittag absichtlich von Lea treffen lassen, damit sie bei den Leadern einen guten Eindruck hinterlässt. Er selbst hat bei der anstehenden Teamwahl aufgrund seiner Leistungen wenig zu befürchten.

Ruckartig schaue ich auf und blicke genau in Dorians blaue Augen, die mich stumm anflehen, meine Gedanken für mich zu behalten. Während ich nur an mich gedacht und den Rundumschlag ausgeführt habe, sorgt er sich um andere. Er ist einfach zu gut für diese Welt.

17 : ausgeschaltet

Am nächsten Tag bin ich nicht die Einzige, die sich in gereizter Stimmung befindet. Nachdem Elric seine Realitätsformungsstunde selbst gehalten hat, können sich alle an einer Hand abzählen, dass heute mit großer Wahrscheinlichkeit Ravins Favorit dessen VISS-Unterricht übernehmen wird; ein außerordentlich beunruhigender Gedanke. Nur noch zwei Leader sind übrig: Pest und Cholera, Valentin und Raphael.

Widerstrebend betreten wir nach dem Kampftraining, das heute im Freien stattgefunden hat, die Turnhalle. Argwöhnisch suche ich den Raum nach den Leadern ab, doch keine der schwarz gekleideten Gestalten ist zu sehen. Ebenso wenig befindet sich Ravin unter den Anwesenden.

Schnell schaue ich auf mein Handgelenk. Es ist genau 15 Uhr. Völlig atypisch, dass ein Ausbilder zu spät kommt. Auf Pünktlichkeit wird an der Akademie großer Wert gelegt, insbesondere in Ravins Stunden.

Beklommen stelle ich mich zu meinen Mitschülern, die in kleinen Grüppchen auf den Stundenbeginn warten. Eine Planabweichung bedeutet sicher nichts Positives. Abwesend beobachte ich, wie sich zwei Nachzügler unauffällig durch die Eingangstür schieben. Ihr Glück, dass Ravin noch nicht da ist, sonst hätten sie ein nicht zu unterschätzendes Problem. Träge durchforste ich mein Gehirn nach ihren Namen. Der größere Junge mit den hellbraunen Haaren heißt Nils. An den Namen seines Begleiters kann ich mich nicht erinnern.

Mittlerweile ist auch den anderen Schülern aufgefallen, dass der Unterricht eigentlich seit einigen Minuten laufen sollte. Unruhiges Gemurmel macht sich breit. Erneut blicke ich zur Eingangstür. Im Gegensatz zu seinem Freund, der sich zu einer Gruppe stellt, hat Nils ein anderes Ziel. Er bewegt sich auf den kleinen Raum zu, in dem die Sportausstattung aufbewahrt wird, und verschwindet darin. Was will er da? Die Leader werden kaum versteckt auf dem Mattenwagen liegen. Plötzlich wird mir klar, dass dieses Material nicht das einzig Interessante in der Kammer ist. Ebenso befindet sich das Waffenarsenal für das Kampftraining dort in verschiedenen Schränken unter Verschluss. Wenn er sich daran bedienen möchte, werden ihn die Sicherheitsvorkehrungen aufhalten. Für das Öffnen eines Schlosses ist seine künstliche Formergabe garantiert noch nicht ausreichend ausgebildet.

Während ich überlege, ob ich ihm folgen soll, kehrt er mit forschen Schritten in die Halle zurück. Meine Augen weiten sich, als ich die Pistole sehe, die er in den Händen hält. Anscheinend waren nicht alle Schränke abgeschlossen.

Er positioniert sich breitbeinig vor der Eingangstür und feuert eine Kugel über unsere Köpfe, die an der Hallenwand abprallt und als Querschläger durch den Raum pfeift.

»Mich kriegt ihr nicht!«, schreit er schrill.

In Sekundenschnelle erfassen wir die Situation. Totenstille breitet sich aus. Keiner wagt, sich zu rühren, aus

Angst, die Aufmerksamkeit des Schützen auf sich zu ziehen. Wie alle anderen erstarre ich in der Bewegung, als Nils mit dem Lauf in unsere Richtung zielt. Was ist mit ihm los? Hat er die Akademie durchschaut und versucht nun, zu entkommen? Aber warum, um Himmels willen, legt er dann auf *uns* an? Schließlich sitzen wir im selben Boot.

»Glaubt ihr, ich wüsste nicht Bescheid?«, brüllt er, während seine Hand die Pistole umklammert. »Meint ihr wirklich, dass ihr damit durchkommt?«

Wovon spricht er? Weshalb diese impulsive und übertrieben aggressive Reaktion? Sorgfältig studiere ich sein Gesicht, um auf mögliche Absichten zu schließen, und fahre zusammen, als mich sein hasserfüllter Blick trifft.

»Suchst du nach Schwachstellen? Die wirst du nicht finden!«, stößt er hervor und richtet seine Waffe auf mich. Schnell senke ich den Kopf, während mein Herz bis zum Hals klopft. Wenn er jetzt abdrückt … Bloß nicht provozieren. Bloß nicht ein weiteres Mal auffallen.

»Ihr alle!«, fährt er uns wütend an. »Denkt ihr, ich sehe nicht, dass SIE euch ausgehöhlt haben? Ich erkenne IHRE Anwesenheit in euch! Eure roten Augen! Sie blitzen mich an!«

Plötzlich zuckt sein Blick zur Decke. Er scheint die Flugbahn eines unsichtbaren Objektes zu verfolgen, das er kurz darauf ins Visier nimmt.

»SIE sind überall!«, zischt er atemlos. Der unmittelbar folgende Schuss hallt in meinen Ohren.

Schnell schaue ich mich um. Glücklicherweise wurde erneut keiner getroffen. Wenn dieser Verrückte so weiterfeuert, ist es nur eine Frage der Zeit, bis jemand von einem Querschläger verletzt wird. Wie viel Munition beinhaltet die Pistole? Noch vier oder fünf Schuss bis er nachladen muss? Könnte bis dahin jemand schnell genug sein, um ihm die Waffe zu entwenden?

»Alle haben rote Augen. Alle sind besessen«, murmelt er unartikuliert und wirkt dabei, als würde er mit sich selbst sprechen. Kurz darauf ruckt er mit dem Kopf zur Seite und starrt uns verstört an.

»Nils«, versucht Corinna, ein Mädchen aus seiner Clique, zu ihm durchzudringen. Sie geht zögerlich einen Schritt nach vorne. Mutig, aber ich bin nicht sicher, ob das eine gute Idee ist. »Erkennst du uns nicht? Wir sind deine Freunde.«

Er fixiert sie mit zusammengekniffenen Augen. »Freunde?« Er lacht gehässig. »Hältst du mich für blöd? Vielleicht waren wir mal Freunde, aber das war, bevor SIE euch ausgeschabt haben!«

»Wer sind sie?«, fragt sie leise und zittert, als er hysterisch zu schreien beginnt. »Die Monster! SIE sind überall! SIE sind in euch!«

Das Mädchen setzt zu einer Antwort an, doch bevor es ein Wort sagen kann, tobt Nils weiter. »Verkauf mich nicht für blöd! Ich sehe SIE in deinen Augen! Rot glühend! Mich kannst du nicht täuschen! Komm her!« Als sich Corinna nicht rührt, zielt er mit der Pistole auf ihren Kopf. »Komm her«, befiehlt er gefährlich leise. »Es ist mir völlig gleich, ob ich dich sofort erschieße oder erst nachher.«

»Nils. Bitte«, fleht sie mit Tränen in den Augen, während sie auf ihn zutaumelt.

»Ich weiß genau, dass es nicht du bist, die da spricht. SIE haben dich bereits übernommen und wollen mich dadurch täuschen.« Nils springt einen Satz nach vorne, ergreift Corinnas Haare und zerrt sie neben sich. Innerhalb weniger Sekunden hat er ihr den Lauf seiner Waffe an die Schläfe gesetzt. »Ich werde euch alle auslöschen. Alle! Und wenn es das Letzte ist, was ich in meinem Leben tue! Mich kriegt ihr nicht!«, brüllt er laut.

Nach diesem erneuten Wutausbruch höre ich leises Tuscheln um mich herum.

»Nils ist komplett irre!«

»Wieso ist Ravin nicht da, um uns zu helfen?«

»Kann das durch die fehlende Kontrolle der Gabe kommen?«

»Der ist wahnsinnig!«

»Sie hatten uns gewarnt, dass so etwas passieren könnte.«

»Jetzt dreht er durch. Wir müssen hier raus!«

»Er ist völlig verrückt geworden!«

Völlig verrückt? Normal ist sein Verhalten definitiv nicht. Aber die Wahnsinns-Geschichte ist doch nur ein Lügenmärchen der Akademie. Oder?

Angestrengt zermartere ich mir das Hirn nach einer Lösung. Irgendwie müssen wir hier rauskommen, bevor die Situation eskaliert. Und sie scheint kurz davor zu sein. Nils' Hand, in der er die Pistole hält, zittert stark. Seine Stirn glänzt vor Schweiß, und er ist unnatürlich blass. Er wirkt überhaupt nicht mehr wie er selbst.

Die Erkenntnis trifft mich mit voller Wucht. Nils wirkt nicht mehr, wie er selbst, weil er es nicht mehr *ist*. Er wird kontrolliert. Die komplette Krise ist inszeniert. Aus diesem Grund befinden sich weder Leader noch Ausbilder im Raum. Deshalb war der Waffenschrank nicht abgeschlossen. Verhalten in Stresssituationen. Ein scheinbar durchgeknallter Former, der seine Mitschüler bedroht. Gibt es ein passenderes Szenario für diesen Unterricht? Doch zu welchem Zweck? Handelt es sich wieder um eine von Ravins arrangierten Hinrichtungen? Was wird von uns erwartet? Gibt es überhaupt einen Ausweg aus dieser Zwangslage? Oder müssen wir der Tragödie tatenlos zuschauen?

Auf der Jagd nach einem zündenden Einfall spähe ich ziellos durch die Halle. Mein Blick bleibt am Lichtschalter hängen. Sollten die Leader Nils tatsächlich unter mentaler Kontrolle halten, müsste ihre Konzentration durch die Unterbrechung des Blickkontakts gestört werden. Das könnte funktionieren.

Langsam und unauffällig schiebe ich mich zur Seite. Einige meiner Mitschüler werfen mir besorgte Blicke zu, werden dann aber von Nils abgelenkt, der gerade wieder eine Kugel abgefeuert hat. Ohne die entsetzten Rufe zu beachten, schleiche ich mit zusammengebissenen Zähnen weiter.

Anderthalb Meter trennen mich vom Lichtschalter.

Noch ein Meter.

Ein halber Meter.

Mit einem beherzten Sprung werfe ich mich nach vorne und drücke auf den kleinen Knopf. Gleichzeitig fällt mir ein, dass das Betätigen mithilfe der Gabe deutlich unauffälliger gewesen wäre. Ich sollte mir wirklich angewöhnen, neu erlernte Inhalte in meine Überlegungen einzubeziehen. Egal. Zu spät.

Nachtschwarze Dunkelheit, die von hysterischem Geschrei erfüllt ist. Wenn die Konzentration dadurch nicht gebrochen wird, dann weiß ich auch nicht. Blind versuche ich, meinen Weg zurück zu finden, sodass ich zwischen allen anderen Schülern stehe, sobald das Licht wieder angeht. Vor mir höre ich das metallische Geräusch, mit dem Nils' Pistole auf den Boden knallt.

Geschafft! Ich habe die mentale Kontrolle gebrochen und damit eine Eskalation verhindert. Jetzt kann ich nur hoffen, dass mich niemand verrät. Weder Ravin noch die Leader werden vom Scheitern ihres Plans begeistert sein. Mit dieser Lösung haben sie sicher nicht gerechnet.

Als das Licht endlich wieder angeht, blinzeln wir geblendet in die Helligkeit der Halle. Nachdem sich meine Augen leidlich entspannt haben, hebe ich den Kopf. Neben Nils, der bestürzt und fassungslos auf die Waffe zu seinen Füßen starrt, stehen alle fünf Leader mit verschränkten Armen und mustern uns ernst. An der Eingangstür lehnt Ravin, der ebenfalls eine strenge Miene zur Schau trägt.

Meine Kehle wird eng, und ich spüre, wie mir der Schweiß ausbricht. Was habe ich mir nur dabei gedacht? Gibt es einen gravierenderen Verstoß, als den Unterricht absichtlich zu sabotieren? Zumal ich bei der vergangenen Offenlegung bereits aus demselben Grund doppelt nominiert wurde? Wenn sie rausfinden, wer dafür verantwortlich ist, bin ich am Ende. Gut möglich, dass es mir ergeht wie Emily. Hätte ich nicht einfach wie alle anderen das Geschehen beobachten können, statt den Helden zu spielen? Zumindest hätte ich einen Impuls nutzen können. Dieser wäre immerhin nicht auf mich zurückzuführen. Ich bin echt blöd. Nervös beiße ich mir auf die Unterlippe.

Valentin tritt einen Schritt nach vorne und durchbohrt uns mit seinen Blicken. »Wer war das?«, fragt er mit eiskalter Stimme.

In der Halle ist es gespenstisch still. In meiner Wahrnehmung zieht sich das Schweigen unendlich hin, aber in Wirklichkeit handelt es sich wohl nur um ein paar Sekunden. Noch hat keiner den Mut, mich ans Messer zu liefern. Oder bin ich vielleicht doch unentdeckt geblieben? Ob die Leader einer Geschichte über einen spontanen Stromausfall Glauben schenken würden?

Gerade als ich neue Hoffnung schöpfe, holt Henry tief Luft und stößt einen Namen hervor. »Gwendolin. Sie war's. Ich hab's gesehen.«

18 : verraten

Henry ist wirklich das Letzte. Natürlich lässt er sich diese Gelegenheit nicht entgehen. Mich vor Mitschülern zu blamieren und dumm dastehen zu lassen, ist eine Sache. Heute liegen die Dinge anders. Immerhin geht es um die Stunde von Ravins Favoriten, die gesprengt wurde. Kein Wunder, dass er es kaum erwarten kann, meinen Niedergang mitzuerleben. Ich grabe die Fingernägel in die Handflächen. Fair bleiben. Verantwortlich bin ich alleine. Henry hatte damit nichts zu tun. Er war es nicht, der den Unterricht in Anwesenheit des bösartigsten Ausbilders lahmgelegt hat. Ich muss die Situation realistisch beurteilen. Die Leader hätten garantiert nicht zugelassen, dass dieser Sabotageakt unaufgeklärt bleibt. Henry war sicher nicht der Einzige, der mich gesehen hat. Er hat den Prozess lediglich beschleunigt.

Tödliches Schweigen erfüllt den Raum und legt sich auf mich wie eine bleischwere Decke. Nur allzu gut bin ich mir der vielen starrenden Augen bewusst, die mich teils gespannt, teils besorgt fixieren. Mal wieder stehe ich im Zentrum der Aufmerksamkeit, und jeder wartet auf meine Reaktion.

Valentin hat die Arme verschränkt und beobachtet mich mit schräg gelegtem Kopf. »Gwendolin«, wiederholt er langsam und wendet sich den anderen Leadern zu. »*Schon* wieder. Zuerst der Vorfall während Leonards

Stunde.« Ich zucke zusammen, aber Valentin spricht zum Glück sofort weiter. »Dann hat sie mühelos in Carolins Unterricht mit verbundenen Augen drei Mitschüler ausgeschaltet. Und das, obwohl sie zwei rote Bänder trägt. Mir scheint, ihr wurde zu wenig Beachtung geschenkt.«

Carolin und Leonard nicken grimmig, doch um Valentins Mundwinkel zuckt ein schmales Lächeln. Verflucht. Das wird ja immer schlimmer. Mittlerweile bin ich nicht mehr nur peinlich, sondern zusätzlich verdächtig.

Valentin wendet sich an mich. »Gwendolin. Was hast du dazu zu sagen?«, fragt er nüchtern.

Stolz hebe ich das Kinn und schaue ihm genau in die Augen. Leugnen ist ohnehin zwecklos, also kann ich auch die Wahrheit sagen. »Ja. Es stimmt. Ich habe das Licht ausgeschaltet«, entgegne ich heiser.

Raphael stößt mit einem lauten Zischen die Luft aus, schüttelt ungehalten den Kopf und schießt einen mörderischen Blick auf mich ab. Woah, das hat mir gerade noch gefehlt. Bisher hatte ich mir eingebildet, seiner Aufmerksamkeit größtenteils entgangen zu sein. Natürlich mit Ausnahme der Sache im Wald. War es doch seine Stunde, die ich ruiniert habe? Aber weshalb führt er dann nicht das Verhör?

Valentin kommt währenddessen einige Schritte auf mich zugeschlendert. Unter Aufbietung aller verfügbarer Willenskraft bleibe ich bewegungslos, wohingegen meine Mitschüler eingeschüchtert zurückweichen.

Kurz bevor er mich erreicht hat, bleibt er stehen. »Rechtfertige dich«, befiehlt er knapp.

»Ich wollte verhindern, dass die Situation eskaliert und jemand zu Schaden kommt«, erkläre ich tonlos.

Valentin lacht ungläubig. »Und da dachtest du dir,

dass das Ausschalten des Lichts sicherlich zur Entschärfung beitragen würde?»

»Es hat funktioniert. Eine Fokussierung kann durch Ablenkung der Aufmerksamkeit gebrochen werden. Nichts anderes habe ich dadurch erreicht«, kontere ich ruhig, während um mich herum leise geflüstert wird. Nach wie vor erwidere ich scheinbar gelassen seinen Blick.

»Woher wusstest du, dass er sich unter mentaler Kontrolle befand?«, erkundigt er sich spöttisch. »Deinen Mitschülern ist nichts aufgefallen.«

»Mehrere Kleinigkeiten haben mich davon überzeugt«, antworte ich und stelle überrascht fest, dass meine Stimme nichts über meine Gefühle verrät. Kein Zittern. Kein Beben. Sie klingt so unbeteiligt, als würde ich aus einem Schulbuch vorlesen. Etwas mutiger fahre ich mit meiner Ausführung fort. »Zu Beginn des Unterrichts war kein Lehrer anwesend. Das wäre das erste Mal seit meiner Aufnahme an der Akademie. Der Waffenschrank war nicht abgeschlossen; ebenfalls ein grober Fehler, der weder den Ausbildern noch den Leadern unterlaufen würde. Und zuletzt: Wir lernen gerade das Verhalten in Stresssituationen. Dafür ist dieses Dilemma ein perfektes Beispiel«, zähle ich auf, während mich die anderen Schüler mit offenem Mund anglotzen. Beklommen wappne ich mich für den Ärger, den meine Darlegung gezwungenermaßen nach sich ziehen wird.

Valentin dreht sich mit einer raschen Bewegung um und stellt sich zu den anderen Leadern. Seine Miene ist unergründlich. Carolin und Daniel sind in ein leises Gespräch vertieft, Leonard mustert mich stirnrunzelnd, und Raphaels Missfallen trifft mich mit solcher Intensität, dass ich sofort bereue, in seine Richtung gesehen zu haben. Seine hellen Augen funkeln vor Zorn. In der Kategorie *Finsteres Starren* kann er es definitiv mit seinem Bruder aufnehmen.

Eilig drehe ich wieder den Kopf in Valentins Richtung, der gerade das Wort an uns Schüler richtet. »Erstsemester«, verkündet er laut. »Ihr habt mich enttäuscht.« Eingeschüchtert durch das unmutige Zischeln der anderen ziehe ich die Schultern hoch. Wird es eine neue Lektion zum Thema Sündenbock geben, wieder mit mir in der Hauptrolle? Wird er jetzt den ganzen Jahrgang für mein Fehlverhalten verantwortlich machen? Zuzutrauen wäre es ihm. Und diesen Fiesling habe ich geküsst. *Danke Henry, du Arsch.*

»Selbstverständlich handelte es sich um eine arrangierte Szene. Glaubt ihr, wir sehen tatenlos zu, wie einer von euch die Kontrolle an sich reißt?« Mit einem abfälligen Schnauben schaut er in die Runde. »Dieser Hampelmann«, er deutet auf den völlig gebrochenen Nils, »stand vom Moment, in welchem er die Halle betrat, unter mentaler Beeinflussung. Keiner von euch hat die Zeichen richtig interpretiert. Keiner von euch! Außer Gwendolin. Sie ist die Einzige von euch Versagern, die in der Lage war, die Situation nicht nur richtig einzuschätzen, sondern auch zu entschärfen. Verbringt den Rest der Stunde mit dem Verfassen eines Aufsatzes. Thema: Anzeichen von mentaler Kontrolle unter Berücksichtigung des logischen und situativen Kontexts bezugnehmend auf den heutigen Unterricht.«

Während meine Mitschüler überstürzt zu ihren Rucksäcken eilen und die Materialien auspacken, stehe ich wie erstarrt an meinem Platz und kann nicht fassen, was eben geschehen ist. Erst als mir Valentin anerkennend zunickt, setze ich mich in Bewegung. Obwohl ich dabei mit gesenktem Kopf auf den Hallenboden starre, spüre ich Raphaels wütenden Blick, der sich wie ein glühendes Messer in meinen Rücken bohrt.

Beim Abendessen haben wir uns leidlich von dem Schock erholt, den uns Valentin und die anderen Leader versetzt haben.

»Gwen, es war echt krass, wie du reagiert hast!«, stellt Lea fest und fuchtelt mit ihrer Gabel vor meiner Nase herum.

»Na ja. Eigentlich habe ich gehandelt, ohne nachzudenken. Ob das so toll war …«, dämpfe ich ihre Begeisterung, doch meine Freundin lässt sich davon nicht beirren.

»Du wurdest gelobt! Von einem *Leader*!«, quietscht sie aufgeregt, während ich verlegen in meinem Salat herumstochere. »Noch dazu von Valentin, der uns für gewöhnlich mit einem Ausdruck ansieht, als hätte er es mit Ungeziefer zu tun.« Ihre Miene verdunkelt sich, und sie seufzt bedauernd. »Heute war er wirklich Furcht einflößend. Schade, dass er Ravins Favorit ist. Das lässt nur einen Rückschluss zu: Er ist ein emotionsloser Drecksack! Ganz egal, wie gut er aussieht.« Dieses Fazit entlockt mir ein Grinsen, das jedoch von ihren nächsten Worten jäh weggewischt wird. »Ich verstehe, was du an ihm findest. Bei dem Körper kann man über den Charakter hinwegsehen. Seit heute betrachtet er dich garantiert mit anderen Augen! Vielleicht hat der Kuss seine Gefühle geweckt? Wäre das nicht romantisch?«

»Ähm Lea –«, beginne ich, aber sie fährt hartnäckig fort.

»Ich beneide dich. Gleichgültig, ob Absicht oder nicht; du hast ihn geküsst. Das ist einfach der Wahnsinn! So mutig wäre ich auch gerne. Einfach zu Raphael gehen … Sicher wird er morgen Elrics Stunde halten. Er ist der einzige Leader, der noch nicht dran war.« Als sie meinen besorgten Gesichtsausdruck bemerkt, hält sie inne. Ihr begeistertes Strahlen verliert etwas an Kraft. »Tut mir leid. Ich hätte gar nicht von ihm anfangen sollen. Mir ist aufgefallen, wie er dich heute gemustert hat. Ich glaube, er hasst dich echt.«

Stumm lausche ich Leas Geplapper. Das Gespräch wirkt wie die schräge Wiederholung einer vergleichbaren Unterhaltung aus einem vergangenen Leben. Damals auf dem Zeltplatz war es allerdings Jan, dessen Gesten und Blicke analysiert wurden.

»Ist damals im Wald irgendetwas zwischen euch vorgefallen?«

Durch Leas Frage schrecke ich aus meinen Gedanken hoch und schüttle den Kopf. »Keine Ahnung, welches Problem er mit mir hat.«

»Macht nichts«, stellt sie fröhlich fest. »Du sagtest ja sowieso, dass Valentin genau dein Typ sei. Bei ihm hast du definitiv bessere Chancen! Würde mich nicht wundern, wenn er alles daran setzt, dich in sein Team zu kriegen.«

Valentin. Absolut mein Typ. Gleich nach Ravin, dem Herzensbrecher.

Der nächste Tag ist der pure Horror. Elrics Unterricht findet erst nach dem Abendessen statt, sodass ich ausreichend Zeit habe, mich verrückt zu machen. Ich bin derartig abgelenkt, dass sogar Ravins Gemeinheiten, die er in Psychologie auf uns loslässt, an mir abprallen. Ich darf um keinen Preis nochmals Aufsehen erregen. Sowohl am Dienstag bei Leonard als auch vorgestern während des Elektroschock-Kampftrainings und gestern in VISS habe ich dahingehend gründlich versagt. Drei von vier Stunden. Keine gute Quote. Mit Sicherheit kennt jede Person des Jahrgangs sowie Ausbilder und Leader meinen Namen.

Gwendolin Merz. Das Mädchen, das den unnahbarsten Leader abgeknutscht, drei Mitschüler umgenietet und das Licht ausgeschaltet hat. Das Lachen vergeht mir, als ich beim Betreten von Elrics Raum Raphael entdecke, der sich lässig ans Pult lehnt und mich durchdringend mustert. Mit gesenktem Kopf husche ich auf meinen Platz. Kein schönes Gefühl, im Unterricht zu sitzen, wenn der ausbildende Leader einen offensichtlich nicht ausstehen kann. Insbesondere, wenn man fest vorhat, nicht aufzufallen. Ich werde einfach so tun, als sei ich gar nicht da. Vielleicht vergisst er dann meine Anwesenheit. Nicht durch Blicke provozieren. Stattdessen unterziehe ich die Tischplatte einer eingehenden Inspektion.

Nachdem der Jahrgang komplett versammelt ist, breitet sich gespannte Stille aus. Raphael stößt sich vom Tisch ab und fordert uns mit einer knappen Handbewegung dazu auf, ihm zu folgen. Beunruhigt murmelnd nehmen wir unsere Rucksäcke und verlassen hinter ihm den Saal.

Er führt uns durch die Akademie bis nach draußen. Ich seufze leise. Stunden außerhalb der Unterrichtsräume machen mich nervös. Zu meiner Überraschung ist unser Ziel jedoch weder die Turnhalle noch der Sportplatz. Stattdessen laufen wir fünfzehn Minuten durch den Wald, bis wir an einen kleinen See gelangen. Er hat un-

gefähr die Größe eines Fußballfeldes. Das Ufer, an dem wir stehen, führt in einem sanften Gefälle zum Wasser. Ein schwacher Wind kräuselt die Oberfläche. Es ist kühl, und ich verschränke fröstelnd die Arme. Die wärmende Abendsonne ist bereits hinter den Wipfeln verschwunden.

Mittlerweile sind auch die anderen Leader und Elric zwischen den Bäumen hervorgetreten.

»Die Hälfte von euch wird in der kommenden Stunde die Gelegenheit haben, sich zu beweisen«, verkündet Raphael mit klarer Stimme, die weit über den See hinaushallt.

Okay. Mir ist jedenfalls klar, wer heute zu der Hälfte gehört, die keine Fähigkeiten demonstriert.

»In der gestrigen Stunde habt ihr ein eindrucksvolles Beispiel für die Möglichkeiten mentaler Beeinflussung erhalten«, fährt er mit einem Seitenblick auf Valentin fort, der mit den Händen in den Hosentaschen neben ihm steht. »Heute werdet ihr versuchen, euch gegen diese Kontrolle zur Wehr zu setzen. Hoffentlich erfolgreich.«

Ein Raunen geht durch die Schülermenge. Raphaels Worte in Kombination mit dem direkt vor uns liegenden See sorgen für Unruhe. Ich stiere angestrengt auf den Boden, um keinesfalls seine Aufmerksamkeit zu wecken. Oh. Eine moosbedeckte Wurzel. Wie außergewöhnlich.

Unvermittelt deutet er auf Alina, die ihn entsetzt anstarrt. »Komm her«, fordert er sie auf. Nachdem sie sich zögerlich zu den Leadern gestellt hat, legt ihr Leonard eine schwarze Synthetikweste an, unter deren Gewicht sie leicht in die Knie geht. Ängstlich verknotet sie die Finger, und in mir regt sich Mitleid.

»Leonard und Carolin werden dich gleich unter mentalen Zwang setzen, sodass du genau diese Richtung einschlägst.« Raphael zeigt geradewegs auf den See. »Deine Aufgabe ist, aus der Kontrolle zu entkommen, möglichst bevor du mit dem Kopf unter Wasser bist. Wenn es dir gelingt, ist die Übung beendet.«

Seine Worte lösen erregtes Flüstern aus. Auch ich schüttle ungläubig den Kopf und kneife skeptisch die Augen zusammen. Das ist unmöglich. Wie soll ein einzelner Schüler das bewerkstelligen? Gegen zwei ausgebildete Leader?

»Das Ausbrechen ist fast aussichtslos, insbesondere, da der Zwang durch erfahrene Former ausgeübt wird«, fährt Raphael fort und formuliert damit genau meinen Gedanken. »Deshalb gibt es eine weitere Möglichkeit, die Übung erfolgreich zu absolvieren. An dieser Stelle kommt ihr anderen ins Spiel. Drei Freiwillige erhalten die Gelegenheit, Alina vor dem Bad im See zu bewahren und gleichzeitig ihr Können zu zeigen. Sie werden von den übrigen Leadern mit einem mäßigen gedanklichen Impuls daran gehindert, ihrer Mitschülerin zu Hilfe zu kommen.« Jetzt wendet er sich direkt an Alina, die zitternd vor ihm steht. »Wenn sie es schaffen, dich zu berühren, bist du frei, und die Übung ist beendet. Falls nicht, bleibst du solange unter Wasser, bis ich das Zeichen zur Aufhebung der Fokussierung gebe«, erklärt Raphael ruhig. »Es ist nicht lebensgefährlich, kann aber äußerst unangenehm werden.« Kurz bilde ich mir ein, etwas wie Mitgefühl in seinem Gesicht aufblitzen zu sehen. Allerdings wird seine Miene wieder ausdruckslos, bevor ich mich vergewissern kann. »Insgesamt gibt es vier Runden, in denen jeweils vier Schüler beteiligt sind. Nutzt die Chance, um zu zeigen, was ihr könnt. Bedenkt, dass übermorgen die letzte

Offenlegung vor der Wahl ansteht. Freiwillige für den ersten Durchgang?«

Auch wenn mir Alina gerade leidtut, kann ich das Risiko nicht eingehen. Es wäre viel zu auffällig, wenn ausgerechnet ich die Kontrolle des Leaders brechen könnte und das Mädchen aus dem See ziehen würde.

Meine Mitschüler sind jedoch weniger besorgt. Erstaunt beobachte ich, wie sich mindestens zehn Hände heben. Na klar. Sie gehen davon aus, dass sie in einem späteren Durchgang nicht versenkt werden, wenn sie sich zuvor schon freiwillig gemeldet hatten und ausgewählt wurden. Als ob sich Raphael austricksen ließe. Als ob an dieser verdammten Akademie jemals etwas so vorhersehbar wäre.

Willkürlich wählt er drei Personen aus, darunter auch Lea, und ordnet sie in einem leichten Halbkreis um Alina, die von Carolin und Leonard flankiert wird. Anschließend gibt er den Befehl zum Loslaufen.

Unbehaglich schaue ich zu, wie meine Mitschülerin im See verschwindet. Natürlich schafft es keiner, sich aus der Kontrolle seines jeweiligen Leaders zu lösen. Insbesondere Lea sieht eher aus, als würde sie selbst in Kürze zum Fall für den Notarzt werden. So nahe bei ihrem Schwarm wäre sie nicht einmal in der Lage, eine simple Rechenaufgabe zu lösen, geschweige denn eine Fokussierung auszuhebeln.

Nach einer knappen Minute durchbricht Alina prustend die Oberfläche. Das unfreiwillige Bad hat sie völlig verstört, doch Raphael gönnt uns keinen Moment der Ruhe. Viel zu früh wählt er das Opfer für die nächste Runde aus. Der Junge, auf den die Entscheidung fällt, wird leichenblass und schüttelt wild den Kopf. »Nein!

Das geht nicht! Ich hatte mich im ersten Durchgang als Freiwilliger angeboten!«

»Und?«, entgegnet Raphael nüchtern und ignoriert das weitere Gestammel des Schülers. Stattdessen gibt er Leonard die Anweisung, ihm die tropfende Synthetikweste anzulegen, und fragt erneut nach Freiwilligen. Diesmal ist der Andrang weniger groß, denn meine Mitschüler haben begriffen, dass sie es mit einer fast unlösbaren Aufgabe zu tun haben. Keiner der Leader will Schwäche zeigen. Möglicherweise stehen sie unter ähnlichem Druck wie wir.

Ich schaffe es, der Stimme zu widerstehen, die in meinem Kopf »Greif ein und rette sie alle!« schreit. Sowohl in dieser als auch in der folgenden Runde. Dann geschieht etwas, das mich völlig aus der Bahn wirft. Raphael hat gerade Schnepfie für den letzten Durchgang benannt, da meldet sich Valentin zu Wort. »Warte mal.«

Raphael dreht sich irritiert um und zieht fragend eine Augenbraue hoch.

»Elena hatte bereits am Dienstag während der Zweikämpfe die Gelegenheit, sich zu beweisen. Du solltest diese Chance einem anderen Schüler geben.« Schnepfie schenkt Valentin ein hingerissenes Strahlen, aber er spricht unbeeindruckt weiter. »Wie wäre es mit Dorian? Wähle ihn.«

Raphael zögert für einen Moment, nickt dann jedoch gleichgültig. »Meinetwegen. Dorian also.«

Schlagartig wird mir eiskalt. Der Herzschlag dröhnt in meinen Ohren. Bisher lief alles so gut. Musste jetzt kurz vor Ende nicht nur einer meiner Freunde ausgesucht werden, sondern ausgerechnet derjenige, der panische Angst vor tiefen Gewässern hat? Elena hatte bereits die Gelegenheit, sich zu beweisen? Na klar. Sie ist am Dienstag noch vor dem Viertelfinale gegen mich ausgeschieden. Valentin ist ein solcher Scheißkerl.

Schnell prüfe ich, wie Dorian die Entscheidung aufnimmt. Er hat die Lippen aufeinandergepresst und nickt mir mit einem verkrampften Grinsen zu. Damit will er wohl signalisieren, dass alles okay ist. Da seine Grimasse eher einem Zähnefletschen gleicht, erreicht sie das Gegenteil. Ich beiße mir auf die Zunge. Nein. Keine Gefühlsregungen. Die bringen mich nur in Schwierigkeiten. Wieder mal.

Kritisch beäuge ich Raphael, der geduldig darauf wartet, dass Dorian seine Position einnimmt. Mit Sicherheit hat Valentin diese Gemeinheit geplant. Das war kein Zufall. Natürlich weiß er genau, bei welchem Schüler das Bad im See eine besonders grausame Wirkung erzielen würde. *Alle* wissen es. Immerhin ist dank Levander der ganze Jahrgang über Dorians Phobie informiert. Kann das Schicksal so ungerecht sein? Immer ist Dorian um das Wohlergehen anderer besorgt, nimmt Anteil und stellt seine eigenen Belange in den Hintergrund. Das hat er nicht verdient! Auf keinen Fall werde ich tatenlos zusehen, wie mein bester Freund und gleichzeitig mein einziger Vertrauter an der Akademie durch die Hölle geht. Ein Blick auf Dorian, dessen Gesicht mittlerweile aschfahl geworden ist, bestärkt mich in meinem Entschluss.

Als Raphael nach den Freiwilligen für die letzte Runde fragt, gebe ich zügig einen leichten Impuls an meine Mitschüler aus.

Rührt euch nicht.

Anschließend gehe ich einen Schritt nach vorne und hebe die Hand. Raphael starrt mich so entsetzt an, dass ich unwillkürlich zusammenzucke. Sekundenbruchteile später hat er seine Züge wieder unter Kontrolle. Was ist nur los mit ihm? Er wirkt fast, als habe er Angst vor mir. Trotzdem bleibt ihm nichts anderes übrig, als mich anzunehmen.

Schnell löse ich den mentalen Zwang, woraufhin sich einige Schüler bereit erklären, sodass er zwei weitere Freiwillige aussuchen kann. Beiläufig stelle ich fest, dass sich auch Norwin unter den Meldungen befand, selbst wenn er nicht die Gelegenheit erhielt, Dorian zu helfen.

Erst als mich Raphael mit einem Nicken auffordert, vor ihn zu treten, bemerke ich meinen Fehler. Der erste Freiwillige befand sich in allen vorigen Runden an der Position ganz links. Durch meine Kurzschlussreaktion habe ich dafür gesorgt, dass Raphael derjenige ist, der meine mentale Kontrolle durchführen wird. Ich Idiotin! Wenn ich mir zum Nachdenken nur eine Sekunde Zeit genommen hätte, wäre mir das garantiert aufgefallen. Wieso habe ich nicht auf Daniel gewartet? Ihm ist bereits im ersten Durchgang ein Schüler kurzzeitig entglitten. Aber nein, ich muss mich natürlich ausgerechnet dem Leader aufdrängen, der sowieso schon misstrauisch ist. Und dessen Bruder … nun gut. Besser als Valentin.

Während ich darauf warte, dass Raphael das Zeichen zum Start gibt, spüre ich seine Präsenz hinter mir. Sein warmer Atem streift zart meinen Hals. Kurzzeitig werde ich von dem sanften Kribbeln abgelenkt, das diese Berührung in mir entfacht. Ich schnappe verstohlen nach Luft. Das gibt's doch nicht!

Nur weil sich seine Nähe bekannt anfühlt, werde ich ihm sicher nicht willenlos zu Füßen sinken! Wie kann es sein, dass sich zwei Auren derart gleichen, selbst wenn es sich um Zwillinge handelt? Habe ich nichts aus dem Desaster mit Jan gelernt, dass mich sein dämlicher Bruder jetzt so aus dem Konzept bringen kann? Das ist echt peinlich.

Von meinen Selbstvorwürfen in Beschlag genommen, bemerke ich erst mit einigen Sekunden Verspätung, dass die letzte Runde bereits begonnen hat. Schnell horche ich in mich hinein und fühle deutlich Raphaels Fokussierung, die mich dazu auffordert, stehen zu bleiben. Trotzdem erkenne ich umgehend, dass es sich um eine Manipulation handelt. Mühelos errichte ich die Mauer in meinem Bewusstsein, um den Impuls auszusperren. Das tägliche Training an der Akademie hat mich definitiv stärker gemacht.

Dorian steht mittlerweile mit den Füßen im Wasser. Die nassen Schuhe kann ich ihm leider nicht ersparen. Alles Weitere jedoch schon. Bevor er sich tiefer in den See bewegen kann, laufe ich ihm mit weit ausgreifenden Schritten hinterher und ignoriere dabei Raphaels leises Aufstöhnen. Wenige Momente später habe ich Dorian erreicht und an der Schulter zu mir umgedreht. In seinem Gesicht spiegelt sich nackte Panik, bis er erkennt, dass ich die mentale Kontrolle gebrochen habe. Höchstwahrscheinlich auf meine Kosten, aber das ist mir gerade völlig gleichgültig. Wichtig ist nur das dankbare Lächeln, das er mir schenkt und das ich, ohne zu zögern, erwidere.

Erst als wir uns zu den anderen umwenden, kommt mir der Gedanke, dass es sinnvoll gewesen wäre, zumindest eine gewisse Anstrengung vorzutäuschen, statt einfach loszumarschieren. Alternativ hätte ich einem anderen Schüler die Stärke verleihen können, um Dorian aufzuhalten. Diese Einsicht kommt viel zu spät. Keine Ausreden mehr. Es gibt nur *eine* schlüssige Erklärung, weshalb sich ein Erstsemester derart problemlos gegen einen Leader behaupten kann. Sobald bei irgendjemandem der Groschen fällt, bin ich geliefert. Innerhalb der nächsten Sekunden wird jemand die Formerprobe fordern.

Resigniert suche ich Raphaels Blick, denn ich rechne damit, dass er derjenige sein wird, der es laut ausspricht. Er schaut mir ernst in die Augen und wendet sich den anderen Leadern zu.

Alle starren uns an und warten auf seine Stellungnahme.

»Mein Fehler«, sagt er und senkt den Kopf. »Ich habe die Fokussierung verpatzt.«

Valentin schaut nachdenklich in meine Richtung, dann fixiert er Raphael und hebt ungläubig die Brauen. »Du hast *was*?«, fragt er belustigt, während der gesamte Jahrgang atemlos dem Gespräch lauscht.

»Ich war für einen Moment unkonzentriert. Den hat sie wohl ausgenutzt, um die Kontrolle abzuschütteln«, erklärt Raphael und greift sich mit der Hand in den Nacken.

In diesem Moment erinnert er mich so sehr an Jan, dass es geradezu schmerzt, diese vertraute Geste zu sehen.

»Das ist nicht dein Ernst«, stellt Valentin lapidar fest und mustert mich prüfend. »Schon wieder Gwendolin«, murmelt er gedankenverloren. Raphael hebt nur schweigend die Schultern.

Während Elric an der Stelle seines Favoriten den Unterricht für beendet erklärt und die anderen Schüler unter lauten Diskussionen ihre Sachen zusammenraffen, legt mir Dorian den Arm um die Schultern und führt mich zur Akademie zurück. Langsam dämmert mir, was gerade geschehen ist. Raphael hat die Schuld auf sich genommen, um mich zu schützen.

19 : aufgestiegen

Im Verlauf der folgenden zwei Tage kreisen meine Gedanken größtenteils um die beiden Leader. Ohne Raphael wäre mein Versteckspiel an der Akademie mit Sicherheit zu Ende gewesen.

Weshalb hat er für mich gelogen? Oder fehlte es ihm tatsächlich an Konzentration? Genau im passenden Moment? Sehr unwahrscheinlich. Valentin hat ihm seine Erklärung ebenfalls nicht abgenommen. Sein forschender Blick, kurz bevor der Unterricht beendet wurde, lässt mich noch immer frösteln. Er hat Verdacht geschöpft. Ich kann nur hoffen, nicht in seinem Team zu landen, sonst ist es lediglich eine Frage der Zeit, bis er mein Geheimnis aufdeckt. Aber welcher der anderen Leader sollte mich wählen? Die beiden Sportfanatiker Daniel und Carolin mit Sicherheit nicht. Bei Leonard stehen meine Aussichten nicht schlecht, immerhin habe ich in seiner Stunde das Halbfinale erreicht – bevor ich Valentin geküsst habe. Okay, möglicherweise will mich Leonard doch nicht. Ich habe keine Ahnung, worauf ich hoffen kann.

Kurz vor der Offenlegung am Sonntagabend brüten Dorian und ich gemeinsam über den Aufzeichnungen zur Realitätsformung, die er demonstrativ auf der Tischplatte platziert hat. Zum ersten Mal seit dem Vorfall am See bietet sich die Chance für ein ungestörtes Gespräch.

Er zeigt mit dem Finger auf einen Absatz und beugt sich dicht zu mir. »Gwenni. Ich hatte noch keine Gelegenheit, mich zu bedanken«, flüstert er in mein Ohr. »Du ahnst nicht, vor welchem Albtraum du mich gerettet hast.«

»Gern geschehen«, gebe ich ebenso leise zurück. »Auch wenn ich nach wie vor nicht verstehe, warum Raphael diese Geschichte von seinem Versagen erzählt hat. Er hätte mich erledigen können. Das wäre die perfekte Vorlage für die Forderung nach der Formerprobe gewesen. Stattdessen nimmt er eine Blamage vor dem ganzen Jahrgang samt Leadern in Kauf.«

Dorian schnaubt zustimmend. »Ich dachte mir schon, dass es dir aus eigener Kraft gelungen ist. Aber er war überzeugend. Ich denke, die anderen haben es ihm abgenommen. Wobei ich bei Valentin nicht ganz sicher bin …«

»Meinst du, Raphael weiß etwas von Elias?«, frage ich mit kaum vernehmbarer Stimme.

Dorian schüttelt den Kopf. »Das denke ich nicht. Wieso sollte er dich schützen? In dem Fall hätte er erst recht Grund dazu, dich ans Messer zu liefern.«

Ich zucke aufgrund seiner unglücklichen Wortwahl zusammen, und Dorian legt mir beruhigend die Hand auf den Arm. »Entschuldige. So war das nicht gemeint. Mir ist klar, dass du keine Wahl hattest«, versichert er, während ich langsam nicke.

»Wie auch immer. Ich verstehe es nicht, und das macht mich verrückt.«

»Vielleicht ist Raphael gar kein übler Kerl«, überlegt Dorian. »Im Gegensatz zu den anderen Leadern wirkt er ziemlich nett. Die Geschichte in der Nacht von Emilys Flucht lässt ihn definitiv in besserem Licht erscheinen. Ich wäre froh, wenn ich es in sein Team schaffen würde.«

»Mag sein«, knurre ich. »Auf jeden Fall bin ich ihm bereits zum zweiten Mal etwas schuldig, und das gefällt mir überhaupt nicht.«

Im Verlauf der nächsten halben Stunde trinken wir mehrere Tassen Kaffee. Außerdem ergreife ich die Gelegenheit, von den Peilsendern zu berichten, die uns untergeschoben wurden. Dorian reagiert mit bemühter Gelassenheit, doch ich erkenne Sorge und Resignation in seinen Augen.

Kurz vor halb sieben trudeln die anderen Schüler ein, sodass unser Tisch plötzlich das Zentrum munterer Gespräche ist. Obwohl es bereits zwei Tage her ist, berichtet Lea immer wieder von dem *spektakulären* Moment, als sie direkt vor Raphael stehen durfte – und das unglaubliche vier Minuten lang.

Exakt um 18:30 Uhr öffnet sich die Tür. Ich hebe den Kopf und zucke zusammen. Mit Levander und den Ausbildern war zu rechnen, doch hinter ihnen betreten die fünf Leader den Raum. Was hat das zu bedeuten? Dürfen sie heute offiziell bei der Offenlegung zuschauen? Ich verziehe kurz die Lippen. Garantiert haben sie das sowieso schon in den vergangenen Wochen ohne unser Wissen getan.

Schnell stehe ich auf, um meine beiden roten Bänder an Constantin und Vincent zurückzugeben. Hoffentlich werde ich nicht direkt wieder belastet. Der Schreck der letzten Woche sitzt mir noch in den Knochen. Die fehlende negative Kennzeichnung an meinem Oberarm sorgt dafür, dass ich mich viel unbeschwerter fühle. Es ist, als hätte man mir schweren Ballast von den Schultern genommen. Erleichtert kehre ich zu meinem Platz zurück. Ich hätte nicht erwartet, dass mich zwei blöde Stoffbänder derart zermürben können.

»Schüler«, beginnt Levander, nachdem sich das Erstaunen über das unverhoffte Auftauchen der Leader gelegt hat. »Der Unterricht der vergangenen Woche hat sich von Ihrer bisherigen Zeit an der Schule deutlich unterschieden. Sie haben die Leader Ihres Jahrgangs kennengelernt. Jeder Einzelne von ihnen gehört zu den begabtesten Formern der Akademie und erhielt eine gesonderte Ausbildung, die ihm das Letzte abverlangte und sowohl seine Gabe selbst als auch den Umgang damit in hohem Maße stärkte.«

Die Leader lauschen Levanders Lobrede, ohne eine Miene zu verziehen. Sie wirken völlig unbeeindruckt, ganz im Gegensatz zu Lea, die mit leuchtenden Augen einen gewissen schwarzhaarigen Typ anhimmelt.

»Fünf Tage lang hatten die Leader Zeit, Ihre Bemühungen zu prüfen und sich von Ihren Fähigkeiten zu überzeugen. Daher kommt ihnen in dieser letzten Offenlegung die Ehre zu, Erwählte und Belastete zu benennen und dadurch zu signalisieren, wie sie die einzelnen Schüler einschätzen. Diese Bewertung setzt Prioritäten für die Wahl. Ich selbst werde Ihren Jahrgang wiedersehen, wenn Sie in zwei Wochen von der Teamphase zurückkehren. Dann werde ich gemeinsam mit Leadern und Ausbildern über Ihren Erfolg oder Ihr Versagen befinden.«

In zwei Wochen? Unwillkürlich lassen mich seine Worte aufatmen. Er selbst wird nicht anwesend sein! Das mindert ein wenig den Druck, der auf mir lastet. Trotzdem beunruhigt mich der Gedanke an den kommenden Dienstag. Man wird uns einem Team zuteilen, und ich habe nicht die geringste Ahnung, auf welchen Leader ich hoffen soll. Nun gut. Jetzt ist es ohnehin zu spät, um etwas zu ändern.

»Beginnen wir mit der Ehrung der Besten der vergangenen Woche«, reißt mich Levander aus meinen Gedanken und nickt den Leadern zu, die sich neben ihm aufgestellt haben.

Carolin hat als Erste das Wort und benennt, ohne zu zögern, Selina, die sich wiederholt durch perfekte Körperbeherrschung ausgezeichnet hat.

Raphael ist der nächste Leader, der vortritt. Seine Präsenz macht mich so nervös, dass ich krampfhaft meine schwarzen Turnschuhe fixiere.

»Ich nominiere eine Schülerin, die sich durch Loyalität und Willensstärke auszeichnet«, legt er mit leicht rauer Stimme dar. »In meiner Stunde am vergangenen Freitag hat sie sich freiwillig gemeldet, um einen Freund vor seiner größten Angst zu bewahren. Ihre Motivation, ihm beizustehen, war dermaßen stark, dass sie einen Moment fehlender Konzentration nutzen und sich aus meiner mentalen Kontrolle lösen konnte. Besonders hinsichtlich der kommenden Phase ist Teamgeist eine wesentliche Kompetenz, die hier eindrucksvoll unter Beweis gestellt wurde.« Raphaels helle Augen treffen meine, und mir läuft unwillkürlich ein Schauer über den Rücken. »Meine Wahl fällt auf Gwendolin.«

Fassungslos stolpere ich nach vorne, empfange das grüne Band und nehme meinen Platz an Raphaels Seite ein. Durch diese Entscheidung signalisiert er, dass er mich in seinem Team haben möchte. Wie passt das zu dem finsteren Starren, das er in meiner Gegenwart anscheinend perfektioniert hat?

Nur am Rande nehme ich wahr, dass Tobias von Daniel nominiert wird, wobei sein Talent mit dem Umgang der Gabe sowie sein Sieg in der Dienstagsstunde besonders herausgestellt werden.

Danach ist Leonard an der Reihe. Er hat die Hände in den Taschen vergraben, und seine Augen zucken unstet über die Menge der Anwesenden. Stockend erwählt er Schnepfie, wirkt jedoch derart unsicher und peinlich berührt, dass ihn sowohl die Schüler als auch die anderen Leader überrascht anblicken.

Lediglich Elena selbst stellt sich neben Leonard und schlingt mit einem zufriedenen Lächeln das grüne Band um ihren Oberarm.

Valentin, der den bisherigen Verlauf mit undurchdringlicher Miene beobachtet hat, verschränkt auffordernd die Arme. Die knappe Geste bringt das irritierte Flüstern unverzüglich zum Schweigen.

»Tadelloses Verhalten in Stresssituationen ist die Voraussetzung für eine erfolgreiche Formerausbildung«, leitet er ein. »In meiner Stunde hat eine Schülerin durch Geistesgegenwart und Intelligenz die erzeugte Gefahrensituation entschärft – mit einer untypischen, aber wirkungsvollen Methode. Die Akademie schätzt Weitblick und schnelles Handeln. Ich erwähle ebenfalls Gwendolin.«

Bereits während seines Plädoyers hat sich mein Puls ungefähr auf das Doppelte erhöht. In dem Moment, als mein Name zum zweiten Mal in dieser Offenlegung fällt, bin ich sicher, gleich einem Herzinfarkt zu erliegen.

Völlig perplex schlinge ich die zweite farbige Kennzeichnung um meinen Oberarm. Vielleicht hat Lea doch recht, und ich habe Valentin mit dem Kuss auf meine Seite gezogen. Hastig unterdrücke ich ein sarkastisches Grinsen. Spaß beiseite. Schluss mit dem Galgenhumor. Soweit ich weiß, wurde noch kein Schüler doppelt grün nominiert. Was die Diskretion angeht, habe ich echt Mist gebaut. Genauso gut könnte ich mir ein Schild mit Leuchtreklame umhängen, auf dem »Achtung! Verdächtig!« steht. Wobei, das wäre unauffälliger gewesen.

»Nachdem die Ehrungen vorgenommen wurden, kommen wir nun zu den Belastungen«, verkündet Levander.

Schlagartig kehrt angstvolle Stille ein, während Carolin ihren Zopf mit einer beiläufigen Bewegung über die Schulter wirft. Mitleidlos kritisiert sie Nathalies Geschwätzigkeit, die von den wesentlichen Aspekten des Akademielebens ablenken und die Konzentration gefährden würde. Schnepfies beste Freundin wird bleich und schleicht nach vorne, um das rote Band in Empfang zu nehmen.

»Raphael?«, fordert Levander kurz angebunden.

Der Leader nickt unbeeindruckt und belastet Leon für dessen Unart, sich auf Kosten anderer in besseres Licht zu rücken.

Erstaunt lausche ich Raphaels Plädoyer. Ich hätte nicht damit gerechnet, dass die Leader auf solches Verhalten achten.

Leon ächzt verärgert, presst die Zähne aufeinander und stapft nach vorne. Ich muss mit Mühe ein Grinsen unterdrücken. Erfreulich, dass Raphael die Spielchen durchschaut, die im Hintergrund laufen. Nur schade, dass er nicht Henry erwischt hat. Der hätte eine Nominierung für Psychoterror verdient.

Missmutig konzentriere ich mich auf Daniel, der die nächste Belastung vornimmt. Noch bevor er zu sprechen beginnt, taxiert er Lea, die angesichts seines angewiderten Ausdrucks leichenblass wird. »Ich wähle eine Schülerin, die starke Defizite aufweist«, äußert er schroff. »Ihr fehlt es an mentaler Stärke. Das zeigte sich deutlich, als sie es nicht schaffte, in meiner Stunde am Montag einem leichten Impuls zu widerstehen. Zusätzlich scheint sie auch im Bereich der Aurenfokussierung unterdurchschnittlich zu sein. Der Treffer, den sie im Verlauf von Carolins Stunde erzielte, kann nur Glück gewesen sein. Ihr Angriff war unüberlegt und ziellos. Ein starker Geist und Talent im Umgang mit der Gabe sind Kompetenzen, die an der Akademie notwendig sind und dieser Schülerin fehlen. Ich belaste Lea.«

Meine Freundin beißt sich auf die Lippen und nimmt das rote Band entgegen. Ihre Finger zittern. Ich werde von einer Welle des Mitleids überspült. Auch wenn Lea vielleicht nicht die stärkste Formerin des Jahrgangs ist, hat sie eine solche Demütigung nicht verdient. Was hat sie getan, um Daniel derart gegen sich aufzubringen? Liegt es tatsächlich nur daran, dass sie die erste Schülerin war, die ihm negativ auffiel? Oder gibt es andere Gründe? Hat er möglicherweise doch gehört, dass sie ihn in seiner ersten Stunde als Kampfzwerg bezeichnet hat? Zumindest wäre das eine Erklärung für seine Abneigung.

Innerlich brodelnd verfolge ich, wie Valentin Nils ein rotes Band verleiht, weil dieser am Abend nach der VISS-Stunde eine Schlägerei angezettelt hat, wobei auch diverses Schuleigentum in Mitleidenschaft gezogen wurde. Dass Henry der Auslöser war, der Nils mit hämischen Anspielungen bis zum Äußersten trieb, wird nicht erwähnt.

Ob dieser Zusammenhang dem blonden Leader tatsächlich entgangen ist? Unwahrscheinlich. Ich könnte mir gut vorstellen, dass er Henrys Gerissenheit schätzt. Der scheint echt mit allem durchzukommen.

Niedergeschlagen wende ich meine Aufmerksamkeit Leonard zu, der die letzte Belastung des heutigen Abends vornimmt.

Seine Anklage, in der er Lara fehlende Intelligenz und Weitsicht vorwirft, erfolgt im Gegensatz zu seinem Gestammel bei der Verleihung des grünen Bandes wortgewandt und flüssig.

Levander hat das Geschehen interessiert beobachtet.

»Leon, Nathalie, Lea, Nils und Lara«, fasst er zusammen, während er die Rotbänder nachdenklich mustert. »Sie haben eine überzeugende Wahl getroffen«, wendet er sich anerkennend an die Leader. »Die Diffamierung von Mitschülern sowie der Mangel an mentaler Kraft sind valide Gründe. Ebenso Jähzorn und das Fehlen von Intelligenz. Aber das größte Risiko für die Akademie stellt übermäßige Geschwätzigkeit gepaart mit Sensationsgier dar. An der Akademie sollten die eigenen Belange im Vordergrund stehen, nicht Klatsch, Tratsch oder haltlose Gerüchte. Nathalie, Sie werden die Offenlegung absolvieren.«

Während wir anderen zu unseren Plätzen zurückkehren, durchflutet mich immense Erleichterung. Ich hatte halb damit gerechnet, dass nach Dorians und meiner Bloßstellung auch diese Woche ein Mitglied unserer Clique für die Offenlegung ausgewählt werden würde. Umso mehr freue ich mich, dass Leas Geheimnisse unausgesprochen bleiben. Mit gemischten Gefühlen beobachte ich Nathalie, die wiederum Levander ängstlich beäugt.

Nachdem Ruhe eingekehrt ist, setzt der Akademieleiter ein unechtes Lächeln auf. »Die heutige Offenlegung nimmt einen besonderen Stellenwert ein, denn es wird die letzte sein, die Ihr Jahrgang durchläuft. Sie glauben, Sie wüssten, was Sie jetzt erwartet?«, fragt er scheinheilig, woraufhin Nathalie unglücklich nickt.

»Sie täuschen sich«, eröffnet er kühl. »Der heutige Befehl wird sich von den bisherigen unterscheiden. Durch Ihre Kommunikationsfähigkeit wird die Offenlegung äußerst aufschlussreich verlaufen.«

Nathalie lauscht Levanders Ansprache mit schlecht verborgener Panik. Sie hat die Schultern hochgezogen, und ihre Brust hebt und senkt sich in schnellem Tempo.

»Nathalie«, beginnt Levander und macht eine kurze Pause, die sich in meiner Wahrnehmung bis ins Unermessliche dehnt. Er sieht zu Ravin und wartet dessen Einverständnis ab. »Enthüllen Sie eine Information über einen Schüler dieses Jahrgangs, die niemand hier wissen soll.«

Ein kollektives Stöhnen geht durch den Saal. Eben noch von Erleichterung erfüllt, sind sich nun alle bewusst, dass es jeden treffen kann. Besonders schockiert wirkt Schnepfie – Elena. Kein Wunder. Sie ist Nathalies beste Freundin und somit ihre bevorzugte Gesprächspartnerin. Verwundert stelle ich fest, dass auch Leonard so blass wie die hinter ihm liegende Wand geworden ist. Interessant. Was könnte der Leader verbergen? Und weshalb weiß Nathalie davon?

Gespannt beuge ich mich nach vorne, als Nathalie zögerlich zu einer Antwort ansetzt. »Elena hat mit Leonard geschlafen.«

Totenstille. Ungläubig mustern die Schüler abwechselnd Elena, die knallrot angelaufen ist, und Leonard, der beschämt zu Boden schaut.

»Scheint ja recht befriedigend gewesen zu sein, wenn er ihr dafür ein grünes Band verleiht«, sagt Valentin in das Schweigen hinein, ohne dabei eine Miene zu verziehen.

Schlagartig löst sich die Anspannung. Rings um mich herum höre ich unterdrücktes Prusten. Alle amüsieren sich über Valentins trockenen Kommentar, aber keiner traut sich in Anwesenheit Levanders, seine Belustigung offen zu zeigen.

Der Akademieleiter selbst fixiert mit gerunzelter Stirn den bloßgestellten Leader, der mühsam versucht, sich seine Verlegenheit nicht anmerken zu lassen. Erfolglos.

»Klären Sie uns auf«, fordert er von Nathalie. Seine Zweideutigkeit hat einen erneuten Heiterkeitsausbruch zur Folge, den Levander mit einem Zischen abrupt stoppt.

Nathalie enthüllt bereitwillig die Pläne ihrer Freundin. Nachdem Valentin offensichtlich kein Interesse zeigte, verführte sie nach der Stunde am See Leonard, um ihren Stand an der Akademie zu verbessern.

»Die beiden nutzten wohl die Zeit, in der wir anderen uns auf dem Rückweg zur Akademie befanden«, schließt Nathalie. »Lange hat es sowieso nicht gedauert. Aber Elena meinte, dafür dass es sein erstes Mal gewesen sei, hätte er sich ganz ordentlich geschlagen.«

Im selben Moment ist es um die Selbstbeherrschung der Schülerschaft geschehen. Minutenlang bebt der Saal vor Gelächter. Neugierig prüfe ich die Reaktion der Leader. In ihren Augen glitzert schlecht verborgene Erheiterung, auch wenn sie sich darum bemühen, keine Miene zu verziehen.

Ganz im Gegensatz zu Levander, der gereizt darauf wartet, dass sich die Menge beruhigt. »Leonard«, kritisiert er schneidend. »Ihr Verhalten ist äußerst unprofessionell. Sie sind offenbar nicht in der Lage, eine neutrale Entscheidung zu treffen. Ich entziehe Ihnen das Privileg, einen Schüler zu erwählen.«

Der dunkelhaarige Leader senkt den Kopf noch weiter. »Und Sie«, fährt Levander in Schnepfies Richtung gewandt fort, »sollten sich überlegen, ob Sie es nötig haben, fehlendes Talent durch das Darbieten Ihres Körpers auszugleichen.« Elena nickt schuldbewusst und händigt Levander die grüne Kennzeichnung aus.

Zuletzt wendet er sich an Nathalie. »Ich hoffe, diese Erfahrung war heilsam für Sie und wird Sie in Zukunft motivieren, Ihre Klatschsucht zu unterdrücken.«

Nathalie bejaht stumm und kehrt gemeinsam mit Elena zu ihrem Platz zurück, die sie mit eisigem Schweigen straft.

Levanders missbilligende Worte zerstören innerhalb von Sekunden die kurzzeitig fast ausgelassene Stimmung. Eingeschüchtert sitzen wir an unseren Tischen und hoffen darauf, keine weitere Maßregelung zu provozieren.

Wenige Minuten später hat der Akademieleiter samt Ausbildern und Leadern den Raum verlassen, sodass wir uns aufatmend dem Abendessen widmen können.

Gedankenverloren betrachte ich Leas rotes Band. Sie gehört zu den Schwächsten des Jahrgangs. Vermutlich wird sie kein Leader freiwillig in seinem Team haben wollen. Offenbar ist ihr das ebenfalls bewusst, denn sie blickt verzweifelt auf ihre Finger. Ihre Augen haben das lebhafte Funkeln verloren.

Ich beuge mich zu ihr und lege beide Hände auf ihre Schultern, wobei ich das leise Knistern unserer Auren ignoriere. »Lea. Ich werde nicht zulassen, dass sie dich fertigmachen. Das verspreche ich dir«, flüstere ich ihr zu, wofür sie mir ein schwaches Lächeln schenkt.

Nachdem wir uns leidlich von der Offenlegung erholt und das *romantische Abenteuer* von Schnepfie und Leonard gebührend diskutiert haben, begeben wir uns zur Essensausgabe und sitzen wenig später mit gefüllten Tellern am Tisch.

Finn deutet mit seiner Gabel auf meinen Oberarm. »So krass!«, nuschelt er. »Eine Doppelnominierung!«

Norwin verzehrt den letzten Löffel Nudelsuppe und lehnt sich zurück. »Ich verstehe nicht, warum du so perplex bist«, sagt er grinsend. »Überleg mal, was Gwen in dieser Woche alles gezeigt hat. Zuerst die beeindruckende Nummer mit dem Elektroschocker. Dann ihre besonnene Reaktion in Valentins VISS-Stunde. Ich vermute, diese hat den größten Eindruck hinterlassen. Und schließlich schüttelt sie noch spontan Raphaels Gedankenkontrolle ab. Natürlich waren auch andere Schüler sehr gut, aber sie war eben außergewöhnlich. Mich wundert ihre Spitzenposition überhaupt nicht!«

Ich bin Norwin mehr als dankbar, dass er die peinliche Situation in Leonards Unterricht unerwähnt lässt. Trotzdem bewegen wir uns auf heiklem Terrain.

»Der Erfolg vorgestern lag an einem Fokussierungsfehler«, wende ich halbherzig ein, aber Norwin winkt ab.

»Na sicher. Ausgerechnet Elrics Favorit soll sich vertan haben? Der Leader, dessen bemerkenswerter Umgang mit der Gabe bei jeder Gelegenheit hervorgehoben wird?«

»Könnte schon sein«, grübelt Finn. »Immerhin hat er vor wenigen Wochen seinen Bruder verloren. Vielleicht schlägt ihm das aufs Hirn.« Gespielt besorgt dreht er sich ein wenig zur Seite und mustert Lea, die seit der Offenlegung auffällig still ist. »Alles in Ordnung? Wir sprechen gerade über dein Lieblingsthema, und du beteiligst dich gar nicht?« Provozierend wedelt er mit der Hand vor ihrem Gesicht herum.

»Mensch, Finn!«, fahre ich ihn an. »Lass sie doch in Ruhe.«

Stirnrunzelnd blickt er von mir zu Lea und zuckt mit den Schultern. »Keine Ahnung, welches Problem ihr habt. Was ist los? Du bist heute total langweilig.«

Lea steht auf und ergreift ihr Tablett so heftig, dass das Geschirr klirrt. »Wenn du Glück hast, wirst du meine ermüdende Gesellschaft nicht mehr lange ertragen müssen!«, schnappt sie und lässt uns betroffen am Tisch zurück.

»Was war das denn?«, fragt Finn verblüfft und fährt sich durch seine blonden Strähnen.

Dorian verdreht die Augen. »Offenlegung, rotes Band, du taktloser Holzkopf«, erklärt er knapp, woraufhin Finn erbleicht.

»Oh nein. Das hatte ich nach Elenas Sex-Abenteuer total vergessen«, ächzt er entsetzt. »Was soll ich denn jetzt tun?« Er macht Anstalten, aufzustehen.

»Nichts«, antwortet Dorian schroff. »Wenn du ihr auf das Zimmer folgst, machst du noch mehr Schwierigkeiten. Warte bis morgen, und entschuldige dich dann.«

Deprimiert sinkt Finn auf den Stuhl zurück und stochert lustlos in seinem Essen. Kurz darauf verabschiedet er sich mit der Begründung, in der vergangenen Nacht extrem unruhig geschlafen zu haben. Ich bin mir jedoch sicher, dass er Zeit braucht, um mit seinem schlechten Gewissen und der Sorge um Lea klarzukommen.

Nach dem Abendessen sitzen Dorian, Norwin und ich entspannt an unserem Ecktisch. Keiner hat es eilig, in die Einsamkeit seines Zimmers zurückzukehren. Ich nippe an meinem Früchtetee und stelle zufrieden fest, dass es sich um einen der seltenen Momente handelt, in denen ich mich an der Akademie fast wohlfühle.

Die Gemütlichkeit weicht schlagartig, als sich Norwin ein wenig nach vorne beugt und mir in die Augen sieht. »So, Gwen. Jetzt erkläre mir bitte, wie du Raphaels Fokussierung *wirklich* gebrochen hast«, fordert er mich ernst auf. Vor Schreck starre ich ihn mit offenem Mund an und schaue Hilfe suchend zu Dorian.

Norwin folgt meinem Blick und runzelt die Stirn. »Du weißt Bescheid? Hat sie es dir erzählt?«

Dorian hebt abwehrend die Hände. »Ich habe damit nichts zu tun. Ich war das Opfer im See, schon vergessen?«, sagt er schnell und nickt mir ermutigend zu.

Norwin mustert mich streng. »Also?«

In Sekundenbruchteilen treffe ich eine Entscheidung. »Ich konnte den mentalen Befehl ignorieren, weil ich stärker bin als Raphael.«

Norwin akzeptiert diese Offenbarung widerspruchslos. »Das dachte ich mir schon«, eröffnet er ungerührt.

Dorian kann sich ein leichtes Lächeln nicht verkneifen. »Gwenni, du solltest ihm vertrauen. Wir können einen weiteren Verbündeten gut gebrauchen.«

Wir? Wie kann er es wagen, mich dermaßen in die Enge zu treiben? Das ist allein meine Sache!

»Ist deine Menschenkenntnis in Norwins Fall nicht außer Kraft gesetzt?«, attackiere ich ihn angriffslustig. »Oder hast du Angst um eure *Freundschaft*, wenn wir ihn nicht einweihen?«

Dorians Wangen färben sich glühend rot. Im gleichen Moment meldet sich mein schlechtes Gewissen, doch es ist zu spät.

»Nicht halb so viel Angst wie du vor der Entdeckung, was du *wirklich* bist!«, schießt Dorian zurück und hält sich unmittelbar darauf die Hand vor den Mund. »Tut mir leid!«

Norwin verfolgt das Gespräch mit höchst irritiertem Gesichtsausdruck. »Könntet ihr mir erklären, was hier los ist?«, fragt er verwirrt.

Dorian springt hektisch auf. Sein Stuhl knallt hinter ihm an die Wand. »Ganz vergessen! Ich habe noch eine wichtige Hausaufgabe zu erledigen!«, stößt er hervor und stürmt aus dem Raum, während wir ihm entgeistert hinterhersehen.

»Das war ... interessant«, stellt Norwin nach einigen Sekunden peinlicher Stille fest.

Ich nicke und stiere in meine Teetasse. Klar, dass er das so sieht.

»Gwen? Würdest du jetzt mit mir sprechen?«, bittet er und berührt mich leicht am Ellbogen.

Ich atme tief aus. Eigentlich bin ich selbst schuld an der blöden Situation. Ich sollte mir unbedingt ein Pokerface zulegen und nachdenken, bevor ich losrede.

»Okay«, stimme ich zu. »Was willst du wissen?«

»Fangen wir mit etwas Leichtem an. Weshalb ist Dorian abgehauen?«

Diese Frage empfindet er als harmlos? Schon jetzt

bereue ich meine bissige Äußerung zutiefst. Immerhin habe ich versprochen, Dorians Geheimnis für mich zu behalten.

»Können wir den Punkt überspringen? Dazu kann ich mich nicht äußern«, wehre ich ab.

»Gwen. Das ist wichtig für mich«, bittet er eindringlich. Überrascht hebe ich den Kopf, doch er weicht meinem Blick aus.

»Aha?«, frage ich kurz, während sich Norwin verlegen über die Stirn fährt. Er fühlt sich spürbar unwohl.

»Mach es mir nicht so schwer. Die Situation ist kompliziert genug. Zwing mich nicht dazu, es auszusprechen«, murmelt er unglücklich.

»Wieso ist dir das wichtig?«, wage ich einen weiteren Vorstoß. »Was empfindest du für Dorian?«

»Viel zu viel«, antwortet er schlicht und verschränkt die Finger so fest ineinander, dass die Knöchel weiß hervortreten. Obwohl ich äußerlich ruhig bleibe, erfüllt mich insgeheim ehrliche Freude. Ich habe durch meine unbedachte Bemerkung keine Freundschaft zerstört. Im Gegenteil! Er erwidert seine Gefühle!

»Du solltest dich dringend mit ihm darüber unterhalten«, stelle ich fest und bemühe mich um einen neutralen Tonfall.

»Du findest das nicht schlimm?«, erkundigt er sich skeptisch.

»Blödsinn!«, entgegne ich entschieden. »Möglicherweise stehen deine Chancen nicht so schlecht, wie du glaubst. Ihr würdet ein tolles Paar abgeben.«

»Du hast recht.« Norwin fährt mit der Fingerspitze den Rand seiner Tasse nach. »Ich werde schnellstmöglich mit ihm reden. Wer weiß, wie viel Zeit mir dafür bleibt.«

Beunruhigt rutsche ich auf die Stuhlkante. »Wie geht es weiter nach der Wahl? Levander sprach von einer Teamphase?«

Norwin seufzt. »Dienstagnacht wird gepackt. Am Mittwochmorgen brechen wir auf. Wir werden mit unserem Leader für zwei Wochen irgendwo im Wald ausgesetzt und haben nur eine minimale Ausrüstung dabei. Diese Aktion soll dafür sorgen, dass sich die Gruppe kennenlernt. Außerdem stärkt sie angeblich das Gemeinschaftsgefühl. Während dieser Zeit hält der Leader den Unterricht, wobei er gelegentlich durch seinen Ausbilder unterstützt wird.«

Uh. Sollte ich in Valentins Team landen, gäbe es Besuch von Ravin. Wie erstrebenswert. Wobei das immerhin besser wäre, als zwei Wochen lang mit dem eigenartigen Raphael im Wald herumzurennen. Andererseits könnte ich in der Wildnis vielleicht endlich Kontakt zu Elric aufnehmen, ohne dass uns jemand belauscht. In dieser Hinsicht wäre Raphaels Team die sinnvollste Alternative. Kurz muss ich grinsen. Als ob es bei der Wahl irgendeine Rolle spielt, welchen Leader wir bevorzugen.

Während ich verschiedene Zukunftsszenarien überdenke, beobachtet mich Norwin geduldig. Nach längerem Warten räuspert er sich. Ach ja, da war doch was.

»Genug über die Wahl nachgedacht. Reden wir über dich«, fordert er mich auf. Ich erkenne an seinem entschlossenen Ausdruck, dass er nicht eher Ruhe geben wird, bis er alles weiß.

Schweren Herzens werfe ich die letzten Zweifel über Bord und erzähle ihm meine Geschichte, die mit einem Christmas Latte im Pub beginnt und mit einem Kurzhaarschnitt endet. Norwin wirkt zwar überrascht, jedoch lange nicht so fassungslos, wie anzunehmen wäre. Ähnlich wie Dorian hat er sich bereits Gedanken über die Vorgänge um Levander und dessen wahre Beweggründe gemacht. Somit habe ich nach einem langen Monolog und einer weiteren Tasse Tee einen zweiten Vertrauten an der Akademie gefunden. Jetzt brauche ich nur noch einen Plan.

20 : bezwungen

Für den nächsten Morgen habe ich mir fest vorgenommen, mich bei Dorian zu entschuldigen. Eine Chance bietet der Frühsport, sofern ich es schaffe, sein Tempo zu erreichen. Nicht einfach, da Dorian durchgängig in der Spitzengruppe mitläuft.

Ich beiße also die Zähne zusammen, erwarte das Startsignal und galoppiere los. Dabei ignoriere ich die erstaunten Blicke von Lea und Finn in meinem Rücken. Kurz bevor ich die Position neben Dorian einnehmen kann, sehe ich aus den Augenwinkeln Norwins schwarze Haare. Er ist wohl ebenfalls auf die Idee gekommen, das morgendliche Joggen als Gelegenheit zum ungestörten Gespräch zu nutzen. Nur zu gerne gewähre ich ihm den Vortritt. Ich habe sowieso nicht genügend Luft, um sinnvolle Sätze zu artikulieren. Erleichtert lasse ich mich zurückfallen und bewältige die Quälerei in meiner eigenen Geschwindigkeit.

Wenig später schließen Lea und Finn zu mir auf. Meine Freundin scheint sich vom gestrigen Schock halbwegs erholt zu haben.

»Wow, Gwen!« Sie kichert. »Was für eine Eröffnung! Ich dachte schon, du seist über Nacht zu einer Sportskanone mutiert.«

Keuchend winke ich ab. Der kurze Sprint zur Spitze sorgt dafür, dass ich um Atem ringen muss, obwohl wir erst seit wenigen Minuten unterwegs sind. Ich hasse Ausdauertraining aus tiefstem Herzen!

Ungefähr zwei Stunden später habe ich zwar kein Frühstück im Magen, dafür bin ich frisch geduscht.

Noch bevor wir Antheas Saal betreten, zupfe ich Dorian am Ärmel seines T-Shirts. »Ich wollte mich für gestern entschuldigen«, wispere ich. »Das war echt fies. Es tut mir leid.«

»Schon vergessen. Ich war nicht besser. Im Gegenteil. Dein Geheimnis ist deutlich gefährlicher«, gibt er ebenso leise zurück.

»Dann ist zwischen uns wieder alles in Ordnung?«, frage ich hoffnungsvoll und strahle, als er entschieden nickt.

»Hat Norwin schon mit dir –«, setze ich zögerlich an.

»Ja«, entgegnet Dorian knapp, zwinkert mir aber fast unmerklich zu. »Alles geklärt.«

An diesem letzten Tag vor der Wahl konzentriere ich mich einen Großteil meiner Zeit auf Lea. Ich sitze in jedem Unterricht neben ihr, begleite sie zum Essen und lasse sie keine Minute aus den Augen, mit Ausnahme der Nachtruhe. Lea erträgt meinen Beschützerinstinkt mit mühevoller Geduld.

Der Unterricht ist vergleichsweise harmlos. Lediglich Ravin schafft es, uns in Angst und Schrecken zu versetzen. Von den Leadern ist den ganzen Tag über nichts zu sehen. Vermutlich rüsten sie sich für ihren Wettkampf, der die Wahl einleiten und maßgeblich beeinflussen wird. Trotzdem breitet sich zunehmend gereizte Stimmung aus.

Am Dienstagmorgen ist die Atmosphäre dermaßen angespannt, dass sogar die Tischgespräche nur noch in mürrischem Ton stattfinden. Häufig verlaufen Unterhaltungen so aggressiv, dass sich die Gesprächspartner nach wenigen Sekunden anschreien. Die Aufteilung unseres Jahrgangs steht unmittelbar bevor, und die ständig steigende Nervosität schürt das Unbehagen in den Köpfen.

Ich selbst bin ebenfalls beunruhigt. In erster Linie sorge ich mich um Lea, die mit größter Wahrscheinlichkeit als eine der Letzten unerwünscht in einem Team landen und es dadurch sehr schwer haben wird. Aber auch der Gedanke an meine anderen Freunde bereitet mir Bauchschmerzen. Sobald wir uns in den neuen Gruppierungen befinden, habe ich keine Möglichkeit mehr, auf sie aufzupassen.

Beim Mittagessen hat die Anspannung ihren Höhepunkt erreicht. Als mich sogar Finn böse anfährt, weil ich versehentlich an seinen Stuhl gestoßen bin, kann ich mich nicht mehr zurückhalten.

»Leute, die Situation ist katastrophal«, flüstere ich verhalten. »Ihr seid gestresst. Da geht es mir nicht anders. Aber wir sollten bedenken, wer das eigentliche Problem ist. Das sind nicht die Mitschüler, sondern die Psychopathen von der Akademie. Es nutzt überhaupt nichts, wenn wir einander an die Kehle gehen. Zum Schluss werden wir alle von unseren Wunsch-Leadern gewählt, und die ganze Aufregung war umsonst«, füge ich mit einem Grinsen hinzu.

Finn lässt die Schultern sinken. »Du hast recht, Gwen. Tut mir leid.«

Den Rest der Mahlzeit verbringen wir in etwas besserer Stimmung. Dorian lacht sogar einmal laut auf, woraufhin uns von den umliegenden Tischen böse Blicke treffen.

Da am Nachmittag kein regulärer Unterricht stattfindet, können wir zusammen auf den Beginn der Wahl warten. Vermutlich wird dies unsere letzte gemeinsame Zeit sein. Traurig betrachte ich meine Freunde. Obwohl wir uns erst seit zwei Wochen kennen, habe ich ihnen viel zu verdanken, denn die Tage an der Akademie wären ohne sie noch viel schlimmer gewesen. Und nun müssen wir uns höchstwahrscheinlich schon wieder voneinander verabschieden.

Eine Viertelstunde vor Beginn des Ereignisses betreten wir den Innenhof, wo wir uns erstaunt umschauen. Auf der Nordseite wurde eine hölzerne Tribüne, bestehend aus ungefähr sieben ansteigenden Sitzreihen, aufgebaut. Alina, Kira und Luisa haben sich bereits Plätze ganz vorne gesichert, um optimale Sicht auf das Geschehen zu haben.

Schnell durchqueren wir den Wettkampfbereich und setzen uns gleichfalls in die erste Reihe. Alina nimmt mit einem genervten Schnauben zur Kenntnis, dass ich ihre Nachbarin bin, und wirft sich mit einem Schwung das lange Haar über die Schulter.

»Dieser Wettstreit soll total lahm sein«, sagt sie hochnäsig zu Kira, die skeptisch ihren Ausführungen folgt. »Jacob aus dem zweiten Semester hat erzählt, dass es ziemlich harmlos abläuft. Die Leader haben nichts zu verlieren, warum sollten sie sich gegenseitig etwas antun? Es geht lediglich um die Reihenfolge der Teamwahl. Wird wahrscheinlich recht unspektakulär«, erklärt sie gelangweilt.

»Aber es geht um die Ehre des ersten Platzes *und* die Zusammensetzung der Teams!«, ergänzt Luisa beeindruckt, die von der anderen Seite her das Gespräch verfolgt hat. »Außerdem ist dieses Turnier *doch* gefährlich. Immerhin bekämpfen sie sich so lange, bis nur noch einer übrig ist. Wer weiß, ob sie rechtzeitig die Hand heben, um ihr Aufgeben zu signalisieren? Angeblich hat es beim Wettkampf im vorletzten Jahr jemanden übel erwischt.« Schaudernd hebt sie die Schultern. »Ich hoffe sehr, dass sich Raphael für mich entscheidet. Der ist echt niedlich.«

»Raphael wird garantiert *mich* in sein Team holen«, antwortet Alina von oben herab. »Denk mal an Freitag. Er hat mich vor allen anderen ausgewählt, als es um die mentale Kontrolle ging. Und wie er mich immer anschaut. Er zieht mich förmlich mit Blicken aus. Wenn Elena Leonard flachlegt, wieso sollte ich nicht mit Raphael rummachen?«

Ich kann ein genervtes Stöhnen nicht unterdrücken. Die ist ja schlimmer als eine ganze Hühnerschar. Dieses affektierte Grinsen. An Raphaels Stelle hätte ich sie ebenfalls im See versenkt. Trotzdem bin ich äußerst gespannt, selbst wenn es bei diesem Turnier – um es mit Alinas Worten zu sagen – *wahrscheinlich recht unspektakulär* zugeht. Immerhin ist es die erste Gelegenheit, bei der wir die Leader in Aktion sehen. Bisher war es immer umgekehrt, und ich freue mich geradezu auf den Rollentausch. Die Tatsache, dass unmittelbar danach die Wahl stattfindet, versuche ich nach Möglichkeit auszublenden.

Mittlerweile haben sich die Reihen gefüllt und der Hof ist von gedämpften Unterhaltungen durchdrungen.

Um Punkt 17 Uhr erscheinen nicht nur die Ausbilder, sondern das komplette Personal der Akademie. Sämtliche Menschen, die ich in meiner Zeit hier kennengelernt habe, sind anwesend; von der Mensa-Belegschaft bis zum Sicherheitsdienst. Sogar die kompletten Teams des zweiten Semesters nehmen auf der Tribüne Platz. Einzig Levander ist – wie immer unter der Woche – nicht dabei.

Als sich Elric erhebt und auffordernd die Arme verschränkt, verebbt das Getuschel. Alle Köpfe wenden sich ihm zu.

»Erstsemester«, beginnt er. Seine Stimme tönt voll und tragend über den Innenhof. »Wir haben uns versammelt, um den Besten der Leader für euren Jahrgang zu ermitteln und zu ehren. Doch nicht nur das. Auch ihr habt einen wichtigen Meilenstein erreicht. Ihr werdet heute euren Teams zugeordnet, in denen ihr von nun an einen Großteil eurer Zeit verbringen werdet!«

Halbherziger Jubel erklingt aus den Reihen meiner Mitschüler. Ich stimme ein, so gut es geht.

»Jetzt lasst uns sehen, welcher Leader über das größte Talent verfügt und es versteht, seine Gabe sinnvoll und effektiv einzusetzen.«

Erneut ist verhaltener Applaus zu hören. Als Vincent und Constantin eine wuchtige Eisenkiste in die Mitte des Wettkampfbereiches schleppen, wird es schlagartig still. Sie positionieren den Behälter auf einer kleinen Markierung. Bei genauerem Hinsehen bemerke ich, dass er sich genau im Zentrum eines weitläufigen Kreises befindet, der fast den kompletten Innenhof einnimmt. Der Kreidestrich wurde so dünn gezogen, dass er kaum erkennbar ist.

Gleichzeitig betreten die Leader den Bereich und verteilen sich in einem lockeren Halbkreis entlang der Linie. Wie immer sind alle schwarz gekleidet. Valentin hat sich auf die linke Seite gestellt und fixiert die Truhe. Ungefähr sieben Meter entfernt mache ich Daniel aus, der unsicher von einem Fuß auf den anderen tritt. Mein Verdacht der Vorwoche, dass es sich bei ihm um den schwächsten Leader handelt, scheint sich zu bestätigen. Im selben Abstand folgen Leonard und Carolin, die ebenfalls voller Anspannung auf die Kreismitte schauen. Ganz rechts steht Raphael. Er wirkt vollkommen ruhig und in sich gekehrt. Zum ersten Mal traue ich mich, ihn genauer anzuschauen. Er ist wirklich verdammt attraktiv, und sein Anblick sorgt für ein bedenkliches Flattern in meinem Magen. Ich schlucke, als er den Kopf hebt und mir direkt in die Augen schaut. Er sieht Jan zum Verwechseln ähnlich, nur seine Haare sind ein wenig länger. Unwillkürlich erinnere ich mich an unseren ersten richtigen Kuss am offengelegten Bachlauf und das nachfolgende Geständnis. *Ich habe mich in dich verliebt. Ich möchte mit dir zusammen sein.* Damals hatte ich nicht an seinen Worten gezweifelt. Ich merke, wie sich mein Inneres qualvoll zusammenzieht, und senke schnell die Lider. Bevor ich in weiterer Bewunderung versinken kann, kneife ich mir so fest wie möglich in den Unterarm. Beschämt starre ich auf die schmerzhaft pochenden Abdrücke meiner Fingernägel. Hiermit wäre der endgültige Beweis für meine Unzurechnungsfähigkeit erbracht. Wie kann ich mich von jemandem angezogen fühlen, nur weil er aussieht wie sein Zwillingsbruder? Oder vielmehr *obwohl* er aussieht wie sein Zwillingsbruder? Ich bin echt ein Opfer meiner Hormone. Ja, er sieht gut aus, aber habe ich aus der Vergangenheit überhaupt nichts gelernt?

Eilig prüfe ich, ob meine Freunde auf die peinliche Aktion aufmerksam geworden sind, doch sie verfolgen gespannt das Geschehen im Wettkampfbereich. Vincent und Constantin sitzen mittlerweile wieder auf ihren Plätzen bei den anderen Ausbildern. Bedeutungsvoll tritt Elric einen Schritt nach vorne. Mit der rechten Hand ergreift er den großen Gong, der neben ihm an der Wand lehnt, und hebt ihn ohne sichtliche Mühe empor. Der dröhnende Klang des Instruments erfüllt den Innenhof und hallt an den Wänden wider.

Im selben Moment kommt Bewegung in die Leader, die bisher reglos an ihrer Position verharrten. Daniel ist der Erste, der reagiert. Zügig sprintet er zur Mitte des Kreises, dicht gefolgt von Carolin und Valentin. Leonard befindet sich etwas weiter hinten und wirkt unschlüssig. Beunruhigt beobachte ich Raphael, der noch immer gelassen an seinem Platz steht. Sollte er nicht ebenfalls zum Behälter stürmen? Der Inhalt scheint für den Ausgang des Wettkampfes wichtig zu sein.

Währenddessen hat Daniel die Kiste erreicht. Mit einem lauten Knall reißt er den Deckel hoch. Ohne zu zögern, ergreift er ein Katana und entfernt sich wieder vom Zentrum. Kurz bevor sich Valentin ebenfalls ausrüsten kann, versetzt ihm Carolin einen brutalen Stoß mit der Schulter, der ihn taumeln lässt. Die groß gewachsene Frau nutzt die Gelegenheit und zieht zwei Schockstäbe aus der Kiste, deren Berührung Valentin nur durch eine beherzte Rolle ausweichen kann. Knurrend reibt er sich den Oberarm und taxiert Carolin mit wütender Miene. Unterdessen bewegt sich Daniel auf die rechte Seite, wo Raphael nach wie vor untätig wartet. Obwohl es mir egal sein müsste, werde ich langsam nervös. Daniel wird ihn einfach niedermähen, wenn er nicht langsam etwas Aktivität zeigt. Entsetzt verfolge ich, wie sich der braunhaarige Leader weiter nähert, bis er nur eine Schwertlänge entfernt steht. Ruckartig streckt er den Arm aus und geht einen weiteren Schritt auf Raphael zu. Gleich wird er ihm das Ding in die Brust rammen. Ich kann gar nicht hinsehen. Verstört überprüfe ich Raphaels Gesicht auf Hinweise von beginnender Verrücktheit und traue meinen Augen nicht. Er lächelt.

Plötzlich geht alles ganz schnell. Daniel dreht das Katana mit einem Schwung seines Handgelenks und bietet Raphael den Griff an. Dieser ergreift geschickt die Waffe, schnellt nach vorne und hält Daniel am Oberarm fest. Im nächsten Moment setzt er ihm die flache Seite der Klinge an den Hals. Der kleinere Leader scheint seine Situation erst jetzt zu erkennen. Fassungslos schaut er zu Raphael, dann runzelt er die Stirn und hebt unwillig seine rechte Hand auf Kopfhöhe.

Als meine Mitschüler das Zeichen sehen, bricht ein Begeisterungssturm los.

»Er muss ihn mit mentaler Kontrolle zur Aushändigung der Waffe gezwungen haben. Wie raffiniert«, haucht Lea hingerissen.

»Nicht übel«, murmelt Dorian zeitgleich, und sogar Norwin kann ein beeindrucktes Nicken nicht unterdrücken.

Daniel geht langsam an den Rand des Wettkampfbereichs und lehnt sich an die Mauer. Die Beschämung, gleich als Erster ausgeschieden zu sein, ist ihm deutlich anzusehen. Raphael hat ihn elegant außer Gefecht gesetzt, das muss ich widerstrebend anerkennen. Er hat zielsicher den schwächsten Leader ausgewählt und ihn gnadenlos bloßgestellt, indem er ihm gar nicht die Möglichkeit gab, zu kämpfen. Mal sehen, wie er abschneidet, wenn er sich nicht nur auf die Gabe verlassen kann.

Interessiert wende ich meine Aufmerksamkeit wieder dem Geschehen im Zentrum des Kreises zu. Carolin befindet sich nach wie vor neben der Kiste und hat die Schockstäbe kampfbereit erhoben. Valentin und Leonard, beide weiterhin waffenlos, tauschen einen Blick und bewegen sich von beiden Seiten auf die Mitte zu. Carolin weicht einen Schritt zurück. Ihre Augen wandern zwischen den beiden sich ihr unaufhaltsam nähernden Gegnern hin und her. Sie fixiert Valentin und neigt sich leicht in seine Richtung. Ihr Körper ist gespannt wie eine Sprungfeder. Will sie ihn so offensichtlich angreifen? Derart unüberlegt erschien sie mir bisher nicht.

Auf einmal wird mir klar, was sie in Wirklichkeit bezweckt. Durch ihre nachlässige Deckung fordert sie Leonards Naivität im Kampf heraus. Er tappt voll in die Falle. Während Carolins Aufmerksamkeit scheinbar von Valentin gefesselt ist, lässt sich Leonard nach vorne fallen und fasst in die Kiste.

Schlagartig wendet sich Carolin um und berührt ihn mit dem Elektroschocker am Arm. Leonard keucht unterdrückt auf und zuckt zurück, doch sie setzt direkt nach. Erneut wird der Leader von ihrer Waffe getroffen, dieses Mal am Oberschenkel. Als er noch immer nicht sein Aufgeben signalisiert, setzt sie die Spitze des Stabes auf seinen Bauch, woraufhin Leonard schmerzerfüllt aufschreit. Er geht rückwärts zu Boden und hebt dabei die rechte Hand. Sofort lässt Carolin von ihm ab und wendet sich Raphael zu, der geduldig auf den Ausgang des Gefechts gewartet hat. Ist er tatsächlich so fair, dass er eine solche Gelegenheit verstreichen lässt? Er hätte Carolin problemlos außer Gefecht setzen können, als sie mit Leonard beschäftigt war. Stattdessen wartet er, bis sie sich aufgerichtet hat, und nickt ihr kurz zu. Sie erwidert seine Geste mit einem wütenden Stirnrunzeln und geht unmittelbar darauf mit ihren Schockstäben auf ihn los.

Verblüfft beobachte ich, wie Carolin gezielt nach ihm schlägt und immer wieder verfehlt, während er mühelos ausweicht. Seine geschmeidigen und energiegeladenen Bewegungen erinnern eher an eine Choreografie als an einen Kampf. Mit erhobener Waffe umkreist er seine Gegnerin wie ein Raubtier, das mit der Beute spielt. Überraschend macht er einen Ausfallschritt nach vorne, hebelt ihr mit der Schwertspitze den Schockstab aus der rechten Hand und befördert ihn mit einem schnellen Tritt aus ihrer Reichweite. Carolin mustert Raphael hasserfüllt. Bevor sie jedoch zur nächsten Attacke übergehen kann, fährt sie zusammen. Der Stahl einer weiteren Waffe liegt an ihrem Hals. Valentin hat die Chance ergriffen und ein zweites Katana aus der Kiste gezogen, mit dem er jetzt den weiblichen Leader bedroht. Raphael schüttelt ungehalten den Kopf und tritt einen Schritt zurück, aber Carolin hat ihren zweiten Schocker bereits zu Boden fallen lassen und die rechte Hand gehoben.

Erneut ist der Innenhof von Beifall und lautem Gejohle erfüllt, während sich Carolin und Leonard mit verschränkten Armen neben Daniel an die Wand lehnen.

Nun sind lediglich Raphael und Valentin übrig, die einander taxieren. Der letzte Kampf ist eröffnet. Unvermittelt geht Valentin zur Attacke über. Klirrend treffen die Klingen der beiden Schwerter aufeinander. Mit aller Gewalt bedrängt er seinen Rivalen und versucht, dessen Deckung zu durchbrechen. Raphael hingegen wehrt geschickt die Angriffe ab, während Valentin immer offensiver wird. Kein einziges Mal hat Raphael die Waffe zum

Gegenschlag erhoben. Er beschränkt sich ausschließlich aufs Parieren. Warum hält er sich zurück? In seinen Augen erkenne ich widerstrebende Abscheu. Er will gar nicht kämpfen. Wieso gibt er dann nicht auf? Er hat sich genug bewiesen. Der zweite Platz ist wirklich keine Schande. Wenn das so weitergeht, ist es bloß eine Frage der Zeit, bis jemand ernsthaft verletzt wird. Bei Valentins Aggressionspotenzial fürchte ich, dass es Raphael ist.

Parallel zu meinen düsteren Überlegungen geht ein Ruck durch seinen Körper. Offenbar hat er eine Entscheidung getroffen. Er durchbohrt Valentin mit einem stechenden Blick und hebt sein Katana etwas höher. Statt die nächste Attacke nur aufzuhalten, geht er zum Gegenangriff über. Valentins Gesichtsausdruck wechselt von überrascht zu triumphierend. Ein kaltes Lächeln legt sich auf seine Züge, als habe er auf Raphaels Wandlung gewartet.

Der folgende Schlagabtausch ist erbarmungslos. Schon nach kurzer Zeit bluten beide aus kleineren Schnittverletzungen, trotzdem weicht keiner zurück. Die Leader liefern sich einen erbitterten Kampf und bewegen sich mittlerweile derart schnell, dass mir vom Zuschauen fast schlecht wird. Sie sind einander definitiv ebenbürtig. Angesichts ihrer Härte vermute ich, dass die Auseinandersetzung erst ein Ende findet, wenn einer der beiden nicht mehr in der Lage ist, zu kämpfen. Ich hoffe, dass es sich dabei nicht um Raphael handelt.

Irritiert über die plötzlich in mir aufwallende Sorge um den Leader, den ich nicht einmal richtig kenne, mache ich meinem Ärger laut Luft. »Sind die total bescheuert? Warum hören die nicht auf? Erster oder zweiter Platz! Völlig egal! Die erste Wahl! Ruhm und Ehre! Was haben sie davon, wenn sie sich lebensgefährlich verletzen? Männer sind solche Idioten!«

Finn wirft mir einen schrägen Blick zu. »Wieso regst du dich auf? Ist doch schön, wenn sich die Leader zur Abwechslung selbst verprügeln, statt uns zu quälen.«

Gerade will ich zu meiner Verteidigung ansetzen, da beugt sich Dorian zu mir. »Gwen. Das ist nicht dein Ernst«, stellt er entgeistert fest. Was soll das heißen?

Auf mein hilfloses Schulterzucken hin schüttelt er den Kopf. »Die kämpfen da um dich!«

»Was?«, entgegne ich fassungslos.

»Beide haben dich nominiert! Du bist der begabteste Former des Jahrgangs und deutlich stärker als alle anderen Schüler. Ist dir nicht aufgefallen, wie sie dich ansehen? Raphael, als wolle er jeden strangulieren, der dir zu nahe kommt, und Valentin derart besitzergreifend, als sei er schon sicher, dich als Zierde seines Teams einzuheimsen. Seit deiner Vorführung mit den Elektroschockern können beide kaum den Blick von dir lassen.« Gespannt erwartet er meine Reaktion. Als er statt einer Antwort nur perplexes Starren erntet, spricht er gereizt weiter. »Mensch, Gwenni, du bist ansonsten nicht dermaßen schwer von Begriff! Was glaubst du, warum hier ein Kampf auf Leben und Tod stattfindet, obwohl dieses Turnier in der Regel harmlos abläuft?«

Im selben Moment, in dem ich einräumen will, dass Dorian richtigliegen könnte, führt Valentin eine Schlagkombination aus. Raphael pariert umgehend, aber durch eine ungünstige Drehung rutscht seine Klinge ab. Unwillkürlich schreie ich auf, als sich die Spitze von Valentins Katana tief in Raphaels linke Schulter bohrt. Er setzt direkt nach und hebt seine Waffe, um ihn zum Aufgeben zu zwingen. Raphael sieht den Angriff kommen. Er weicht mit einer raschen Bewegung aus und entgeht dadurch Valentins Offensive. Seine Miene verrät, dass er starke Schmerzen leidet. Er hat die Lippen fest aufeinandergepresst, und sein Atem geht in flachen Stößen. Innerhalb kürzester Zeit ist sein Oberkörper blutüberströmt.

Gebannt verfolgt die Schülermenge das Duell. Sogar die Belegschaft der Akademie wirkt geschockt. Nur die Ausbilder sitzen ungerührt auf ihren Plätzen und überwachen stumm das Geschehen.

»Einen solchen Wettkampf hatten wir noch nie!«, quiekt die Frau von der Essensausgabe aufgeregt. »Die bringen sich ja um.«

Genau das befürchte ich auch. Raphaels Gesicht ist mittlerweile leichenblass. Ein leichter Schweißfilm steht auf seiner Stirn. Er hat schon viel zu viel Blut verloren. Obwohl er den linken Arm nutzlos an seine Seite gepresst hat, kämpft er voller Entschlossenheit weiter. Bisher hat er nichts von seiner kraftvollen Eleganz eingebüßt, doch es kann sich nur um Augenblicke handeln, bis seine Reflexe schwächer werden. Valentin erkennt das ebenfalls und dringt mit unbarmherziger Gewalt auf ihn ein.

Ich beiße mir so fest auf die Lippe, dass ich Blut schmecke. Alles in mir sträubt sich, dem Ende des Kampfes tatenlos entgegenzusehen. Widerwillig gestehe ich mir meine Gefühle ein. Ich habe Angst um Raphael. Wie krank ist das denn? Finn hat recht! Wir sollten froh sein, wenn sich die Leader gegenseitig außer Gefecht setzen! Stattdessen wünscht sich jede Faser meines Körpers, ihn außer Gefahr zu wissen. Woher stammt dieses abwegige Bedürfnis? Was macht Raphael mit mir? Seit unserer Begegnung im Wald versuche ich, seine Gegenwart zu ignorieren, doch in meinem Unterbewusstsein war er immer präsent. Irgendetwas an ihm fesselt mich mit unfassbarer Stärke. Wie kann mir das Schicksal eines Unbekannten derart wichtig sein? Ist es mein schlechtes Gewissen, das mich durcheinanderbringt? Will ich Wiedergutmachung leisten für den Mord an seinem Bruder? Völlig nebensächlich. Die Gründe spielen keine Rolle. Meine gestörten Empfindungen kann ich später ergründen. Im besten Fall, wenn ich mich nicht um Raphaels Gesundheit sorgen muss.

In diesem Moment wehrt er erneut einen Angriff von Valentin ab, schwankt aber leicht, bevor er das Gleichgewicht wiederfindet. Er kneift kurz die Augen zusammen und zwinkert mehrmals. Taumelnd weicht er wenige Schritte zurück. Valentin folgt ihm unverzüglich, nutzt die fehlende Deckung und zieht seine Klinge in einem tiefen Schnitt über Raphaels bereits blutverschmierten linken Oberarm.

Als der schwer verletzte Leader nach vorne sinkt, geht ein Seufzen durch die Reihen der Zuschauer. Inzwischen sind sogar die Ausbilder aufgestanden, um bessere Sicht auf den Wettkampfbereich zu haben. Ich fürchte, dass Raphael eher sterben würde als aufzugeben. Endlich löse ich mich aus meiner Schreckensstarre und handle. Innerhalb von Sekunden habe ich den passenden Impuls in Valentins Gehirn gezwängt.

Gehe einen Schritt nach hinten und stolpere dabei. Lass deine Waffe fallen.

Statt Raphael den finalen Schlag zu versetzen, zieht sich Valentin zurück. Die Menge raunt ungläubig, als er strauchelt. Mit einem metallischen Geräusch schlägt sein Katana auf dem Boden auf. Raphael zwingt sich ein letztes Mal in den Stand, ergreift mit verzweifelter Kraft den Oberarm des anderen Leaders und setzt ihm sein Schwert an die Kehle.

Gib auf.

Valentin hebt die rechte Hand auf Kopfhöhe, während er vor unterdrückter Wut zittert. Das Turnier ist vorbei, doch ich habe nur Augen für Raphael. Er findet meinen Blick, hält ihn kurz fest und fällt auf die Knie. Sein Kopf kippt nach vorne, und das Katana gleitet aus seiner Hand.

Mittlerweile ist auch in die Ausbilder Leben gekommen. Während Vincent und Cassandra am Rand leise auf ihre Favoriten einreden, betreten Constantin und Elric hastig den Wettkampfbereich. Im selben Moment bricht Raphael endgültig zusammen. Bevor er auf dem staubigen Boden aufschlägt, ergreifen sie ihn vorsichtig und verschwinden mit seinem leblosen Körper in der Akademie.

Nur mit Mühe finde ich in die Realität zurück. Das Stimmengewirr meiner Mitschüler umgibt mich wie ein Schwarm wilder Hornissen, und ich presse kurz die Hände gegen die Schläfen, um die beginnenden Kopfschmerzen zu vertreiben.

»Wenn das harmlos war, will ich nicht wissen, wie ein gefährlicher Wettkampf abläuft«, spottet Kira genüsslich, während Alina verkniffen ihre Finger betrachtet.

Entnervt drehe ich ihnen den Rücken zu und lausche stattdessen den Gesprächen meiner Freunde, die ausschließlich Raphaels bemerkenswerten Sieg zum Inhalt haben. Finn fuchtelt mit den Armen in der Luft herum und analysiert begeistert die Bewegungsabläufe, die er beobachten konnte. Lea, Dorian und Norwin diskutieren über den unerwarteten Ausgang des Kampfes. Kein gutes Thema. Bevor ich mich abwenden kann, werde ich jedoch in die Unterhaltung einbezogen.

»Ich war sicher, dass Valentin gerade zum Todesstoß ausholen wollte. Im übertragenen Sinn natürlich. Hoffe ich«, stellt Lea fest und lacht nervös.

»Ja«, antwortet Dorian gedehnt und sieht mich schräg von der Seite an. »Das war wirklich ungewöhnlich. Ich hätte nicht erwartet, dass Raphael noch die Kraft hat, einen solch starken mentalen Befehl zu geben. Oder was meinst du, Gwenni?«

»Stimmt. Erstaunlich«, äußere ich knapp und nicke hastig.

Unsicher schaue ich zur Mitte des Innenhofs, wo Valentin nach wie vor reglos steht. Er scheint tief in Gedanken versunken zu sein. Schließlich richtet er sich auf und strafft die Schultern. Er hebt eine Hand, und umgehend kehrt erwartungsvolle Ruhe ein. Alle Schüler wollen wissen, wie er mit der Niederlage umgeht. Ich zucke zusammen, als mich sein eisiger Blick trifft. Er ist unerbittlich und kompromisslos. Bevor er den Mund öffnet, weiß ich, was folgen wird. Für einen Moment schließe ich die Augen, doch das kann seine Worte nicht verhindern.

»Ich fordere die Formerprobe für Gwendolin«, sagt er leise in die absolute Stille hinein und fixiert mich dabei ununterbrochen.

Ein aufgeregtes Stöhnen geht durch die Reihen der Schüler. Ravin, der abwartend am Rand stand, macht einen Schritt nach vorne und starrt Valentin bestürzt an. Zum ersten Mal entdecke ich eine Regung menschlicher Gefühle bei ihm, die nicht auf Hohn oder Missfallen zurückzuführen ist.

»Begründe«, befiehlt der Ausbilder schroff.

»Gwendolin ist erst seit knapp drei Wochen Schülerin der Akademie«, beginnt Valentin. »Sie hat während Carolins Stunde drei Mitschüler mit Elektroschockern außer Gefecht gesetzt. Ohne etwas zu sehen, kann das nur gelingen, wenn die Aurenfokussierung meisterhaft beherrscht wird.« Ravin nickt nachdenklich und bedeutet Valentin, weiterzureden. »In der Unterrichtsstunde am See gelang es ihr anscheinend mühelos, sich aus Raphaels mentaler Kontrolle zu lösen. Er behauptet, es läge an einem Fokussierungsfehler seinerseits. Daran habe ich meine Zweifel. Ich kenne Raphael seit Jahren. Ein solcher Ausrutscher ist ihm bis dahin nie unterlaufen. Das alleine für sich genommen wäre noch vorstellbar«, fährt er fort und spricht mich nun direkt an. »Aber jetzt hast du den Bogen überspannt. Hältst du uns für blöd?« Er wendet sich an das gesamte Publikum. »Ihr alle habt Raphaels drohende Niederlage gesehen. Er war mehr tot als lebendig. Er war schwer verletzt und konnte sich kaum auf den Beinen halten. Keinesfalls wäre er mächtig genug gewesen, einen solch kraftvollen Doppelimpuls zu formulieren, wie er es eben scheinbar getan hat. Es muss ein anderer, sehr starker Former beteiligt gewesen sein. Und der bist du, Gwendolin! Das kann man dir förmlich vom Gesicht ablesen. Hast du dich dafür revanchiert, dass er dich am See mit seiner Lüge gedeckt hat? Die Leistungen, die du zeigst, entsprechen nie dem Durchschnitt. Abwechselnd bist du dermaßen hilflos, dass es fast bedauernswert ist, und dann wieder so machtvoll, dass du die Jahrgangsbesten locker in die Knie zwingst. Völlig unberechenbar«, schließt er.

Ravin hat Valentins Erklärung aufmerksam gelauscht

und mich dabei kritisch gemustert. Offenbar hat er zu seiner gewohnten Gleichgültigkeit zurückgefunden.

»Dir ist klar, dass es sich dabei um eine ernsthafte Anschuldigung handelt?«, fragt er. »Immerhin geht es nicht nur um die unerlaubte Manipulation des Leaderwettstreits, sondern auch um einen unentdeckten natürlichen Former an der Akademie.«

Valentin nickt entschlossen. »Ich bin mir der Konsequenzen bewusst.«

»Dann wird die Formerprobe durchgeführt«, beschließt Ravin unbeeindruckt.

Das war's. Ich bin am Ende.

21 : geprüft

Da Elric weiterhin abwesend ist, schlägt Ravin den Gong, dessen Klang das Ende des Wettkampfes kennzeichnet. »Angesichts unvorhersehbarer Umstände wird eine Pause von einer Stunde angesetzt«, verkündet er laut.

Das Publikum springt voller Verwunderung über diese überraschende Wendung von seinen Sitzen auf. Ohrenbetäubender Lärm bricht los. Ich kauere zur Bewegungslosigkeit erstarrt auf meinem Platz und versuche, nicht zu hyperventilieren. Währenddessen führt Ravin ein kurzes Gespräch mit Vincent, Cassandra und den anwesenden Leadern. Dabei schaut er immer wieder prüfend in meine Richtung. Ausgerechnet jetzt ist Elric nicht da. Dringender als im Moment habe ich ihn nie gebraucht. Hoffentlich kann er zumindest etwas gegen Raphaels Verletzungen tun. Letztendlich war es nun doch er, der dafür gesorgt hat, dass ich mich verraten habe. Aus reiner Dummheit. Wollte ich tatsächlich einen Ausgleich schaffen für das, was er am See für mich getan hat? Wie konnte ich dermaßen blöd sein und Valentin manipulieren, nur um Raphael zu schützen? Er war ohnehin schon misstrauisch. Ich hätte seine Kombinationsgabe nicht unterschätzen dürfen. Egal. Selbstvorwürfe helfen mir jetzt nicht weiter. Die Formerprobe wird mein Ende sein. Ich werde mich verraten und gleichzeitig Elric mit in den Untergang reißen.

Verbissen konzentriere ich mich auf meine Atmung. Beruhigen. Einen kühlen Kopf bewahren. Welche Informationen habe ich zur Formerprobe? Überhaupt keine. Wieder wird mir übel. Es wurde nur immer und immer wieder betont, wie unfehlbar die Probe und wie todsicher ihr Gelingen sei. Die ganzen letzten Wochen habe ich umsonst gelitten. Vielleicht wäre es besser gewesen, wenn mich Levander direkt erwischt hätte.

Meine Freunde sitzen stumm neben mir. Lea beobachtet mich mit großen Augen, während mir Dorian beruhigend die Schulter streichelt. Diese Ungewissheit macht mich fertig.

Als sich Vincent aus der Gruppe der Ausbilder löst und auf uns zukommt, schlägt mir das Herz bis zum Hals. Meine Kehle ist so trocken, dass ich Mühe habe, zu schlucken. Schwankend stehe ich auf und verschränke schützend die Arme vor der Brust. Er bedeutet mir wortlos, sich neben ihn zu stellen. Zögernd gehorche ich und erwarte ängstlich seine nächsten Anweisungen. Doch nichts in der Welt könnte mich für das wappnen, was folgt.

»Lea. Norwin. Dorian«, zählt er auf, während er mit dem Finger auf sie zeigt. »Ihr kommt ebenfalls mit.«

Entsetzt starren alle den Ausbilder an. Das kann nicht sein Ernst sein. Dass ich in großen Schwierigkeiten stecke, ist mir klar. Aber wie können sie Unschuldige in die Sache verwickeln?

»Kommt mit!«, ordnet Vincent an und durchquert den Innenhof in solch zügigem Tempo, dass ich fast rennen muss, um nicht zurückzufallen. Nach einem kurzen Blick über die Schulter stelle ich fest, dass sich Cassandra der Gruppe angeschlossen hat. Weshalb sie und nicht Ravin? Wohin gehen wir?

Vincent führt uns zurück zum Haupteingang der Akademie. Anschließend wenden wir uns nach links und betreten das Treppenhaus.

»Stopp«, bestimmt der Ausbilder. »Schaut euch um.«

Irritiert folge ich seinem Befehl. Halbdunkel. Raue Steine, die leicht feucht wirken. Ein ausgetretener roter Teppich, unter dem sich die Umrisse des Bodens abzeichnen. Die Luft riecht abgestanden und muffig. Wen interessiert dieses alte Gemäuer? Gleich geschieht irgendetwas Schreckliches, das meine Gabe in Erscheinung treten lassen wird. Und ich habe keine Ahnung, worum es sich dabei handelt. Warum soll ich mich in diesem ungemütlichen Treppenhaus umsehen? Ist das eine Taktik, um zusätzliche Angst zu erzeugen? Solch grausames Zeitschinden würde eher in Ravins Repertoire passen. Nervös schaue ich auf die Uhr. Viertel vor sechs.

»Weiter!«, befiehlt Vincent nach ungefähr zwei Minuten und setzt sich wieder in Bewegung.

Nachdem wir drei Stockwerke in Höchstgeschwindigkeit erklommen haben, höre ich nicht nur mich heftig atmen. Vincent wirft uns einen verächtlichen Blick zu. Wortlos öffnet er eine Luke und dirigiert uns auf das geteerte Flachdach der Akademie. Angespannt schiebe ich mich in die Nähe des Randes und schaue nach unten. Das Dach schließt nicht direkt mit der Mauer ab, sondern steht ungefähr eine Armlänge über. Die Entfernung zum Erdboden beträgt mindestens zehn Meter. Der Wind zerrt an meinen Kleidern, und ich ziehe fröstelnd die Schultern hoch. Schnell trete ich wieder in die Mitte des Daches zurück.

»Lea, Dorian und Norwin, stellt euch an die Kante mit dem Rücken zum Innenhof«, weist uns Vincent an.

»Gwendolin, du stehst gegenüber. So weit wie möglich von deinen Freunden entfernt, aber ihnen zugewandt.«

Gehorsam kommen wir seiner Aufforderung nach. Der Gedanke an die tödliche Tiefe hinter mir lässt mich schaudern. Besorgt mustere ich meine Freunde, die ebenfalls mit dem gähnenden Abgrund im Rücken auf der anderen Seite des Daches stehen. Lea zittert vor Angst. Auch Dorian und Norwin sind sehr blass. Sie atmen schnell und unregelmäßig.

Cassandra und Vincent begeben sich zur Mitte des Daches und betrachten uns ernst.

»Gwendolin«, sagt Cassandra nach einer scheinbaren Ewigkeit. Der Wind reißt ihr die Worte förmlich von den Lippen, sodass ich mich sehr konzentrieren muss, um ihre folgende Erklärung zu hören. »Vor dir stehen deine drei besten Freunde. Einer von ihnen wird gleich den Impuls erhalten, sich rückwärts in die Tiefe fallen zu lassen. Verhindere es, wenn du kannst.«

Erschüttert starre ich sie an. Das ist die Probe? Ich soll wählen zwischen der Entdeckung meiner natürlichen Formergabe und dem Leben meiner Freunde? Ein künstlicher Former hätte also nicht die Kraft, um sie vor dem Sturz zu bewahren? Wie können sie dessen sicher sein? Würde die verfluchte Akademie tatsächlich einen ihrer Schüler opfern, nur um einen vagen Verdacht zu überprüfen?

Cassandra hat ruhig meine Reaktion abgewartet. Sie nickt Vincent zu und nähert sich meinen Freunden, während der Ausbilder neben mir Position bezieht.

»Wir fangen an«, äußert sie knapp.

Furchtsame Stille, die nur durch das Rauschen der Baumwipfel gemildert wird, breitet sich aus. Konzentriert beobachte ich meine Freunde, um beim kleinsten Hinweis direkt einzuspringen. Meine Entscheidung habe ich längst getroffen. Für sie und gegen mich. Dorian, Norwin und Lea sind mir zu wichtig geworden, als dass ich anders handeln könnte. Selbst wenn es völlig Fremde wären; ich weiß nicht, ob ich ihren Tod akzeptieren würde. Sorgfältig baue ich eine dreifache Fokussierung auf, die meine Freunde davon abhalten soll, sich in die Tiefe zu stürzen.

Nicht springen.

Lea schwankt fast unmerklich. Sie hat die Handflächen aneinandergelegt und berührt mit den Fingerspitzen ihre Stirn. Über ihre Wangen zieht sich eine Spur von Tränen. In ihren Augen spiegelt sich eine solche Hoffnungslosigkeit, als wüsste sie bereits, dass sie den Befehl zum Selbstmord erhalten wird.

Nicht springen.

Dorian ist zwar leichenblass, wirkt aber gefasst. Nur seine Lippen sind zu schmalen Strichen zusammengepresst. Sein Blick zuckt andauernd zu seinem Freund, der neben ihm steht.

Nicht springen.

Norwin hält die Arme ganz nah am Körper. Er hat die Hände in den Hosentaschen vergraben und zittert leicht.

Ich verstehe das nicht. Ich begreife nicht, wie diese Formerprobe irgendetwas beweisen soll. Moment. Meinte Elric nicht, dass man die Kräfte von natürlichen und künstlichen Formern kaum unterscheiden könne? Erklärte er nicht, dass natürliche Former die Gabe intuitiv –

Jäh taumle ich nach hinten, als mir Vincent mit der flachen Hand einen harten Stoß vor die Brust versetzt. Verzweifelt versuche ich, mich an ihm festzuhalten, doch ich fasse ins Leere. Bevor ich mich stabilisieren kann, stürze ich rückwärts in den Abgrund.

Mein Überlebensinstinkt greift sofort. Innerhalb von Sekundenbruchteilen formuliere ich intuitiv den passenden Impuls, der mich verlangsamen und vor dem sicheren Tod retten wird. Für einen Moment spüre ich, wie der Wind schwächer wird. Mein Fall verzögert sich.

Dann wird mir meine Fokussierung brutal entrissen. Schlagartig verschwindet jeglicher Widerstand. Egal wie sehr ich mich bemühe, ich kann nichts mehr bewirken. Das Tempo beschleunigt sich eher. Mein Impuls schlägt fehl. Mit tödlicher Geschwindigkeit nähere ich mich dem Erdboden und kann nicht das Geringste dagegen tun. Panikerfüllt schließe ich die Augen und warte auf den vernichtenden Aufprall.

Mit einer Wucht, die mir die Luft aus den Lungen presst, komme ich rücklings am Boden auf, doch der erwartete Schmerz und die darauffolgende Dunkelheit bleiben aus. Stattdessen gibt der Untergrund nach. Mit ausgebreiteten Armen liege ich reglos da und beschränke mich lediglich aufs Ein- und Ausatmen. Die Fläche, auf der ich gelandet bin, federt noch immer nach. Wie das Trampolin im Garten meiner Eltern. Viv hatte sich in der ersten Klasse den Arm gebrochen, weil sie unbedingt einen Salto ausprobieren wollte. Ein Sprungpolster? Obwohl es sich anfühlt, als sei ich ungebremst vom Dreimeterbrett gefallen, bin ich am Leben. Im Schwimmbad hatte ich großen Spaß daran, vom höchsten Turm zu springen. Einmal bin ich ungünstig auf dem Wasser aufgekommen und hatte noch wochenlang blaue Flecken. Schulterpartie und Rücken schmerzen wie damals. Versunken erinnere ich mich an den Geruch von Sonnenmilch und Chlor. Das Gefühl der warmen Sonnenstrahlen auf meiner Haut. Der erfrischende Geschmack des Wassereises auf meiner Zunge.

Ruhig bleiben. Konzentrieren.

Was ist passiert?

»Gwendolin?«, dringt eine bekannte Stimme an mein Ohr. »Kannst du mich hören?«

Klar kann ich hören. Ich bin ja nicht taub. Lasst mich einfach alle in Frieden. Ich will nur hier liegen und mich ausruhen. Ausnahmsweise mal, ohne dass mir jemand auf die Nerven geht.

Ich sollte antworten.

Mühsam öffne ich die Lider und drehe ein wenig den Kopf. Auch mein Nacken tut weh.

»Ja«, krächze ich heiser. Anscheinend habe ich bei meinem Sturz geschrien. Verständlich. Vorsichtig stütze ich mich mit den Handflächen ab und versuche, mich aufzurichten. Jedoch ist der Untergrund so instabil, dass ich direkt wieder umkippe. Eigentlich habe ich gar keine Lust, aufzustehen. Das Polster ist ziemlich gemütlich. Die ganzen Idioten, die hier rumhängen und glotzen, können mich mal.

Na los. Zusammenreißen.

Langsam robbe ich zum Rand und lasse mich an der Seite hinuntergleiten. Dankbar ergreife ich eine Hand, die sich mir entgegenstreckt. Elric stützt mich, bis er sicher ist, dass ich mich aus eigener Kraft auf den Beinen halten kann. Ich funkle ihn wütend an. Der Blödmann hätte mich warnen können vor dem ganzen Mist, der in der Akademie wartet. Lässt mich mit vollem Schwung ins Messer laufen, der Schwachkopf.

Ganz ruhig.

Unsicher gehe ich ein paar Schritte und beäuge das Teil, das mein Leben gerettet hat. Dabei handelt es sich tatsächlich um ein dunkelgrünes Sprungpolster. Bisher kannte ich die Dinger nur in Orange. Kein Wunder, dass ich die Farbe beim Absturz nicht registriert habe. Wir hatten einen Weihnachtsbaum in einem satten Tannengrün. Als Kind war ich von den glitzernden Schneeflocken hingerissen, die meine Mutter am Tag vor Heiligabend aufhängte. Vor der Bescherung wurde die ganze Familie zum Singen von Weihnachtsliedern genötigt. *Leise rieselt der Schnee* war dabei mein absolutes Highlight. Verträumt beginne ich zu summen. Diese Melodie erinnert mich an glücklichere Tage.

Stopp. Selbstkontrolle. Nicht abschweifen.

Benommen schüttle ich den Kopf. Ich komme nicht hinter den Sinn der ganzen Sache. Die Situation ist sehr merkwürdig. Ratlos massiere ich meinen Nacken. Dann wage ich einen Blick in die Runde. Constantin, Elric, Ravin. Daneben Leonard und Raphael. Raphael! Seine Anwesenheit sorgt für eine umgehende Beschleunigung meines Herzschlags. Gleichzeitig durchflutet mich eine enorme Welle der Erleichterung. Er lebt! Er ist unverletzt! Hingerissen fixiere ich ihn und versinke im intensiven Blaugrau seiner Augen. Ich bin verliebt. Ich bin in Raphael verliebt. Weshalb habe ich das bisher nicht erkannt? Warum habe ich es geleugnet? Wieso habe ich meine Gefühle abgeblockt? Ich kenne ihn schon viel länger und besser, als mir bewusst war. Von Anfang an war er es, der mich in seinen Bann gezogen hat.

Konzentrieren. Beruhigen.

Daniel, Carolin und Valentin mustern mich ebenfalls

ernst. Valentin ist echt ein Arsch. Er hat meinen Leader schwer verletzt. Fast wäre er am Blutverlust gestorben. Außerdem hat Valentin dafür gesorgt, dass ich vom Dach gestoßen wurde. In mir kocht heiße Wut empor. Er steht nur einen knappen Meter von mir entfernt. Ich könnte meine Hände um seine Kehle legen und erbarmungslos zudrücken, bevor er etwas dagegen tun kann. Hasserfüllt setze ich zum Sprung an.

Beruhigen. Ich muss mich beruhigen.

Ravin wartet mit verschränkten Armen neben den beiden Ausbildern und schaut mich durchdringend an.

»Du hast die Formerprobe bestanden«, informiert er mich kühl. Valentin, der hoch aufgerichtet an seiner Seite steht, stößt ungläubig die Luft aus.

»Bestanden?«, stammle ich verwirrt. Wie kann das sein? Bezeichnete Elric diesen Test nicht als unfehlbar?

Ravin nickt ungeduldig. »Ein natürlicher Former hätte mittels Verdichtung der Luft oder Stabilisierung seiner Kleider intuitiv seinen Aufprall gedämpft. Das Tempo, mit dem du auf dem Polster aufgeschlagen bist, hätte ausgereicht, um einen mittleren Krater im Erdboden zu verursachen.«

Ich verdrehe die Augen. Großartiger Scherz und wirklich geistreich. Natürlich verbunden mit einer Beleidigung auf meine Kosten. Es kotzt mich dermaßen an, dass Levander und Ravin denken, sie könnten sich alles erlauben. Was soll der Scheiß? Sadistische Arschlöcher, alle beide! Können sie ihre kranken Fantasien nicht irgendwo anders ausleben? Denen sollte gehörig der Kopf zurechtgerückt werden. Schade, dass Levander nicht anwesend ist, sonst könnte ich beide zusammen zur Schnecke machen. Vielleicht sollte ich zur Eröffnung Ravin einfach eine verpassen. Manchmal sagt ein Kinnhaken mehr als tausend Worte. Kampfeslustig gehe ich einen Schritt auf den Ausbilder zu und balle die Hände zur Faust.

Beruhigen. Nicht aufregen. Nicht zuschlagen.

»Und jetzt?«, erkundige ich mich zaghaft und lasse die Arme sinken.

»Wir gehen zurück in den Innenhof«, legt Elric fest. »Die Leaderwahl wird fortgesetzt.« Er dreht sich um und deutet zur Eingangstür. »Folge mir.«

Während die anderen zurückbleiben, betrete ich flankiert von Elric und Ravin die Akademie. Im Treppenhaus treffe ich auf Lea, Dorian und Norwin, die gemeinsam mit Vincent und Cassandra auf uns warten. Bei meinem Anblick atmen sie erleichtert auf.

Dorian schließt mich fest in die Arme. »Gwenni, ich bin so froh, dass es dir gut geht!«

»Als du rückwärts vom Dach gekippt bist, dachte ich wirklich, dass wir dich nicht mehr lebend wiedersehen«, berichtet Lea schaudernd, während Norwin nur wortlos meinen Oberarm drückt.

»In dem Moment, als dich Vincent gestoßen hat, wurde mir klar, worin die wahre Formerprobe bestand«, erklärt Dorian. »Hast du –«

»Sie hat die Prüfung erfolgreich absolviert«, unterbricht ihn Elric schnell. »Gwendolin ist definitiv kein natürlicher Former.«

Lea lacht glücklich auf, während Dorian die Stirn runzelt. Unmittelbar darauf hat er sich wieder unter Kontrolle.

Was soll der Quatsch? Definitiv kein natürlicher Former? Natürlich bin ich natürlich! Und zusätzlich noch viel stärker als die anderen. Vielleicht ist es an der Zeit, dass es endlich alle erfahren. Ich habe keinen Bock mehr auf dieses bekloppte Versteckspiel! Ich werde endlich die Wahrheit offenbaren und anschließend Valentin und Ravin zusammenfalten. Wenn sie dann noch in der Lage sein sollten, Levander zu informieren, nur zu! Den schaffe ich ebenfalls! Mit dem Schmerzimpuls aus angewandter Psychologie? Wäre eine Überlegung wert. Mit einem bösen Grinsen stelle ich mir vor, wie das verhasste Trio, bestehend aus Akademieleiter, Ausbilder und Leader, schreiend vor Schmerzen am Boden liegt. Der Moment der Abrechnung ist gekommen!

Nein. Ich schweige. Ich bleibe untätig. Keine weiteren Gedankenexperimente.

Aus dem Augenwinkel registriere ich, dass Elric, Ravin, Vincent und Cassandra einen Blick tauschen. Mit einer minimalen Kopfbewegung scheint Ravin ein Signal zu geben.

»Stopp«, bestimmt Vincent. »Schaut euch um.«

Irritiert folge ich seinem Befehl. Halbdunkel. Raue Steine, die leicht feucht wirken. Ein ausgetretener roter Teppich, unter dem sich die Umrisse des Bodens abzeichnen. Die Luft riecht abgestanden und muffig. Wen interessiert dieses alte Gemäuer? Gleich geschieht irgendetwas Schreckliches, das meine Gabe in Erscheinung treten lassen wird. Und ich habe keine Ahnung, worum es sich dabei handelt. Warum soll ich mich in diesem ungemütlichen Treppenhaus umsehen? Ist das eine Taktik, um zusätzliche Angst zu erzeugen? Solch grausames Zeitschinden würde eher in Ravins Repertoire passen. Nervös schaue ich auf die Uhr. Viertel nach sechs.

»Fertig?«, fragt Ravin. Die anderen Ausbilder nicken. Waren wir nicht eben noch mit Vincent und Cassandra alleine?

Verwirrt spähe ich zu meinen Freunden, die einen genauso verstörten Eindruck machen wie ich selbst. Abwesend reibe ich meinen schmerzenden Nacken. Ich fühle mich, als sei ich nach einem Sprung vom Dreimeterbrett ungebremst auf der Wasseroberfläche aufgeschlagen.

Ravin wirft mir einen prüfenden Blick zu, dreht sich wortlos um und geht. Vincent und Cassandra folgen ihm unverzüglich.

Völlig perplex verfolge ich ihren Aufbruch. »Und jetzt?«

Dorian zuckt mit den Schultern. Lea und Norwin schauen ebenfalls verwundert den Ausbildern hinterher.

»Herzlichen Glückwunsch«, sagt Elric in die Stille hinein. »Du hast die Formerprobe bestanden.«

»Was?«, frage ich lahm, während Dorian zweifelnd die Augen zusammenkneift.

»Deine Freunde haben assistiert«, eröffnet Elric. »Du hast die Probe bestanden, sodass es keine Zweifel gibt, dass du ein sehr starker künstlicher Former bist. Danach wurde euer Gedächtnis gelöscht. Ihr müsst jetzt zurück in den Innenhof. Die Wahl steht unmittelbar bevor.«

Lea zieht scharf die Luft ein. Dorian massiert sich die Schläfen und murmelt unzusammenhängende Worte. Schnell überschlage ich die Zeit. Der Leaderwettstreit begann Punkt 17 Uhr und hat schätzungsweise eine knappe halbe Stunde gedauert. Anschließend nahm die Absprache von Ausbildern und Leadern ungefähr zehn weitere Minuten in Anspruch. Dann wurden wir abgeführt und direkt in dieses Treppenhaus gebracht. Es kann also maximal eine Dreiviertelstunde seit 17 Uhr vergangen sein. Ich prüfe die Uhrzeit. Zwanzig nach sechs. Mir fehlen die Erinnerungen einer kompletten halben Stunde. Eine halbe

Stunde, in der ich mich anscheinend verhalten habe, wie es mir eigentlich unmöglich sein sollte. Ich schließe kurz die Augen. Wie können sie mir das antun? Wie können sie *uns* das antun? Diese verfluchte Akademie schreckt vor nichts zurück! Hilfloser Zorn steigt in mir empor. Ravin und die anderen Ausbilder sind in meinen privatesten Bereich vorgedrungen. Sie haben mir meine Erinnerungen genommen! Sie haben in meine Gedanken eingegriffen! Nun kann ich mich nicht einmal mehr auf mich selbst verlassen. Mein Gedächtnis wurde manipuliert. Ist das zum ersten Mal geschehen? Wird es häufiger durchgeführt? Welche meiner Erfahrungen sind echt? Ich fühle mich zutiefst verunsichert.

»Gebt mir einen Moment«, presse ich hervor und versuche, mir die ohnmächtige Wut nicht anmerken zu lassen. Die anderen nicken verständnisvoll und machen sich auf den Weg zum Innenhof.

Während Elric und ich alleine durch das Gebäude laufen, formuliere ich das explosive Chaos in meinem Gehirn zu einer zentralen Frage. »Was ist passiert?«

Elric kratzt sich nachdenklich am Hinterkopf. »Ich weiß es nicht«, antwortet er leise. »Es ist unmöglich, als natürlicher Former die Probe zu bestehen. Sie versagt nie.«

Aufgebracht hebe ich die Schultern. »Und was bedeutet das?«

»Das bedeutet, dass eine weitere Person ihre Finger im Spiel hatte. Irgendjemand hat deinen intuitiven Impuls ausgehebelt und dafür gesorgt, dass du ungebremst fällst. Jemand hat dich beschützt. Nur deshalb konntest du die Probe bestehen. Mit rechten Dingen ist das jedenfalls nicht zugegangen.«

Dass ich ungebremst *falle*? Was um Himmels willen

haben die mit mir angestellt? Elric erweckt jedoch nicht den Eindruck, als wolle er mir eine Erklärung liefern. Er deutet mit dem Kinn zur Tür. »Wir müssen los. Noch länger zu warten, würde uns verdächtig machen. Du musst vorsichtiger sein als zuvor, hörst du?«

Ich schnaube verärgert und folge Elric tief in Gedanken versunken zum Innenhof.

22 : erwählt

Wenig später sitze ich erneut im Kreis meiner Freunde auf der Tribüne, während man uns von allen Seiten neugierig beäugt.

»Gwendolin«, äußert Henry gespielt überrascht. »Wieso bist du denn wieder da?«

»Blöde Frage«, fährt ihm Dorian über den Mund. »Weil sie die Probe bestanden hat?«

»Gwen ist kein natürlicher Former«, bekräftigt Norwin.

»Was musste sie machen? Weshalb wart ihr drei auch dabei? Hätte sie das nicht alleine hingekriegt?«, erkundigt sich Henry spöttisch.

»Keine Ahnung«, offenbart Lea, bevor ich es verhindern kann. »Sie haben unser Gedächtnis gelöscht.«

Henry lacht schadenfroh. »Wie jämmerlich. Da erlebt ihr selbst das größte Geheimnis der Akademie und könnt euch nicht daran erinnern?« Als ich auf seinen Spott nicht eingehe, stichelt er weiter. »Ist es nicht ironisch, dass dich ausgerechnet der Leader beschuldigt hat, dem du dich an den Hals geworfen hast? War wohl dermaßen grauenvoll für ihn, dass er dich so schnell wie möglich loswerden wollte.«

Müde winke ich ab. Für Henrys Provokationen habe ich wirklich keine Nerven. Entschieden schiebe ich die Gedanken an Valentin und an die Formerprobe in den hintersten Winkel meines Gehirns. Ohne ein längeres Gespräch mit Elric habe ich wenig Chancen, etwas herauszufinden. Zuerst hatte ich nicht einmal bemerkt, dass mir eine halbe Stunde fehlte. Es hat keinen Zweck, über etwas nachzugrübeln, an das ich mich nicht erinnern kann.

Besorgt mustere ich Lea, die sich seit unserer Rückkehr auffällig still verhält. Sie hat die Arme um ihren Oberkörper geschlungen und starrt ins Leere.

Sanft berühre ich sie an der Schulter. »Lea?«, flüstere ich behutsam.

Sie kneift die Augen zusammen, schüttelt den Kopf und schnieft leise. Krampfhaft suche ich nach tröstenden Worten. In Anbetracht unserer Situation gestaltet sich das jedoch äußerst schwierig.

»Wir kriegen das schon hin«, versichere ich schließlich. Großartig. Das klang sogar in meinen eigenen Ohren unaufrichtig.

Lea lacht bitter auf. »Ja, Gwen, *du* kriegst das hin. Davon bin ich überzeugt. *Du* bist die beste Schülerin des Jahrgangs. *Ich* hingegen bin die Versagerin mit dem roten Band. Machen wir uns nichts vor. Daniel als schlechtester Leader wird mich aufnehmen müssen. Ausgerechnet er. Ich bin sicher, dass er mich hasst. Wahrscheinlich hat er damals gehört, dass ich ihn Kampfzwerg genannt habe. Erinnerst du dich, wie er mich als Niete mit schwächlichem Geist bezeichnet hat? Und seine Nominierung am Sonntag war total gemein. Er sieht mich als Versager auf ganzer Linie. Wenn ich mir nur einen Fehler erlaube, wird er mir gemeinsam mit dem Rest der Gruppe das Leben zur Hölle machen. Wer weiß, wie lange ich das durchhalte. Ich habe keine Fortschritte gemacht, und meine Formerfähigkeiten sind praktisch nicht vorhanden.« Der endgültige Ton in ihrer Stimme beunruhigt mich mehr als ihre Worte. Genau so klang Emily bei unserem letzten Gespräch vor ihrem Tod. Auch mir ist bei dem Gedanken unwohl, dass meine Freunde auf verschiedene Teams verteilt werden, ohne dass ich ein Auge auf sie haben kann. Als hätte ich nicht genug mit meinem eigenen Schutz zu tun. Jetzt gibt es noch weitere Menschen, deren Wohlergehen mir wichtig ist.

Entschlossen ergreife ich Leas Arm. »Du wirst nicht aufgeben! Wir warten die Entscheidung ab. Ich kann mir nicht vorstellen, dass dich keiner der anderen Leader zu schätzen weiß. Solltest du wirklich alleine und unerwünscht bei Daniel landen, laufen wir weg. Heute Nacht.«

Natürlich ist mir bewusst, dass dieser Vorschlag völliger Quatsch ist. Die verdammten Peilsender machen eine Flucht unmöglich. Aber das muss Lea nicht wissen. In diesem Moment zählt nur, ihr neue Hoffnung zu geben. In bangem Schweigen verbringen wir die letzten Minuten. Auch auf der restlichen Tribüne ist es mittlerweile sehr still geworden.

Erneut signalisiert der Klang des Gongs den Beginn. Gleichzeitig betreten die Leader den Innenhof und stellen sich an dieselben Positionen, die sie bereits während des Wettkampfes eingenommen haben. Unwillkürlich zuckt mein Blick zu Raphael. Er steht hoch aufgerichtet da, und sein Gesicht ist nicht mehr so unnatürlich bleich. Anscheinend hat sich jemand mithilfe der Gabe um seine Verletzungen gekümmert. Erleichtert atme ich aus und ärgere mich umgehend über meine Reaktion. Ob er bei meiner Formerprobe anwesend war? Die fehlenden Erinnerungen machen mich fertig.

Ravin löst sich aus der Reihe der Ausbilder, die am rechten Tribünenrand stehen. »Die Probe wurde von Gwendolin erfolgreich absolviert«, gibt er bekannt, woraufhin vereinzeltes Murmeln zu hören ist. »Somit wurde sichergestellt, dass es sich bei ihr um keinen natürlichen Former handelt. Allerdings verlangte die Ausführung nach beträchtlichem Aufwand. Diese Prüfung ist nichts, was leichtfertig gefordert werden darf.« Mit diesen Worten dreht er sich zur Seite. Sein eiskalter Blick trifft Valentin, der ihn gefasst erwidert. »In der Angelegenheit einer überflüssigen Formerprobe sieht die Akademieordnung die Sanktionierung des Verantwortlichen vor. Die Festsetzung der Strafe obliegt dem jeweiligen Ausbilder. In deinem Fall, Valentin«, er lächelt leicht, »mir.«

Ich schlucke. Auch wenn ich den Leader auf den Tod nicht ausstehen kann, erfüllt mich diese Ankündigung mit Unbehagen. Eine von Ravin erdachte Strafe würde ich meinem ärgsten Feind nicht wünschen. Wobei, ihm selbst würde ein solcher Denkzettel guttun. Und Levander ebenfalls.

Mit einer knappen Geste befiehlt Ravin seinem Favoriten, sich neben ihn zu stellen. Umgehend kommt Valentin der Aufforderung nach. Rein äußerlich zeigt er keine Anzeichen von Nervosität, doch ich bin sicher, dass es in ihm ganz anders aussieht. Von uns allen kennt er seinen Ausbilder und dessen kranke Ideen am besten. Andererseits wurde er immerhin von ihm erwählt. Gut möglich, dass die Strafe nicht zu schlimm ausfällt.

Ravin wendet sich seinem Leader zu. »Jedes Persönlichkeitsprofil zeigt Schwächen, die den eigenen Interessen im Weg stehen. Bei dir, Valentin, ist es krankhafter Ehrgeiz gepaart mit Arroganz«, analysiert er rücksichtslos. »Du konntest dein eigenes Unvermögen nicht ertragen.« Unter Ravins harter Kritik senkt Valentin den Blick, aber der Ausbilder fährt ungerührt fort. »Stattdessen hast du mit Anschuldigungen versucht, einem anderen deine Niederlage anzulasten, obwohl diese definitiv auf dich zurückzuführen war. Jahre habe ich in deine Unterweisung investiert. Du bist ein fähiger Former geworden, doch im ausschlaggebenden Moment hat dein Charakter versagt. Du hast mich enttäuscht. Du hast meinen Erwartungen nicht entsprochen und wirst die Konsequenzen dafür tragen müssen.«

Mit gemischten Gefühlen beobachte ich Valentin, der die Zurechtweisung durch seinen Ausbilder mit einem Nicken akzeptiert. Reicht eine Maßregelung vor der kompletten Belegschaft der Akademie nicht aus? Selbst ich fühle mich so unangenehm berührt, dass ich am liebsten im Boden versinken würde. Und das, obwohl ich gar nicht angesprochen war.

Beklommen wende ich meine Aufmerksamkeit wieder dem Geschehen auf dem Platz zu. Ravin kniet sich neben die Eisenkiste und holt nacheinander die verschiedenen Waffen heraus, die den Leadern für den Wettkampf zur Verfügung standen. Anschließend entnimmt er der Truhe eine Handvoll Stroh, das offenbar als Füllung dient.

»Als Valentin acht Jahre alt war, musste er zusehen, wie seine kleine Schwester in den Flammen eines Wohnungsbrandes umkam«, teilt uns der Ausbilder beiläufig mit, während er die Halme abwesend zurück in das Behältnis rieseln lässt. »Seitdem hat er massive Angst vor offenem Feuer.«

Ein Raunen geht durch die Schülermenge. Diese Information wäre einer Offenlegung würdig. Sie verschafft uns einen Vorteil, den wir gegenüber einem Leader nicht haben dürften. Niemand hätte erwartet, dass Ravin seinen Favoriten dermaßen erniedrigen würde. Durch die Preisgabe von Valentins größter Angst hat Ravin die Rangordnung aufgelöst und uns gleichzeitig eine Waffe gegen ihn geliefert.

Skeptisch beobachte ich Valentin, der noch immer den Kopf gesenkt hat und der Ansprache des Ausbilders lauscht.

»Die Kenntnis der größten Schwäche einer Person bedeutet Macht. Das wisst ihr spätestens seit den Offenlegungen.«

Ravin greift gelassen in seine Hosentasche und zieht eine Schachtel Streichhölzer hervor. Die anderen Leader betrachten erschüttert sein Tun, nur Valentin starrt weiterhin stur auf den Boden. Geschickt entzündet Ravin drei Streichhölzer kurz hintereinander und lässt sie in die Kiste fallen. Leises Knistern ertönt, und wenig später lodern die Flammen empor. Valentin schluckt und ballt die Hände zu Fäusten. Er vermeidet den Blick auf die Truhe.

»Halte deine Hand ins Feuer«, fordert Ravin.

Erneut stöhnt die Schülermenge auf.

»Das kann er nicht verlangen«, ächzt Finn ungläubig. »Immerhin ist es sein Favorit, den er da quält.«

Ich hebe nur hilflos die Schultern.

»Halte deine Hand ins Feuer«, wiederholt Ravin etwas schroffer.

Valentin fixiert die brennende Kiste. Er ist leichenblass, und sein rechter Wangenmuskel zuckt unaufhörlich.

»Ich werde das nicht noch einmal sagen«, informiert Ravin nüchtern.

Valentin presst die Zähne so fest aufeinander, dass die Kieferknochen hervortreten, und schüttelt den Kopf.

»Du widersetzt dich meinem Befehl?«, fragt der Ausbilder kühl. Auf dem Platz ist es so still, dass man eine Stecknadel fallen hören könnte.

»Bitte nicht«, flüstert Valentin tonlos, während seine Stirn vor Schweiß glänzt. Für uns alle ist unschwer zu erkennen, dass er Todesangst aussteht. Spätestens jetzt sollte die Bestrafung ihr Ende finden. Ravin hat seinen Favoriten nach allen Regeln der Kunst bloßgestellt und gedemütigt. Mittlerweile empfinde ich echtes Mitleid für Valentin, der spürbar um Selbstbeherrschung ringt.

Ravin verschränkt abwartend die Arme und mustert ihn ausdruckslos.

»Ich kann das nicht«, gesteht Valentin schließlich heiser.

»Dann werde ich dir behilflich sein«, erwidert Ravin gleichgültig und sieht seinem Favoriten direkt in die Augen. Im selben Moment überwindet der Leader den Meter, der ihn von der Kiste trennt. In seiner Miene spiegeln sich Entsetzen und Fassungslosigkeit. Definitiv handelt er gerade nicht aus freiem Willen, aber er ist zu schwach, um sich Ravins mentaler Kontrolle entgegenzusetzen. Er hebt den Arm und schafft es nun doch, die Bewegung hinauszuzögern. Seine Angst scheint so groß, dass er zumindest einen Sekundenbruchteil Ravins Impuls widerstehen kann. Dann verliert er den Kampf und nähert die Hand langsam der glühenden Hitze. Als die Flammen seine Fingerspitzen berühren, keucht er schmerzerfüllt auf. Gleichzeitig versteift sich sein gesamter Körper. Dennoch streckt er weiter den Arm aus, bis seine Hand komplett vom Feuer umgeben ist.

Die folgenden Sekunden kommen mir vor wie eine Ewigkeit. Valentins Muskeln wirken völlig verkrampft, doch seit dem ersten Kontakt mit den Flammen hat er keinen Laut mehr von sich gegeben. Er hat die Augen zugekniffen, trotzdem laufen ihm Tränen über die Wangen. Seine Schultern beben vor unterdrücktem Zittern. Selbst jetzt will er keine Schwäche zeigen.

Bestürzt beobachte ich die grausame Folter, der Ravin seinen Favoriten gnadenlos unterzieht. Es ist verstörend, den unnachgiebigen Leader so handlungsunfähig, wehrlos und verängstigt zu sehen. Über den Punkt, eine gewisse Genugtuung zu empfinden, bin ich längst hinaus. Valentin tut mir nur noch leid. Obwohl er sich mittlerweile vor Schmerzen krümmt, lässt dieses Monster nicht zu, dass er seine Hand zurückzieht.

»Ravin«, bittet Elric schließlich. »Es reicht.«

Der Ausbilder hebt spöttisch eine Augenbraue und nickt.

Erschöpft taumelt Valentin einige Schritte zurück. Er hat das Kinn an die Brust gedrückt, sodass wir sein Gesicht nicht sehen können. Die verbrannte Hand hält er schützend vor seinen Bauch.

»Begib dich an deine Position«, verfügt Ravin mitleidslos. »Der gesamte Vorfall hat die Wahl stark verzögert, auch ohne dass du um Rücksichtnahme flehst.«

Valentin hebt den Kopf, beißt die Zähne aufeinander und stellt sich in die Reihe der Leader. Mit widerwilliger Bewunderung schaue ich ihn an. Seine Miene ist undurchdringlich. Abgesehen von den Tränenspuren in seinem Gesicht und der von Brandblasen übersäten, geschwärzten Haut sieht man ihm nicht an, welche Tortur er gerade durchstehen musste. Ravin kehrt zu den Ausbildern zurück, ohne seinen Favoriten eines weiteren Blickes zu würdigen.

Stattdessen tritt Elric einen Schritt nach vorne. »Der Wettkampf hat das Kräfteverhältnis unter den Leadern offenbart«, verkündet er mit lauter Stimme. »Die Wahleröffnung kommt dem Erstplatzierten zu, der durch den Sieg über die anderen sein Können unter Beweis gestellt hat. Rang eins: Raphael Arenberg.«

Mein Jahrgang klatscht nur verhalten, denn bisher hat sich keiner von Valentins Misshandlung erholt. Gespannt beobachte ich die Leader, die darauf warten, dass wieder Ruhe einkehrt. Wenn mich Raphael nicht will, lande ich höchstwahrscheinlich bei Valentin. Dann wäre die Katastrophe perfekt. Er wird die Bloßstellung durch Ravin garantiert auf mich zurückführen. Immerhin war ich der Auslöser. Aber stattdessen tagelang in Raphaels unmittelbarer Nähe herumhängen? Wenn er wüsste, was ich mit seinem Bruder angestellt habe, hätte er ebenfalls einen Grund, mich zu hassen. Ich schaudere. Schnell bemühe ich mich um einen neutralen Ausdruck und konzentriere mich auf die Fußabdrücke, die Leader und Ausbilder auf dem sandigen Boden hinterlassen haben.

Als es still wird, hebt Raphael den Kopf. »Gwendolin. Dorian. Norwin«, zählt er gleichgültig auf, ohne uns anzusehen.

Unter dem neidvollen Getuschel der anderen stehen wir auf. Alina schüttelt verständnislos ihre Haarmähne, sagt jedoch nichts.

Bevor ich die Tribüne verlasse, drücke ich aufmunternd Leas Schulter. Dann überquere ich den Platz und positioniere mich gemeinsam mit Dorian und Norwin schräg hinter unserem neuen Leader, der mich nach wie vor keines Blickes würdigt und völlig desinteressiert wirkt. Valentin hingegen fixiert mich ernst. Er ist noch immer sehr blass, doch in seine Augen ist die bekannte Härte zurückgekehrt. Voller eisiger Kälte funkelt er mich an. Raphael dreht sich zu dem anderen Leader und lenkt dadurch dessen Aufmerksamkeit auf sich. Die beiden scheinen ein stummes Duell auszufechten. Schließlich gibt Valentin nach und senkt unwillig den Kopf. Dieser schwelende Konflikt ist kein erfreulicher Auftakt der Wahl. Dass ich der Grund dafür bin, trägt nicht gerade zu meinem Wohlbefinden bei.

Unruhig warte ich darauf, dass Raphael den zweiten Teil seiner Gruppe benennt. Wie stehen die Chancen, dass er auch meine beiden anderen Freunde in sein Team holt?

Er hat die Arme vor der Brust verschränkt und wirkt unschlüssig. Es gibt keinen Grund, weshalb er eines der Schlusslichter aussuchen sollte.

»Isabelle«, beschließt er und hält inne. Ich nutze die kurze Pause, um mich unauffällig nach vorne zu lehnen.

»Bitte«, wispere ich so leise, dass nur er es hören kann.

Raphael zögert für den Bruchteil einer Sekunde. Anschließend nickt er fast unmerklich. »Finn. Lea.«

Der Gesichtsausdruck meiner Freundin in diesem Moment ist unbezahlbar. In schnellem Tempo wechseln Fassungslosigkeit und Begeisterung. Als sie zu uns gehüpft kommt, macht sie den Eindruck, als würde sie Raphael vor Dankbarkeit gleich um den Hals fallen. Vernünftigerweise besinnt sie sich und zieht stattdessen mich in eine feste Umarmung.

»Danke«, flüstere ich Raphael zu, der mit keiner Reaktion erkennen lässt, ob er mich gehört hat. Obwohl weder Lea noch Finn begabte Former sind, hat er meinen kompletten Freundeskreis in seinem Team versammelt. War das eine Gegenleistung für mein Eingreifen beim Leaderwettstreit? Ahnt er überhaupt, dass ich es war? Wäre definitiv besser, wenn nicht. Hat er das für mich getan? Entnervt verdrehe ich die Augen. So wichtig bin ich auch nicht.

Elrics Stimme reißt mich aus meinen Überlegungen. »Wir fahren fort. Rang zwei: Valentin Kirbach«, gibt er laut bekannt. Aufgrund des vorangegangenen Vorfalls traut sich keiner zu klatschen. Alle haben Angst vor dem Leader, weil wir Zeugen seiner Bestrafung waren. Die ganze Akademie hatte teil an seiner Demütigung, und ich fürchte, er wird uns dafür büßen lassen.

Valentin studiert nachdenklich die Reihen der Schüler. »Tobias«, bestimmt er. »Kira. Henry.«

Okay. Tobias ist nachvollziehbar. Bei ihm handelt es sich um einen der stärksten Former des Jahrgangs. Aber Kira und Henry? Nun gut, sie sind nicht total grauenhaft. Zumindest nicht im Hinblick auf die Gabe. Wenn ich ehrlich bin, muss ich sogar zugeben, dass beide fähige Former sind. Schart er absichtlich die Mobbing-Gruppe um sich? Das passt ja hervorragend. Ein Leader, der mich hasst, mit einem Team, das mich drangsaliert. Ich kann nur hoffen, dass wir in den nächsten Wochen wenig miteinander zu tun haben.

»Alina, Dominik, Elena«, vervollständigt er seine Wahl. Tatsächlich. Ich unterdrücke ein Stöhnen. Was für eine charmante Kombination. Vier Mobber, Tobias und *Schnepfie?* Ist das sein Ernst? Hofft er auf nächtliche Gesellschaft? Oder will er Leonard eins auswischen? Zuzutrauen wäre es ihm.

Interessiert verfolge ich den weiteren Verlauf. Carolin, die sich auf dem dritten Rang befindet, entscheidet sich, ohne zu zögern, für Selina, die von ihr bei der letzten Offenlegung als Grünband benannt wurde. Auch ihre weitere Zusammenstellung zeichnet sich durch sportliches Talent aus. Leonard braucht ebenfalls nicht lange für die Auswahl seines Teams. Kein Wunder, denn der Jahrgang wurde von den anderen Leadern ziemlich ausgedünnt. Abschließend ist es an Daniel, die sechs verbliebenen Schüler aufzuzählen, wobei er unbehaglich zu Boden schaut. In seinem Team befinden sich alle Rotbänder der vergangenen Offenlegung – mit Ausnahme von Lea.

»Damit ist die Aufteilung abgeschlossen«, stellt Elric fest. »Die Schüler des ersten Semesters wurden den Teams zugeordnet und unterstehen ab sofort in erster Instanz ihrem jeweiligen Leader. Ich wünsche euch viel Erfolg in der Teamphase«, schließt er freundlich, woraufhin sich alle erheben und klatschen.

Raphael signalisiert uns, ihm zu folgen. Gehorsam setzen wir uns in Bewegung. Ich fühle mich total ausgelaugt. Die vergangenen Stunden haben mir alles abverlangt. Zuerst der nervenaufreibende Kampf. Die absurde Angst um Raphael. Die unerwarteten Gefühle. Der Impuls, der über den Sieg entschieden hat. Die gestohlene Erinnerung an die Formerprobe. Valentins Bestrafung. Und schließlich Sorge und Erleichterung bei der Leaderwahl. Wenn ich die Ereignisse dieses Nachmittags im Ansatz geahnt hätte, wären heute Morgen drei zusätzliche Tassen Kaffee fällig gewesen. Mindestens.

23 verborgen

In unserem Gruppenraum im ersten Stock angekommen informiert uns Raphael über die weitere Planung. Dabei schaut er aufmerksam in die Runde, meidet aber jeglichen Augenkontakt zu mir. »Wir werden gemeinsam zwei Wochen im Wald verbringen. Jeder erhält einen Rucksack mit der erforderlichen Ausrüstung, ein Zelt, eine Isomatte sowie einen Schlafsack. Bis auf eure Armbanduhr ist eigenes Gepäck nicht erlaubt«, zählt er auf. Danach legt er die Ziele der Teamphase dar und schickt uns schließlich auf unsere Zimmer, um diese in akzeptablem Zustand zu hinterlassen.

Im Flur hält mich Lea zurück. »Gwen!«, sagt sie glücklich. »Ist das nicht unfassbar? Wir sind zusammen! Alle! Ich bin Raphael so dankbar dafür, dass er mich vor Daniel beschützt hat.«

Irritiert hebe ich eine Augenbraue. Mir ist klar, dass meine Freundin Angst hatte, dem Kampfzwerg aufgezwungen zu werden, doch derart bedrohlich erschien mir weder er noch die Gruppe, die er um sich geschart hat.

»Ja«, stimme ich wenig überzeugend zu. »Echt nett von ihm.«

»Tut mir leid, dass es mit Valentin übel gelaufen ist«, fährt Lea mit gesenkter Stimme fort. »Ich weiß nicht, was in ihn gefahren ist, dich als natürlichen Former zu beschuldigen! Vermutlich war es eine Kurzschlussreaktion, weil er wegen der Niederlage beim Leaderkampf wütend war. Aber diese heftige Strafe von Ravin war wirklich übertrieben und unmenschlich. Wenn ich mir vorstelle, dass ich Raphael so leiden sehen müsste ...«, äußert sie schaudernd und schlägt sich die Hand vor den Mund. »Entschuldige. Das macht es nicht besser. Versuche auf jeden Fall, nach vorne zu sehen. Du bist zwar nicht bei deinem Lieblingsleader, aber immerhin gemeinsam mit uns im Team«, schließt sie einfühlsam. Ich bin dermaßen perplex, dass ich mir lediglich ein schwaches Nicken abringen kann.

Völlig erschlagen von den Ereignissen des Tages stolpere ich kurze Zeit später in meinen kleinen Raum und stöhne auf, als ich das Chaos sehe, das ich heute Morgen hinterlassen habe. In den vergangenen Wochen hatte der Zustand des Zimmers in meiner Tagesplanung keinen hohen Stellenwert eingenommen. Wer konnte damit rechnen, dass wir plötzlich zur Ordnung aufgefordert werden?

Spontan entscheide ich, die Aufräumaktion im Bad zu starten. Schnell lege ich Zahnbürste und weiteren Kleinkram in den Spind und falte meine beiden Handtücher zusammen. Danach sortiere ich Notizen, Bücher und fliegende Blätter, die sich auf meinem Schreibtisch angesammelt haben. Prüfend schaue ich mich um. Ganz annehmbar, bis auf den Kleiderberg in der Zimmermitte, dessen Existenz ich bisher erfolgreich verdrängt habe. Ich hasse es.

Seufzend knie ich mich auf den Boden und beginne mit dem Zusammenlegen. Es war mir gar nicht bewusst, dass ich dermaßen viele Sachen aus den Fächern gezogen hatte. Oberteile, Hosen, Socken und Unterwäsche haben sich einheitlich gegen mich verschworen. In meinem Schrank zu Hause herrschte nie solche Unordnung, allerdings musste ich diesen auch nicht stundenlang nach geeigneten Kombinationen durchwühlen. Genervt halte ich einen schwarzen BH mit ausgestreckten Armen vor mich und versuche, die heillos ineinander verwickelten Träger zu entwirren.

Das Geräusch meiner Zimmertür unterbricht meinen stummen Zweikampf. Wer stört beim Aufräumen? Obwohl das Abendessen ausnahmsweise auf 20 Uhr verschoben wurde, muss ich mich beeilen, um rechtzeitig zu erscheinen. Missmutig schaue ich auf und erstarre in der Bewegung. Raphael lehnt mit verschränkten Armen im Türrahmen und grinst mich schief an. Während ich im Vakuum meines Kopfes hektisch nach einer passenden Bemerkung suche, wandert sein Blick zu meinen Händen. Er zieht fragend eine Braue hoch und setzt eine unschuldige Miene auf, doch seine hellen Augen funkeln belustigt.

Eiskalt wird mir bewusst, dass ich ihm meine Unterwäsche präsentiere. Abrupt senke ich die Arme und laufe glühend rot an. *Sieh her, Raphael! Diese Verrückte hast du als Erste gewählt, und das hier ist ihr BH!*

Für einen Moment mustern wir uns schweigend, dann wende ich mich ab. Unter Garantie macht meine Gesichtsfarbe gerade Schnepfies Lippenstift Konkurrenz.

Raphael deutet mit dem Kopf auf den großen Rucksack, der neben ihm auf dem Boden steht. »Deine Ausrüstung für die kommenden zwei Wochen.« Seine Stimme bebt vor unterdrücktem Gelächter. »Ausreichend Dessous dürften auch vorhanden sein.« Er schiebt das Behältnis mit dem Fuß in mein Zimmer.

»Danke«, knurre ich ungehalten und wühle konzentriert das nächste Kleidungsstück hervor. Ein normales T-Shirt. Halleluja.

»Wir sehen uns morgen. Frühstück um 6 Uhr. Abfahrt eine halbe Stunde später. Ausdauertraining entfällt.«

Mit einem knappen Nicken nehme ich seine Worte zur Kenntnis. Sobald er verschwunden ist, lasse ich mich vorwärts in den Kleiderberg fallen und verberge dabei stöhnend den Kopf in einer Kapuzenjacke. Zu dieser meisterhaft ausgeführten Blamage kann man mich nur beglückwünschen. Geht's noch schlimmer?

Bevor ich mich aufrichten kann, öffnet sich die Tür erneut. Raphael hat wohl etwas vergessen. Na, klasse.

Als er mich auf dem Boden sieht, blinzelt er irritiert. »Ähm. Gwendolin?«, setzt er an, bricht dann aber ab und beißt sich auf die Unterlippe. Wenig überzeugend täuscht er einen Hustenanfall vor. Okay. Es geht tatsächlich schlimmer. Gut zu wissen. Falls er die beschämende Situation von gerade eben überbieten will, ist ihm das gelungen. In dieser Sekunde haben wir eine nie dagewesene Stufe der Peinlichkeit erreicht.

»Was ist denn noch?«, fauche ich angriffslustig, während ich auf dem Bauch liegend zu dem schwarzhaarigen Idioten hochsehe. Jetzt aufzuspringen würde mich vollends der Lächerlichkeit preisgeben.

Raphael betrachtet mich für einen Moment amüsiert, dann wird er ernst. »Hast du Schmerzen?«, erkundigt er sich mitfühlend.

Obwohl Nacken und Rückenpartie ziemlich wehtun, schüttle ich den Kopf und stütze mich auf die Oberarme. »Nicht der Rede wert. Ich wurde weder fast abgestochen noch bei lebendigem Leib gegrillt.«

Bereits während die letzten Worte meine Lippen verlassen, bereue ich die bissige Antwort. Vorsichtig spähe ich zu Raphael empor. Er wirkt erleichtert und scheint meinen verbalen Fehltritt gar nicht zur Kenntnis genommen zu haben. Misstrauisch fixiere ich ihn. Weshalb ahnt er, dass ich Schmerzen haben könnte? Ob er mir sagen würde, was im Rahmen der Formerprobe passiert ist?

Bevor ich die entsprechende Frage formulieren kann, ist er einen Schritt zurückgewichen. »Ich bin froh, dass es dir gut geht«, entgegnet er schlicht, während er auf den Gang hinaustritt und die Tür hinter sich zuzieht. Nachdenklich lege ich die restlichen Kleider zusammen, sortiere sie in den Schrank ein und gehe anschließend zum Abendessen.

Am nächsten Morgen sitze ich völlig entspannt beim Frühstück. Zum ersten Mal in den vergangenen drei Wochen bekomme ich um diese Uhrzeit etwas in den Magen. Ich habe sogar Zeit für eine zweite Tasse Kaffee. Der Start in den Tag ohne Frühsport hat definitiv Vorteile. Ich mag die Teamphase jetzt schon.

Das sonderbare Zusammentreffen vom Vorabend habe ich bisher für mich behalten. Dorians Blicke, die er mir zuwirft, sobald Raphaels Name fällt, sprechen Bände, und Lea würde ohnehin direkt Partei für den Leader ergreifen. Zwar war sie auch vor der Wahl begeisterter Fan, doch seit gestern ist sie der festen Überzeugung, er habe ihr ein schreckliches Schicksal erspart. Mag sein, dass das zutrifft, aber ich würde trotzdem gerne über ihn lästern. Nur ein bisschen.

Die entsprechende Gelegenheit wittere ich wenig später. Nachdem wir unser Gepäck im Kofferraum und auf dem Dach verstaut haben, steigen wir in den kleinen Geländebus, der gerade ausreichend Plätze für die sechs Teammitglieder, Raphael und den Busfahrer bietet. Von den restlichen Schülern des Semesters sehen wir nichts. Ich vermute, dass sie absichtlich zu einer anderen Uhrzeit starten, um einen Austausch zu vermeiden. Im Prinzip unnötig, denn wir saßen bereits beim gestrigen Abendessen in unseren neuen Gruppierungen zusammen. Es geht eben nichts über eine harte Auswahl zur Stärkung des Zusammenhalts.

Locker lasse ich mich auf den Sitz neben Lea fallen. »Hattest du gestern hohen Leaderbesuch?«, versuche ich mich leise an einem Scherz.

»Hm?«, entgegnet meine Freundin verwirrt. »Falls du Raphael meinst; ja, er war vor dem Abendessen kurz da, hat die Ausrüstung gebracht und die Abfahrtszeit durchgegeben. Wieso?«

»Bei mir war er ebenfalls«, informiere ich knapp.

»Das dachte ich mir«, sagt Lea mit einem Schulterzucken. »Er ist echt höflich. Zuerst hat er geklopft, dann meine Reaktion abgewartet. Nicht einmal die Tür hat er komplett geöffnet. Von mir aus hätte er gerne reinkommen können.«

Aha. Weshalb konnte ich mir das nur denken? Irritiert lege ich meinen Kopf an die Scheibe und starre aus dem Fenster. Was genau läuft da zwischen uns? Immerhin scheint er es gleichfalls zu spüren. Der Typ bringt mich total durcheinander.

»Wollte er bei dir etwas Besonderes?«, reißt mich Lea aus meinen Gedanken.

»Er wollte sich versichern, dass ich keine Schmerzen habe«, erkläre ich kurz angebunden. Lea runzelt die Stirn und setzt gerade zu einer Antwort an, als Dorians Gesicht zwischen unseren Sitzen erscheint.

»Das ist ja *nett* von ihm«, stellt er betont harmlos fest und lächelt vielsagend.

Ich fahre mir gereizt mit den Händen durch die Haare. »Ja. Sicher. Ich könnte das nur besser würdigen, wenn ich wüsste, was bei dieser verdammten Formerprobe passiert ist«, grolle ich unzufrieden. »Ich kann mir nicht den geringsten Anhaltspunkt ins Gedächtnis rufen. Diese Unwissenheit macht mich verrückt! Wieso haben sie unsere Erinnerungen gelöscht?«

Dorian schüttelt den Kopf. »Keine Ahnung.«

»Mir ist im Treppenhaus lediglich aufgefallen, dass ich verschwitzt war, obwohl sich meine Haut eher trocken angefühlt hat«, schaltet sich Norwin ebenfalls von der Rückbank ins Gespräch ein. »Das spricht dafür, dass wir im Freien waren und höchstwahrscheinlich Angst hatten. Weit weg können wir nicht gewesen sein, immerhin fehlen uns nur dreißig Minuten. Der Innenhof der Akademie fällt weg, weil uns da die anderen Schüler gesehen hätten.«

Dorian nickt zustimmend. »Ich habe mir auch schon überlegt, dass wir entweder im Wald nahe der Akademie oder auf dem Dach waren. Nach einem Aufenthalt im Keller wären wir deutlich ausgekühlter gewesen.«

»Genau«, stimmt Norwin zu, während Lea und ich sprachlos die Kombinationsgabe unserer beiden Freunde bewundern.

Plötzlich durchzuckt mich ein Gedanke. »Hey. Auf dem Weg in den Innenhof sagte Elric etwas von einem ungebremsten Fall. Das bestätigt eure Dach-Theorie«, berichte ich an Dorian gewandt. »Außerdem habe ich seit der Probe Schmerzen in Nacken, Schulterpartie und Rücken.«

»Tatsächlich?« Norwin mustert mich aufmerksam.

»Ja«, erwidere ich. »Fühlt sich an, als sei ich nach einem Sturz vom Dreimeterbrett auf der Wasseroberfläche aufgeschlagen.«

»Ein Sturz«, wiederholt Norwin nachdenklich. »Das würde wirklich für das Dach der Akademie sprechen.«

»Warum sollten sie Gwen vom Gebäude werfen? Was würde das bringen?«, zweifelt Lea verwirrt.

Auf Norwins Gesicht zeichnet sich eine Eingebung ab. »Weil ein natürlicher Former intuitiv die Gabe nutzen würde, um einem scheinbar tödlichen Aufprall zu entgehen.«

Mit offenem Mund starre ich Norwin an. Das klingt gar nicht so blöd. Darauf wäre ich selbst nie gekommen.

Anerkennend stößt Dorian die Luft zwischen den Zähnen aus. »Diese Erklärung ist schlüssig. Ein natürlicher Former würde automatisch durch das Erzeugen eines Gegendrucks seinen Fall verlangsamen.«

»Aber wie kann ein normaler Schüler eine solche Probe überleben? Gwen sieht nicht aus, als sei sie ungebremst auf dem Erdboden aufgeschlagen«, wendet Lea ein.

»Guter Punkt«, überlegt Dorian. »Vermutlich haben Ausbilder und Leader Gwen gemeinsam abgefangen. Entweder mithilfe der Gabe oder mit einem Sprungtuch.«

»Eher mit einer Betonplatte, wenn ich vom Zustand meines Rückens ausgehe«, ergänze ich finster.

»Immerhin hast du die Probe bestanden«, fasst Lea zusammen und boxt mir aufmunternd gegen den Oberarm.

»Ja. Und ich frage mich, warum«, murmelt Norwin so

leise an meinem Ohr, dass nur ich es hören kann. Angestrengt wühle ich nach der Erinnerung in meinem Kopf, kann aber nichts entdecken. Die haben mich in die Tiefe gestürzt, um das intuitive Wirken meiner Gabe zu prüfen? Ich bin mir nicht sicher, ob ich dieser krassen Erklärung Glauben schenken will. Allerdings deutete Elric ebenfalls etwas Derartiges an. Doch wie konnte ich dann die Formerprobe bestehen? Bin ich tatsächlich ungebremst gefallen? Der Ausbilder behauptete, jemand habe mich beschützt. Aber wer? Und warum? Was ist passiert? Diese Lücke ist mehr als gruselig. Resigniert lehne ich mich zurück und schaue aus dem Fenster.

»Und welche Rolle spielten wir dabei?«, durchbricht Lea die Stille.

Ratlos hebt Norwin die Schultern. »Was das betrifft, habe ich keinen Schimmer.«

24 : eifersüchtig

Für mehrere Stunden kurven wir über Waldwege und kleinere Straßen. Aufmerksam prüfe ich jedes Schild, kenne aber keine der darauf genannten Ortschaften. Ungefähr zwanzig Minuten, nachdem wir das letzte Dorf hinter uns gelassen haben, sind wir an unserem Ziel angekommen. Wir befinden uns auf einem kleinen Parkplatz mitten im Wald. In der Nähe erstreckt sich ein hoher Metallzaun, der in beide Richtungen zwischen den Stämmen verschwindet. Skeptisch mustere ich das verblichene Schild. *Privatgrundstück. Zutritt verboten.* Neugierig schaue ich mich weiter um. Die verschiedenen Grüntöne von Laub- und Nadelbäumen tauchen die Umgebung in gedämpftes Licht, das von den goldenen Strahlen der Morgensonne durchdrungen wird. Wildes Efeu windet sich um die Stämme. Die Erde unter meinen Füßen ist größtenteils von weichem Moos, Nadeln und Blättern bedeckt. Das helle Grün der Farne und das schon vereinzelt blühende Heidekraut bilden sanfte Kontraste zur dunklen Farbe des Bodens. Befreit nehme ich einen tiefen Atemzug. Die Waldluft riecht harzig und frisch. Außer dem Geräusch unserer Schritte ist nur das Rauschen des Windes und der melodische Gesang verschiedener Vögel zu hören. Kurz schließe ich die Augen. Im Vergleich zu dem Stress, dem wir in der Akademie ausgesetzt waren, wirkt es hier wie im Himmel.

Beladen mit unserem Gepäck bahnen wir uns jenseits des Zauns den Weg tiefer in den Wald hinein. Nach etwa einer halben Stunde erreichen wir eine Lichtung. Raphael gibt das Zeichen zum Anhalten. Erleichtert lasse ich die Ausrüstung fallen, setze mich auf einen Stein und freue mich über das Ende unseres Hindernislaufs. Meine Schultern schmerzen vom Gewicht des Rucksacks. Zusätzlich zu den eigenen Sachen wurden Verpflegung und Getränke gleichmäßig auf uns verteilt. So schön diese Gegend auch ist; beladen mit dem ganzen Kram kann man die Atmosphäre weniger genießen.

Im Verlauf der folgenden Stunden bauen wir die Zelte auf und richten das Lager ein. Lea und ich helfen uns gegenseitig, sodass wir dreißig Minuten vor dem geplanten Mittagessen fertig sind. Spontan beschließen wir, durchs Gelände zu schlendern.

Schon nach wenigen Metern entdecke ich ein Glitzern zwischen den Bäumen. Kurz darauf treten wir aus dem Schutz des Waldes ins gleißende Sonnenlicht, das von der Oberfläche eines großen Sees widergespiegelt wird. Geblendet kneife ich die Augen zusammen und lasse den Anblick auf mich wirken. Das funkelnde Gewässer ist von einem leicht abschüssigen Sandstrand umgeben, der von kleineren Grasflächen durchbrochen wird. An einzelnen Stellen reicht der Wald bis an den See heran, ansonsten bleibt das Wasser vom Schatten der Bäume unberührt. Obwohl der Tag klar und der Himmel wolkenlos ist, kann ich das gegenüberliegende Ufer nur schemenhaft erkennen. Für einen Moment fühle ich mich wie im Urlaub. Dann fällt mir ein, dass wir nicht zum Spaß hier sind. Immerhin befinden wir uns in der Teamphase. Doch allein die Abwesenheit von Kameras, Einwegspiegeln und Levanders dämlichen Offenlegungen sorgt dafür, dass ich entspannt bin wie schon lange nicht mehr. Vielleicht wird sich jetzt alles zum Guten wenden.

Lea geht es ähnlich. Unbeschwert sinkt sie in den weichen Ufersand, streckt die Beine aus und lässt ihr Gesicht von den warmen Sonnenstrahlen streicheln. Einträchtig genießen wir die beruhigenden Geräusche der Natur.

»Gestern um diese Zeit war ich völlig fertig«, erinnert sie sich selbstvergessen. »Ich hätte niemals erwartet, dass ich vierundzwanzig Stunden später gemütlich an einem Seeufer herumliege.« Ich nicke bestätigend, aber meine Freundin scheint mich nicht wahrzunehmen. »Ich bin Raphael wirklich dankbar. Selbst wenn ich nicht begreifen kann, warum er mich gewählt hat.« Sie lächelt verträumt. »Meinst du, er mag mich? Ein begabter Former werde ich mit Sicherheit nie. Das wissen Leader und Ausbilder gleichermaßen. Also hat er mich aus einem anderen Grund in sein Team geholt. Vielleicht ist ihm aufgefallen, dass zwischen uns etwas ist. Denkst du, er könnte meine Gefühle erwidern?«

Lea und Raphael? Bei dieser Vorstellung wird mir übel. Ihre angeblichen Empfindungen sind nichts als einfältige Schwärmerei. Sie kennt ihn doch kaum! Und außerdem …

Ich richte mich auf. Bevor ich etwas entgegnen kann, legt Lea den Arm über ihre Augen. »Sag nichts, Gwen«, bittet sie. »Ich will es gar nicht wissen. Ich lasse das einfach auf mich zukommen.«

Schweigend betrachte ich meine Hände.

»Unsere ganze Clique ist in seinem Team«, fährt sie grüblerisch fort. »Die Wahl von Dorian und Norwin ist nachvollziehbar. Sie sind beide klug und geschickt im Umgang mit der Gabe. Aber Finn und ich? Meinst du, das ist Zufall?«

»Keine Ahnung«, antworte ich gähnend und schiebe den Gedanken, es könne etwas mit mir zu tun haben, weit weg. Lea jetzt zu offenbaren, dass Raphael sie auf meine Bitte hin gewählt hat, würde ihr nur die Stimmung verderben. »Kann sein, dass er bewusst so entschieden hat«, mutmaße ich vorsichtig. »Immerhin gewährleistet es, dass sich sein Team gut versteht. Wenn der Zusammenhalt derart wichtig ist, dass wir deshalb eine zweiwöchige Gruppenphase durchlaufen müssen, ist das kein ungeschickter Zug.«

Lea seufzt. »Intelligent, liebenswürdig und gut aussehend. Das ist echt unfair. Wieso wird ein solcher Typ freiwillig Leader im Dienst der Akademie?«

»Wer weiß, ob er es wollte«, werfe ich nachdenklich ein. »Vielleicht hat er eine ähnliche Geschichte hinter sich wie wir.« Was ist mit mir los? Weshalb nehme ich Raphael in Schutz? »Oder er spielt eine Rolle und zeigt ausschließlich das, was wir sehen wollen«, füge ich schnell hinzu.

Lea schüttelt entschieden den Kopf. »Dann wäre er aber sehr überzeugend. Sogar beim Wettkampf hat er gewartet, bis sich Carolin auf ihn konzentrierte. Er hätte auch wie Valentin das Überraschungsmoment nutzen können. Ich glaube, er ist einfach so ...«, sie sucht nach dem richtigen Begriff, »so ehrenhaft.«

Ich verdrehe verärgert die Augen. »Wir kennen ihn überhaupt nicht! Mag sein, dass er der sympathischste Leader ist, aber trotzdem gehört seine Loyalität der Akademie«, wehre ich nachdrücklich ab. Leider zweifle ich an meinen Worten bereits in dem Moment, in dem ich sie ausspreche.

»Gwen! Ich verstehe nicht, was du gegen ihn hast. Es tut mir leid für dich, dass du lieber in Valentins Team gelandet wärst, aber das ist kein Grund, über ihn herzuziehen. Du gibst ihm nicht einmal eine Chance!«

»Weil ich weiß, wie es endet!«, schieße ich zurück und werde dabei immer lauter. »Im Gegensatz zu dir lasse ich mich nicht von seinem Aussehen blenden. Raphael ist ein manipulativer Arsch wie alle anderen Leader auch!«

Hinter uns ertönt ein Räuspern. »Gut, dass dies geklärt ist«, sagt Raphael ruhig. »Wenn ihr etwas vom Mittagessen wollt, solltet ihr euch beeilen.«

Ohne ein weiteres Wort dreht er sich um und geht.

Betroffen erhebe ich mich und klopfe den Sand von meiner Hose. »Tut mir leid«, murmle ich Richtung Lea, die mich wütend anstarrt.

»Das musst du nicht *mir* erzählen«, erwidert sie tonlos. »*Mich* hast du nicht als manipulativen Arsch beschimpft.«

Verstört fahre ich mir mit den Händen durch die Haare. »Verdammt. Ich konnte ja nicht ahnen, dass er genau in diesem Moment hinter uns steht«, stammle ich hilflos. Ich sollte wirklich mehr Achtsamkeit auf das Erkennen näherkommender Auren legen.

Lea springt ebenfalls auf und berührt meinen Arm. Obwohl ich an das unvermeidliche Knistern gewöhnt bin, zucke ich leicht zusammen.

»Das ist total dumm gelaufen«, erklärt sie ernst. »Ich bin nicht sauer auf dich, aber du solltest das unbedingt wieder geradebiegen. Immerhin ist er unser Leader. Nur weil die Wahl vorbei ist, bedeutet das nicht, dass wir uns außer Gefahr befinden. Im Gegenteil. Keine gute Idee, ihn gegen dich aufzubringen.« Ihre Miene verdunkelt sich für einen Moment, dann ergreift sie mein Handgelenk und zieht mich hinter sich her. »Na los. Wenn wir noch länger hier herumstehen, haben uns die anderen alles weggegessen«, verkündet sie gespielt munter und schlägt den Weg zum Lager ein. Gedankenverloren folge ich ihr. Sie hat recht. Das habe ich gründlich vermasselt.

Wenig später befinden wir uns bei den restlichen Teammitgliedern, die in einem lockeren Kreis um die Feuerstelle sitzen und gut gelaunt Dosenravioli von Plastiktellern verspeisen. Kurzerhand kratzen wir die letzten Reste aus dem Topf und gesellen uns dazu. Mehrfach versuche ich, Raphaels Blick einzufangen, doch er weigert sich eisern, in meine Richtung zu sehen.

Nach dem Mittagessen gehen alle gemeinsam an den See, um die Teller abzuspülen. Anschließend nehmen wir wieder am Feuer Platz. Raphael legt die Hand auf eine große Metallkiste, die neben ihm steht. Geistesabwesend starre ich auf seine schlanken Finger. Ohne zu zögern, würde ich mit dem Behälter den Platz tauschen. *Woah. Gwen. Reiß dich zusammen. Er ist dein Leader*! *Und außerdem im Moment sauer auf dich.* Ich muss mich echt besser unter Kontrolle halten. Angestrengt konzentriere ich mich auf Raphaels Worte.

»Leider war es das letzte Mal, dass wir unser Lager unbeaufsichtigt lassen konnten«, beginnt er. »Neben den täglichen Aufgaben und eurer Ausbildung gibt es ein drittes Vorhaben, was sehr viel Zeit und Planung in Anspruch nehmen wird. Jedes Team bewahrt vier nummerierte Flaggen in der Mitte seines Lagers auf«, erklärt er und öffnet mit einer raschen Bewegung den Deckel. »Ziel ist es, am Ende der zwei Wochen sämtliche Exemplare mit der eigenen Teamnummer zu besitzen.« Geschickt zieht er die Fahnen aus dem Behältnis und breitet sie vor uns aus. »Die Ziffer entspricht dem momentanen Teamrang. Wir sammeln also viermal die Nummer eins. Valentins Gruppe steht an zweiter Position, dann folgen Carolin, Leonard und Daniel«, zählt er auf, während er auf die dazugehörigen Exemplare zeigt. »Die Truhen befinden sich jeweils im Zentrum der Teamlager, direkt neben der Feuerstelle. Die Flaggen dürfen an keinem anderen Ort aufbewahrt werden. Die Kiste wird nicht bewegt. Wurde eine Fahne erbeutet, kann sie zurückgeholt werden. Ansonsten gibt es keine Regeln. Beginn heute um 21 Uhr, Ende übernächsten Mittwoch um 9 Uhr vormittags. Letztendlich werden dadurch Effizienz und Zusammenarbeit der einzelnen Gruppen auf die Probe gestellt, wodurch auch das Urteilsvermögen der Leader bewertet wird. Zieht euch bitte sofort nach unserer Besprechung um, damit ihr im Wald nicht mehr so leicht zu erkennen seid. In euren Rucksäcken findet ihr die entsprechende Tarnkleidung.«

Direkt verfallen wir in eifrige Diskussionen. Geländespiele mochte ich schon immer, allerdings fürchte ich, dass es hier deutlich brutaler zugehen wird, als in der Kindergruppe, mit der ich meine letzte Schnitzeljagd veranstaltet habe. Schade, dass diese Aktion im Rahmen unserer Ausbildung stattfindet. Ohne den künstlich erzeugten Leistungsdruck könnten wir richtig Spaß haben.

»Wir sollten Nachtwachen einteilen und Fallen legen. Grundsätzlich muss jederzeit mindestens eine Person auf die Flaggen achten«, wirft Finn mit einem abenteuerlustigen Glitzern in den Augen ein.

»Solange es hell ist, müssen wir unbedingt unser eigenes Gebiet kennenlernen, sodass wir über mögliche Schwachstellen informiert sind«, ergänzt Lea eifrig. Gerade weil beide keine begabten Former sind, gehen sie vollständig in der neuen Herausforderung auf. Man sieht ihnen deutlich an, dass sie darauf brennen, ihren Nutzen für das Team unter Beweis zu stellen.

Raphael verfolgt die lebhaften Gespräche mit einem Lächeln, das jedes Mal sofort erlischt, wenn er zu mir sieht. In Sekundenbruchteilen ist seine Miene wieder völlig ausdruckslos. Ich fürchte, da ist eine Entschuldigung fällig.

Am Nachmittag erkunden wir das Terrain, indem wir uns vom Lagerplatz aus in stetig größer werdenden Kreisen durchs Unterholz schlagen. Mit der Ausnahme von Raphael, der wie immer schwarz angezogen ist, tragen wir mittlerweile Tarnkleidung, sodass wir uns kaum vom dichten Blätterwerk abheben. Im Gegensatz zu meinen Teamkameraden, die bester Laune sind und verschiedene Taktiken zum Überfallen der anderen Lager entwerfen, stapfe ich still durch den Wald. Missmutig beobachte ich unseren Leader, der mit den anderen scherzt und lacht, während er sie auf Besonderheiten des Geländes aufmerksam macht. Mir zeigt er nach wie vor die kalte Schulter. Verdienterweise, wie ich leider zugeben muss.

Als er jedoch Lea auffängt, die über eine Wurzel stolpert, ist es um meine Beherrschung geschehen. Zähneknirschend schaue ich zu, wie er meine Freundin sanft aufrichtet. Lea dreht sich zu ihm um, legt die Hand auf seinen Oberarm und schmachtet ihn dankbar an. Grrr. Da macht jemand Ernst. Jetzt könnte sie wirklich aufhören, ihn zu begrabschen. Der Körperkontakt dauert definitiv zu lange. Und das hingerissene Lächeln, mit dem sie ihn anstrahlt, sorgt dafür, dass mir unmittelbar schlecht wird. Ausgesprochen unpassend, sich ihm derart an den Hals zu werfen.

Offensiv schließe ich zu ihm auf und warte, bis meine sichtlich verknallte Freundin begriffen hat, dass ich jetzt dran bin, und endlich das Weite sucht.

»Perfektes Timing«, zischt sie mir ungehalten ins Ohr. »Ich war gerade dabei, ihm näherzukommen.«

»Tut mir leid«, flüstere ich zurück, obwohl ich genau das Gegenteil empfinde. Sie soll gefälligst die Finger von ihm lassen. Entnervt stoße ich die Luft aus. Ich bin unmöglich. Lea absichtlich die Tour zu vermasseln, ist armselig. Seit Wochen schwärmt sie von Raphael und träumt davon, in sein Team zu kommen. Dann tauche ich aus der Versenkung auf und könnte vor Eifersucht an die Decke gehen.

Entschlossen blende ich das Bild von Lea in Raphaels Armen aus und ignoriere die nagende Missgunst, die in mir hochkriecht. Stattdessen berühre ich den Leader leicht am Ellbogen und schrecke zurück, als mir glühende Hitze durch den Arm schießt. Obwohl ich an die Stromstöße unter Formern gewöhnt bin, fühlt sich bei Raphael alles viel intensiver an. Nervös beiße ich mir auf die Unterlippe. Seine Gegenwart bringt mich komplett aus der Fassung.

»Wenn du gekommen bist, um mir weitere Komplimente an den Kopf zu werfen, kannst du diese gerne für dich behalten«, reißt mich Raphaels dunkle Stimme aus den Gedanken.

»Ich wollte sagen, dass es mir leidtut«, murmle ich widerstrebend.

»Was konkret?«, erkundigt er sich kühl, ohne mich anzusehen. »Tut es dir leid, was du von mir denkst? Entschuldigst du dich dafür, dass ich es gehört habe? Oder bedauerst du, in meinem Team gelandet zu sein?«

Das wird schwieriger, als ich dachte. Zögerlich öffne ich den Mund und schließe ihn wieder, ohne dass ein Ton hervorkommt.

»Faszinierend«, bemerkt er sarkastisch.

Schweigend laufen wir nebeneinander durchs Unterholz, während ich mir das Gehirn zermartere, wie ich die angespannte Situation entschärfen kann.

»So habe ich das nicht gemeint«, lenke ich unbeholfen ein.

Zuerst scheint es, als würde Raphael gar nicht reagieren. Dann atmet er hörbar aus. »Denkst du wirklich, du wärst in Valentins Team besser dran?«, fragt er ungerührt, während er weiterhin geradeaus schaut. »Falls ja, dann habe ich die falsche Wahl getroffen.«

»Valentin hat damit gar nichts –«, beginne ich abwehrend.

»War vielleicht doch keine Gruppenfokussierung notwendig dafür, dass du dich ihm an den Hals geworfen hast?«, unterbricht Raphael aufgebracht.

Sprachlos starre ich ihn an. Ist das sein Ernst? Klingt er *eifersüchtig*?

»Immerhin weiß ich jetzt, was du von mir hältst«, stellt er abweisend fest.

»Es war aber nicht die Wahrheit«, gestehe ich zähneknirschend. Ruckartig dreht Raphael den Kopf. Ich zucke zusammen, als mich der intensive Blick seiner stahlblauen Augen trifft.

»Aha?«, sagt er schlicht, während sich die Frequenz meines Herzschlags verdoppelt.

»Ich … Ich halte dich nicht für …« Ich verstumme.

»Einen manipulativen Arsch?«, hilft er bereitwillig aus.

Ich nicke verlegen und suche verkrampft nach den richtigen Worten.

»Eigentlich bist du ganz okay«, räume ich letztendlich ein.

Er zieht die Augenbrauen hoch und ein herausforderndes Lächeln spielt um seine Mundwinkel. »Findest du? Dann frage ich mich allerdings, weshalb du mich regelmäßig ansiehst, als würdest du mir am liebsten bei lebendigem Leib die Haut abziehen.«

Idiot. Zuerst spielt er den Beleidigten, und jetzt macht er sich über mich lustig? Der Kerl treibt mich in den Wahnsinn.

»Wer verfolgt mich denn seit Wochen mit wütendem Starren?«, gehe ich gereizt auf ihn los. »Im Wald, während Daniels Leaderstunde, nach dem simulierten Amoklauf, bei der mentalen Kontrolle am See. Ganz ehrlich. Wenn ich für jedes Zeichen deines Missfallens einen Cent bekäme, könnte ich davon einen Anwalt bezahlen, um eine einstweilige Verfügung gegen dich zu erwirken!« Verärgert registriere ich sein unterdrücktes Lachen. »Weißt du was? Vergiss es einfach!«

Bevor er etwas erwidern kann, drehe ich mich um und flüchte zu meinen Freunden. Statt eines Wortwechsels tragen wir direkt ein Wortgefecht aus. Diese *perfekte* erste Unterhaltung verspricht der Beginn einer wunderbaren Freundschaft zu werden.

Lea mustert mich besorgt, als ich schweigend den Platz an ihrer Seite einnehme.

»Nach allem, was ich beobachten konnte, scheint das Gespräch nicht sonderlich erfolgreich gelaufen zu sein«, äußert sie vorsichtig, doch ihre Augen glitzern hoffnungsvoll. »Habt ihr euch gestritten?«

»Hör bloß auf!«, knurre ich und vergrabe die Hände in den Taschen meiner neuen Cargohose.

25 : berührt

Als wir uns am Abend ums Feuer versammeln, haben wir nicht nur das komplette Gelände erforscht, sondern auch verschiedene Fallen wie Stolperdrähte und kleinere Gräben rings um unser Lager angebracht. Es ist wohl lediglich eine Frage der Zeit, bis ihnen einer von uns zum Opfer fällt.

Nach dem gemeinsamen Essen beschließen wir, uns allmählich für die kommende Nacht zu wappnen.

»Wenn um 21 Uhr das Spiel eröffnet wird, wäre es sinnvoll, wenn wir in diesem Moment schon an unseren Grenzen stehen würden«, schlägt Dorian vor. »Dadurch könnten wir den letzten Rest Tageslicht ausnutzen, um das Terrain der anderen Teams zu sichten.«

Isabelle neigt bestätigend den Kopf. »Guter Plan. Wie teilen wir uns auf?«

»Zwei bleiben hier, um das Lager zu schützen«, überlegt Norwin. »Raphael, bist du auch dabei?«

Der Leader nickt knapp.

»Dann haben wir fünf Personen für die Erkundungstour«, fährt Norwin fort und blickt kurz auf seinen Kompass. »Es ist naheliegend, dass die anderen Teams ebenfalls um den See herum verteilt sind. Mein Vorschlag: Zwei von uns laufen nach Osten. Zwei weitere übernehmen den Westen. Der Letzte hat den anstrengendsten Job und schwimmt, um die Randgebiete vom Wasser her zu prüfen. Wir treffen uns alle auf der gegenüberliegenden Seite des Sees wieder. Wenn wir uns am Waldrand entlang des Ufers bewegen, sind es schätzungsweise sechs Kilometer. Direkt durch die gegnerischen Bereiche zu rennen, kommt sowieso nicht infrage. Wir müssen darauf achten, dass wir uns nicht durch unsere Auren verraten.«

Finn schlägt ihm anerkennend auf die Schulter. »Guter Plan, solange ich nicht ins Wasser muss.«

Isabelle meldet sich bereitwillig. »Das würde ich gerne machen. An meiner alten Schule war ich in der Schwimmmannschaft. Ich hätte nichts gegen etwas Ruhe und ein nächtliches Bad einzuwenden.«

Dorian seufzt erleichtert. »Damit wäre das geklärt. Ich würde den Osten erforschen. Wer kommt mit?«

Hoffnungsvoll schaut er zu Norwin, der ihm sofort sein Einverständnis signalisiert. Wenn ich noch lange warte, lande ich garantiert in einer Gruppe mit Raphael. Bloß nicht.

»Ich gehe mit euch. Beim Erkunden bin ich nützlicher als am Feuer«, melde ich mich kurz entschlossen.

Mit einem Nicken gibt Raphael seine Zustimmung. Wenig später sind auch die restlichen Aufgaben festgelegt. Finn bewacht das Lager, während Raphael und Lea den Westen untersuchen. Ich hoffe, sie hat Spaß mit ihm allein im Wald.

Um Viertel vor neun verabschieden wir uns und laufen in der einsetzenden Dämmerung zur östlichen Grenze, die durch Holzpflöcke im Boden gekennzeichnet ist.

Punkt 21 Uhr betreten wir das gegnerische Gebiet und schleichen uns verstohlen durchs Unterholz. Noch ist es zu hell, um den Schutz der Bäume zu verlassen. Ich bin völlig auf die Fokussierung von Auren konzentriert, damit ich umgehend bemerke, wenn sich Mitglieder eines anderen Teams in der Nähe befinden. Nachdem ich mehrfach Bekanntschaft mit Dornen und scharfkantigen Gräsern gemacht habe, ergreift mich Dorian am Arm.

»Gwenni, wenn das so weitergeht, verletzt du dich vielleicht«, mahnt er liebevoll. »Kümmere du dich weiter um die Lokalisierung, ich passe auf dich auf.«

Dankbar lasse ich zu, dass er mich langsam durch den stetig dunkler werdenden Wald führt.

Nach etwa einer halben Stunde bleibe ich stehen und deute Richtung Süden. »Ich spüre drei Auren. Entweder befindet sich dort ein feindliches Lager oder der Teil eines Teams kommt auf uns zu«, flüstere ich hastig.

»Kannst du ausmachen, wer es ist?«, fragt Norwin.

Rasch strecke ich meine Sinne weiter aus und stocke. »Oh nein«, ächze ich. »Ausgerechnet Valentin.«

Die anderen beiden stöhnen.

»Bei ihm sind Henry und Schnepfie.«

»Schnepfie?«, vergewissert sich Dorian irritiert.

Ich kann ein verlegenes Grinsen nicht unterdrücken. »Ich meine Elena. Schnepfie ist der Spitzname, den ich ihr verpasst habe, nachdem sie sich an meinem ersten Tag wie eine giftige Schnepfe aufgeführt hatte.«

Die Jungs haben Mühe, sich das Lachen zu verkneifen.

»Alles klar«, presst Norwin atemlos hervor. »Kannst du herausfinden, ob sie sich bewegen?«

Nach einigen Minuten Stille bin ich mir sicher. »Nein. Sie halten sich weiterhin am gleichen Platz auf.«

»Vielleicht sind sie nicht auf die Idee gekommen, den See miteinzubeziehen. Das würde erklären, warum sich drei Personen im Lager aufhalten. Vermutlich sind ebenfalls zwei in den Osten und die restlichen in den Westen aufgebrochen. Offenbar nicht am Ufer entlang. Unser Glück«, überlegt Dorian. »Lasst uns weitergehen. Heute geht's ausschließlich ums Kundschaften.«

Mittlerweile ist es dunkel geworden, sodass wir es wagen, unseren Weg am Waldrand fortzusetzen. Die Umgebung wird nur vom fahlen Schein des Mondes erhellt.

Zehn Minuten später erkennen wir die Holzpflöcke, die das nächste Gebiet kennzeichnen. Nach wenigen Metern halte ich an. Meine beiden Begleiter starren konzentriert in die Finsternis.

»Ich merke gar nichts«, gibt Norwin mit einem Achselzucken zu.

»Ich auch nicht«, seufzt Dorian enttäuscht. »Was tun eigentlich die anderen Gruppen, die kein Formertalent bei sich haben?«

»Drei Personen«, wispere ich. »Selina, Corinna und Stefan.«

»Das sind Leute von Carolin«, bestätigt Dorian. »Anscheinend sind die Teams in der Reihenfolge ihrer Ränge verteilt. Wir auf dem ersten Platz, danach Valentin, dann Carolin. Vermutlich schließen sich Leonard und Daniel an.«

»Leise«, zische ich. »Sie kommen her.«

Bewegungslos verharren wir und hoffen, dass wir unentdeckt bleiben. Eine direkte Konfrontation weitab von unserem Lager wäre momentan äußerst unklug.

Kurz darauf sind sie so nah, dass wir ihre Unterhaltung hören können. Es wird nicht mehr lange dauern, bis sie unsere Präsenzen wahrnehmen.

»Nur noch ein kleines Stück«, ermutigt eine männliche Stimme, die zu Stefan gehören muss. »Dann sind wir am Ufer und kommen deutlich rascher voran. Wir hätten früher losgehen sollen, das habe ich gleich gesagt. Wenn wir den See umrunden wollen, müssen wir an Tempo zulegen, sonst sind wir die halbe Nacht unterwegs.«

Hastig bestimme ich ihre Route anhand der Auren. Sie werden genau an der Stelle aus dem Wald heraustreten, an der wir uns gerade verstecken. Schnell konzentriere ich mich auf Stefan, der sich anscheinend zum Anführer der kleinen Gruppe emporgeschwungen hat.

Kehrt um. Eure Flaggen sind in Gefahr.

»Mädels.« Plötzlich bleibt er stehen. »Lasst uns umdrehen. Ich habe ein ganz schlechtes Gefühl, weil wir Carolin alleine im Lager gelassen haben.«

»Spinnst du?«, quietscht Corinna schrill. »Was soll denn das? Ihre Anweisungen waren deutlich. Wir sind nicht einmal in gegnerisches Terrain vorgedrungen. Was sollen wir ihr sagen? Was, glaubst du, wird sie mit uns machen, wenn wir mit der Begründung auftauchen, du hättest ein *schlechtes Gefühl* bei der Sache?«

»Sie wird froh sein, dass wir da sind, um zu helfen«, erwidert Stefan entschlossen. »Ihr könnt gerne weitergehen, doch ich werde dafür sorgen, dass die Flaggen in unserem Besitz bleiben.«

Mit diesen Worten dreht er um und bahnt sich den Pfad zurück durchs Unterholz. Corinna und Selina zögern kurz, entscheiden sich aber dafür, ihn zu begleiten. Wenige Minuten später ist es wieder still im Wald.

Aufatmend lasse ich mich gegen einen Baumstamm sinken. »Das war knapp.«

»Hast du was mit ihrer Umkehr zu tun?«, fragt Dorian.

»Ja. Ich habe Stefan den mentalen Impuls eingegeben«, bestätige ich.

»Mühelos und unmerklich«, stellt Norwin beeindruckt fest. »Genau wie am Freitag, als du Dorian vor dem Bad im See bewahren konntest, indem du Raphaels Fokussierung überwunden hast.« Er mustert mich skeptisch. »Wobei ich nach wie vor nicht verstehe, weshalb er die Schuld auf sich genommen hat.«

»Keine Ahnung«, blocke ich ab. »Ich war so in Sorge um Dorian, dass mir alles andere egal war. Ohne Raphael wäre ich gnadenlos aufgeflogen.«

»Warum hat er dich geschützt?«, lässt Norwin nicht locker. Tja. Das interessiert mich ebenfalls brennend.

»Wenn ich das wüsste«, antworte ich frustriert.

»Interessanterweise verhält sich nicht nur Raphael sonderbar«, stichelt Dorian verschmitzt.

Norwin grinst, während ich missmutig ein wenig Rinde vom Stamm hinter mir abkratze.

»Du solltest mittlerweile wissen, dass du uns nichts vormachen kannst«, fährt Dorian provozierend fort. »Willst du uns etwas über deine Rolle beim Leaderkampf erzählen?«

»Können wir uns wieder unserer Aufgabe widmen, statt irgendwelchen unnötigen Kram zu analysieren?«, murre ich gereizt.

Dorian seufzt. »Selbst wenn du es nicht zugeben willst, Gwenni. Irgendetwas läuft da zwischen euch, aber ich habe keine Ahnung, was. Er benimmt sich merkwürdig in deiner Gegenwart. Deine Reaktion auf ihn erwähne ich lieber gar nicht. Was war zum Beispiel heute Mittag los? Zwischen euch sprühen die Funken. Definitiv sind starke Gefühle im Spiel. Ihr scheint euch abgrundtief zu hassen.«

Ich zucke unbeeindruckt mit den Schultern. Weshalb kann mich Dorian nicht einfach mit seinen Beobachtungen in Ruhe lassen?

»Oder ist das Gegenteil der Fall?«, mutmaßt er leise, woraufhin ich empört ausatme. Bevor ich mich verteidigen und Dorian für seine Unterstellung erwürgen kann, lenkt Norwin meine Aufmerksamkeit auf sich.

»Bist du sicher, dass Raphael nichts von deiner Vergangenheit ahnt?«, wirft er ein und rettet damit Dorians Leben.

Entschieden verneine ich. »Ihr kennt doch die Geschichte. Wenn er wüsste, dass ich seinen Bruder auf dem Gewissen habe, hätte er mich längst verschwinden lassen.«

»Stattdessen tut er alles in seiner Macht Stehende, um dich zu schützen. Er hat sich fast umbringen lassen, damit du in seinem Team landest. Meiner Meinung nach haben ihm lediglich das Stolpern Valentins und dessen plötzliche Kapitulation das Leben gerettet«, äußert Norwin mit einem herausfordernden Unterton in der Stimme.

»Okay. Ist gut. Ich gebe es zu«, bekenne ich resigniert. »Ich konnte einfach nicht mit ansehen, wie er derart zugerichtet wird, nachdem er so viel für mich getan hat.«

»Klar«, pflichtet Dorian amüsiert bei, während er einen vielsagenden Blick mit Norwin tauscht. »Das war natürlich der *einzige* Grund.«

Kurz herrscht Ruhe.

»Gwenni«, setzt Dorian zögernd an.

»Was ist denn?«, knurre ich verstimmt. »Haben wir das Thema nicht erschöpfend behandelt?«

»Vielleicht solltest du ein Gespräch mit Lea führen«,

rät er vorsichtig. »Wie du weißt, ist sie schon lange in Raphael verschossen. Seit sie ihn etwas besser kennt, ist es noch stärker geworden. Ich bin nicht sicher, wie sie diese Entwicklung zwischen euch aufnehmen wird.«

Ich hole wütend Luft und ziehe erneut in Erwägung, Dorian an den Hals zu springen.

»Egal wohin sie führt«, besänftigt er eilig.

»Kann sein«, grolle ich, muss aber eingestehen, dass er recht hat.

Wortlos setzen wir uns wieder in Bewegung. Durch das gut passierbare Ufergelände kann ich die Umgebung auf Auren prüfen, ohne von Dorians Führung abhängig zu sein. Im hellen Mondlicht erkenne ich sogar größere Hindernisse. Um weiteren unangenehmen Gesprächen aus dem Weg zu gehen, laufe ich absichtlich schneller als meine Freunde. Nach einiger Zeit fällt mir jedoch auf, dass sie zurückgefallen sind.

Irritiert halte ich an. Was machen sie? Wo sind sie? Ist etwas passiert? Bei einem Angriff hätte ich die feindlichen Auren spüren müssen. Konzentriert taste ich nach den Präsenzen der beiden und atme auf. Sie sind noch da. Und sie stehen sehr dicht zusammen. Schlagartig kapiere ich, was los ist. Knutschen die etwa rum? Oh Mann. Da habe ich mir die richtige Gruppe ausgesucht.

Und jetzt? Stören will ich nicht. Immerhin hatten sie in der Akademie nie die Gelegenheit, alleine zu sein. Die gemeinsamen Momente gönne ich ihnen von ganzem Herzen. Etwas Privatsphäre haben meine beiden Freunde definitiv verdient. Unentschlossen trete ich von einem Bein aufs andere. Ein kleines Stück und ich dürfte die Hälfte des Weges geschafft haben. Wahrscheinlich ist es am sinnvollsten, wenn ich mich auf Höhe der Grenze in

Ufernähe niederlasse und darauf warte, dass die anderen Mitglieder unseres Teams auftauchen.

Nach wenigen Minuten habe ich die Holzpflöcke erreicht und setze mich auf einen Baumstamm am Waldrand, von dem ich sowohl den See als auch das angrenzende Ufer im Auge habe.

Kurze Zeit darauf nehme ich wahr, wie sich eine einzelne Aura nähert. Die Aura, die ich mittlerweile unter Tausenden erkennen würde.

Ich inhaliere die kühle Waldluft und versuche, mich zu entspannen, als sich Raphael neben mich fallen lässt. Sofort steigt mir sein typischer Geruch in die Nase. Krampfhaft halte ich den Atem an, bevor mir seine bloße Präsenz die Sinne vernebelt. Vergeblich. Als ich die Wärme seines Körpers spüre, überläuft mich ein heißer Schauer.

»Hey«, sagt er distanziert. Im Gegensatz zu mir scheint *er* keine Probleme mit unerwünschten physischen Reaktionen zu haben.

»Wieso bist du alleine? Ist etwas passiert?«, erkundige ich mich angespannt, ohne mich mit einer Begrüßung aufzuhalten.

»Lea ist gestürzt und hat sich einen bösen Schnitt am rechten Bein zugezogen. Zum Glück nicht weit vom Lager entfernt, sodass ich sie zu Finn zurückbringen konnte. Ich bin alleine unterwegs«, erklärt er und mustert mich nachdenklich. »Warum sitzt du hier?«

»Ich warte«, entgegne ich mürrisch, während ich mich gleichzeitig über das Kribbeln ärgere, das seine Nähe in mir hervorruft.

»Ja. Das ist mir klar«, erwidert Raphael seufzend. »Wo sind Dorian und Norwin?«

»Ähm«, suche ich verzweifelt nach einer passenden Ausrede. Wie immer in Raphaels Gegenwart ist mein Gehirn vollkommen leer. »Sie kundschaften ein Lager aus?«

»Interessant«, stellt er fest. »Darf ich fragen, weshalb du nicht dabei bist?«

Mist. Warum hatte ich geahnt, dass er mir nicht glauben würde? Ich bin wirklich ein miserabler Lügner. Insbesondere in seiner Gesellschaft. Mein Herz schlägt mir bis zum Hals.

»Weil ich verhindern wollte, dass sich jemand um uns sorgt«, improvisiere ich schnell und gebe mein Bestes, unschuldig auszusehen.

»Das reicht.« Seine Stimme klingt gefährlich ruhig. »Allmählich verliere ich die Geduld. Ihr gehört zu *meinem* Team und untersteht *meiner* Verantwortung. Wo sind die beiden Jungs?«

Verbissen schüttle ich den Kopf. Sicherlich werde ich nicht meine besten Freunde verraten.

»Mein Gott, wie kann man dermaßen stur sein!«, stößt Raphael hervor und beugt sich zu mir. Er ergreift meine Schultern und dreht mich unsanft zu sich herum, damit er mir ins Gesicht sehen kann. Mit einem Mal trennen uns nur wenige Zentimeter. Die Äste werfen im Mondlicht harte Schatten, sodass seine hohen Wangenknochen deutlich hervortreten.

»Du wirst mir –«, setzt er an und verstummt abrupt, als er sich der plötzlichen Nähe bewusst wird. Aufmerksam schaut er mich an. Wie gefesselt erwidere ich seinen Blick. Er ist mir so nah, dass ich seinen warmen Atem auf meinen Lippen fühlen kann. Ich bin zu keinem klaren Gedanken fähig. Zögerlich verkleinern wir die ohnehin schon geringe Distanz. Kurz bevor wir uns berühren, spüre ich das spannungsgeladene Summen, mit dem sich unsere Auren verbinden. In diesem Moment gestehe ich es mir endlich ein. Keine Ausflüchte mehr. Alles in mir schreit danach, Raphael zu küssen. Langsam überwinde ich die letzten Millimeter zwischen uns.

Die verheißungsvollen Funken verwandeln sich beim endgültigen Kontakt in lodernde Hitze, die meinen ganzen Körper durchfährt. Seine Lippen sind glatt und weich. Sie schmecken nach der würzigen Waldluft. Kurzerhand rutsche ich näher an ihn heran, woraufhin er eine Hand in meinen Nacken legt und mit den Fingerspitzen meine Haut streichelt. Diese leichte Berührung setzt mich vollends unter Strom. Ohne zu zögern, vergrabe ich die Hände in seinen dichten Haaren, während ich unseren Kuss intensiviere. Auch Raphaels Atem geht deutlich schneller als zuvor.

Raphael. Oh Gott. Das ist *Raphael.* Jans Zwillingsbruder. Mein Teamleader. Der Traummann meiner Freundin.

Schlagartig löse ich mich von ihm und springe auf. »Bist du total verrückt geworden?«, schleudere ich ihm entgegen und weiche zurück. »Bleib mir gefälligst vom Leib!«

Raphael hat beide Hände erhoben und starrt mich an. Seine Augen glänzen silbern im Mondlicht, und sein Haar wirkt noch dunkler als sonst.

Instinktiv drehe ich mich um und flüchte. Nach wenigen Metern renne ich völlig aufgelöst Dorian und Norwin in die Arme, welche mich mit sichtbar schlechtem Gewissen mustern.

»Gwenni, alles okay?«, fragt Dorian mit beunruhigter Miene.

»Was ist passiert?«, schiebt Norwin argwöhnisch hinterher.

»Keine Sorge, Jungs«, wehre ich ab. »Ich habe die Aura von Raphael wahrgenommen und wollte zusammen mit euch eintreffen, um unangenehme Fragen zu vermeiden.«

»Bitte entschuldige«, setzt Norwin heiser an. »Wir ...«

»Kein Problem. Wirklich«, besänftige ich. »Ich war ja nicht weit weg. Bei Bedarf hätte ich euch jederzeit erreichen können. Es ist in Ordnung. Ehrlich.«

Dorian berührt mich leicht am Oberarm. »Danke«, flüstert er, und ich höre das Lächeln in seiner Stimme.

Gemeinsam kehren wir zu Raphael zurück, der mittlerweile aufgestanden ist und auf den See hinausblickt.

»Da seid ihr ja«, bemerkt er ausdruckslos. »Lea hat sich verletzt und ist bei Finn im Lager geblieben. Wir warten auf Isabelle und gehen gemeinsam zurück.«

Dorian und Norwin informieren ihn kurz über unsere Neuigkeiten. Ich hingegen bleibe stumm. Ich bin nicht sicher, ob ich momentan in Raphaels Nähe einen Ton herausbekommen könnte.

Ungefähr eine halbe Stunde später hören wir das gleichmäßige Plätschern von Wasser, das die Ankunft von Isabelle ankündigt. Kurz darauf betritt sie tropfend das Ufer.

»Entschuldigt die Verspätung«, prustet sie. »Ich habe in der Mitte des Sees gewartet, bis es völlig dunkel war, damit ich die Lagerfeuer besser sehen konnte.«

Raphael nickt wortlos und bedeutet uns, ihm zu folgen. Schweigend legen wir den Weg entlang der Böschung zurück. In unserem Lager werden wir erfreut von Finn empfangen. Lea hingegen hat ihr verbundenes Bein hochgelegt und starrt missmutig in die Flammen. Schnell erstatten die einzelnen Gruppen Bericht. Norwins Einschätzung erwies sich tatsächlich als richtig. Die Teams sind in gleichmäßigem Abstand um den See verteilt, und die jeweiligen Feuerstellen befinden sich in der Mitte der Geländeabschnitte. Nachdem Raphael an das Ausdauertraining am nächsten Morgen erinnert hat, mache ich mich fertig für die Nacht und krieche gähnend in mein Zelt. Durch die Strapazen des Tages bin ich so müde, dass ich augenblicklich einschlafe.

26 : sehnsüchtig

Am nächsten Morgen steht das fröhliche Vogelgezwitscher in krassem Kontrast zu meiner Stimmung. Genervt schlüpfe ich in meine Sportklamotten und robbe aus dem Zelt. Dämliche Joggingeinheiten. Dämlicher Raphael.

Am Seeufer treffe ich auf Lea, die ebenfalls mithilfe des kalten Wassers versucht, wachzuwerden.

»Morgen«, begrüße ich sie. »Wie geht's deiner Verletzung?«

»Die ist total unproblematisch«, schimpft sie und zeigt zur Bestätigung auf ihr Bein, auf dem eine oberflächliche Schramme zu sehen ist. »So dramatisch war es ohnehin nicht. Es hat ein wenig geblutet, ja. Aber meiner Meinung nach hat Raphael völlig übertrieben. Es ist lediglich ein Kratzer!«

»Übertrieben?«, wiederhole ich verwirrt. »Ist doch nett, dass er sich um dich sorgt.«

»Mensch, Gwen. Mach dich nicht über mich lustig. Ich war mit Raphael im Wald. Wir waren alleine! Das war *die* Chance! Dann stolpere ich Volltrottel über eine Wurzel und werde von Raphael umgehend zurückgebracht. Wie kann man solches Pech haben?«

Ich unterdrücke ein Schmunzeln. Scheint, als habe Raphael geahnt, was auf ihn zukommen könnte, und eine Möglichkeit gefunden, Lea elegant loszuwerden. Nur um anschließend auf mich zu treffen, die sich noch schlimmer benommen hat. Jetzt wäre wohl die passende Gelegenheit, meine Verfehlung der letzten Nacht zu beichten. Gerade als ich den Mund öffne, um meiner Freundin alles zu gestehen, beugt sich Lea vor.

»Weißt du«, beginnt sie leise. »Auf dem Weg durch den Wald habe ich mich mit Raphael unterhalten. Er ist so süß. Außerdem klug und unglaublich heiß. Vielleicht mag er mich auch? Als er meine Verletzung untersucht hat, war er total fürsorglich. In diesem Moment hatte ich das Gefühl, dass etwas Besonderes zwischen uns besteht. Ich glaube, ich habe mich in ihn verliebt«, vertraut sie mir an.

Ich starre sie wortlos an, während in mir ein heftiger Kampf tobt. Es ist ernster, als ich dachte. Angestrengt versuche ich, mir meine Bestürzung nicht anmerken zu lassen. Was jetzt? Ich kann nach diesem Geständnis schlecht um die Ecke biegen und sagen: *Zu spät. Während du zu Finn ans Lagerfeuer verbannt wurdest, habe ich mit ihm rumgeknutscht. Schade.* Verdammt. Ich habe keine Ahnung, wie ich aus dieser Sache wieder rauskommen soll. Lea die Wahrheit enthüllen und ihr damit das Herz brechen? Abwarten, ob sich ihre Schwärmerei von selbst legt? Besser die Klappe halten und darauf hoffen, dass sich der Vorfall mit Raphael nicht wiederholt? Bei der Erinnerung an unseren Kuss beschleunigt sich prompt mein Herzschlag. Wem mache ich hier etwas vor? Bei der ersten Gelegenheit bin ich Raphael willenlos in die Arme gefallen. Na ja. Eigentlich habe sogar *ich* die Sache vorangetrieben. Habe ich aus dem Desaster mit Jan überhaupt nichts gelernt? Ich bin eine rückgratlose Kakerlake, die ihre Triebe nicht im Griff hat.

»Ähm, Gwen?«, hakt Lea nach. »Findest du das dermaßen schlimm? Ich weiß, dass du Raphael nicht leiden kannst. Aber er ist in Ordnung. Wirklich.«

Schnell nicke ich zustimmend. »Klar ist das schlimm«, verhasple ich mich. »Natürlich nicht. Ich meine, es ist natürlich nicht schlimm. Ich drücke dir die Daumen!«, schließe ich verzweifelt und bemühe mich um einen positiven Gesichtsausdruck. Oh Gott, ich bin so schlecht.

Lea runzelt verwundert die Stirn, dann erwidert sie mein Lächeln. »Okay«, seufzt sie erleichtert. »Ich bin froh, dass du kein Problem damit hast. Immerhin sind wir Freundinnen.«

Schnell verdränge ich die aufkeimenden Schuldgefühle. Lea hat auf jeden Fall meine Offenheit verdient. Jedoch erst, wenn ich weiß, wie ich ihr diesen emotionalen Tiefschlag schonend beibringen kann. Ich bin eine grauenvolle Freundin.

Kurz darauf hören wir das Geräusch brechender Zweige. Die erste Gruppe kehrt vom Ausdauertraining zurück. Jetzt sind wir dran mit der Joggingrunde. Ich kann's kaum erwarten. Völlig motivationslos schleppen wir uns zum Lager und fügen uns dem Schicksal. Immerhin werden wir bloß eine knappe Stunde im Wald herumrennen müssen, nicht anderthalb wie in der Akademie.

Die anderen lassen sich heftig keuchend neben uns fallen. Lediglich Raphael macht den Eindruck, als sei er gerade von einem kleinen Spaziergang zurückgekehrt. Zum Glück schaut er nicht in meine Richtung. Meine nächtliche Entgleisung ist mir derart peinlich, dass ich mich nach Kräften bemühe, ihn zu ignorieren.

»Wie ich sehe, hast du dich erholt«, stellt er mit einem prüfenden Blick auf Leas Bein fest.

»Ja«, bestätigt sie verlegen und wird umgehend rot. »Die Schramme ist nicht tief. Das habe ich dir schon gestern gesagt.«

»Kannst du am Frühsport teilnehmen?«, vergewissert er sich.

Lea nickt lebhaft. »Klar.«

Raphael nimmt ihre Antwort schweigend zur Kenntnis und läuft mit ausgreifenden Schritten zum Rand der Lichtung.

»Kommt ihr?«, fragt er über eine Schulter und joggt in mäßiger Geschwindigkeit los, ohne unsere Reaktion abzuwarten. Lea und ich setzen uns widerwillig in Bewegung, und auch Norwin, der ebenfalls zu unserer Gruppe gehört, folgt unserem Leader in den Wald.

Bereits nach wenigen Minuten bin ich völlig außer Atem, und mein Herz klopft bis zum Hals. Allerdings liegt das nicht an dem lockeren Tempo, das Raphael vorgibt, sondern an seiner Rückansicht. Mehrfach versuche ich, die Augen abzuwenden und mich auf die umliegende Natur zu konzentrieren. Erfolglos. Wenn ich etwas sportlicher wäre, könnte ich zumindest neben ihm laufen. Das scheidet jedoch aus. Immer wieder geistert die Erinnerung an vergangene Nacht in meinem Kopf herum. Das intensive Gefühl unseres Kusses, das sich durch meinen gesamten Körper brannte. Ich beiße die Zähne so fest zusammen, dass meine Kiefermuskeln hervortreten, und beschleunige meine Schritte. Das hat lediglich zur Folge, dass ich Raphaels Hinterseite noch besser beobachten kann. Seine fließenden Bewegungen sind erfüllt von kraftvoller Energie. Das schwarze T-Shirt liegt eng an seinem sportlichen Oberkörper. Durch den dünnen Stoff zeichnet sich das Spiel seiner Rückenmuskeln ab. Mein Blick wandert tiefer. Eilig kneife ich die Augen zusammen, bevor ich auf dumme Gedanken komme. Zu spät. Wenn ich jetzt mit ihm alleine wäre, könnte ich für nichts mehr garantieren. Lea hat recht. Er ist atemberaubend. Weshalb habe ich ihn gestern nicht kurzerhand ins Gebüsch gezerrt? Immerhin schien er nicht abgeneigt zu sein ... Ach ja, richtig. Er ist Jans Bruder. Im Vergleich allerdings deutlich netter. Und mindestens genauso heiß. Ich stöhne frustriert. Der Typ bringt mich um den Verstand. Ich sollte dringend wieder mein Gehirn zum Denken benutzen.

Nach dem Ende unseres Trainings kehre ich völlig fertig ins Lager zurück. Schnell hole ich Handtuch und Wechselkleidung aus dem Zelt und lasse mich samt meiner Sportklamotten ins kalte Wasser des Sees fallen. Diese Abkühlung war nötig. Bei den momentanen Temperaturen sind die Sachen bis heute Nachmittag garantiert getrocknet.

Norwin hat meine verzweifelte Aktion amüsiert beobachtet. »Man kann es sich auch unnötig schwer machen«, bemerkt er spitz, während ich tropfend ans Ufer krieche.

»Das sagt der Richtige«, kontere ich trocken, doch sein Grinsen wird nur breiter.

»Na ja. *Ich* stehe wenigstens zu meinen Gefühlen. Was man von *dir* nicht behaupten kann.«

»Hör bloß auf mit deinen Unterstellungen«, schnappe ich. »Ja, er ist ganz attraktiv. Aber ich habe kein Interesse.«

»Alles klar. Ich erinnere dich daran, wenn du das nächste Mal lüstern auf seinen Hintern starrst«, spottet

Norwin und ergreift die Flucht, als ich mit meinem nassen Handtuch drohend in seine Richtung ziele.

Den Rest des Morgens verbringen wir mit der Planung unseres weiteren Vorgehens. In der kommenden Nacht wollen wir die erste Offensive starten und die Flagge von Leonards Team erbeuten. Drei Personen dringen in das gegnerische Lager ein und holen die Fahne, während zwei andere für Lärm und Ablenkung sorgen. Die übrigen beiden sollen unser Lager bewachen. Außerdem kündigt Raphael an, dass für einen der beiden kommenden Tage der erste Besuch des Ausbilders angesetzt sei. Ich hoffe, bei dieser Gelegenheit endlich mit Elric ein heimliches Gespräch führen zu können.

Nach dem Essen werden wir in Manipulationstaktiken unterrichtet. Raphael hat einen wesentlich sympathischeren Ansatz als Ravin, dessen Fachbereich das Thema zuzuordnen ist. Klar strukturiert stellt er uns verschiedene Techniken vor, die anschließend innerhalb der Gruppe besprochen und vertieft werden.

Trotzdem verschlechtert sich meine Stimmung im Verlauf des Nachmittags stetig. Raphaels Erklärungen führen mir gnadenlos meine Naivität vor Augen. Viele der Strategien hat Jan damals bei mir erfolgreich angewendet. Er hat mich skrupellos manipuliert.

Am Ende der Unterrichtseinheit sitze ich still da, die Stirn auf die Knie gelegt. Ich wusste nicht, dass ich ein dermaßen leichtes Ziel abgegeben hatte. Meine Reaktion war exakt so gewesen wie erwartet. Außer bei unserem letzten Zusammentreffen. Ob Raphael seinen Bruder sehr vermisst? Entmutigt lasse ich die Schultern hängen.

Blöde Frage. Immerhin sind seit seinem Tod erst wenige Wochen vergangen. Ich seufze traurig. Selbst wenn ich irgendwann meinen tobenden Gefühlen nachgeben wollte, würde dieses Geheimnis immer zwischen uns stehen. Das könnte er mir niemals verzeihen. Ist die Verbindung zwischen Zwillingen nicht besonders innig? Muss Jans Verlust nicht unglaublich schmerzhaft für ihn sein? Er würde mich hassen, und ich kann es ihm nicht verdenken. Warum muss es von allen Menschen auf der Welt ausgerechnet Jans Bruder sein, der diese Empfindungen in mir weckt? Der Kuss – er war einfach perfekt, bevor ich ihn überstürzt abgebrochen habe. Wieso muss alles derartig kompliziert sein? Immer wieder spukt er in meinem Kopf herum. Allmählich gehen mir die Ausreden aus, denn schon seit geraumer Zeit sind es nicht mehr die Erinnerungen an Jan oder die Probleme meiner Vergangenheit, um die meine Gedanken kreisen. Es ist Raphael selbst. Ich fürchte, ich bin im Begriff, mich zu verlieben. Genau genommen ist es bereits zu spät.

Blinzelnd schaue ich auf, als sich jemand vorsichtig neben mich setzt.

»Gwen? Weinst du etwa?«, fragt Lea erschrocken.

»Quatsch. Mir ist etwas ins Auge geflogen«, antworte ich schroff und springe auf. »Ich werde es ausspülen gehen.«

Nachdem ich mit der hohlen Hand Wasser geschöpft und mein Gesicht gekühlt habe, sammle ich die Sportkleidung ein, die seit dem Morgen am Ufer liegt. Sie ist etwas steif, aber komplett trocken. Die Sonne hat merklich an Wärme verloren, und eine graue Wand türmt sich am Horizont. Oh nein. Wir werden Regen bekommen.

Als wir nach dem Abendessen zusammensitzen, ist der ganze Himmel von tief hängenden Wolken bedeckt. Es kann nicht mehr lange dauern, bis die ersten Tropfen fallen.

Als hätte er meine Gedanken gelesen, schaut Dorian prüfend nach oben. »Ich fürchte, heute wird es nass«, verkündet er. Wie zur Bestätigung erklingt in der Ferne ein leises Grollen.

»Gewitter!«, ruft Finn begeistert. »Das ist das perfekte Wetter für unseren Angriff! Sie werden uns erst bemerken, wenn es zu spät ist!«

»Du willst die Offensive übernehmen?«, mutmaßt Raphael, woraufhin Finn heftig nickt.

»In Ordnung. Wer noch?«

Schnell melden sich Dorian und Norwin. Meine beiden Freunde haben wohl ein schlechtes Gewissen, weil sie auf unserer letzten Mission nicht völlig bei der Sache waren.

Raphael genehmigt die Einteilung mit einer knappen Geste. »Wer kümmert sich um die Ablenkung?«

Umgehend stellt sich Isabelle zur Verfügung. Lea macht keine Anstalten, den zweiten Platz für sich zu beanspruchen, deshalb hebe ich die Hand. »Ich bin dabei.«

Bevor Raphael seine Zustimmung geben kann, hält Dorian dagegen.

»Gwenni, ich glaube, es ist sinnvoller, wenn du im Lager bleibst.«

»Wieso das denn?«, murre ich und verschränke beleidigt die Arme.

»Wir waren gestern gemeinsam unterwegs«, erinnert er mich. »Dein Radius bei der Erkennung von Auren ist unglaublich groß. Wenn du nicht mit in den Angriff gehen willst, solltest du hier Wache halten. Du kannst gegnerische Teammitglieder bestimmt in die Flucht schlagen.«

»Ich will nicht schon wieder durch den Wald rennen«, jammert Lea.

»Tut mir leid, Lea. Ich bin wirklich der Meinung, dass Raph«, er deutet mit dem Kinn auf den Leader, der als Reaktion auf die Abkürzung irritiert die Augenbrauen hebt, »mit seinen Kampffähigkeiten und Gwenni mit ihrer Aurenfokussierung das optimale Verteidigungsteam abgeben. Effektiver können wir unsere Flaggen nicht schützen. Was denkt ihr?«, fragt er in die Runde.

Die anderen murmeln zustimmend, nur Lea stiert böse in die Flammen.

»Also gut«, zischt sie schließlich verärgert.

Raphael akzeptiert die Entscheidung mit einem Neigen des Kopfes, doch ich bilde mir ein, in seinen Zügen leichtes Unbehagen zu lesen. Den ganzen Tag über hat er keine Silbe mit mir gesprochen, und nun sollen wir stundenlang gemeinsam am Lagerfeuer sitzen? Allein der Gedanke an die bevorstehende Nacht bereitet mir Bauchschmerzen.

27 : vereint

Gegen 21 Uhr stehen unsere beiden Außenteams abmarschbereit am Lagerfeuer, während Raphael letzte Anweisungen gibt. Wenig später sind sie im Wald verschwunden. Das Donnergrollen klingt deutlich näher. Finn wird Glück haben und die Gewitterablenkung erhalten.

Leicht fröstelnd kauere ich mich am Feuer zusammen. Vom warmen Juniwetter, das am Nachmittag herrschte, ist nichts mehr zu spüren. Stattdessen zieht ein kühler Wind auf, der rauschend durch die Blätter fegt. Fasziniert bewundere ich zwischen den Bäumen die Oberfläche des Sees, auf der sich die Blitze spiegeln. In regelmäßigen Abständen überprüfe ich die Umgebung auf Auren, aber ich kann nichts Außergewöhnliches feststellen.

Aus den Augenwinkeln beobachte ich Raphael, der den Reißverschluss seines Zeltes schließt und sich mir gegenüber ans Feuer setzt. Weiter entfernt geht nicht. Sehr gut. Schweigend starren wir in die Flammen und lauschen dem aufziehenden Gewitter. Keiner wagt es, die Stille zu durchbrechen.

Nach einer Weile merke ich, wie sich die Atmosphäre zwischen uns verändert. Nervös hebe ich den Kopf und schaue genau in seine hellen Augen. Für einen ewigen Moment erwidere ich seinen Blick. Schatten tanzen über seine feinen Züge und in seinen Pupillen bricht sich der

Widerschein des Feuers. Immer wieder wird die Finsternis durch das grelle Aufleuchten der Blitze zerrissen.

»Gwen«, fängt er an, verstummt jedoch wieder und hebt hilflos die Schultern. Im selben Augenblick trifft mich der erste Regentropfen auf den nackten Oberarm. Der Himmel öffnet seine Schleusen, und in Sekundenschnelle rauschen Unmengen von Wasser auf uns hinunter.

»Ich gehe ins Zelt. Wenn ich eine Aura bemerke, gebe ich Bescheid!« Hastig raffe ich meine Sachen zusammen und flüchte. Sowohl vor dem Unwetter als auch vor dem unausweichlichen klärenden Gespräch. Raphael sitzt weiterhin bewegungslos am Feuer.

In der Sicherheit meines Zeltes angekommen, schäle ich mich zuerst aus den nassen Kleidern und ziehe ein frisches T-Shirt über. Dann trockne ich meine Haare mit einem Handtuch und kuschle mich in den Schlafsack. Träge zähle ich den Abstand zwischen Blitz und Donner, der immer kürzer wird. Das Gewitter scheint direkt auf uns zuzukommen. Mitleidig denke ich an die anderen Teammitglieder, die bei diesem furchtbaren Wetter im Wald herumschleichen müssen. Immer wieder bin ich kurz davor, wegzudämmern und dadurch die Aurenfokussierung zu vermasseln. Ich sollte mir vorsichtshalber die Weckfunktion stellen, damit ich aufwache, falls ich aus Versehen einschlafe. Müde taste ich nach meinem linken Handgelenk und kann ein erschrockenes Zischen nicht unterdrücken. Wo ist meine Armbanduhr? Habe ich sie verloren? Oder irgendwann ausgezogen? Verdammt. Ich hatte sie Lea ausgeliehen, um die richtige Zeit einzustellen. Anschließend sollte sie meine Uhr zu den Sachen ans Feuer legen. Dort befindet sie sich wahrscheinlich noch, weil ich sie durch meinen überstürzten Aufbruch völlig vergessen habe. Oh nein. Meine Lust, bei diesem Wetter erneut ins Freie zu gehen, bewegt sich im Minusbereich. Seufzend richte ich mich auf. Keine Chance. Ich brauche diese blöde Uhr. Sollte ich einschlafen und deshalb eine unserer Flaggen gefährden, wäre das mehr als ärgerlich.

Widerwillig öffne ich den Reißverschluss und zucke zusammen, als mir ein Windstoß eiskalten Regen entgegenbläst. Schnell streife ich meine Turnschuhe über und wanke frierend zur feuchten Asche in der Mitte des Lagers. Es wäre schlau gewesen, meine Jacke oder zumindest einen Pulli mitzunehmen. Schon jetzt klebt das T-Shirt an meiner Haut. Glücklicherweise hat sich Raphael ebenfalls in sein Zelt zurückgezogen. Kein Wunder bei diesem Sauwetter. Gehetzt taste ich die Erde um die Feuerstelle ab, doch das dämliche Teil ist nicht auffindbar. Mittlerweile ist mir so kalt, dass ich am ganzen Körper zittere. Ausgeschlossen, dass Lea sie mitgenommen hat. Immerhin handelt es sich bei den Uhren um die einzigen technischen Geräte, die uns die Akademie überlassen hat. Sie weiß, dass ich sie brauche. Also, wo ist sie dann?

Tropfnass inmitten des Gewitters kniend kommt mir schließlich eine Idee. Möglicherweise hat Raphael das Teil gefunden und mitgenommen, damit es nicht im Unwetter draußen herumliegt.

Kurzerhand richte ich mich auf und sprinte zu seinem Quartier, das von diffusem Licht erfüllt ist. Klar, der *Leader* hat natürlich eine Taschenlampe. Der Regen peitscht mir ins Gesicht, und die Blitze zucken über den Himmel.

»Raphael?«, rufe ich leise durch den dröhnenden Donner und gehe vor dem Eingang in die Hocke. »Ich suche meine Armbanduhr«, erkläre ich zähneklappernd, während er den Reißverschluss öffnet. Er trägt kein T-Shirt.

»Die lag am Feuer. Ich habe sie mitge–« Raphael bricht ab, als er meine fassungslose Miene sieht. »Gwen? Alles in Ordnung?«

Dieses optische Attentat trifft mich völlig unvorbereitet. Ich hatte keinen Gedanken daran verschwendet, dass er vielleicht nicht vollständig bekleidet sein könnte.

»Ja. Nein. Ich weiß nicht«, stammle ich aufgelöst, unfähig, den Blick von seinem nackten Oberkörper abzuwenden. Auf seiner Brust glänzt das Möbiusband an einer Lederschnur, und seine glatte Haut schimmert im weichen Licht der Taschenlampe. Schlagartig schießen mir Hunderte Fantasien durch den Kopf. Keine einzige hat etwas mit meiner Armbanduhr zu tun. Jetzt wäre ich für den BH dankbar, den ich ihm vorgestern unfreiwillig präsentiert habe. Raphaels Augen wandern an meinem durchnässten T-Shirt hinab, unter dem sich wirklich alles abzeichnet. Wäre keine schlechte Idee gewesen, vor dem Besuch in seinem Zelt zumindest eine Jogginghose anzuziehen.

Er schluckt hart und beißt sich auf die Unterlippe. Diese Geste sorgt dafür, dass ich sämtliche Bedenken über Bord werfe. Seit Wochen durfte ich kaum eine Entscheidung selbst treffen. Ich bin pausenlos damit beschäftigt, nicht aufzufallen. Meine Zukunft liegt im Ungewissen. Ich habe keine Lust mehr auf Zweifel, Angst und Schuldgefühle. Heute Nacht verzichte ich auf Wachsamkeit und Misstrauen. Ich werde mir endlich nehmen, was ich will. Und das ist definitiv der Mann vor mir.

Rasch streife ich meine Schuhe ab, schlüpfe ins Zelt

und schließe den Reißverschluss. Sofort weicht Raphael abwehrend in die Zeltmitte zurück. Er greift neben sich und hält mir die Armbanduhr wie einen Schutzschild entgegen.

Ohne zu zögern, rutsche ich ein Stück auf ihn zu und strecke den Arm aus. Die Berührung unserer Finger setzt augenblicklich meinen gesamten Körper unter Strom. Bevor Raphael zurückzucken kann, halte ich sein Handgelenk fest und überwinde die wenigen Zentimeter zwischen uns, sodass ich direkt vor ihm knie.

Er sitzt völlig reglos da und sieht mich an. Mit einer schnellen Bewegung richte ich mich auf. Gleichzeitig löse ich den Griff und streiche seinen Arm empor, bis meine Fingerspitzen an seinem Hals verharren. Selbstbewusst gleite ich auf seinen Schoß und lege die andere Handfläche an seine Wange, damit ich ihn zu mir heranziehen kann. Raphael zeigt noch immer keine Reaktion, doch am schnellen Heben und Senken seines Brustkorbs spüre ich, dass ihn meine Annäherung nicht unberührt lässt. Ich verstärke den leichten Druck im Nacken, wodurch ihm keine andere Wahl bleibt, als nachzugeben. Dann küsse ich ihn vorsichtig. Durch meine Suche im eisigen Gewitterregen bin ich völlig ausgekühlt und genieße das Gefühl seiner warmen und weichen Lippen, die nach Minze mit einem Hauch von Zimt schmecken.

Im Moment des Aufeinandertreffens verliert Raphael den Kampf um seine Selbstbeherrschung. Er stöhnt auf, legt fest die Arme um mich und erwidert meinen Kuss voller Leidenschaft.

Ich vergrabe meine Hände in seinen Haaren, die leicht nach dem würzigen Rauch des Lagerfeuers riechen, und beiße ihn spielerisch in die Unterlippe. Sofort zieht mich

Raphael dichter an sich heran. Er schiebt mein T-Shirt hoch und streichelt meinen bloßen Rücken. Seine Nähe brennt sich wie flüssiges Feuer durch meinen Körper. Ich kann das Knistern unserer Auren geradezu hören. Mit einem sachten Impuls öffne ich seine Lippen und erschauere, als unsere Zungenspitzen aufeinandertreffen. Die Zeit hat keine Bedeutung mehr. Ebenso wenig die äußeren Umstände, die eigentlich gegen uns sind. Nur Raphael zählt und der überwältigende Sturm von Empfindungen, den er in mir hervorruft.

Nach einer Ewigkeit löse ich mich von ihm, setze beide Handflächen auf seine Brust und drücke ihn nach hinten, sodass er ausgestreckt unter mir liegt. Während ich auf seine Oberschenkel rutsche, ziehe ich mit meinen Lippen eine Linie aus Küssen, die an seinem linken Ohr beginnt und sich über seinen Oberkörper bis zum Bund seiner tiefsitzenden Hose fortsetzt. Ohne Umschweife lasse ich meine Hände der Spur folgen. Unwillkürlich seufze ich auf, als ich die harten Muskeln unter seiner samtigen Haut spüre. Mit den Fingern fahre ich über seinen Bauch und öffne geschickt Knopf und Reißverschluss seiner schwarzen Jeans. Raphael hat sich auf die Unterarme gestützt und beobachtet mich atemlos. In seinen Augen erkenne ich mühsam unterdrückte Erregung.

»Gwen«, haucht er heiser. »Willst du das wirklich?«

Stumm knie ich mich neben ihn. Bevor er mein Vorhaben realisiert und widersprechen kann, schiebe ich die Hose entschlossen über seine Hüften und reiße sie ihm förmlich vom Leib. Raphael fixiert mich sehnsüchtig und hält die Luft an, als ich mich wieder auf ihn setze. Lediglich der dünne Stoff der Unterwäsche trennt uns voneinander. Erneut beuge ich mich vor, um ihn ungezügelt zu küssen. Mit beiden Händen ergreift er den Saum meines T-Shirts und zieht es mir langsam über den Kopf. Dabei hinterlassen seine Finger glühende Konturen auf meiner Haut. Ich umklammere seine Oberarme, als er sich ruckartig aufsetzt und mich auf den Rücken dreht. In einer fließenden Bewegung legt er sich zwischen meine Beine und beginnt, jeden Zentimeter von mir mit Küssen zu bedecken, während seine Hände behutsam meinen Körper erkunden. Die Minuten verschmelzen. Ich gebe mich völlig Raphaels Zärtlichkeiten hin. Das Verlangen, ihn endlich vollständig zu spüren, wird übermächtig. Als sich unsere Lippen wieder treffen, taste ich nach dem Bund seiner Boxershorts und ziehe sie herunter.

Raphael hält inne. »Ganz sicher?«, fragt er mit dunkler Stimme.

Ich nicke wortlos und schmiege mich fester an ihn. Innerhalb eines Wimpernschlags hat er mir den Slip ausgezogen und beginnt erneut, mich aufreizend zu streicheln. Ich keuche und kralle mich in seine Schultern. Seine Berührungen bringen mich um den Verstand, und obwohl ich bereits verzweifelt nach Luft ringe, denkt er gar nicht daran, aufzuhören. Ich kann nicht mehr warten. Ich will ihn.

»Raphael«, stoße ich abgehackt hervor. »Bitte.«

Er gibt mir einen innigen Kuss und langt nach seinem Rucksack, der neben meinem Kopf liegt. Während ich die kurze Pause nutze, um wieder zu Atem zu kommen, streift sich Raphael ein Kondom über. Sekunden später kniet er zwischen meinen Beinen, die ich bereitwillig für ihn öffne. Er lässt den Oberkörper nach vorne sinken und schaut mir tief in die Augen. Gleichzeitig dringt er in mich ein. Für einen Moment verharren wir reglos, während ich das unbekannte Gefühl absoluter Vereinigung genieße. Als er merkt, dass ich mich entspanne, beginnt er sich langsam zu bewegen. Sein verhaltenes Stöhnen löst hemmungslose Erregung in mir aus. Wie von selbst heben sich meine Hüften, damit ich ihn mit den Beinen umschlingen kann. Seine Stöße werden schneller und härter. Während er sich mit einem Arm neben meinem Gesicht abstützt, gleitet seine andere Hand weiter hinunter. Der neue Reiz in Kombination mit Raphaels überwältigender Nähe sorgt dafür, dass ich mich unter ihm vor Begierde winde. Dabei hält er ununterbrochen meinen Blick fest, um sich zu vergewissern, dass es mir gut geht. Er schläft nicht nur mit mir. Er liebt mich in einem innigen und erschütternden Rhythmus, der mich immer weiter an den Rand der Erfüllung treibt.

»Raphael«, wispere ich rau, während ich von einer Woge der Leidenschaft mitgerissen werde.

»Hannah«, antwortet er liebevoll. Er stützt sich zitternd auf beide Arme und sieht mir nochmals in die Augen, bevor er sich mit wenigen tiefen Stößen ebenfalls der Erlösung hingibt. Heftig atmend halten wir einander fest, fassungslos über die Intensität unserer Empfindungen. In enger Umarmung warten wir darauf, dass sich unser Herzschlag wieder beruhigt.

Entspannt schließe ich die Augen und kuschle mich an ihn. Wie kann sich unser Zusammensein so richtig anfühlen? Er ist mir vertraut, als würden wir uns schon lange kennen. Das war keine bedeutungslose Verbindung. Im Moment der größten Hingabe flüsterte er meinen Namen. Den *richtigen* Namen.

Mein Innerstes gefriert zu Eis. Raphael bemerkt sofort, dass ich mich versteife. Zärtlich streicht er mir einige verschwitzte Haarsträhnen aus der Stirn.

»Was ist los?«, fragt er sanft.

»Wie hast du mich genannt?« Hektisch setze ich mich auf und suche nach meinen spärlichen Kleidern.

Er zögert. »Wann? Was meinst du?«

»Vorhin. Beim –« Ich stocke. »Du hast meinen Namen gesagt.«

Endlich habe ich den Slip gefunden, streife ihn mir hastig über und ziehe das feuchte T-Shirt an.

In Raphaels Miene erkenne ich, dass er sich erinnert. »Oh nein«, sagt er betroffen und starrt mich entsetzt an. »Ich kann das erklären.«

»Aber nicht jetzt«, presse ich erstickt hervor. »Bleib weg von mir. Ich warne dich.«

Rückwärts taste ich mich zum Zeltausgang und ziehe ungeduldig am Reißverschluss. Eilig ergreife ich meine Schuhe und renne über die regennasse Lichtung zu meinem Zelt. Raphael folgt mir nicht.

Ich ziehe trockene Kleidung an, doch in mir hat sich eisige Kälte ausgebreitet. Zusammengekauert dasitzend, die Knie mit den Armen eng umschlungen, warte ich auf die Rückkehr der anderen. Krampfhaft versuche ich, meine Gedanken zu ordnen, aber mein Gehirn ist vernebelt von der intensiven Erfahrung. Er weiß, wer ich bin. Wie lange schon? Vermutlich von Anfang an. Ob er diese Information von Elric hat? Weshalb hat er mich nicht verraten, wenn er meine wahre Identität kennt? Wieso hasst er mich nicht? Wollte er Rache nehmen für den Mord an Jan? Wie passen die vergangenen Stunden ins Bild? Als Vergeltungsmaßnahme scheint fantastischer Sex nicht unbedingt geeignet. Ich kann ihm nicht einmal vorwerfen, mich verführt zu haben, denn die Annäherung ging von mir aus. Er hat sogar versucht, zu widerstehen, wenn auch erfolglos. Ohne schlechtes Gewissen hätte er sich geradewegs nehmen können, was er wollte, insbesondere bei der Erfahrung, die er mir garantiert voraushat. Stattdessen hat er mir ein unvergessliches erstes Mal geschenkt. Obwohl ich es war, die sich auf ihn stürzte, hat er die komplette Zeit auf mich aufgepasst und für mein Wohlergehen gesorgt. Er hat meine Bedürfnisse über seine eigenen gestellt, jederzeit darauf bedacht, mögliche Grenzen zu respektieren. Unser Zusammensein war vertraut und intim, der Ausdruck in seinen Augen zärtlich und voller Zuneigung. Er hat mir nichts vorgespielt. Ich bin mir sicher. Wie kann er solch tief empfundene Gefühle für mich haben, obwohl er mich kaum kennt? Und was mich viel mehr beunruhigt: Wie kann es mir ebenso ergehen? Sobald ich mich von dem tobenden Sturm in meinem Innern erholt habe, werde ich ihm die Gelegenheit zur Klärung geben.

Während ich in meine Überlegungen versunken bin, betreten die beiden anderen Gruppen das Lager. Sie sind völlig durchnässt, doch großartiger Stimmung. Der ausgearbeitete Plan ging in jeder Hinsicht auf, sodass sie uns stolz die Flagge von Leonards Team präsentieren, die geradewegs in die weiche Erde neben der Feuerstelle gesteckt wird. Raphael beglückwünscht das Team zur gelungenen Offensive und verschwindet unmittelbar wieder in seinem Zelt.

Wenig später liegt unser Lager wieder verlassen da. Das gleichmäßige Geräusch des Regens und das entfernte Donnergrollen werden nur von leisen Gesprächen zwischen Lea und Dorian bei der ersten Wache unterbrochen.

28 : versagt

Am nächsten Morgen werde ich von Lea geweckt, die ihren Kopf munter durch meinen Zelteingang steckt. »Gwen? 6 Uhr. Ausdauertraining. Wir sind heute in der frühen Gruppe«, zwitschert sie ekelhaft gut gelaunt. »Hast du vergessen, deine Weckfunktion zu aktivieren?«

Mist. Das habe ich tatsächlich. Davon abgesehen befindet sich meine Uhr noch in einem anderen Zelt. Müde suche ich meine Sportklamotten zusammen und betrete gähnend die Lagermitte, wo die anderen bereits Dehnübungen absolvieren.

»Morgen«, knurre ich in die Runde, während ich versuche, den Aufruhr zu ignorieren, den Raphaels Anblick unmittelbar in meinem Magen verursacht. Am liebsten würde ich direkt dort weitermachen, wo wir gestern Nacht aufgehört haben.

Wenig später setzen wir uns in Bewegung. Nach dem Gewitter ist die Luft unverbraucht und frisch. Der Wald ist erfüllt vom Duft nach feuchter Erde und Tannennadeln. Ich hefte meine Augen konstant auf den Boden vor mir und laufe in gleichmäßigem Tempo, während ich mich vollständig auf den Rhythmus meiner Atemzüge konzentriere.

Als wir von unserem Training zurück sind, fühle ich mich zum ersten Mal angenehm erschöpft. Mittlerweile hellwach gehe ich zum See, um mich fertig zu machen.

Nur die in der Morgensonne glitzernden Blätter zeugen vom nächtlichen Unwetter. Es scheint ein schöner Tag zu werden, denn schon jetzt ist der Himmel wolkenlos.

Ich lasse mir so viel Zeit, dass ich erst mit der zweiten Jogging-Gruppe die Lichtung betrete. Sofort bemerke ich, dass etwas nicht stimmt. Lea und Finn stehen um die Kiste herum und diskutieren heftig. Kurz darauf hat sich auch der Rest des Teams in der Lagermitte versammelt. Ein ungutes Gefühl breitet sich in mir aus.

»Eine Flagge fehlt«, informiert uns Finn knapp. »Ausgerechnet die von Valentin.«

»Wir haben uns während der kompletten Wache unterhalten und die Kiste nicht aus den Augen gelassen«, beteuert Dorian, während Lea bestätigend nickt.

»In unserer Schicht kann es ebenfalls nicht gewesen sein«, erwidert Norwin. »Die Truhe war keinen Moment unbeobachtet.«

»Dann muss es während der Offensive passiert sein«, zieht Finn den einzig sinnvollen Schluss und dreht sich in meine Richtung. Plötzlich ruht die komplette Aufmerksamkeit des Teams auf mir. Verdammter Mist. Unwillkürlich zucken meine Augen zu Raphael, und unsere Blicke treffen sich zum ersten Mal an diesem Morgen. Er sieht ähnlich entsetzt aus wie ich.

»Gwen?«, fordert mich Finn schroff auf.

Ich schlucke schwer und starre Raphael Hilfe suchend an. Er beißt sich auf die Lippe und schüttelt beschämt den Kopf. Schon jetzt ist viel zu viel Zeit vergangen, um glaubhaft eine unverfängliche Antwort zu geben. Zu verstört sind wir beide von der unerwarteten Bloßstellung. Zu allem Übel spüre ich, wie meine Wangen glühend rot werden. Auch der Unbedarfteste unter ihnen kann sich jetzt denken, was zwischen uns gelaufen ist.

Unvermittelt bricht ein Sturm der Entrüstung los.

»Das ist nicht euer Ernst!« Dorian stöhnt und lässt sich auf einen Baumstamm fallen, während Norwin sein Gesicht in den Händen vergräbt.

»Was habt ihr heute Nacht getrieben, dass euch das entgehen konnte?«, herrscht uns Finn an. »Während wir im strömenden Regen durch den Wald gerannt sind, solltet ihr nur diese blöde Kiste bewachen!«

»Ihr habt uns im Stich gelassen!«, wirft uns Isabelle vor. »Wenn ihr wenigstens darum gekämpft hättet! Aber ihr habt es nicht einmal bemerkt!«

Schlimmer als alle Vorhaltungen ist Leas Ausdruck, in dem ich grenzenlose Enttäuschung lesen kann. Im Gegensatz zu den anderen mustert sie mich schweigend.

»Wirklich billig, dass du dich ständig den Leadern an den Hals wirfst, Gwen!«, verpasst mir Isabelle den nächsten Tiefschlag. »Zuerst Valentin, dann Raphael. Du bist ja schlimmer als Elena. Welche Chancen rechnest du dir dadurch aus?«

»Gwen, du bist der stärkste Former der Erstsemester! Wie kannst ausgerechnet *du* so erbärmlich versagen?«, flucht Finn.

Als sich der Unwille der Gruppe auf mich konzentriert, schnellt Raphael hoch.

»Genug!«, knurrt er mit einer nachdrücklichen Geste. Abrupt verebben alle Vorwürfe.

»Seid ihr völlig verrückt geworden?«, beginnt er schneidend. »Ich bin euer *Leader*. Wie könnt ihr euch anmaßen, so respektlos mit mir zu sprechen?« Raphaels helle Augen funkeln vor Zorn, doch seine Stimme klingt völlig emotionslos. Wenn er will, kann er ziemlich Furcht einflößend sein. »Wir müssen zu einer Gemeinschaft werden. Dazu gehört, Fehler der anderen anzunehmen und zu verzeihen. Ja, wir haben die Verteidigung vernachlässigt. Ja, wir waren abgelenkt. Aber das ist kein Grund, derart über uns herzufallen. Offenbar habe ich euch zu viele Freiheiten gelassen. Das werde ich ändern. Ihr unterliegt *meiner* Befehlsgewalt. Es steht euch nicht zu, meine Handlungen infrage zu stellen. Keinem von euch. Ich alleine treffe die Entscheidungen. Es sind *meine* Anweisungen, die ihr umgehend befolgt. Ich werde ein solches Verhalten nicht akzeptieren.« Mit eisiger Miene fixiert er uns, bis jeder Einzelne den Blick gesenkt hat. Stumm und eingeschüchtert sitzt unsere Gruppe um die Feuerstelle.

Nach einigen Minuten der Stille steht der Leader auf.

»Frühstückt und bringt anschließend das Lager in Ordnung, damit Elric nichts zu beanstanden hat, falls er heute Nachmittag schon auftaucht«, befiehlt er in strengem Ton und zieht sich in sein Zelt zurück.

»Das war hässlich«, kommentiert Finn, ohne in meine Richtung zu schauen. Die anderen nicken zustimmend. Nur schleichend erwacht die Gruppe aus der Starre, in die sie Raphaels Strafpredigt versetzt hat. Langsam entwickeln sich die ersten Gespräche, allerdings so verhalten, als sei jederzeit mit einer erneuten Zurechtweisung zu rechnen.

»Leute. Es tut mir leid«, entschuldige ich mich kleinlaut. Kaum einer zeigt eine Reaktion. Lediglich Dorian lächelt mir aufmunternd zu.

Als niemand antwortet, räuspert sich Norwin. »Kommt

schon. Das ist echt übertrieben. Dann hat Valentin eben die Flagge erbeutet. Na und? Bleiben trotz allem drei andere, die wir verteidigen können.«

»Valentin hat das stärkste Team«, wendet Isabelle ein. »Gerade der Verlust dieser Fahne ist besonders schmerzhaft.«

»Daran ist nichts mehr zu ändern«, hält Dorian dagegen. »Gwen jetzt die kalte Schulter zu zeigen, hilft uns auch nicht. Wir sollten erst recht zusammenarbeiten und Raphael nicht weiter reizen. So kompromisslos wie vorhin habe ich ihn noch nie erlebt.«

Die anderen stimmen widerwillig zu und widmen sich ihrem Frühstück. Glücklicherweise verliert keiner mehr ein Wort über den Vorfall.

Die gedrückte Stimmung hält jedoch an. Immer wieder treffen mich finstere Blicke von der Seite, die mir signalisieren, dass meine Verfehlung lange nicht vergessen ist.

Lea hat sich einen Platz möglichst weit von mir entfernt gesucht. Seit der Aufdeckung meiner gemeinsamen Nacht mit Raphael hat sie keine Silbe von sich gegeben. Krampfhaft zerbreche ich mir den Kopf, wie ich ein Gespräch mit ihr beginnen könnte. Alle Eröffnungen, die mir in den Sinn kommen, klingen lahm.

Einige Minuten später steht sie auf, um ihr Geschirr am See zu spülen. Das wäre die passende Gelegenheit. Wenn ich nur wüsste, wie ich anfangen soll. Zögerlich stehe ich auf und gehe ein paar Schritte, kann mich aber nicht recht überwinden, ihr tatsächlich zu folgen. Unentschlossen starre ich zwischen die Bäume.

»Gwen«, höre ich plötzlich eine Stimme an meinem Ohr.

Erschreckt drehe ich mich um.

Dorian und Norwin stehen neben mir und mustern mich mitfühlend. »Du solltest mit ihr reden.«

Ich fahre mir mit der Hand durch die Haare. »Kann sein.«

»Vorgestern bist du auf dieselbe Art ausgewichen.« Dorian lächelt grimmig. »Statt mit Lea über deine Gefühle zu sprechen, hast du mit Raph rumgeknutscht. Nicht gerade die beste Konfliktvermeidung.«

Norwin grinst. »Ob es nur ein paar Küsse waren, was die beiden dermaßen abgelenkt hat, dass Valentins Team völlig unbemerkt ins Lager spazieren konnte?«, spekuliert er vielsagend.

Dorians Augen werden groß. »Dann habt ihr wirklich … Ich hatte angenommen, ihr hättet …«

»Ist doch völlig egal«, falle ich ihm ins Wort, während ich vor Scham am liebsten im Boden versinken würde. Diese Enthüllung geschieht mir ganz recht. Ich habe Raphael verführt, jetzt muss ich dazu stehen.

Norwin hustet gekünstelt. »Meintest du gestern nicht, du seist *nicht interessiert*?«

Ich funkle ihn wütend an. »Das war, bevor wir alleine am Feuer zurückbleiben mussten, du scheinheiliger Ochse.«

»Wow, Gwen.« Norwin hebt beschwichtigend die Hände. »Wieso bist du so aggressiv? Du sprichst dich mit Lea aus. Das Team beruhigt sich schnell wieder. Mit Raph scheinst du deinen Spaß gehabt zu haben … Okay, eine Flagge ist verloren, aber das ist kein Grund für derart schlechte Laune.«

»Raphael hat mich *Hannah* genannt«, offenbare ich düster.

»Was? Wann?«, stößt Dorian hervor und fixiert mich

alarmiert. Ich erwidere sein Starren, während Norwin ungläubig den Kopf schüttelt und ein Kichern unterdrückt. Wenige Sekunden später ist die Erkenntnis auch bei Dorian angekommen.

»Oh. Ach so …«, stammelt er und betrachtet konzentriert seine Fußspitzen.

Norwin hingegen runzelt die Stirn. »Was war seine Erklärung?«

»Ich bin vorher abgehauen«, murmle ich undeutlich.

Meine beiden Freunde ziehen synchron missbilligend die Augenbrauen zusammen.

»Die ganze Situation war zu viel für mich«, rechtfertige ich mich verlegen. »Ich war völlig überfordert.«

»Mensch, Gwenni«, stöhnt Dorian. »Dass du Raph nicht widerstehen konntest – okay. Dass ihr zu beschäftigt wart, um den Raub der Flagge zu bemerken – in Ordnung. Aber dass du bei einem solch heiklen Thema nicht direkt einhakst, kann ich nicht verstehen!« Ich senke unglücklich den Kopf, doch Dorian lässt nicht locker. »Das wäre der zweite Punkt auf deiner Liste. Zuerst Lea, dann Raphael«, verlangt er mit Nachdruck. »Muss ich dich echt daran erinnern, dass das Bewahren deines Geheimnisses lebensnotwendig ist?«

»Na los. Wenn du noch länger wartest, ist Lea vom See zurück«, ermuntert mich Norwin ebenfalls.

Ich nicke entschlossen und mache mich umgehend auf den Weg.

Schon vom Waldrand aus sehe ich Lea am Ufer sitzen. Sie hat die Arme um die Knie geschlungen und beobachtet bewegungslos die Wasseroberfläche.

»Lea«, setze ich zaghaft an und zucke unter ihrem

frostklirrenden Blick zusammen. »Ich will mich entschuldigen.«

»Wofür?«, unterbricht sie mich. »Es gibt ja einiges, was infrage käme.«

»Ich hätte ehrlich zu dir sein müssen«, gestehe ich. »Ich hätte die Kontrolle nicht verlieren dürfen. Ich hätte es dir direkt sagen müssen, als sich etwas angebahnt hat.«

»Ziemlich viel *hätte*«, bemerkt sie grob.

Ich stoße hilflos die Luft aus.

»Wie lange läuft das schon?«, will sie gleichgültig wissen.

»Erst seit der Teamphase.«

»Woher dieser plötzliche Wandel? Du hast mir dauernd erzählt, dass du dich nicht für ihn interessierst! Du hast ihn als manipulativen Arsch bezeichnet! Du fandest ihn doch nur *okay*! Ich habe dir geglaubt.«

»Da habe ich gelogen«, entgegne ich leise. »Es tut mir leid. Ich hatte von Anfang an Gefühle für ihn. Gleich als wir uns auf der Suche nach Emily im Wald begegnet sind. Ich wollte es mir nicht eingestehen«, erkläre ich und bin zum ersten Mal auch zu mir selbst ehrlich.

»Lea?«, hake ich vorsichtig nach, als sie für längere Zeit still bleibt.

»Gestern habe ich dir gestanden, dass ich mich in ihn verliebt habe«, erinnert sie tonlos, ohne mich dabei anzusehen. »Statt ebenfalls offen zu sein, nutzt du die erstbeste Gelegenheit, um mir in den Rücken zu fallen! Hast du die Sache wenigstens durchgezogen?«

»Lea …«

»Ich will es wissen!«, fordert sie heftig. »Was ist zwischen dir und Raphael im Zelt gelaufen?«

Ich nehme meinen ganzen Mut zusammen und schaue ihr angespannt in die Augen.

»Wir haben miteinander geschlafen«, gebe ich zu.

»Ging das von ihm aus?«, fragt sie kalt.

Ich schüttle den Kopf und senke schuldbewusst den Blick. Mir fällt nicht das Geringste ein, um die unangenehme Gesprächspause zu füllen.

»Okay. Ich sage dir jetzt, wie ich die ganze Sache sehe«, teilt mir Lea in eisigem Ton mit. »Ich dachte, wir wären Freunde. Ich habe dir vertraut. Aber in Wirklichkeit bist *du* der manipulative Arsch, Gwendolin. Du gehst über Leichen, um deinen Willen zu bekommen. Bei Valentin hat dein Annäherungsversuch nicht funktioniert, also hast du Raphael verführt. Was bist du für ein Mensch? Hast du es derart nötig, dass du keine Grenzen mehr kennst? Wärst du nur von Valentin erwählt worden. Der ist genauso gewissenlos wie du. Zu ihm passt du deutlich besser als zu Raphael. Ich hasse dich.«

»Lea«, krächze ich erstickt und berühre sie sanft am Arm.

»Ich bin fertig mit dir, du Schlampe«, presst sie zwischen zusammengebissenen Zähnen hervor und schiebt meine Hand weg. »Hau ab!«

Taumelnd richte ich mich auf, während ich die Tränen nicht mehr zurückhalten kann. Langsam mache ich mich auf den Weg zum Lager und lasse Lea am Ufer zurück.

An der Feuerstelle bemerke ich erleichtert, dass sich Raphael in einem Gespräch mit Finn und Isabelle befindet. Vermutlich planen sie unser weiteres Vorgehen. Beruhigt durch die Verbesserung der allgemeinen Stimmung setze ich mich ein wenig abseits und bin dankbar für die überraschende Gnadenfrist, die mir vor der Aussprache mit Raphael gewährt wurde. Ich wische mir mit dem Stoff meines T-Shirts über das Gesicht, um die Spuren meines Heulanfalls im Wald zu verbergen. Mit ihrer aggressiven Zurückweisung hat mich Lea tief getroffen. Trotzdem sind ihre Vorwürfe nachvollziehbar. Ich habe mir zweifellos viele Fehler geleistet. Selbst wenn sie mir irgendwann verzeihen kann, wird unsere Freundschaft nicht mehr dieselbe sein. Niedergeschlagen starre ich auf den Boden, während mir erneut die Tränen in die Augen steigen.

»Hey, Gwenni«, reißt mich Dorian aus meinen trüben Gedanken. »Konntest du mit Lea alles klären?«

Meine Tränen wegblinzelnd sehe ich zu ihm auf.

»Oh«, sagt er bloß, kniet sich neben mich und nimmt mich ohne Umschweife in den Arm.

Dankbar vergrabe ich das Gesicht an seiner Schulter.

»So schlimm?«, erkundigt er sich behutsam und streicht mir tröstend über den Rücken.

»Schlimmer«, bekenne ich. »Sie hat mir die Freundschaft gekündigt. Sie war extrem sauer.«

Dorian entgegnet nichts und tauscht einen unglücklichen Blick mit Norwin, der sich zu uns gesetzt hat.

»Gwen«, beginnt dieser vorsichtig. »Wo ist Lea nach eurem Streit hingegangen?«

»Ich habe sie am Seeufer sitzend zurückgelassen«, antworte ich verwirrt. »Ist sie nicht mehr dort?«

Norwin schüttelt den Kopf. »Als du wieder aufgetaucht bist, dachte ich, sie würde in Kürze nachkommen. Eben war ich am Ufer. Sie ist weg.«

Beunruhigt stehe ich auf und taste nach Leas Aura. Nichts.

»Das ist nicht gut«, äußert Dorian betroffen. »Wir sollten sie suchen.«

Er schaut über die Schulter und fordert Raphael auf, zu uns zu kommen.

»Probleme?«, fragt der Leader, während ich mit plötzlichem Interesse eingehend den Waldboden inspiziere.

»Gwen und Lea hatten eine böse Auseinandersetzung«, informiert Dorian unumwunden. »Ich fürchte, sie könnte aus einer Kurzschlussreaktion heraus abgehauen sein.«

Raphael mustert ihn ernst. »Worum ging's?«

»Um dich, du Idiot!«, schnaube ich gereizt und schlage mir mit der Handfläche an die Stirn. Leas Signale waren so offensichtlich, dass es mir unbegreiflich ist, wie er das nicht bemerkt haben kann.

»Ähm«, bringt Raphael entgeistert hervor. Sein Gesichtsausdruck zeigt solche Überforderung, dass ich mir trotz der angespannten Situation ein Lächeln verkneifen muss. Ausgefeilte Gedankenmanipulationen und blutige Machtkämpfe bewältigt er, ohne mit der Wimper zu zucken, doch zwischen zwei Frauen zu stehen, bringt ihn völlig aus dem Konzept.

Norwin und Dorian beobachten uns skeptisch.

»Okay«, setzt Raphael an und atmet tief durch. »Ging es«, er zögert für einen Moment, »um die vergangene Nacht?«

»Lea hat diese Information nicht gut aufgenommen«, untertreibe ich maßlos, während ich seinem forschenden Blick ausweiche.

»Deinem Zustand nach zu urteilen, Gwenni, war sie sogar ziemlich aufgebracht«, verbessert Dorian.

Raphael studiert beklommen die Tränenspuren auf

meinen Wangen, macht aber keine Anstalten, etwas zu erwidern. Ratlos greift er sich in den Nacken. Verlegenes Schweigen breitet sich aus.

»Das ist lächerlich«, stellt Dorian verärgert fest. »Ihr seid beide unfassbar schlechte Schauspieler. Mittlerweile wissen ohnehin alle, dass zwischen euch etwas läuft. Lasst diesen Zirkus. So unangenehm die Situation für dich sein muss, Raphael, komm endlich deiner Pflicht als Leader nach, und kümmere dich um Lea.«

Beschämt spähe ich zu Raphael, um zu sehen, wie er Dorians Zurechtweisung aufnimmt. Er nickt nachdenklich. Innerhalb von Sekunden erlangt er seine Fassung zurück und hat die Situation wieder unter Kontrolle.

»Du hast recht«, gibt er ruhig zu. »Es ist nicht auszuschließen, dass sie weggerannt ist. Abgesehen davon, dass sich keiner meiner Former alleine im Wald aufhalten soll, wäre es verheerend, wenn sie einem der anderen Teams in die Arme liefe.«

»Dann übernimm wieder das Kommando.« Dorian richtet sich auf. »Gehen wir sie suchen?«

»Sofort«, stimmt Raphael zu und winkt Isabelle und Finn herbei, die das Gespräch aus der Ferne verfolgt haben.

Während sich unsere Gruppe um das Feuer versammelt, kaue ich nervös auf meiner Unterlippe herum. Ich zucke zusammen, als mich Raphael sanft am Oberarm streift.

»Die gehört dir«, sagt er und reicht mir meine Armbanduhr.

Als ich mich zu ihm beuge und danach greife, trifft sein Atem meine Haut. Direkt wird mir warm.

»Ich schulde dir eine Erklärung«, flüstert er rau und

berührt meine Hand ein wenig länger als notwendig. »Das habe ich nicht vergessen. Du wirst sie bekommen.«

Wortlos akzeptiere ich sein Versprechen.

Einige Minuten später ist das komplette Team anwesend, natürlich mit der Ausnahme von Lea. In knappen Sätzen schildert Raphael die Notwendigkeit, unsere Freundin möglichst schnell zu finden.

»Wir werden unser Terrain bis zu den Rändern durchkämmen«, beschließt er. »Finn, Isabelle, ihr geht nach Westen bis zu Daniels Gelände, aber überschreitet die Grenze nicht. Dorian, Norwin, Gwendolin, ihr bewacht das Lager. Ich selbst gehe nach Osten Richtung Valentin.«

»Soll dich jemand von uns begleiten?«, schlägt Dorian unschuldig vor. »Gwen vielleicht?«

»Weil das heute Nacht so gut funktioniert hat?«, wirft Finn spöttisch ein, während ich gequält die Augen schließe. Norwin versetzt ihm einen Stoß mit dem Ellbogen.

»Halt die Klappe«, zischt er warnend.

Raphael lässt mit keiner Regung erkennen, dass er die Provokation gehört hat. »Ich gehe alleine. Gerade das Gebiet um Valentin ist riskant. Die anderen Leader sind nicht zu unterschätzen, aber er ist zusätzlich unberechenbar und gefährlich. Sollte Elric in meiner Abwesenheit auftauchen, richtet ihm aus, ich sei bald zurück. Jetzt lasst uns zusehen, dass wir Lea finden, bevor sie einem anderen Team begegnet«, fordert er und steht mit einer geschmeidigen Bewegung auf.

Die anderen folgen gehorsam, und kurz darauf sind unsere Teammitglieder ausgeschwärmt. Dorian, Norwin und ich bleiben zurück und starren stumm in die Glut, die noch vom Frühstücksfeuer vor sich hin schwelt.

»Gwenni.« Dorian lehnt sich zu mir. »Das ist deine Chance.«

»Was meinst du?«, erkundige ich mich verwirrt.

»Raphael ist alleine im Wald unterwegs. Du weißt, in welche Richtung er gegangen ist. Du kannst problemlos seine Aura lokalisieren. Rede endlich mit ihm, bevor es endet wie bei Lea. Du bist die Königin im Hinauszögern unangenehmer Gespräche.«

»Wenn die anderen vorher zurückkommen, erzählen wir ihnen, du seist am Seeufer, um dich nach möglichen Spuren umzuschauen«, unterstützt ihn Norwin.

»Ist das euer Ernst?«, vergewissere ich mich unsicher. »Du hast ihm vorgeworfen, seine Aufgabe als Leader zu vernachlässigen«, wende ich mich an Dorian. »Jetzt willst du mich, die personifizierte Ablenkung, zu ihm schicken? Aus dir wird man auch nicht schlau.«

»Isabelle und Finn haben eine deutlich größere Chance, Lea zu finden«, beruhigt er mich. »Es ist denkbar unwahrscheinlich, dass sie ausgerechnet zu Valentin flüchtet. Sie hat Angst vor ihm. Selbst wenn sie in seine Richtung unterwegs wäre, würdest du ihre Aura wahrnehmen, sobald sie in deine Nähe käme. Ich gehe nicht davon aus, dass du und Raphael euch mitten im Wald …«

»… ablenkt«, ergänzt Norwin mit einem unmissverständlichen Grinsen.

»Aber er hat darauf bestanden, alleine zu gehen«, halte ich dagegen.

Norwin verdreht die Augen. »Mensch, Gwen. Sonst bist du nicht so feige. Ich bin sicher, dass er die Gelegenheit für eine Aussprache, bei der nicht das ganze Team lauscht, dankbar annimmt. Nach allem, was du berichtet hast, scheint diese Geschichte nicht nur von dir auszugehen. Ihr habt die Nacht miteinander verbracht. Hör auf mit dem Rumgequatsche, spar dir die Ausreden und hau endlich ab! Wir geben dir Rückendeckung.«

Entschieden stehe ich auf. »In Ordnung. Ich sehe euch nachher.«

29 : ausgeliefert

In einem großen Bogen bewege ich mich von unserem Lager weg. Darauf bedacht, immer den gleichen Abstand zum Ufer einzuhalten, nähere ich mich der Grenze zu Valentins Bezirk. Dabei konzentriere ich mich völlig auf die Fokussierung möglicher Auren, doch von Raphaels Präsenz ist nichts zu entdecken.

Etwa eine Viertelstunde später erreiche ich die Holzpflöcke, die das Ende unseres Terrains kennzeichnen. Noch immer keine Spur von unserem Leader. Habe ich seine Aura verpasst? Seufzend entschließe ich mich, das Gelände zwischen Grenze und Lager erneut zu überprüfen.

Nach weiteren dreißig Minuten bin ich sicher, dass sich Raphael nicht auf der östlichen Seite unseres Lagers befindet. Aber wo ist er dann? Langsam wächst meine Sorge um ihn. Ist er in den gegnerischen Bereich eingedrungen, obwohl er es Finn und Isabelle verboten hat? Was würde geschehen, wenn er unvorbereitet auf Valentins Former träfe? Hoffentlich führen Raphaels Verantwortungsbewusstsein und sein Wunsch, uns außer Gefahr zu wissen, nicht dazu, dass er ein zu großes Wagnis eingeht. Er sagte selbst, Valentin sei unberechenbar. Es wäre äußerst unklug, sich alleine seinem Lager zu nähern. Zumal der blonde Leader eine Rechnung mit ihm offen hat. Schaudernd erinnere ich mich an den Wettkampf. Valentin hätte nicht gezögert, Raphael eine tödliche Verletzung beizubringen, nur um das Anrecht der ersten Wahl zu erhalten. Als ich meinen Impuls ausgab, war er im Begriff, Raphael den finalen Hieb zu versetzen, bei dem ich nicht sicher bin, ob er ihn überlebt hätte. Zudem zog mein Eingreifen die Formerprobe und damit Valentins Bestrafung nach sich.

Das ungute Gefühl in meinem Magen hat sich mittlerweile zu handfester Besorgnis gewandelt. Ich muss mich vergewissern, dass sich Raphael nicht in Valentins Gewalt befindet.

Wieder mache ich mich auf den Weg Richtung Osten. Dieses Mal kämpfe ich mich jedoch im Höchsttempo durchs Unterholz. Rücksichtslos bahne ich mir den Weg durch das Gestrüpp und ignoriere sämtliche Zweige, die mir ins Gesicht schlagen. Nach kurzer Zeit habe ich die Grenze passiert. Valentins Lager befindet sich irgendwo vor mir. Schnell haste ich weiter.

Ich spüre Raphaels Aura, bevor ich die Zelte ausmachen kann. Er ist hier. Mit Mühe kann ich einen heftigen Fluch unterdrücken. Wie weit kann ich mich dem gegnerischen Lager nähern, bis sie meine Aura spüren? Kann es Valentin als geschulter Former mit meiner Aurenfokussierung aufnehmen? Ein paar weitere Meter sind hoffentlich ungefährlich. Ich will mich lediglich davon überzeugen, dass Raphael nicht in akuter Gefahr schwebt. Wer weiß, was diese Bekloppten mit ihm anstellen. Anschließend werde ich zu unserem Team zurückkehren, um Hilfe zu holen. Welchen Zweck verfolgt Valentin mit dieser dämlichen Entführung? Gerade habe ich genug Probleme, auch ohne dass dieser Blödmann ausgerechnet Raphael einkassiert. Oder ist unser Leader aus freien Stücken zu ihnen ans Feuer gekommen? Führen sie eine Verhandlung? Ich muss mit eigenen Augen sehen, dass Raphael unversehrt ist. Im Schutz der Bäume schleiche ich weiter nach vorne und erstarre.

Ravin.

Scheiße.

Unwillkürlich beiße ich mir auf die Unterlippe. Ich hätte damit rechnen müssen, dass sich der Ausbilder in der Nähe befindet. Ich hätte mich nicht ausschließlich auf Raphaels Aura konzentrieren dürfen. Dass ich bisher vor Valentin und dessen Formern verborgen geblieben bin, ist vorstellbar. Doch was ist mit Ravin? Hat er mich bereits lokalisiert? Als erfahrener Former kann er Auren mit Sicherheit früher wahrnehmen. Die Gefahr, durch ihn entdeckt zu werden, ist deutlich größer. Andererseits könnte die Anwesenheit eines Ausbilders Sicherheit bedeuten. Selbst wenn es sich dabei um Ravin handelt. Immerhin hat er Valentin hart bestraft, weil er die Gesetze der Akademie herausgefordert hatte. Wenn er mich bisher nicht bemerkt hat, wird ein zusätzlicher Meter keinen Unterschied machen. Falls er schon weiß, dass ich da bin, ist die Sache ohnehin gelaufen.

Vorsichtig schiebe ich mich näher an die Lichtung heran. Hinter einer alten Eiche gehe ich in Deckung und spähe an ihrem breiten Stamm vorbei. Bis auf einige Büsche und ein paar schlanke Birken habe ich freie Sicht auf das vor mir liegende Lager.

Mein Magen krampft sich zusammen. Ich kralle meine Fingernägel schmerzhaft fest in die raue Rinde. Raphael liegt bewegungslos in der Mitte, während sich das Team locker ums Feuer verteilt hat. Ravin steht bei der Gruppe und scheint in eine angeregte Diskussion mit Valentin vertieft zu sein.

Mit zusammengekniffenen Augen suche ich nach sichtbaren Zeichen von Verletzungen. Zu meinem Entsetzen werde ich fündig. Sowohl Raphaels Stirn als auch seine rechte Wange sind blutverschmiert. Vermutlich hat er eine Platzwunde im Gesicht. Diese Dreckskerle haben ihn tatsächlich niedergeschlagen! Wie konnten sie trotz seiner hoch entwickelten Aurenfokussierung unbemerkt an ihn herankommen? Er liegt bewusstlos am Feuer, und keiner macht Anstalten, ihm zu helfen oder ihn zumindest notdürftig zu versorgen. Sind die total verrückt geworden? Wie bescheuert muss man sein, um den Leader eines anderen Teams anzugreifen und gewaltsam zu verschleppen? Weshalb verhindert Ravin diesen Wahnsinn nicht? Mit Sicherheit ist Valentin für den Anschlag verantwortlich. Er hat wohl die Gelegenheit genutzt, seine Rachegelüste an Raphael auszulassen. Ich sollte so schnell wie möglich abhauen. Vielleicht habe ich Glück, und Elric wartet im Lager. In Begleitung unseres Ausbilders wäre es deutlich weniger riskant, Raphaels Herausgabe zu fordern.

Ich wende mich ab, um auf kürzestem Weg zu unserem Team zurückzukehren, damit ich sofort an Raphaels Seite sein kann. Ich darf ihn jetzt nicht im Stich lassen!

Entschieden schiebe ich den plötzlichen Wunsch, umgehend zu meinem Leader zu eilen, weg. Kompletter Blödsinn. Ich habe ohne die anderen keine Chance. Immerhin befindet sich im gegnerischen Lager nicht nur Valentins komplettes Team, sondern auch Ravin.

Ich sollte dringend Hilfe holen, aber ich kann ihn jetzt auf keinen Fall alleine lassen. Ich darf nicht weggehen! Es ist offensichtlich, dass er mich braucht. Ich muss bei ihm sein.

Bewegungslos stehe ich auf der Stelle, während sich meine widersprüchlichen Bedürfnisse einen heftigen Kampf liefern. Irritiert schüttle ich den Kopf. Es wäre völlig leichtsinnig, sich Valentins Team ohne Rückendeckung zu nähern. Na los, zurück in unser Gebiet! Ich habe durch mein planloses Herumgerenne im Wald zu viel Zeit verloren, die ich einzig und allein mit Raphael verbringen will. Das Verlangen, ihn in meine Arme zu schließen, ist so stark, dass ich einen Schritt in Richtung Lagerfeuer mache. Was soll schon passieren? Ich werde einfach zu ihm gehen und seine Hand halten, bis er aufwacht. Anschließend verlassen wir gemeinsam das Lager und kehren in unser Terrain zurück. Vielleicht freut sich Valentins Gruppe sogar über Besuch.

Ich kneife die Augen zusammen. Woher stammt dieser Quatsch? Eine solch idiotische Idee kann nicht von mir kommen. Sie wurde von außerhalb in meinem Kopf verankert. Jemand bedrängt mich mit mentalen Impulsen stetig wachsender Stärke. Ravin? Wenn ich es schaffe, einen Teil meines Bewusstseins abzuspalten, könnte ich endlich in Raphaels Nähe sein. Ich vermisse ihn! Zwar trennen uns bloß wenige Meter, doch es fühlt sich an, als sei er meilenweit entfernt. Es gibt keinen Grund zur Sorge. Die Leute hier sind auch nur Menschen. Valentin wird sicher mit sich reden lassen. Schließlich ist er kein Ungeheuer. Und im Falle eines Streits ist Ravin da, der sicherlich schlichten wird, damit die Situation nicht eskaliert. Selbstverständlich wird er seiner Verantwortung als Ausbilder gerecht werden!

Ohne weiter zu zögern, richte ich mich auf, verlasse den Schutz der Bäume und erreiche wenig später das gegnerische Lager. Valentin und seine Leute starren mich irritiert an, als ich gelassen die Lichtung betrete und neben meinem Leader auf die Knie sinke.

»Ich habe sie«, teilt Ravin knapp mit, was ringsum für erleichtertes Aufatmen sorgt.

Den Ausbilder ignorierend streiche ich Raphael behutsam eine Haarsträhne aus der Stirn und untersuche die Wunde, die glücklicherweise nicht allzu tief ist. Liebevoll beobachte ich das gleichmäßige Heben und Senken seiner Brust. Bestimmt wird er bald aufwachen.

Valentins amüsiertes Räuspern reißt mich aus meiner fürsorglichen Betrachtung.

»Gwendolin, hältst du es wirklich für eine gute Idee, einfach in unser Lager zu spazieren?«, fragt er spöttisch.

Stumm zucke ich mit den Schultern, während ich mich neben Raphael auf den Boden setze.

»Noch nicht genug von deinem Schatz? Vielleicht solltest du ihm eine Pause gönnen? Der arme Raphael ist ja völlig fertig.« Er grinst anzüglich und deutet auf den bewusstlosen Leader.

Valentins Hohn prallt wirkungslos an mir ab. Seine Provokationen sind mir im Moment egal. Es zählt nur, dass ich bei Raphael bin. Dieser Wunsch erfüllt mein komplettes Denken und Fühlen. Am Rande nehme ich das aufgeregte Wispern von Valentins Team wahr, das anscheinend über meine Anwesenheit mehr als erstaunt ist.

Nach einer scheinbaren Ewigkeit flattern Raphaels Lider. Mit leicht verschleiertem Blick sieht er mich an.

»Gwen«, flüstert er heiser. »Was machst du hier?«

Er stützt sich mit beiden Armen ab und richtet sich vorsichtig auf. Trotzdem kann er ein schmerzerfülltes Stöhnen nicht unterdrücken und greift sich mit der rechten Hand an die Stirn. Verärgert betrachtet er seine blutverschmierten Fingerspitzen und schaut sich suchend um. Als er Valentins schadenfrohe Miene erkennt, zieht er ungehalten die Augenbrauen zusammen.

»Was soll der Blödsinn?«, erkundigt er sich gereizt.

Valentin schlendert auf ihn zu, bis er direkt vor ihm steht. »Nichts weiter«, sagt er unschuldig. »Wir haben lediglich ein paar Fragen an dich, die du *wahrheitsgetreu* beantworten wirst.«

Raphaels Ausdruck wechselt in Sekundenschnelle von wütend zu betroffen, was Valentin mit einem Lächeln zur Kenntnis nimmt.

»Du liegst richtig«, bestätigt er freundlich. »Du hast allen Grund zur Sorge. Dieses Mal wird dir deine Liebste nicht helfen können.«

Verständnislos verfolge ich das Gespräch. Sie haben Raphael überwältigt, um Antworten zu bekommen? Welche Angelegenheiten könnten wichtig genug sein, um diese Methode zu rechtfertigen? Welches Wissen könnte das gegnerische Team reizen? Ist mir egal. Es gibt Wichtigeres. Verträumt rutsche ich näher an Raphael heran und fahre sanft mit den Fingerspitzen über seinen perfekt definierten Oberarm, was mein Leader stirnrunzelnd zur Kenntnis nimmt. Er rückt ein Stück von mir ab und mustert mich prüfend. Desinteressiert schaue ich zu, wie Valentin ein Handy aus seiner Hosentasche zieht und mehrfach auf das Display tippt. Anschließend legt er das Gerät sorgfältig auf einen Baumstamm neben der Feuerstelle.

Raphael ist unterdessen aufgestanden und funkelt wütend die uns umgebenden Former an. Mann, er sieht so unbeschreiblich gut aus. Als ich seinem Blick folge, fällt mir auf, dass er nicht nur von Valentin fixiert wird. Das komplette Team beobachtet ihn konzentriert. Kein Wunder bei dieser Figur.

Ravin hat sich wenige Meter entfernt an einen Baum gelehnt und studiert uns aufmerksam.

»Lasst uns anfangen. Baut den Wahrheitszwang auf«, ordnet Valentin an, woraufhin Raphael dermaßen fest die Zähne aufeinanderbeißt, dass seine Kiefermuskeln hervortreten.

»Freitagabend am See, als sich Gwendolin aus deiner Kontrolle lösen konnte. Ist das tatsächlich auf einen Konzentrationsfehler deinerseits zurückzuführen?«

Raphael atmet tief ein und ballt die Hände zu Fäusten.

»Nein«, entgegnet er nach einer längeren Pause. Valentin registriert die Antwort mit einem triumphierenden Schnauben.

»Wieso konnte sie dann deiner mentalen Aufforderung widerstehen?«

»Sie ist stärker als ich.«

»Deutlich stärker?«

Raphael nickt widerstrebend und schaut mich an, als wolle er um Verzeihung bitten. Spontan stehe ich auf und stelle mich neben ihn. Er sieht aus, als brauche er Unterstützung.

Valentin setzt die Anhörung fort. »Sonntagnachmittag bei unserem Zweikampf. Hast du mir den Befehl gegeben, zu stolpern und das Katana fallen zu lassen?«

»Nein«, bekennt Raphael leise.

»War es Gwendolin, die den entsprechenden Impuls ausgegeben hat?«

»Ich weiß es nicht.«

Valentins Augen verengen sich zu schmalen Schlitzen.

»*Glaubst* du, dass es Gwendolin war?«

»Ja«, stößt Raphael gequält hervor.

»Weshalb?«

»Weil sonst niemand infrage kommt, der dafür stark genug wäre.«

Valentin hält einen Moment inne, um sich von dieser Information zu erholen.

»Ist sie genauso stark wie die Ausbilder?«, forscht er weiter.

»Nein.«

»Stärker?»

Raphael schließt kurz die Augen, neigt dann aber den Kopf.

»Viel stärker«, bestätigt er resigniert.

»Woher weißt du das?»

Mein Leader beißt sich auf die Unterlippe und schluckt. Sein Gesicht ist unnatürlich blass. Ich mache mir Sorgen um ihn. Er wirkt nicht glücklich.

»Raphael, woher weißt du das?«, fordert Valentin mit Nachdruck.

»Sie ist ein natürlicher Former«, flüstert er.

Valentin stößt zischend die Luft durch die Zähne und weicht überrascht einige Schritte zurück. Die Mitglieder seines Team beginnen wild durcheinanderzureden und beäugen mich angsterfüllt.

»Das kann nicht sein«, murmelt Valentin schließlich, als würde er mit sich selbst sprechen. »Sie hat die Formerprobe bestanden.«

Mit undurchdringlicher Miene wendet er sich Raphael zu. »Wie konnte sie die Prüfung schaffen?«

»Ich weiß es nicht«, gibt Raphael zu.

Valentins Augen glitzern aufgebracht.

»Was ist deiner Meinung nach passiert?«, verändert er aggressiv seine Fragestellung.

»Ich vermute, dass ihr jemand geholfen hat. Es muss entweder ein sehr starker Former oder eine Gruppenfokussierung gewesen sein.«

Valentins Augen zucken zu seiner von Brandblasen übersäten Hand, dann fixiert er wieder Raphael. Auf seinen Zügen zeichnet sich blanker Hass ab.

»Du wusstest, dass meine Forderung nach der Formerprobe gerechtfertigt war? Dir war klar, dass Gwendolin ein natürlicher Former ist? Du hast sie in Schutz genommen?«, zählt er seine Erkenntnisse in schneller Folge auf.

Raphael nickt, woraufhin Valentin die Arme vor der Brust verschränkt, als müsse er sich selbst davon abhalten, dem anderen Leader an die Kehle zu gehen.

Erneut ist das erregte Tuscheln der Teammitglieder zu hören. Ravin hat sich ein Stück nach vorne gebeugt und mustert mich durchdringend. Statt mich anzuglotzen, sollte er sich lieber um meinen Leader kümmern, der mit geschlossenen Augen um Fassung ringt.

Valentin hat sich mittlerweile gefangen und sorgt mit einer Handbewegung für Ruhe.

»Raphael«, nimmt er die Befragung wieder auf. »Woher weißt du, dass Gwendolin ein natürlicher Former ist?«

»Von meinem Bruder«, erwidert Raphael und starrt auf den Boden.

»Von Elias?«, vergewissert sich Valentin verwundert.

»Ja.«

»Was hatte sie mit deinem Bruder zu tun?«

Raphael ballt die Hände zu Fäusten und schüttelt verzweifelt den Kopf. Er atmet heftig. Seine Augen flehen mich an, dem Verhör ein Ende zu setzen. Die Farbe seiner Iris ist wirklich faszinierend. Das Sonnenlicht lässt sie in solch intensivem Stahlblau erscheinen, dass ich kaum einen hingerissenen Seufzer unterdrücken kann.

»Raphael, antworte!«, befiehlt Valentin scharf.

»Sie ist der natürliche Former, der Elias getötet hat.« Er stöhnt und vergräbt das Gesicht in seinen Händen. Erneut geht ein fassungsloses Raunen durch die Gruppe. Einzig Ravin lehnt ungerührt an seinem Baum und fixiert mich unentwegt. Hoffentlich sind sie bald mit ihrer Unterhaltung fertig, damit ich endlich mit Raphael alleine bin.

»Wie lautet Gwendolins richtiger Name?«, erkundigt sich Valentin unvermittelt.

»Hannah Sophie Reichenau.«

»Wie kommt sie an die Akademie?«

»Wir haben sie eingeschleust. Elric hat Gwendolin Merz beseitigt, damit sie ihren Platz einnehmen konnte. Dadurch brachte sie niemand in Verbindung mit dem natürlichen Former, der von allen gesucht wird«, antwortet Raphael teilnahmslos. Er hat den Kampf aufgegeben.

Valentins Augen hingegen blitzen vor schlecht verborgener Erheiterung.

»Damit hätte ich nicht gerechnet«, bemerkt er zufrieden. »Mir war zwar klar, dass etwas mit Gwendolin – korrigiere – Hannah nicht stimmt, aber wer hätte gedacht, dass der Wahrheitszwang ein solches Geheimnis enthüllt.« Mit einer Handbewegung gibt er seinem Team ein Zeichen. »Ende der Fokussierung.«

Raphael steht mit gesenktem Kopf neben der Feuerstelle. Er hat die Hand in den Nacken gelegt und schaut nachdenklich in die Flammen. Auf der Lichtung herrscht verblüfftes Schweigen. Meine Mitschüler sehen mich an, als sei ich ein Alien.

»Ravin, wieso haben Sie dem kein Ende gemacht?«, durchbricht mein Leader heiser die Stille.

»Warum hätte er das tun sollen?«, schaltet sich Valentin ein. »Immerhin brachte diese Aktion einige Erkenntnisse.«

»Weil die erfolgreiche Beeinflussung eines natürlichen Formers gewisse Rückschlüsse auf den Ausführenden zulässt?«, fragt Raphael herausfordernd und deutet mit einer knappen Geste in meine Richtung. Demonstrativ sucht er den Blick des Ausbilders, der bei seiner unausgesprochenen Unterstellung einen Schritt nach vorne getreten ist. »Wer könnte alleine stark genug sein, um einen natürlichen Former mittels mentaler Kontrolle zu lenken?«, präzisiert er, damit auch der Letzte im Team seinen Verdacht nachvollziehen kann. Schlagartig wendet sich die gesamte Aufmerksamkeit Ravin zu. Besonders Valentin sieht seinen Ausbilder forschend an und nickt leicht.

»Das ist ein ernstzunehmender Vorwurf, Raphael«, entgegnet Ravin ruhig. »Lass uns alleine darüber sprechen.«

Ich kann ihn gut verstehen. Wann kann *ich* endlich ungestört mit meinem Leader Zeit verbringen? Mir geht die Belästigung durch die anderen Schüler extrem auf die Nerven. Sie umkreisen uns schaulustig, und in ihren Mienen ist gespannte Neugier zu erkennen. Unsere Gespräche sollten privat bleiben. Verärgert betrachte ich einen nach dem anderen, erfüllt von dem Wunsch, sie endlich loszuwerden. Fast automatisch formt sich der passende Impuls in meinem Gehirn. Ich gebe ihn gleichzeitig an alle Gruppenmitglieder inklusive Valentin selbst aus.

Unternehmt gemeinsam einen Angriff auf Carolins Lager. Kommt erst zurück, wenn ihr die Flagge erbeutet habt. Dreht euch nicht mehr um.

Seit ich wieder in Raphaels Nähe bin, fühlt es sich an, als habe sich meine Kraft verstärkt. Einen solch komplexen Befehl an viele Empfänger habe ich noch nie umgesetzt. Gehorsam wendet sich das Team samt Leader vom Feuer ab. Wenig später sind sie im Wald verschwunden.

Umgehend suche ich Raphaels Blick. Er schaut mich aus seinen hellen Augen eindringlich an und richtet sich auf. Schlagartig bin ich sicher, dass er sich auf keinen Fall bewegen darf.

Bleib, wo du bist. Unternimm nichts.

Sofort versteinert er.

»Hannah«, beginnt er zögerlich. »Es tut mir unglaublich leid, dass du alles auf diese Art erfahren musstest.«

Verständnislos sehe ich ihn an und hebe gleichgültig die Schultern. »Ist okay«, erwidere ich kurz angebunden. Angestrengt konzentriere ich mich darauf, weiterhin seine Beeinflussung aufrechtzuerhalten.

Ravin verfolgt amüsiert den Versuch des Leaders, ein Gespräch in Gang zu bringen.

»Glaubst du, meine Manipulation ist derartig leicht zu brechen? Nur durch meinen Befehl hat sie die anderen Former weggeschickt. Sie hat zwar alles mitgehört, ist sich aber in keinster Weise der Gefahr bewusst, in der sie schwebt. In der ihr *beide* schwebt.«

Raphaels Körperhaltung hat sich nicht verändert, doch in seinen Augen erkenne ich Besorgnis.

»Ravin«, setzt er besänftigend an. »Letztendlich sind wir in derselben schwierigen Lage. Ist es für Sie nicht ebenfalls mühevoll und kräftezehrend, immer in Angst vor der Entdeckung durch Levander zu leben?«

Zum ersten Mal höre ich Ravins Lachen. »Angst?«, wiederholt er erstaunt. »Ich befinde mich seit Jahren an der Akademie und bin der engste Vertraute Levanders. Er ahnt nicht das Geringste. Das kann ich dir versichern.«

Raphael lässt sich von Ravins abgeklärter Reaktion nicht irritieren. »Wenn Sie Hannah an Levander ausliefern, wird das zwangsweise Fragen zu Ihrer Person aufwerfen«, gibt er nüchtern zu bedenken.

»Levander informieren? Wohl kaum«, eröffnet Ravin gleichmütig, woraufhin Raphael beunruhigt die Stirn runzelt.

»Ich warte schon lange auf eine Gelegenheit, den von ihm erprobten Verjüngungsbefehl selbst umzusetzen«, fährt der Ausbilder bedächtig fort.

»Sie wollen Hannah dafür benutzen?«, vergewissert sich Raphael erschüttert.

»Ohne mein Eingreifen wäre sie längst von Levander entdeckt worden«, hält Ravin dagegen. »Sie war von Anfang an alles andere als unauffällig. Nur durch mich erhieltet ihr die Möglichkeit, euch *näher* kennenzulernen.« Ravin zieht vielsagend eine Augenbraue hoch. Die beiden fixieren sich schweigend, während ich meine gesamte Aufmerksamkeit darauf richte, Raphael bewegungslos zu halten.

»Jetzt ist mir immerhin klar, wer bei der Formerprobe eingriff und dafür sorgte, dass Hannahs intuitiver Impuls fehlschlug«, stellt mein Leader nach einem Moment der Stille fest.

»Du hast eine bemerkenswerte Kombinationsgabe«, lobt Ravin spöttisch. »Schade, dass du dir selbst im Weg stehst. Während deiner Ausbildung hatte ich dich mehrfach gewarnt und versucht, dich auf den richtigen Weg zu bringen. Die Gabe ist verschwendet an deinen mitfühlenden Charakter. So viel Talent behindert durch sinnlose Wertvorstellungen und Moral. Zu rechtschaffen, um wirklich erfolgreich zu sein. Anders als dein Bruder. Es ist eine Schande, dass es Elias war, der von deiner kleinen Freundin getötet wurde, und nicht du selbst. Auf dich, Raphael, hätte die Akademie verzichten können.«

Ravin schenkt dem Leader ein kaltes Lächeln. Dieser erwidert unbeirrt den Blick des Ausbilders. Obwohl er nach wie vor in meinem Befehl gefangen ist, funkeln seine Augen vor unterdrücktem Zorn. Gleichzeitig nehme ich neben der Wut eine weitere Empfindung wahr. Er hat Angst um mich.

Auch Ravin erkennt diese Regung und schüttelt amüsiert den Kopf. »Loyal, hilfsbereit und uneigennützig. Diese Schwächen werden dein Todesurteil sein. Es ist an der Zeit, Abschied zu nehmen«, sagt er sanft und wendet sich mir zu. »Elias wird nicht der einzige Arenberg-Zwilling bleiben, den du auf dem Gewissen hast«, informiert er gelassen. »In Kürze wirst du Raphael umbringen. Das wird dir im Nachhinein ziemlich leidtun. Aber keine Sorge, zum Selbsthass wird es kaum Gelegenheit geben.« Der Ausbilder lehnt sich ein wenig nach vorne. »Valentin hat mir von deiner gemeinsamen Nacht mit Raphael berichtet«, wechselt er abrupt das Thema. »Wie war diese Erfahrung für dich, Hannah?«

Zögernd durchsuche ich mein Gedächtnis nach Anhaltspunkten und schrecke zusammen. Entsetzt reiße ich die Augen auf. Was hat mir Raphael angetan?

Als Ravin die aufgewühlten Emotionen in meinem Gesicht sieht, nickt er zustimmend. »Versuche, dich zu erinnern.«

Bei dem Gedanken an die vergangene Nacht läuft mir ein Schauder über den Rücken. Verängstigt ziehe ich die Schultern hoch und starre Raphael gehetzt an. Er hat das Team weggeschickt. Als wir alleine waren, hat er mich in sein Zelt gedrängt. Was darauf folgte, war ein unbeschreiblicher Albtraum.

Unvermittelt beginne ich zu zittern und trete einen großen Schritt zurück, um größeren Abstand zwischen mich und diesen Mann zu bringen.

»War er zärtlich und liebevoll?«, erkundigt sich Ravin einfühlsam.

Es war die Hölle. Noch jetzt kann ich seine grobe Berührung auf meiner Haut spüren. Seine Hände an meiner Kehle, als er mir die Luft abgedrückt hat. Er war brutal und rücksichtslos. Wieso hat er das getan? Neben der Panik empfinde ich sekündlich zunehmende Wut auf diesen Dreckskerl.

»Hat er dich mit Respekt behandelt?«, fragt Ravin verständnisvoll.

Er hat mich gedemütigt. Er hat mich bedroht. Er hat seine körperliche Überlegenheit gnadenlos ausgenutzt. Verzweifelt umschlinge ich mich mit den Armen, doch sie bieten keinen ausreichenden Schutz gegen das Monster vor mir.

»Du wolltest nicht mit ihm intim werden?«, vergewissert sich Ravin mitleidig.

Nein! Auf keinen Fall! Tränen laufen mir aus den Augen, während ich vergeblich versuche, dem Druck der zerstörerischen Bilder in meinem Gehirn standzuhalten. Die schlimmste Erinnerung meines Lebens. Ich habe geschrien und geweint. Es war keiner da, um mich vor ihm zu beschützen. Wie konnte er das tun? Ich habe ihn angefleht, von mir abzulassen, aber er kannte kein Erbarmen. Er hat sich grausam genommen, was er wollte. Er hat mich festgehalten. Er hat mich gezwungen. Er hat mich vergewaltigt. In meine übermächtige Angst mischt sich Abscheu.

Während ich den Unmenschen vor mir angewidert fixiere, glühen meine Augen vor Hass. Ich stelle mir vor, wie ich diese Bestie mit aller Wucht, die meine Gabe aufbringen kann, an einen Stamm schmettere. Ich stelle mir vor, wie ich ihm noch größere Schmerzen zufüge, als ich sie erdulden musste. Wie ich für alles Vergeltung übe, was er mir angetan hat. Ich stelle mir vor, wie sehr es meine Rachsucht befriedigen wird, sein Genick beim Aufprall brechen zu hören. Ich hasse ihn. Er verdient es nicht, weiterzuleben. Er muss sterben. Ich stelle mir vor, wie ich ihn töte.

Jetzt.

In der nächsten Sekunde wird er von einer unsichtbaren Kraft emporgehoben und durch die Luft geschleudert. Mit einem dumpfen Laut prallt er an einen Baum und landet reglos am Boden.

30 : zerstört

Drei Meter von mir entfernt liegt er auf der Erde, den Kopf in einem unnatürlichen Winkel verdreht. Nichts lässt darauf schließen, dass er diesen Gewaltakt überlebt haben könnte. Sein Genick muss gebrochen sein. Er hat keine Aura mehr. Er atmet nicht. Er ist tot.

Das abgrundtiefe Entsetzen, das mich bei dieser Erkenntnis überrollt, reißt mich aus meiner Raserei.

Raphael.

Wie konnte ich das tun?

Bestürzt horche ich in mich hinein. Den bisher alles überschattenden Hass spüre ich lediglich unterschwellig, als würde eine Decke darüber liegen. Dieses Gefühl ist nicht wirklich. Es war nie echt. Wie konnte ich glauben, dass er mich vergewaltigt hätte? Ravin hat unsere perfekte gemeinsame Nacht in einen grotesken Albtraum verwandelt. Ich hatte ihm nichts entgegenzusetzen. Ich habe Raphael getötet. Ich habe ihn durch die Gabe emporgerissen und grausam weggeschmettert – genau wie seinen Bruder zuvor. Nur dass es Raphael direkt das Leben gekostet hat. Ravin war gründlich in seiner Manipulation. Ich habe Raphaels Exekution zuerst geplant und anschließend ausgeführt. Meine Kehle ist so eng, als würde sie von eisigen Händen zusammengedrückt.

Ich bin schuld. Es tut mir leid. Worte reichen nicht aus, um zu beschreiben, welcher Schmerz in meinem Innern wütet. Die Situation erscheint mir wie eine zynische Wiederholung der Vergangenheit mit einem gravierenden Unterschied. Jan hat mich belogen, verraten und in größte Angst versetzt. Ich musste mein Leben verteidigen. Die negativen Gefühle gegenüber seinem Bruder wurden mir jedoch von Ravin eingegeben. Von Anfang an hat Raphael versucht, mich zu beschützen. Ich empfinde für ihn … Ja. Was denn? Freundschaft? Zuneigung? Liebe? Wieso kann ich mir das erst jetzt eingestehen? Ich schlucke hart, während mir erneut Tränen in die Augen steigen. Für solche Bekenntnisse ist es zu spät. Ich war nicht stark genug, um für ihn Ravins mentalem Befehl zu widerstehen. Ohne zu zögern, habe ich ihn gnadenlos hingerichtet.

»Nicht übel«, kommentiert Ravin anerkennend. Unmittelbar richte ich meinen Blick auf den Ausbilder, der mich spöttisch fixiert. Seit Raphaels Tod sind nur wenige Sekunden vergangen. »Ich dachte mir, dass einiges an Kraft in dir steckt. Schade. Mit der richtigen Anleitung hättest du sehr gut werden können.« Ravin lächelt verächtlich beim Anblick der Tränenspuren, die sich über meine Wangen ziehen. »Es lohnt sich nicht, um diesen Versager zu trauern. Sogar du selbst, *Hannah*, bist ein größerer Verlust.«

Zur absoluten Bewegungslosigkeit gezwungen starre ich Ravin an. Dabei rasen meine Gedanken in solchem Tempo, dass ich den Eindruck habe, mein Kopf würde gleich explodieren. Wie kommt es, dass ich plötzlich bei Verstand bin? Hat Ravins Fokussierung nachgelassen oder ist die überraschende Klarheit auf den Schock zurückzuführen?

Gleichgültig. Zum ersten Mal seit dem Betreten der

Lichtung bin ich mir meiner eigenen Empfindungen bewusst. Körperlich stehe ich jedoch vollständig unter Ravins Kontrolle. Ich kann mich keinen Millimeter rühren. Obwohl ich von außen betrachtet eine Marionette bin, ist mein Geist für den Moment nicht in einer Manipulation gefangen. Bevor er den nächsten Impuls ansetzt, muss ich vorbereitet sein.

Entschlossen errichte ich im hintersten Winkel meines Verstandes eine Wand und trenne dadurch einen kleinen Teil meines Gehirns ab, in dem ich mein eigener Herr bin. Noch sind die Grenzen instabil. Ich befürchte, dass sie beim nächsten Ansturm Ravins nachgeben werden. Angestrengt bündle ich meine Konzentration. In der kurzen Zeit, die mir bleibt, verstärke ich meinen Schutzwall. Zumindest gehört mir wieder ein Bruchteil meines Bewusstseins. Kann ich diese Chance für Raphael nutzen? Ist es denkbar, einen Toten ins Leben zurückzuholen? Alles in mir schreit danach, zumindest einen Versuch zu wagen. Ich bin nicht bereit, ihn kampflos aufzugeben. Bei Emily hatte ich versagt. Ich konnte den passenden Impuls nicht formulieren, weil ich keine Ahnung hatte, wie das Gift wirkte. Anders als damals kenne ich heute die genaue Todesursache. Raphaels Genick ist gebrochen. Ich weiß, wie er gegen den Baum geprallt ist, denn ich habe es geplant. Vielleicht besteht die Hoffnung, ihn durch einen Befehl zu retten. Ein heilender Impuls könnte ihm zumindest den Hauch einer Perspektive verschaffen. Ich selbst bin zweifellos verloren. Ravin ist zu stark und wird mich erst wieder freigeben, wenn er mich komplett vernichtet hat. Ich muss so lange durchhalten wie möglich.

Zielgerichtet beginne ich, meine volle Kraft in Raphaels Heilung zu kanalisieren. Ich darf meine Mauer nicht einreißen lassen.

Als ich in Ravins dunkle Augen blicke, spüre ich das dringende Bedürfnis in mir aufsteigen, ihm seine Jugend zurückzugeben. Bereitwillig beginne ich mit der entsprechenden Fokussierung.

Raphael.

Ravin hat es verdient, einen Teil meiner Stärke zu empfangen. Bei seinem Talent sollte ihm sogar ein deutlich längeres Leben als den anderen Menschen zuteil werden. Seine Zellen sollen sich regenerieren, sodass er seine kraftvolle Jugend beibehält.

Raphael.

Ravins Altern wäre eine Katastrophe für die Nachwelt. Entsetzlich, wenn er nicht mehr im Vollbesitz seiner gesamten Fähigkeiten wäre. Ich will ihm so viel meiner Kraft wie möglich schenken. Er soll jung und vital sein. Dafür gebe ich gerne mein Leben.

Raphael.

Ravins sorgenfreie Existenz ist mir ein inneres Bedürfnis. Er ist ein solch wertvoller Mensch. Die Welt darf ihn nie verlieren. Dieses Opfer wäre zu groß. Ich bin dankbar dafür, dass ich durch meinen Tod seine Zukunft mitgestalten darf. Durch meine Kraft, die er in sich aufnimmt, wird ein Teil von mir weiterleben, auch wenn ich selbst daran zugrunde gehe.

Raphael.

Minutenlang taxieren wir uns schweigend, während meine Reserven beständig abnehmen. Meine Kopfschmerzen, die im Laufe der Doppelfokussierung anfingen, steigern sich zu einem markerschütternden Hämmern. Verbissen halte ich den zweifachen Impuls aufrecht, obwohl er mich ans Limit meiner Belastbarkeit bringt.

Ravin verjüngen.

Raphael heilen.

Mein Verstand, der in eine abgelegene Ecke meines Gehirns verdrängt wurde, schreit mir permanent Warnungen zu. Ich werde diese exzessive Nutzung meiner Gabe nicht lange überleben. Die Erschöpfung wird gnadenlos zuschlagen. Nach der Beendigung der Fokussierung werde ich sterben und das gleiche Ende finden, wie alle natürlichen Former vor mir, die durch mentale Kontrolle zur Verjüngung gezwungen wurden. Ravins Fokussierung wird mich das Leben kosten.

Obwohl ich mich mit großen Schritten dem endgültigen Zusammenbruch nähere, bin ich nicht in der Lage, einen der beiden Impulse abzubrechen. Der verzehrende Zwang, Ravin zu verjüngen. Raphaels Rettung aus freiem Willen.

Unaufhörlich fließt meine Lebenskraft in die beiden Männer. Ein Teil in den bösartigen Ausbilder, der andere in den Leader, für den ich meine Gefühle zu spät zugelassen habe. Wir werden keine gemeinsame Zukunft haben. Alles Aufbegehren war vergebens, alle Kämpfe sinnlos. Nur eine unbedeutende Verlängerung. Hätte ich damals direkt aufgegeben, müsste ich jetzt nicht Raphaels Tod verantworten. In Kürze werden wir beide ausgelöscht sein.

Während ich mühevoll den zweigeteilten Strom am Leben halte, der mir kontinuierlich Energie entzieht und mich immer schwächer macht, sind meine Augen fest auf Ravin gerichtet. Er erwidert meinen Blick konstant. Die Fokussierung erfordert seine gesamte Konzentration.

Gewaltsam investiere ich noch mehr Kraft in Raphaels Heilung. Ich bin verloren, aber vielleicht kann ich ihn retten. Nicht aufgeben. Weiterkämpfen. Für ihn.

Langsam werde ich von Schwindel erfasst. Erschöpfung legt sich wie nebliger Dunst vor mein Gesichtsfeld. Die Grenzen verschwimmen zu konturlosen Schemen. Mein ganzer Körper fühlt sich an, als würde er von innen heraus auskühlen. Fortwährend breitet sich die tödliche Kälte aus, die alle weiteren Empfindungen unterdrückt. Ich nehme einen metallischen Geschmack auf der Zunge wahr, kann ihn jedoch nicht mehr zuordnen. In meinen Ohren rauscht das Blut. Ich höre das unregelmäßige und viel zu schnelle Schlagen meines Herzens, das krampfhaft versucht, die übermenschliche Belastung zu bewältigen. Jetzt wird es nicht mehr lange dauern.

Schleichend gleite ich in die Finsternis, die mich von allen Seiten umschließt, mein Bewusstsein zerstört und in die Leere zieht.

Eine Bewegung im Zwielicht.

Trübende Schleier.

Dunkelheit.

Benedict, Clara:
Aura – Der Verrat
ISBN 978 3 522 20242 8

Umschlaggestaltung: Eva Schöffmann-Davidov
Innentypografie: Kadja Gericke
Reproduktion: Digitalprint GmbH, Stuttgart
Druck und Bindung: CPI Books GmbH, Leck
Dieses Werk wurde vermittelt durch die Montasser Medienagentur, München.

FSC
www.fsc.org
MIX
Papier aus verantwortungsvollen Quellen
FSC® C083411